公众史学译丛

REMEMBERING AHANAGRAN: Storytelling in a Family's Past

Richard White

公众史学译丛 —— 李娜 主编

追忆阿哈纳格兰：讲述一个家族的历史

〔美〕理查德·怀特 著

于占杰 译

创于1897
The Commercial Press

《公众史学译丛》总序

1978 年，美国历史学家罗伯特·凯利（Robert Kelly）使用 public history 为历史学研究生教育改革命名，公众史学作为历史学的一个领域诞生。在过去四十余年里，公众史学发展迅速，影响力与日俱增，不仅给美国史学的发展带来前所未有的活力，而且与不同国家的史学传统相结合，成为全球化时代历史学家创造共享话语权的一种跨国学术媒介。

21 世纪的中国，随着媒体的更新，历史解读、传播与书写方式发生着变化。历史受众的多元态势导致历史的生产与消费开始失衡，开始整合，而历史学家在公众领域的作用、角色与影响也随之改变。公众史学——一个新兴学科，一种新型史观，一场知识自组织运动，一种大众文化——应时代而生。公众史学是突出受众的问题、关注点和需求的史学实践，目的是促进历史以多种或多元方式满足现实世界的需求，促成史家与公众共同将"过去"建构为历史。其基本旨趣，亦是其新颖之处，在于多样性与包容性。

公众史学在中国迅速发展，呈显学之势，成为新的学术增长点。但总体而言，学术界仍处于摸索阶段，尚未形成基本的学理框架与教育体系，因此译介西方公众史学的经典之作、促进跨文化的交流与对话十分关键。我们推出的这套《公众史学译丛》主要针对公众史学的研究者、教育者、实践者和历史爱好者，既包括公众史学的经典学术成果，也包括畅销书，旨在将国外公众史学领域的经典之作陆续引入中国。

本译丛得到美国公众史学委员会前任主席玛拉·米勒（Marla Miller）的大力支持，也是与全球公众史学同人数年来交流切磋的成果。编委会为译丛的选题设计、书目推荐、版权落实、译者推荐等提供了宝贵的建议。

李娜

献给萨拉

序言：历史与记忆的竞争性真相

乍看起来，这本书不过是讲述了出身贫寒、历经 20 世纪早期爱尔兰乡村所有苦乐的爱尔兰女子萨拉·沃尔什（Sara Walsh）移居美国、开启新生活的故事。我们看到，她在那个叫阿哈纳格兰（Ahanagran）的农场的村舍里，与亲朋好友朝夕相处，渐渐长大；1936 年，她横渡大西洋，和亲人一起定居于芝加哥南区；她找到的第一份工作是米德韦机场（Midway Airport）①的航空公司联营售票处的售票员，该工作的一个好处是，她可以享受公司提供的一些票价不高的航班。在这样的短途假日旅行中，其中一次是"二战"的头几个月当中飞往新奥尔良，在那里，她遇到了刚从哈佛毕业的、年轻帅气的陆军军官哈里·怀特（Harry White）。两人关系迅速升温。尽管宗教信仰不同——萨拉信仰天主教，而哈里信仰犹太教——二人还是于 1943 年结为连理。四年后，萨拉生下了他们的第一个儿子理查德·怀特（Richard White），此人后来成为他那一代人中最富创造力、见解最为深刻的史学家之一。此书即是他对他母亲一生的记述。

萨拉是个很会讲故事的人，因此，本书的目的之一，就是为她本人、为她儿子、为本书的读者撷取她摇曳多姿的一生的重要片段，这

---

① 又译"中途机场"。本书注释均为译者注。

些故事都是她所能记起的以及对她来说特别有意义的。和其他同类型的回忆录一样，她的故事也无非是家庭聚会、社区、乡村风光、人际关系的变动、生死、爱情以及回想起来可以算是一生起起落落的转折点的那些时刻。现在我们读这本书时，都能感受到那种似乎是与生俱来的魅力，其魅力不仅体现为这是一部优秀的传记，还体现为高超的叙事技巧，即如何把她一生的经历讲成引人入胜的传奇。此书不仅生动讲述了 20 世纪上半叶一位爱尔兰女子移民美国的经历，还生动讲述了她如何跨过大西洋两岸的社会边界（包括国籍、宗教信仰、阶级），成为实现自己理想的女性。

但是，《追忆阿哈纳格兰》不单单是萨拉·怀特（娘家姓氏为沃尔什）的传记。由于故事的讲述者是萨拉的儿子，而她的儿子又是杰出的学者，因而该书仔细审视了萨拉的原始记忆，以寻绎她和她的家族的过去——只有历史学家才会这样处理。理查德·怀特在叙述他母亲的故事时，灌注了爱和敬意，在他们所讲述的事件中，在这些事件现在对于她的意义（许多年以后，她才走完了长寿而充实的一生）中，读者不难发现这一点。但是，和所有历史学家一样，理查德·怀特从不会盲从任何材料，哪怕是他母亲提供的材料。为此，他和家里的其他成员交谈。他把她的回忆与他自己的回忆分开，并不预先假设二者必有其一是准确无误的。他对着褪了色的照片和剪贴簿端详了许久。他仔细阅读了过去的信件。他仔细查阅了有关他母亲出生、上学、移民、婚姻等信息的官方档案，以及会被政府机构登记在案的此类信息档案。他搜集了他所能找到的所有证据，对他母亲所讲述的内容进行检视、证实、情景还原。然后，为了提供一个比他母亲和我们所有人的回忆更丰富、更全面、更准确、更有意义的记忆中的过去，他试着把所有片段拼接到一起，就像拼拼图一样——在拼拼图的时候，经常会出现有的零片找不到了而有些零片上的图案甚至不是这个拼图里的图案的情形。

最终的结果就是这部复杂的、前后矛盾的叙述文本，我们正可以以此来探究个人记忆、家族传说与历史记录之间的冲突，而其他作品几乎不会如此处理。这其中藏着很多秘密。《追忆阿哈纳格兰》的一个中心故事是萨拉·沃尔什与哈里·怀特的婚姻，几乎可以肯定的是，这桩婚事在爱尔兰的历史上是前所未有的，集中体现了从一种生活方式跨到另一种生活方式的复杂变化和跨界特征。由于沃尔什家族和怀特家族之地望是如此不同，其心路也是如此不同寻常，理查德·怀特父母的这桩婚事不能不反映出这些差异，他们的婚姻生活有激情似火的时刻，也有至暗时刻。哈里·怀特这个人物时常出现在这部书中，儿子记忆中的父亲与妻子记忆中的丈夫，形象是矛盾的。"这是书中最让人痛苦的地方，"理查德·怀特写道，"不是因为书中揭示了他们在恋爱和婚姻的早期阶段其实并不如意，而是因为他们的幸福并不持久，回忆一个人就等于承认另一个人。"儿子从历史的角度，希望求真，因而致力于发掘事情的真相；母亲则希望小心翼翼地捍卫她的记忆。接下来的对话自然令彼此都感到痛苦，尤其是，母子都在捍卫他们自认为最理解的那个真相。

同样重要的是，对于记忆与历史之间的许多不一致之处以及二者在讲述我们所选择的生活这个问题上的重要程度，理查德·怀特思考得更为深远。历史的任务之一就是求真，因而"准确性"就是历史学家的研究中要追求的一个最基本的目标。在本书中，历史学家多次发现，档案记录并不支持他母亲、家庭其他成员甚至他本人回忆的内容。书中最大的谜团是关于理查德·怀特的祖父的，他祖父本是波士顿著名的律师，曾受到指控，称他的家族是出了名的造假大户，还有顽固的反犹的言辞，结果他就因为这个而被判有罪，不仅律师资格被取消了，还坐了牢，而检察官和法官与哈里·怀特要娶的那位女子一样，正好是爱尔兰裔的天主教教徒，这恐怕不会如此之巧。这桩发生在哈里·怀特的父亲身上的、已过去许久的冤案，在数十年后，仍成为哈里和萨拉婚姻中久久挥不去的、带有伤害性的事件。在理查德·怀特着手写这本书的时候，搞清楚这桩家庭变故的来龙去脉就成为他最重要的任务之一。结果，他最终揭示的与他预期的大相径庭，但在这里我不想剧透这个谜团，也无意解释其意义所在，这个故事暂且放下，还是回到这部书和该书作者上来吧。

本书的中心，就是提示了一个颇为棘手的教训，即记忆与历史各提供了不同的真相，如果想了解我们自身、我们与他人以及周遭的世界，那么，记忆和历史所提供的真相，都是无法回避的。常常会有这样的现象：我们对过去的记忆，哪怕对我们来说是最私密的记忆，未必如我们所记忆的那样真实地发生过。只有历史学家的艰辛工作才能让我们远离由记忆的自私性带来的扭曲而造成的自我欺骗，要知道，这种扭曲，无论是严重的扭曲还是轻微的扭曲，都会时不时地使我们无法看清这个世界，无法基于我们所完全了解的真实而自我行事。

但是，记忆也有它的真相，如果一味寻求"准确性"，也会造成极大的扭曲，因为我们无法追问：人为什么要保存记忆？正如《追忆阿哈纳格兰》一再揭橥的，由记忆而形成故事的过程，是人类最为基本的、最强有力的劳动。尽管记忆中的过去不可能是完全"准确的"，有时还可能是完全的谎言，但它几乎总是表达了更深层次的真相，这种真相往往凸显了我们人性中的核心要素。我们所面临的一个很大的挑战就是，尽最大努力，对历史的真相和记忆的真相一视同仁，不可厚此薄彼。没有哪个学者比理查德·怀特更能直面这项艰巨的任务。打开书页，我们都能强烈地感受到记忆与历史、故事与意义以及他和他母亲向我们分享的不同版本的真相。

威廉·克罗农（William Cronon）

致谢

　　这本书讲述的是我的家庭的故事，其中的很多事件并非我亲身经历，许多地方我并没有去过。我母亲年轻时的爱尔兰，对我来说犹如异国他乡。我需要某种东西、某些方式才能唤起对爱尔兰的印象。芝加哥的爱尔兰裔聚居区和波士顿的犹太裔聚居区对我来说也是如此，尽管不像爱尔兰那样遥远。我对这些地方的认知是零碎的。

　　我是一名历史学家，我不得不向其他历史学家求助，请他们帮我一起处理我所找到的材料。我想感谢我的华盛顿大学同事罗宾·斯泰西（Robin Stacey）和乔治·贝尔默（George Behlmer），在爱尔兰语和爱尔兰历史方面，他们对我帮助很大。他们还欣然阅读了有关爱尔兰的章节的大部分内容。我在华盛顿大学的另一名同事希勒尔·基瓦尔（Hillel Kieval）帮我整理了家父在多切斯特（Dorchester）的米什卡姆特菲拉学校（Mishkam Tefila School）和希伯来教师学院（Hebrew Teachers College）的学业情况。我想特别感谢的是华盛顿大学荣休教授托马斯·普雷斯利（Thomas Pressly），25年来，他在专业方面给了我不少指导，还给了我许多建议和帮助，我受益良多。

　　彼得·莱文（Peter Levine）和吉姆·格罗斯曼（Jim Grossman）是

我的好友，也是能够提出批评性意见的读者，他们在阅读书稿时，以他们对移民史和美国社会史的了解而提出了批评意见。还不止于此。吉姆帮我找到了芝加哥的史料，帮我回想起我必须要讲述的故事，这些都是无价的帮助。彼得帮我弄清了关键的概念和思想。

内子贝弗莉（Beverly）和我的弟弟斯蒂芬（Stephen）都读过我的初稿，他们建议我集中讲述一个故事。这些年来，回应贝弗莉的批评意见就是我不得不面对的最具考验的任务。我的继女蒂尔·普灵顿（Teal Purrington）帮我绘制了地图，标识出了家母曾住过但蒂尔从未到过的那些地方。

当然，本书之得以完成，要归功于家人的支持：我的姨母和舅舅，我的表妹玛吉（Maggie）和萨尔（Sal），我母亲的表妹特蕾莎（Teresa）。他们对我很亲切，使我理解了很多事情，有时有些事情的讨论和回忆对他们来说是痛苦的，而对我的舅舅约翰尼（Johnny）来说，可以说是往事不堪回首。感谢他们对我的体贴和包容。爱尔兰的文森特·卡莫迪（Vincent Carmody）熟稔北凯里及其家族分布情况，为人也极为和善，对我帮助极大。对于我的爱尔兰外公外婆年轻时及相爱时的情形，我母亲的表姐莫德·默里（Maud Murray）提供了唯一的鲜活记忆。莫德·默里仍保持求知欲，人很聪明，思想活跃，但在本书即将付梓之际，却溘然长逝，享年九十余岁。

都柏林圣三一学院、都柏林大学学院民俗档案馆和都柏林的国家图书馆从事手稿搜集的图书馆馆员给予我很多帮助，在人手不足的情况下，我这个"外人"的闯入，无疑大大加重了他们的劳动。感谢他们允许我引用他们所搜集的资料。我特别感谢都柏林大学学院爱尔兰民俗学系主任允许我引用该校 S402 号和 S403 号手稿箱里的资料，这些资料成为本书第六章的主体材料。芝加哥纽伯利图书馆（Newberry Library）的馆员多年来为我的多个研究项目提供了许多帮助，如今又以其丰富的资料而开启我的研究，启发我从资料入手——要知道，一开始，我还真有点不知所措。蒙哈佛大学之慨允，我得以一睹家父学生时代的档案。国家档案馆的威利·多巴克（Willy Dobak）帮我查到了赦免我祖父的文件，这些赦免文件终结了我祖父的牢狱之灾。

我曾颇为唐突地给莫特·特拉赫滕贝格（Mort Trachtenberg）打电话，结果发现他为人和善，风趣幽默，乐于助人。他为我提供了我父亲在波士顿的生活情形的重要细节。

我还要感谢我的代理人乔治斯·博尔夏特（Georges Borchardt），是他促使我写这本书并负责销售。本书编辑阿瑟·王（Arthur Wang）提出了修改意见，我信任他，重视他的修改建议。至于更为敏锐的读者如何看待作者的这部著作，我就不得而知了。

如果没有麦克阿瑟基金会的资助，则围绕该书的写作而开展的研究以及该书最终的成果恐怕就不是现在的样子。没有人会理所当然得到麦克阿瑟基金会的学术资助（特别是于我而言），但从天而降的慷慨资助无疑会让受资助者尤为感激。正是有了基金会的资助，我和我母亲才得以在爱尔兰开展研究。

最后，我当然要感谢我的母亲萨拉。她的回忆构成了故事的丝线，使我得以勾连起她家族的过去，她日常生活中的通信、电话、争端的调停、责备、建议等，也犹如五彩之线，编织起了她丰富多彩的家庭生活。她积极参与了该书的创作。我在书中写了很多事情，这些事情她宁愿保持原封不动，但本书所有情节的展开，都是从她的故事开始的。最终，我从我母亲及她的经历中学到了更多的东西，远非"感谢"二字所能涵括。

理查德·怀特

1998 年第一版

此书中插附地图系原文插附地图

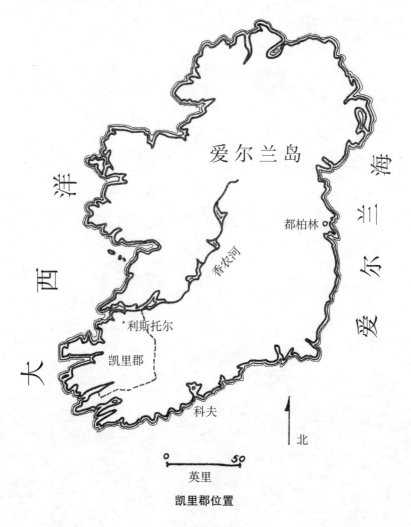

凯里郡位置

香 农 河

卡里格岛

巴利朗福德湾

至塔伯特

卡里加福莱城堡

沼泽

古塔德

利斯拉丁修道院

霍利家族的农场

约翰尼的农场

诊所十字路

至巴利巴宁

国立小学

阿斯蒂

乳品厂

阿哈纳格兰

沃尔什家族的农场 巴利朗福德

古哈德

赫加蒂家族的农场

巴利林

巴利林公路

施罗诺文沼泽

波拉

北

至利斯托尔

英里

阿哈纳格兰周边

家谱 ①

威廉·沃尔什
（William Walsh）
妻：埃伦·卡尔
（Ellen Carr）

玛丽（Mary，生于1870年）
夫：康纳斯（Connors，生于1872年）

布丽奇特/比（Bridget/Bea，生于1871年）
夫：埃德（爱德华）·马尔维希尔（Ed Mulvihill）
　　威廉/比尔（William/Bill）
　　杰里（Jerry）

凯瑟琳/姬蒂（Catherine/Kitty，生于1873年）
夫：托马斯·奥布赖恩（Thomas O'Brien）
　　蒂莫西/蒂姆（Timothy/Tim，生于1897年）

埃德蒙/埃德（Edmund/Ed，生于1875年）

霍诺拉/诺拉（Honora/Nora，生于1876年）
夫：威尔·林奇（Will Lynch）

玛格丽特（Margaret，生于1878年）
夫：皮尔斯（Pierce）

约翰/杰克（John/Jack，生于1880年）
妻：玛格丽特·赫加蒂
（Margaret Hegarty，生于1883年）

玛丽（Mary，生于1914年）
　　夫：约翰·班伯里（John Bambury）
内尔（Nell，生于1914年）
　　夫：帕特·奥哈拉（Pat O'Hara）
杰勒德（Gerard，生于1917年）
　　妻：乔茜·柯林斯（Josie Collins）
萨拉（Sarah/Sara，生于1919年）
　　夫：哈里·怀特（Harry E. White）
威廉/比尔（William/Bill，生于1921年）
　　妻：玛格丽特·多伊尔（Margaret Doyle）
约翰尼（Johnny，生于1924年）
　　妻：希拉·杜林（Sheila Dooling）

海伦/埃莉（Helen/Ellie，生于1881年）
夫：威廉·巴特勒（William Butler）

伊丽莎/莉齐（Eliza/Lizzie，生于1883年）
夫：埃亨（Ahern）

汉娜/汉尼（Hannah/Hannie，生于1885年）
夫：帕特里克·霍利（Patrick Holly）

萨拉（Sarah，生于1889年）
夫：埃德·莱希（Ed Leahy）
　　威廉/比利（William/Billy）
　　约翰/杰基（John/Jackie）

威廉明娜（Wilhelmina，生于1894年）

---

① 家谱中的人名全名或昵称，在原文基础上，依据书中所提，有所补充。

目录

第一编 / 7
（第一章至第十五章）

阿哈纳格兰没了——凯里郡，沃尔什家族的农场——奥拉伊利与都柏林的复活节起义——黑棕军与爱尔兰共和军——埃迪·卡莫迪之死——精灵与城堡——杰克·沃尔什去美国——对土地的渴望——对蒂姆的记忆——三个故事——关于食物的回忆——在学校——做零工——酗酒者米克·马克——去都柏林办护照

绪论

萨拉·沃尔什（婚后就成了萨拉·怀特）是我的母亲，从我孩提时代开始，母亲就给我讲她的故事。她讲述的故事中，有以爱尔兰的凯里郡（County Kerry）为背景的，那时她还是个小姑娘；有以芝加哥的南莫扎特大街（South Mozart Street）为背景的，其时她正值桃李年华；有以新奥尔良为背景的，在那里，她遇到了我父亲；有以波士顿及其周边为背景的，其时正值"二战"后我父亲从海外归来，她在波士顿短暂停留。

在我母亲的故事中，她的经历可谓传奇不断。她的故事告诉我们，尽管她出生和成长的环境是复杂的，但她的人生经历是简单的。她的一生犹如一部小说，而她饰演其中的角色时，能很快就进入她之前未知的和未曾想象的世界。她从爱尔兰的乡村搬至芝加哥的西南郊，在波士顿郊区、犹太裔聚居的多切斯特住过，然后到了纽约。在过去的时光里，她只有在不长的一段时间才感到孤独。一旦定居下来，她就会全身心投入生活中，不免陷入家庭琐碎事务中，既受到家庭成员的保护，有时也不免被家庭成员忽视。

我母亲出生时受洗取名为 Sarah Walsh，到芝加哥后，把名字中的 h 去掉，变成了 Sara Walsh。去掉字母 h，实则是我母亲自我美国化的一个标志。人生经历总是比讲述的更为复杂，对我来说，去掉 h 是一个标志性事件，不仅标志着她的美国化，在我讲述她的人生经历时，这也是一个必要的简化。本书的行文中，除非是引用的原始档案拼写为 Sarah，否则我都是称她为 Sara。当然，我会谈到她去掉 h 的情节，会讲到当时促使她去掉 h 的情形。

我们家的大多数人是和家族故事密不可分的，但一般说来，我们不会总是想起这些家族故事。我倒是一直都记着这些故事。我母亲的故事让我认识到这个世界是不连续的，充满了陌生感，尽管这不是她的本意。这些故事本来是用于阐释我母亲的人生的，但它们反倒激起我对差异、陌生以及人生经历本身的峰回路转的兴趣。

曾经，我把我母亲的故事看作历史。我曾认为，记忆就是历史。后来，我成了历史学家，多年以后我才意识到，只有粗疏的历史学家才会把历史和记忆混为一谈。历史者，记忆之仇雠也。历史和记忆都驰骋于往昔之域，都声称对该领域的主权。记忆所遗忘或压制的东西，恰可锻造成为历史的武器。对于非历史学家来说，他们几乎意识不到的一个问题是，人生经历会给我们留下太多的碎片。单靠这些碎片本身，未必能拼成故事，但这些碎片却总能对故事提出质疑，总能对记忆提出挑战，也总是会被淡忘，成为被遗忘的内容。

但就往昔而言，总有专属于记忆的领域。如果历史学家要闯入这片内容庞杂梦然的领域，就得接受记忆作为引领。在往昔之林，只有记忆能觅得踪径。但是，和历史一样，记忆最好是当作复数而不是单数来看待。历史学家漫步在记忆之径时，须慎之又慎。但就记忆而言，历史学家之于各种记忆，犹如侦探之于各种信息：比较之，审问之，对照之。记忆，既可起到引导作用，也会产生误导。

我在成年之后，花了很多时间来写作历史。由于我写了很多历史，我母亲为此感到很自豪。她想读我写的那些历史，但我觉得这对她来说应该会有隔膜。毕竟，历史写作是专业的历史学家做的事情。她更喜欢去展示那些历史。于是，在数年前，她半开玩笑半当真地告诉我，她的人生比我最近写的几部历史书还要精彩。那么，为什么不写一本以她为主题的书呢？我很严肃地告诉她，我愿意写一本关于她的书。

于是，我们追溯了这些故事，追溯了我母亲的记忆。我们又回到了芝加哥，回到了都柏林，回到了凯里郡，回到了波士顿，有时是分开行动，有时是一起行动。对于我母亲所记得的那些事，我又讲给也经历过这些事情的其他人听。只是这一次，我不再像孩提时代那样只是听她讲述。如今，我已成年，已是一名历史学家，因而对我母亲的话，就不可全视为真确。

我母亲所告诉我的事情，无一件无来历。但是，对于仔细审查每个证据的历史学家来说，至少在我能复原的几例历史碎片中，还没有哪个故事的发展与我母亲所记起的情形若合符契。

本书是合作的结果。对于过去的大部分情形，是我和我母亲愉快合作的结果，同时也是历史与记忆不愉快的合作的结果。但历史与记忆已是难分难解。历史离不开历史学家，本例中的历史学家就是我母亲的儿子。我母亲更愿意相信她的故事是站得住脚的，她对过去的重构是完整确凿的。当然，她比我更宽容。对于我所发现的谎言、伤心疾首之事、不公正的事情，她并不特别想弄清楚，有时宁愿忘掉这些。

这些故事以及我们母子合作的经历，使我对历史与记忆的关系有了更多的认识。有时候，记忆会有意埋葬或掩饰某些场景，如今要复原出来，未免有些不近人情，而我却不得不直面这一切。这就不难理解，何以人们更偏爱记忆而不是历史。

但我从中学到的还不止于此。我母亲把她的人生经历视为一系列关系的集合。她的故事并非自传，这并不是常见的自述体。要把这些故事完全聚焦于她，就需要对我母亲以及她对人生经历的理解进行重构。萨拉认为，她的人生经历也是许多人的人生经历。她在讲述时，很多时候并不是谈自己，因为她认为她的人生经历已与其他人的密不可分了，不可能自外于人。她生活于稠人广众之中，以后也是如此，过去与她相处的人物中，很多人如今已作古，但在书中，她让他们"复活"了。

这本书萌蘖于我母亲的故事。在某种意义上，这本书可以说是她的回忆录。于我而言，这也是一部备忘录，因为我所复原的细节和我所提出的疑问，引发了我母亲、我舅舅、我姨母等人的讨论。但在另外一个意义上说，这本书也可以说是与回忆录反着来的，因为我母亲的回忆在受到我的历史探索的挑战时，二者有时是冲突的。我希望，我母亲和我本人的对话、我们之间的交相问难、我们之间的彻底否定，最终都能丰富记忆和历史，哪怕只是跬步之积。

在书中，有时我只能遵从记忆，而只遵从历史的场合极少；但这本书的精彩之处正是历史与记忆相遇的地方。这时，我会将二者并置，又将二者进行比较，有时则将二者缝合到一起，形成对过去更为全面的叙述（如果说不存在绝对的准确性的话）。

记忆和认同的影响太大了，但绝不能就此认为是确切无疑的；二者也太重要了，绝不能看成"纯属虚构"而弃之如敝屣。它们是构成我们的人生经历和我们的故事的原材料。历史负责讯问这些故事，历史可以让故事变得更复杂，但不可能完全否定故事。我也无意让历史去彻底否定故事。我的质疑，远比这个更为复杂。我会审慎对待我母亲的故事，因为对她的人生经历，我不能不肃然起敬，这些故事都是有意义的——为了弄清楚这些故事，她经历了七十多年。

我想审视并理解她的故事，因为我认为，在"美国的世纪"里，和记忆、认同、历史有关的东西，都带有不堪回首而又愚不可及的意味，从而对她渐渐爱上的这个国家带来了伤害，如今，在"美国的世纪"即将落幕之际，我母亲的故事自有其意义所在。在这些个人的故事的背后，一直暗含着一个争论：美国是什么？美国意味着什么？谁能对这两个问题下一个清晰的定义？

这个争论很重要。它已成为我母亲的人生经历的一个中心问题。这也是美国历史的核心问题。移民并不总是意味着对过去的遗忘，但也不是简单的文化或习俗的移徙。"美国特质"并不是一个人习得而成的某个东西，而是一种认同，彼此竞争的认同。畛域不会带来认同，边界是可以渗透的。除了人类自身，还没有哪个物种能囊括我们全体，也没有哪个物种能接纳我们中的每一个人。随着时间的流逝，我们也成了历史，而在历史的长河中，我们和他人又有什么分别呢？

我之前从未想到要写这样一本书，我母亲的故事促使我写下这本书。是萨拉给了我惊喜。

第一编

第一章

阿哈纳格兰没了。

——我的母亲萨拉，1995 年

1994 年末 1995 年初的那个冬天是爱尔兰西部最多雨的冬季之一。公路两边的田地里用于排水的沟渠里到处是水，都漫过了堤岸。杰勒德·沃尔什、乔茜·沃尔什夫妇的房子在记忆中第一次被水淹了。有关家族的记忆，真是说来话长。杰勒德位于阿哈纳格兰小镇的房子是从他父亲杰克那里继承而来的，而他父亲又是从他祖父那里继承而来。100 多年前，杰勒德的祖父娶埃伦·卡尔为妻时就住在那所房子里。

杰勒德和乔茜在洪水退去后，对这所老房子进行了清扫。此后，他们仍不能大意，因为暴风雨还会继续肆虐。

1995 年 1 月的一个晚上，乔茜是被壁炉里哗哗叽叽的燃烧声而不是暴风雨声惊醒的。她认为当时听到的是她女儿萨尔在看望了她的另一个女儿内尔后回来的声音——内尔嫁给了通往巴利巴宁的公路边上的一个村子的一户人家，并在那个村子里生活。当时正近午夜，大约是萨尔回家的时间。乔茜从床上起来，身体疼痛不已。由于罹患关节炎，一只手只能缩成半握的拳头状。一侧膝盖几乎是麻木的，正准备换一个人造的关节。她的一条腿上有开放性溃疡。

疼痛的折磨，再加上 75 岁的高龄，使得她行动不便，但她给人留下的印象并不是疼痛或年龄。她身上有某种非同寻常的特质。她的日常生活无非是围着厨房、农场、家庭打转，但她身上又仿佛有种和这个环境格格不入的东西。她一直是家族中的一员，但你所记得的她，仿佛是个游离于这个家庭之外的不相干的人。

乔茜走过房间，打开了卧室的门。她只是想和往常一样，跟回来的女儿打个招呼。意想不到的情况发生了。迎面而来的是烟熏火燎，她只得退回卧室。

随后发生的一切让人惊愕不已，因为每个人都知道发生了什么，但没人清楚地知道是怎样发生的。乔茜和她的丈夫杰勒德都是上了年纪的人，被困在了只有一扇直通外面的门式窗的卧室里，窗户不大也不宽，有到胸部那么高。乔茜开门时，杰勒德已起来了，但燎烟也随之进来，他置身烟海中，昏倒在地。万幸的是，他向前一倒，正好把门关上了，把烟火挡在了外面。乔茜怎么也唤不醒他，她年纪太大，腿又跛，无法爬出那扇狭小的窗户。

惨剧按说到此为止了。这是一个和平常没什么两样的夜晚，其他人可能也经历过这样的晚上；在另一个历史时空中的另一所房子里，可能也会发生这样的事情。乔茜受到的不仅是惊吓，她和杰勒德还要面对严峻的生死考验，这让她愤愤不平。

1995 年 1 月的那个晚上起火的那个地方，如今已是历史。那场大火吞噬了他们一生辛勤劳作的所有成果。乔茜后来向她的女儿吐露了在烟火中和嘈杂声中她的所思所想。对于那个晕倒在门旁的丈夫，她想到的是：杰勒德为这个农场倾注了太多心血，不能死于这场无妄之灾。他应当过得更好。她觉得他不应当就这样死了。她说，杰勒德应当善终。她决定一探究竟。但乔茜是怎样拖着她那残疾之躯和风湿之腿爬过那又高又窄的窗户的，没人能说得清，就连乔茜本人也说不清。她又是如何光着脚在伸手不见五指的夜晚经过坑坑洼洼的地面到了她儿子约翰·乔那里，她儿子和女儿也是百思不得其解。约翰·乔身高 6 英尺 2 英寸，重 220 磅，[①] 他是怎样通过那扇狭窄的窗户的？没人能说得清。那晚的情形，不死真的是命大，而他们竟然真的大难不死。

在烟火缭绕中，约翰·乔正好被他那昏倒在地的父亲绊倒了。就在这一瞬间，你从来没想到的事情竟然发生了。房子在着火，你竟然能正好踩到你父亲，把他救了出来。

杰勒德和乔茜都得救了，但失去的东西，都是重要的东西。房子已化为灰烬。火太猛了，就连屋顶的石板瓦都发生了爆炸，声声巨响引来了 1 英里[②] 外的巴利朗福德的居民。等利斯托尔的消防员赶到时，已经太晚了，房子已烧光了。人们正为烧掉的房子痛心不已。

杰勒德的弟弟约翰尼从古哈德[③] 穿过田地，站到公路上号啕大哭："我们的房子没了，我们的房子没了。"这位年过古稀的老人，眼睁睁地看着儿时的房子被大火吞噬。尽管他自己的房子距此不到 1 英里，安然无恙，但他说的是"我们的"房子没了。他心绪不宁。在芝加哥，约翰尼的哥哥比尔也放声大哭，说的是一样的话，尽管他离开

---

①　1 英尺 = 0.3048 米，1 英寸 = 2.54 厘米，1 磅 = 0.4536 千克。

②　1 英里 ≈ 1.609 公里。

③　据地图，应为古塔德。

爱尔兰已快 50 年了。

在距阿哈纳格兰 7000 英里的加利福尼亚，我母亲萨拉在电话里哭着对我说："阿哈纳格兰没了。"她把对这个爱尔兰小镇的全部记忆都集中到了那所房子上，当时我正在西雅图的厨房里。她离开那所房子已快 60 年了，她就出生在那所房子里。

在这所房子里，人们讲各种故事、听各种故事，各种故事发生在这里，各种故事来源于这里，在它被烧毁之后，就只剩下了故事。那天晚上，开场是英雄事迹，但在烈火之下，只剩下疾病、迷惘和损失。乔茜失魂落魄地在公路上蹚来蹚去，她觉得她女儿萨尔倒在大火中，死于这场火灾，而她本来是要跟女儿打个招呼的。萨尔的车就停在房子前面。P. J. 卡瓦诺（P. J. Cavanaugh）——人们一般都喊他"牛布尔"（Bull），因为他比约翰·乔还强壮——发现乔茜在公路上。他上去跟她说话，但她没有搭理他。他看到她的脚在流血，于是背着她，把她送到了约翰·乔那里。

乔茜为失去爱女而悲痛不已，一言不发，但其实萨尔平安无事。她和她的另一个姐姐安（Ann）搭顺风车到内尔那里了。萨尔的母亲认为是萨尔发出的吵闹声把她从睡梦中吵醒了，这让萨尔哭笑不得。她说，她只有"喝得烂醉如泥"才能制造出那么大的噪声。当乔茜看到萨尔时，尽管房屋已化为灰烬，但她马上就觉得一切还有希望。

他们把乔茜和杰勒德送到特拉利（Tralee）的医院。医院的医生一开始认为杰勒德已经没救了，但后来终于把他抢救过来了。第二天一早，杰勒德就恢复了意识，但当医生问他知不知道这是什么地方时，他说他正在杰里·迪伊（Jerry Dee）家里打牌。杰里·迪伊以前住在公路边上。杰勒德比医生还觉得不可理解，因为杰里·迪伊在

20 年前就去世了。甚至在杰勒德清醒的时候，他的几个女儿也不能让他确信他在那里度过了一生的房子已经毁掉了。她们无法让杰勒德相信，房子已没了。当他从医院里出来，看到废墟后，大为震惊。他儿子吉米（Jimmy）想要安慰他，就告诉他，他和乔茜能从鬼门关里爬出，要拜上帝的恩典所赐。谁知杰勒德竟说，如果上帝真的爱他，此时他应当是和他父母一起躺在修道院里了。

这些人都是我的亲人——我母亲、我舅舅、我姨母和我的表亲，但在谈到那栋烧掉的房子时，他们于我而言就成了陌生人。他们所受的创伤之巨，使我意识到，那栋房子之于他们，阿哈纳格兰之于他们，我是无法感同身受的。他们对那栋房子的情感之深，以至于这种情感纽带断裂时，他们如此撕心裂肺，我竟无法完全体验到。那栋房子没了，对他们来说，就好比一个人死去了，不，是比人的寿命更长的某个东西，这是伴着他们成长的某个东西，是已支配了他们生命的某个东西，是生命中挥之不去的某个东西。

杰勒德和乔茜后来在原来的基址上新盖了一栋房子，而原来那栋房子如今只剩一片瓦砾，堆在新房子的后面。那栋老房子是用灰泥填缝，用平滑的石头砌成的，最后还用灰泥把墙抹上。杰勒德和乔茜在这块土地上居住，他们在烧泥煤时，实际上烧的就是这块土地；杰勒德和我母亲在孩提时代所吃的，也是这块土地上所产的东西。以我所能想象的程度，我觉得他们真的是与这个地方融为一体的。

在我很小的时候，我母亲就跟我讲了爱尔兰的故事以及她移民美国和在美国生活的情形。现在我意识到，我根本不理解这些故事。作为历史学家，承认这一点，其实是很尴尬的，因为我曾宣称，我理解关于过去的故事。我宣称，我有能力讲述这些故事。我认为这些故事很重要。

现在我意识到，只有站在熊熊燃烧的房屋的火光前，我才能理解我母亲的经历，因为燃烧的房子会提示我对于她的过去的生疏感。好的历史都是从生疏感开始的。过去不应是轻松愉快的。过去不应是当下的熟悉的回声，因为如果是熟悉的，那为什么还要回到过去呢？过去就应当是陌生的，陌生到你会惊讶于何以你和你认识的、爱着的人竟在此刻相遇。当你追踪那轨迹时，就意味着你已知道了某些东西。

在我母亲想要讲给我听的故事里，要建立对过去的认知，阿哈纳格兰的那栋房子就是关键信息。我母亲于 1919 年出生在那里；她的父亲也出生在那里；而在她父亲之前，那栋房子就为她父亲的父母和祖父母遮风挡雨。在沃尔什家族的成员还没到那里之前，那栋房子就一直在那里。那栋房子早在 1841—1842 年英国派出著名的英国陆军测量局绘制爱尔兰地图时就建好了。我母亲说，那栋房子看起来会永远在那儿。

对于萨拉·沃尔什来说，那栋房子有一种神奇的魔力，而我只有在那栋房子被烧掉后才能感受到这种魔力。那栋房子见证了她在这个世界上走过的路，也是她行走四方的动力。创榛辟莽以辟田地，经营农田，是我母亲的家族共同的事业。那块土地就是他们的家，这是我永远也体验不到的感觉；那块土地就是个怪兽，我太理解它了，因为那里发生的一切——我外祖母的不幸，我外公去芝加哥，我母亲来到美国，都是那片土地的魔力的体现。它支撑了这个家族，推动这个家族前进。我母亲一生的经历，都离不开那栋房子和农田的精神力量，尽管她已离开那个地方很久很久了。对我来说，这激起了我要理解这一切的热情。

第二章

我于1919年出生于爱尔兰凯里郡的沼泽区，那个地方再过几个农场就到了海边。那里的气候属于北大西洋的湿冷气候，但风光很美。我在七个兄弟姐妹中（其中一个夭折了）排行第五。那时我们很穷，我们的一日三餐无非是面包、茶、土豆、卷心菜，偶尔会有腌猪肉，一般是每年杀猪时才有。我父母在农场辛勤劳作。我们家有6头或8头奶牛，我们会把牛奶卖到巴利朗福德这个小村庄的乳品厂。我妈妈也养鸡，她把鸡蛋卖掉换钱。只有我们喝茶时要加的牛奶不会卖掉。

厨房有一扇两截门，上截总是开着，可能是为了让烧泥煤时冒的烟能散出去吧。厨房里有家畜的时候，这样厨房里的空气能好一点。厨房也有一扇不大的窗户，但窗户总是关着。窗户旁挂着一盏煤油灯。厨房里只有这么一盏灯。在厨房门和窗户中间有一张木桌，我们坐的椅子是蒂姆用麦秆编成的。厨房里还有一个用于放饭菜和其他食品的橱柜。在烧泥煤的灶台旁边是一个用于放衣服的衣柜，以防衣服受潮。这就是我们所有的家具。每个房间里都有一幅《耶稣圣心》的画，画前蜡烛

长明，每扇门后都有圣水盂，用于出门时画十字架。我
们有两个卧室，灶台后的卧室里有两张床，有两扇很小
的窗户，基本不怎么开。这两张床是这个房间里仅有的
家具。

——萨拉对 20 世纪 20 年代的阿哈纳格兰的回忆

我的母亲萨拉善于建立人际关系，也善于维持和修复人际关系。
她就是她的人际关系的总和。她不可能用另一种方式来展示自己。她
是杰勒德的妹妹。她是乔茜的小姑子。她是玛格丽特的女儿。她是我
的母亲。她对于自己与其他人的关系有很清晰的认知。她就是这样做
的。她在处理这些关系时，表现了足够的耐心和韧性，哪怕有些关系
变得生疏了，应当有个了断。

她的故事都是围绕她所认识的人、她所住过的地方、她所建立的
人际关系展开的。对她来说，有一点是挥之不去、梦牵魂萦的，但也
仅仅是心灵最终的归宿之地。她的余生是在一个遥远的地方度过的，
在她的圈子里，她与其他人保持联系。她对自己的理解方式，不同于
那些写自传的人对自己的理解。她并没有把自己看得多么与众不同，
因为她的行程遍布全世界。她谈得更多的是其他人，而不是她自己。
与其他人的关系才是重要的，正是这些关系，界定了她所知道和营造
的世界。

在那栋房子被烧掉之后，75 岁的萨拉回到了阿哈纳格兰。是我
陪着她一起回去的。她坐在乔茜的新厨房里和乔茜、杰勒德聊天。后
来，她独自一人到了外面，仔细地看着那烧后的老房子剩下的瓦砾，
那神情，仿佛是要下葬一具尸体。我默默地看着这一切。她包起几块

小石头，把它带在身边，带回了加利福尼亚。我只是感到好奇，这么多石头怎么会烧那么热。

这石头就是她出生的那栋房子的化身。这石头就是她母亲玛格丽特住过的那栋房子的缩影。正是在这栋房子里，玛格丽特生下了我母亲和她的兄弟姐妹，杰克·沃尔什成了孩子们的父亲。这石头见证了我母亲和她的兄弟姐妹在一起的时光。这栋房子敞开胸怀接纳了他们，一如当年接纳杰克·沃尔什和他的兄弟姐妹，此前还接纳过杰克·沃尔什的母亲。

在阿哈纳格兰的茅草屋里，玛格丽特·沃尔什先后生下了这几个兄弟姐妹。最先出生的是双胞胎内尔和玛丽，这姐妹俩性格迥异。接下来生下的那个孩子还没来得及取名字就夭折了，是这栋房子的匆匆过客。接着是杰勒德，也差点夭折。萨拉出生于 1919 年 12 月 26 日，圣斯德望节（St. Stephen's Day）。那时的爱尔兰，在圣斯德望节这天，三五成群的小孩要杀死一只鹪鹩，把它系在冬青树枝上。孩子们带着这些鹪鹩挨家挨户地串门，在每栋房子前停留时，都要唱歌跳舞，讨几枚硬币，好给鹪鹩下葬。在很多鹪鹩被杀死的圣斯德望节那天，我母亲出生了，她的两个双胞胎姐姐内尔和玛丽也是在圣斯德望节那天出生的。接下来是她的弟弟比尔，最后，家里最小的弟弟约翰尼出生了。

他们就在这栋小房子里慢慢长大。对于对方的行为，他们彼此调适自己，如今的我有时想，这样的房子恐怕是容不下两个性格一样的人。如果玛丽不停地怨天尤人，那么内尔就会屈从自己，一言不发地忍受玛丽的抱怨。如果杰勒德强烈要求各种活动，如果他只知道劳动的话，那么约翰尼一生下来就可以退休了，"甚至出生之前都可以退休了"（约翰尼的原话）。

如果你只是挨个观察他们，那么你是不会了解他们是如何一起成长的，你就不会理解什么是兄弟姐妹。但只要合而观之，你就用不着怀疑了。回乡后的萨拉，再一次成为他们中的一员，甚至她和她那一众姓霍利的表亲们也是如此。她的成长经历，决定了她不可能独自一人去闯世界，她也从来没有一个人去闯世界。她指导他人，她从旁观察，她制定规划，但她很明智，不会不明白一个道理：任何人，尤其是她那个时代、她所在的地方的女性，离了他人的帮助，就会一事无成。

在讲述她出生的情形时，她很注意把每件事与其他事情联系起来，把她自己置于与其他人的关系之中。在讲述她出生的地点时，她把她的出生置于一个特定的环境中。她把她自己置于与家人的关系之中。她是入世的，有时热情似火，有时谨小慎微。她出生的地方，以让人疯狂和自杀率高而闻名，她知道，当你从这个世界退却时，疯狂和死亡也就如期而至了。

她知道，这个世界是美丽的，也知道从这个世界"退隐"的必要性。一切都没有消散，它们很可能到了沃尔什家族兴起之地的某个角落。靠近香农河口的各个村镇依然风光旖旎，但这里已经没有了与历史的决斗，所以这片土地的主体仍承受着这个伤疤。森林不见了。到处是废墟。香农河为入侵者大开方便之门。真是动荡不断：阿哈纳格兰小镇和小镇周围，是大火烧后的修道院和荒凉的卡里加福莱城堡。这片土地向世人展示了自身所遭受的各种暴力和征服：五百多年来，这个地方就没有消停过。

玛格丽特和杰克·沃尔什的孩子们四散在各地。有的仍住在凯里郡。玛丽住在米斯（Meath）郡。比尔住在芝加哥，萨拉住在加利福尼亚。但是，一旦阿哈纳格兰的房子在他们心中占据了重要的位置，那么，即使他们的生活远离了那栋房子（除了杰勒德），他们仍然心系那栋房子。这是萨拉·沃尔什的系列故事的开端之地。正是在那栋房子里，萨拉开始懂得了什么是生活。

据她描述，阿哈纳格兰的房子是土坯砌的墙，土坯铺的地，但"土坯"（adobe）这个词是她后来在加利福尼亚学到的。这栋房子实际上是用石头和灰浆砌成的，墙体有一英尺多厚。屋顶是木结构，覆以编织的茅草。地面是夯土。室内有三个房间，一个阁楼。前后门都能通往厨房，而厨房是最大的一个房间。屋内只有一扇小窗户，在那扇小窗户的旁边，是家里唯一的煤油灯。厨房里有烧泥煤的灶台，灶台上方是一根长长的黑铁条，上面挂着一口大黑锅。那口大锅和烧水壶是他们仅有的炊具。灶台旁还建有一个烘衣室，家里的人可以把湿衣服放到那里烘干。厨房的其他地方放的是一张桌子和几把木椅，木椅上铺有编织的麦秆椅垫。

在灶台的后面，就是一个长长的房间，里面有两张铺有羽毛褥垫的床。她父母睡在一张床上，萨拉和她的两个姐姐内尔、玛丽睡在另一张床上。

厨房的另一边是一个小房间，上面有一个没用过的阁楼。这个小房间里有两张床，一个盛粮食的大木桶，当然，还有禁不住粮食诱惑的老鼠。萨拉的哥哥杰勒德、弟弟比尔和约翰尼以及她的表哥蒂姆——蒂姆和他们一起生活——就在这两张床上睡。晚上，当萨拉和家人在厨房诵《玫瑰经》时，她却在偷看老鼠沿着阁楼下方的壁架跑来跑去。

阿哈纳格兰是个不大不小的镇子。尽管萨拉和她的兄弟姐妹把杰勒德的农场唤作阿哈纳格兰，但实际上杰勒德的农场只是阿哈纳格兰的一部分。随着他们渐渐长大，这个镇子也由 120 人增至 200 人。当然，这个镇子的人口一度远不止这些。在过去的地图上，实际上有三个阿哈纳格兰：上阿哈纳格兰、中阿哈纳格兰和下阿哈纳格兰。在那些旧地图上，这个地名的拼写多了一个字母 g（即 Ahanagrang），但在 19 世纪末 20 世纪初的世纪之交，字母 g 就逐渐去掉了。至于这三个阿哈纳格兰的区分，在我母亲那个时代，人们还记得，但随着时光的流逝，这种区分渐渐消失了。

这个镇子并不是一个村镇，尽管巴利朗福德村的一部分就在阿哈纳格兰之内。这个镇子也不像美国的镇区那样呈纯粹的几何形状，可无限复制，后者那样规划的目的是便于土地售卖和收税。在饥馑之年到来之前，这些镇子都曾是独立的社区，从事农业生产的家庭之间通过婚姻联系在一起，从而农具、土地、牲畜都可以共用。但到了1919 年，就不是这样的了，或者说，不完全是这样的了，但这些镇子仍远不止乡村邻里的概念。住在这些镇子里的人们仍因是近邻而结成纽带，仍有一些共同劳动的场面，当然也少不了流言蜚语、家长里短。

阿哈纳格兰并非繁华之地。以爱尔兰的标准来看，这里的农场不算小——杰克·沃尔什继承家族农场时，沃尔什家族的农场有 28 英亩^①之多——但土地贫瘠。这些农场都是垦自沼泽地，土壤不多，产量极低。在 19 世纪 20 年代，这个镇子只有 14 英亩土地算得上是上

---

① 1 英亩 ≈ 6.07 亩。

等地。在 19 世纪 80 年代，由于中阿哈纳格兰那时是鲁辛（Rusheen）区连片土地的一部分，都柏林三一学院的一家土地代理人对这个连片土地根本看不上，理由是这片土地所在之地"十分寒冷，一半是垦自贫瘠的浅土层"。在 20 世纪 30 年代，一帮 12 岁的小孩，应老师的要求，讲述了这个镇子的情况，而孩子们对这块土地的看法是从他们父母那里听来的，看法都差不多："有一些土地很差，多数土地不怎么长庄稼，但没有一块地能好到长小麦。"

沃尔什家族的农场的位置，在某种意义上可以说是周围几家的中心。这栋房子位于巴利朗福德和巴利巴宁之间的公路的路边，阿哈纳格兰的一切都靠这条公路。当人们牵着牛从一个地头走到另一个地头，赶着驴和马车到乳品厂，或者驾着小马拉的双轮轻便马车去做弥撒时，都要经过沃尔什家门前。甚至有人去世时，遗体要运到教堂安葬，他们也会最后一次经过这栋房子。在冬季的晚上，左邻右舍也会凑到这里，在厨房里一边烧着泥煤烤着火，一边打牌或讲故事，讲各种鬼故事，有时还会讲他们听到的沼泽地上空号叫的女鬼的故事。他们还会讲爱尔兰"反侧时代"（Time of Troubles）的故事——爱尔兰人把始于维京人、下至英国统治时期所发生的、持续了近千年的入侵、征服、反抗、迫害的历史称为"反侧时代"。

这栋房子可以说是"聊斋"。只要在那里待的时间够长，你也会成为故事集里面的一部分。那就是萨拉·沃尔什在那里所认识的人的命运。他们都成了故事，如今由萨拉讲给我听。如果不是因为这个机会，我根本不会认识他们。但在他们成为故事之前，他们各自的故事就与萨拉的故事彼此交错了。她开始通过他们讲给她听的故事来界定自我。

　　我母亲萨拉出生时的故事，是别人讲给她的。我们所知的自己出生时的情形，都是从别人那里听到的。我们自己都不能回忆起刚出生时的情形，所以我们才把故事交给记忆。我们认领了这个记忆，使记忆成为我们自己的故事的一部分。如此，我们的人生故事，往往始于某个与我们关系极为紧密的事件，而这些事件我们又往往只能通过二手信息才能获知。于是，历史与记忆之间的淆乱开始了。

　　75 岁高龄的萨拉·沃尔什记得并建构了她在爱尔兰的故事，而这些故事有的是她母亲及其他人很久以前在阿哈纳格兰讲给她的，有些则来自亲身经历。至于说到底哪些是别人讲给她的，哪些是自己亲身经历的，已很难区分，因为在记忆中，她已把这些故事编织到一起了。它们看上去是已发生的事情的记录，但记忆是我们认为有意义的事情的动态记录。

　　我们会对故事进行剪裁加工。我们会对一些情节增删损益。谁应当是被了解的对象？通常我们不会把自己作为认识的对象。我们在变，我们的故事也在变。

　　但我们的故事宣称了对过去的主权。故事会告诉我们，事件是怎样发生的。这是未经审查的，是危险的。我们的故事就是行驶在过去的海洋上的船，因为过去不能开口说话，只能被保存在书页之中，或保存在任何活着的人都记不得的某个地方。

　　记忆是活的，已逝的过去会时不时地涌进记忆中，除非记忆本身连同本人死亡。我们可以把记忆记录下来，但它们就被固定在了纸上，就像做成标本的昆虫一样，在还活着的时候就被图钉钉住。我们可以把记忆传递下去，但这样一来，就成了别人（比如，我们的孩子）的记忆了；这些记忆仍活在我们的孩子身上。我们的记忆会代代相传，但也会代际递减。

历史虽然是死物，但能带来新的生命。历史本是过去的、死亡了的、消逝了的碎片，是历史学家让它"复活"了。从这个意义上说，历史有点像弗兰肯斯坦（Frankenstein）的怪物，会威胁到我们对自身的看法。

我活在过去的废物场中，某种程度上，只有其他历史学家才能深得三昧。我把这些片段强行拖进了当前，在当前，它们将和我母亲正面交锋。

第三章

奥拉伊利（O'Rahilly）生于 1875 年，在 1916 年都
柏林的复活节起义中牺牲。刊石为志，以资纪念……

——北凯里共和军士兵纪念委员会
所立牌匾，凯里郡巴利朗福德，1966 年

与萨拉父亲的农场粮食和牲畜可怜的产量相比，阿哈纳格兰的那
栋房子（萨拉在那里出生）产出孩子的"产量"就高得多了。萨拉的
父母杰克·沃尔什和玛格丽特·沃尔什同衾共枕十载就生出了七个孩
子，活下来的有六个。

孩提时代的萨拉眼中的阿哈纳格兰及周围的镇子基本上一成不
变，而且整齐划一，但阿哈纳格兰的成人、凯里郡的成人不这样看。
诚然，这栋房子、劳动妇女、成群的孩子、田间劳作在经历了三代人
后仍是如此，但还是发生了很大的变化。语言已从爱尔兰语逐步变为
英语。土地改革也开展了，地主在渐渐消失。现在，像沃尔什家族这
样的佃户也拥有了他们曾租种的农场了。萨拉出生之时，恰逢爱尔兰
自我解放的变革时期。在许多方面，爱尔兰的乡村已呈现全新的面
貌，尽管在萨拉眼里毫无变化。当然，有一点的确没有改变，那就是
向外移民。不论是阿哈纳格兰还是北凯里，都留不住在这里出生的

孩子。

　　杰克·沃尔什的父母共生下 12 个孩子，其中一个夭折，杰克·沃尔什是活下来的 11 个孩子中的一个。这 11 个孩子都移民了，其中 9 人再也没有回来。他很清楚，想让在阿哈纳格兰出生的孩子留在这块土地上，希望是何其渺茫。他也知道，那些离开家乡的人是多么思乡；当他的孩子们听说这个镇子会很快就把离开的人忘掉时，他也只能听任孩子们的选择。

　　杰克的父母威廉·沃尔什和埃伦·卡尔实际上是为美国而不是为爱尔兰生孩子。1870 年，埃伦生下了玛丽，从此之后的 25 年里，埃伦就一直在生孩子。他们的生育情况，在教区里有记录。通常情况下，他们的孩子生下没几天，神父就会在巴利朗福德的教堂里为他们的孩子洗礼。一直到 1878 年，每过一两年，家里就会添一名婴儿；此后，就不是那么有规律了。1880 年 4 月，约翰（其他人都喊他杰克）受洗礼；一年后，海伦出生了；又过了两年，伊丽莎出生了。我母亲的姑妈也叫萨拉，生于 1889 年，是活下来的孩子中最小的一个。威廉明娜生于 1894 年，但在出生后的第四天就夭折了，都没来得及在阿哈纳格兰的房子里住上几天。他们为她在家里做了洗礼。

　　每个孩子在受洗礼时都会得到一个爱尔兰语的名字，尽管他们都不会用爱尔兰语拼写他们的名字。神父也会用盖尔语拼出他们父母的名字，即 Hellena Carr 和 Guilielmo Walsh，这样拼写的名字给人以该地仿佛仍是爱尔兰而不是英国在控制的感觉。但颇为讽刺的是，这种刻意凸显爱尔兰风格的名字的婴儿，长大后几乎都注定要离开爱尔兰。

　　靠农场几乎养活不了他们。姑娘出嫁时要有嫁妆，但农场的那点收入根本不够。由于只有一个儿子可以继承农场，所以农场无法在几个儿子中间分配。威廉·沃尔什所租种的农场是一大片开垦的沼泽地，共 28 英亩，租金是每年 27 英镑。就连土地代理人私下也承认，这块土地根本不值这个价。威廉·沃尔什一生辛勤劳作，攒下了大量的债务和一大堆孩子。他去世时，欠下的租金就有 195 英镑。1887 年，他有 7 头奶牛（既有产奶的，也有不产奶的），10 个孩子。10 年后，他的牛群不见了，大部分孩子也不在身边了。在他去世的前一年，"牛舍"被吹倒了。土地代理人说，威廉·沃尔什"一贫如洗"，无法支付租金，也没有能力减少债务。他的妻子埃伦还得继续替他还租金：那块贫瘠的农场土地，欠下了 7 年的租金。

埃伦·卡尔在 25 年里不断生孩子，剩下的时光就是看着孩子们离开故乡。最后一个孩子还没出生的时候，第一个孩子很可能已经移民了。且不说夭折的威廉明娜，其他孩子没有一个在北凯里度过一生。

1919 年，当杰克·沃尔什的女儿萨拉出生时，只有杰克和他妹妹汉娜留在阿哈纳格兰，他们属于去而复返。汉娜嫁给了鳏夫帕特里克·霍利。比起财富，霍利更想要的是一个妻子，他们的农场离汉娜出生的地方不到半英里远，他们生了 10 个孩子。

杰克和汉娜不可能记得所有已经离开这个地方的人，因而他们两个人也不会对这些亲戚的故事思索半天，但作为一个小孩子，萨拉认为，那时她的身边总会有兄弟姐妹以及姓霍利的一众表亲。萨拉只是听过姑姑们和姑父们的故事，但没有见过他们，没有和他们亲密接触过，对他们没有形成她本人的记忆，几乎所有的故事都没有在她心里生根发芽。只有一个例外，那就是她姑妈姬蒂的故事。所有离开的人的故事，只留在真正了解移民的那代人的心中，而那些故事，则随着那代人的逝去，也烟消云散了。

　　曾经，姬蒂的故事也是如此。每一个新离去的人都会留下故事，所谓"人去留声"，但现在，一个人到底是什么时候消失的，很难确定，所留下的身后的故事也就虚虚实实、扑朔迷离了。1901年，威廉·沃尔什去世，从参加他的葬礼的人员中可以看出哪些孩子还在，哪些孩子已离开。据《凯里哨兵》（*The Kerry Sentinel*）报道，在巴利朗福德村，那些德高望重的老人都说，这么多年都没见过这样的葬礼。300辆轻型双轮马车、50名骑手把他护送到墓地，"极尽哀荣"，因为威廉·沃尔什是"最和蔼、慈爱的人"。该报纸还指出，就在一年前，威廉的哥哥在美国去世了，他是一名神父。

　　关于参加葬礼的情形，这些记述十有八九是夸大其词了，骑驴乘马参加葬礼的人数显然夸大了。多年来一直发布报告的三一学院的代理人称，在威廉·沃尔什去世前的几年里，"这块土地的承租人已极度贫困"。该代理人对这块土地的农场如是总结道："他们所拥有的土地数量虽然很多，但相当一部分是开垦的沼泽地。很多地已产不出什么东西了。他们所拥有的土地中，大部分是牧场，但牧产品质量实在不高，牧场长满了灯芯草，产品根本卖不出好价格。去年拍卖就失败了，收益都不够交税的。"他们所拥有的驴和马很可能很久之前就被抓走以偿还债务了。

　　与威廉的遗孀埃伦和她儿子约翰（杰克）一同出现在墓地的是四个女儿：埃莉（海伦）、莉齐（伊丽莎）、汉尼（汉娜）和萨拉。有六个子女未出现在葬礼中，他们极有可能在1901年时已到了美国。1919年，杰克的女儿萨拉出生了，此时只有汉娜和杰克还在爱尔兰。这时，土地已是他的了。他的哥哥和还在世的姐姐妹妹都去芝加哥了，不会再回来了。比起阿哈纳格兰，芝加哥接纳了更多的沃尔什家族的成员。

萨拉之所以还记得姑妈姬蒂移民的故事，仅仅是因为姬蒂把蒂姆（蒂莫西）留了下来。蒂姆一直住在离家很近的地方，以至于这位老人一辈子都没去过离家 20 英里的巴利巴宁。蒂姆成为姬蒂离开阿哈纳格兰这个故事的一个鲜活的记忆，也是整整一代人移出阿哈纳格兰的一个标志。他的在场，暗示着其他人的不在场。他是个没妈的孩子。姬蒂是因为不光彩的事情离开爱尔兰到芝加哥，因此她的故事的一部分就留了下来。

1897 年 1 月，24 岁的姬蒂·沃尔什产下一子。几天后，这个孩子受洗时取名为蒂莫西。记录簿上没有孩子父亲的名字，但谁都知道他的父亲是乳品厂厂主蒂姆·里迪（Tim Reidy）。

在当年的巴利朗福德，记录簿里没有父亲的名字或虽有名字但标记为私生子的，这种情形并不少见。蒂姆·里迪看来已是很多孩子的父亲，但同时，这些孩子他没有一个亲口承认。巴利朗福德流传的一个说法是，他"到处搞破鞋"。在超过十二年里，他乐此不疲，直到1911 年他和玛丽亚·麦克利戈特（Maria McElligott）结婚。他们于 5 月 6 日在巴利朗福德成婚，而不是按照当地的风俗在麦克利戈特的教区成婚。5 月 9 日麦克利戈特就生下了孩子。

在蒂莫西·沃尔什的父亲成婚的那一年，蒂莫西已 14 岁了。他是威廉·沃尔什所知的唯一一个外孙，但得到这个外孙的代价是搭上了自己的女儿。姬蒂别无选择，只能离开此地；如果她不离开，关于她的种种传言只能更加恶毒。姬蒂把她的孩子交给她的父母照看，只身前往芝加哥。在她之前，她的兄弟姐妹已来到芝加哥；在她之后，其他兄弟姐妹也来到了芝加哥。父亲去世时，姬蒂已在美国待了 5 年。到蒂姆·里迪结婚时，姬蒂已在美国待了足足 14 年。

萨拉听到了这个故事，把它讲了出来。在姬蒂、蒂姆·里迪、蒂姆·沃尔什去世很长时间后，这段已过去 100 年的露水情缘仍留在家族记忆里。蒂姆·里迪勾引姬蒂·沃尔什时，他并不知道这段露水情缘对未来留下了多么大的阴影。

随着萨拉渐渐长大，此类故事成为解释这个世界的生动素材，可以解释为什么有的人出现了，有的人消失了。这些素材属于私人记述，与之相随的还有公众记忆。个人记忆和公众记忆各自构建的世界，曾经落在那个活生生的生命体上，但当那个生命体死去，记忆和历史就开始啄食那个生命体，肢解那个生命体，拿走它们想要的部分。

要想深入了解这种肢解，你得步行穿过巴利朗福德，沿着巴利林公路走到一个十字路口，那里有镇子上最大的一栋建筑物。这就是姬蒂那个时代的奥拉伊利的出生地，迄今仍有一块纪念奥拉伊利出生的牌匾。

奥拉伊利出生的时候叫迈克尔·戴维·拉伊利（Michael David Rahilly），他父亲是理查德·拉伊利（Richard Rahilly）。在巴利朗福德，他父亲以"为富且仁"著称。至于姓氏中的 O'，不过是迈克尔·戴维故作惊奇之举。奥拉伊利应该认识姬蒂，当然，在那个不大的村子里，他至少应该见过姬蒂。

拉伊利家族和沃尔什家族都是天主教教徒，但他们分属两个世界。威廉·沃尔什只是个佃农，而且是一名穷苦的佃农。理查德·拉伊利认识并结交当地的地主，不管是信天主教的还是信新教的。他和他们有一样的雄心，也有同样的忧虑。1887 年，他参与了为巴利朗福德敷设电报的计划。他想得到当地最大的土地所有者三一学院的支持。他对三一学院在当地的代理人说，敷设电报将是一项明智的投资，"这样，当你遇到与佃户的纠纷时，就可以叫来警察部队"。当时的三一学院正为一帮佃农制造的麻烦而头疼不已，其中就有威廉·沃尔什，他不交租，还与"土地联盟"（Land League）有瓜葛。

奥拉伊利因求学而离开巴利朗福德，但在 1896 年又回到了凯里，当时蒂姆·里迪正和姬蒂·沃尔什眉来眼去。他很可能认识蒂姆·里迪，因为作为乳品厂厂主的蒂姆·里迪，在当地可不是个小人物。他很可能也听到一些关于蒂姆·里迪的风流韵事，也许他还嘲笑过蒂姆·里迪的那点破事。

最终，姬蒂和奥拉伊利都离开了巴利朗福德，只是二人是以不同的方式。虽然他们都横渡大西洋，他们的轨迹是不一样的，一如他们在自己的村庄时那样。当奥拉伊利在纽约与南希·布朗（Nancy Browne）成婚而后又去欧洲度蜜月时，姬蒂已在芝加哥待了两年。1905 年，当奥拉伊利到费城时（他在那里待了四年），姬蒂已在芝加哥立足。

与姬蒂不同的是，奥拉伊利还会从美国回到爱尔兰。他回到了都柏林，策划使爱尔兰摆脱英国、争取独立的运动，只是他谋求独立的方式多少有些不切实际。当时有信奉民族主义的形形色色的组织，这些组织有竞争关系，彼此也多有交集，但又各自为政。例如，奥拉伊利是爱尔兰志愿军（Irish Volunteers）的创立人，但算不上爱尔兰共和兄弟会（Irish Republican Brotherhood，IRB）的盟友。但爱尔兰共和兄弟会的很多成员却是爱尔兰志愿军的成员，他们加入爱尔兰志愿军的目的是想把后者变成实现自己目的的工具。1916 年，当爱尔兰共和兄弟会仍秘密鼓动爱尔兰志愿军发起反抗英国的起义时（尽管起义的条件还不成熟），奥拉伊利开始了生前最后一次爱尔兰西部之行，目的是说服爱尔兰志愿军待在原地。

奥拉伊利最终阻止了爱尔兰西部发动起义，但他和他的盟友没能阻止都柏林的复活节起义。当他得知起义爆发时，他驱车前往都柏林，下车后即与起义者并肩战斗。他停下车后，冒着枪林弹雨，走进都柏林的邮政总局。他本来不想战斗，但当他出现在那里时，他就投入了战斗，最后死于那场战斗。

奥拉伊利死于1916年都柏林的复活节起义。他的死是一种姿态；爱尔兰共和兄弟会想把这场起义定义为革命。他们在为使爱尔兰数百年来不得消停的"反侧时代"寻找高潮。爱尔兰共和兄弟会需要有人流血。

奥拉伊利并不信任爱尔兰共和兄弟会，但他的血却为后者所利用。他是在率领起义队伍向摩尔街（Moore Street）障塞冲锋时中弹倒下的。而后他又匍匐着到了一个门口，给家人写了一封信后就死去了。他在那个门口待了很长一段时间，这时一颗子弹击中他的腹部。他大喊着要水喝，但没人响应，因为摩尔街上所有能活动的人都被英国士兵杀死了。他是死于这场战斗的唯一的爱尔兰志愿军军官。

这封信表达了凯里人的政治观点。叶芝对此大加渲染。好的诗人往往会润饰增色，乃至过甚其词。在叶芝的诗里，奥拉伊利在他最终死去的门口写的不是信，而是他自己的墓志铭："奥拉伊利长眠于此，安息吧。"还说是用血写成的。

巴利朗福德的反叛者以他的名字来命名他们的新芬党俱乐部（Sinn Fein Club）——北凯里规模最大的组织。数年后，巴利朗福德在他出生的那栋房子前立了一块牌匾，上写："奥拉伊利生于1875 年，在 1916 年都柏林的复活节起义中牺牲。刊石为志，以资纪念……"

牌匾上写的是"以资纪念……"，但姬蒂·沃尔什没什么可纪念的。巴利朗福德不想记住在这块土地上生了个孩子而又逃离家乡的年轻女子。他们想要记住的是奥拉伊利，想要将他的死视为一个隐喻，暗示一个国家的诞生。很多情况下，与爱尔兰人相比，"爱尔兰的观念"看上去更重要。就我所知，只有那些认识姬蒂的儿子蒂姆的人，才会还记得姬蒂。我只是出于历史学家的一个对比的需要，才会在叙述奥拉伊利的章节中插叙姬蒂的故事。

奥拉伊利想要解放爱尔兰，而就姬蒂·沃尔什所讲述的而言，爱尔兰只是想把她"解放"出去。在巴利朗福德，天主教教徒的身份和爱尔兰人的身份，二者并非总能兼得。萨拉最终意识到，爱尔兰这个地方远比巴利朗福德复杂。姬蒂的故事就是第一把钥匙。

第四章

我常常听到这些故事。在我很小的时候，我也常常讲这些故事。"黑棕军"到来时，我正躲在堤坝后面。那个月夜里，我就在野外的空地里。可是，那时我还没有出生呢。

——萨拉的表妹特蕾莎·霍利

我们是一个渐渐死去的物种。等我们入土了，面包也没有了。下一代真是太懒了，懒到连面包都不会去烘焙。再到下一代，就更懒了，懒到都懒得吃面包了。

——萨拉的姐姐玛丽·班伯里

萨拉·沃尔什记忆中最早的往事发生在她记事之前。它们已有四百年之久。它们都是关于"反侧时代"的记忆。

她知道她所记得的事情，她记得那时她还不大。她记不得具体的年份，总之，那时的她还很小。那群人向她母亲玛格丽特·沃尔什咆哮。当时他们是在她母亲的厨房，他们是在她母亲的厨房里向她嚷的。他们不是爱尔兰人，他们是英国人，而且他们还带着枪。他们想要知道爱尔兰共和军（Irish Republican Army，IRA）成员在哪里，反叛者在哪里。她母亲不想告诉他们，可能也不知道。无论如何，她没告诉他们。这群人当中的一个是"黑棕军"的一员——萨拉现在当然认识他，而且还声称当时也认识他——这个人举起了步枪，拿枪托砸向玛格丽特·沃尔什的背部。枪托打中了玛格丽特的后背，她跟跟跄跄地倒下了。孩子们惊叫起来。那时的萨拉很小，也尖叫起来。她记得那时她很小，那时她在尖叫。然后，那群人离开了。这就是萨拉的记忆。

萨拉在讲起"反侧时代"时，她的声音是冷冰冰的，吐字清晰，短促有力。她目睹了枪托砸向她母亲的后背的过程。她也目睹了爱尔兰共和军的成员、反叛者埃迪·卡莫迪（Eddie Carmody）死于诊所十字路。她实际上目睹的是前者，而非后者，不过这个问题已经不重要了。对这两个场景的记忆已是合二为一了。

萨拉把这些故事变成她的记忆，在我孩童时就讲给我听，我完全进入了故事中，仿佛是我的故事。其时我对爱尔兰一无所知。对我来说，爱尔兰共和军就是爱尔兰，而爱尔兰就是我母亲。同样，对我来说，"黑棕军"就是英国，我把"黑棕军"与纳粹分子混淆起来，这是我对杀害我亲人的欧洲刽子手最初的认识。对于我母亲的故事，我入戏太深，以至于到现在我总是无法确定：我所记得的母亲所讲的发生在某地的故事是不是真的发生了，还是我把这些故事混到一起了。在我的记忆中，"黑棕军"的表现，就像过去的默片一样，突然就闯进了房子里。我那从未谋面的外祖母玛格丽特·沃尔什不肯说出爱尔兰共和军成员的藏身之处，但英国人还是找到了他，于是开始了追捕。他们在诊所十字路杀害了爱尔兰共和军成员埃迪·卡莫迪。这是我所记得的故事。这是我用我母亲讲述的故事中的若干片段自己拼接出来的故事。

我沉湎于这些故事中。在我的想象里，此类重大事件，又是我母亲极其庄重地讲出的，必定是她亲眼所见。在我的想象中，我的母亲虽然不是照相机，但她看到并记录了那些事情。但埃迪·卡莫迪被射杀时，萨拉·沃尔什还不过是个一岁的婴儿。当"黑棕军"闯入阿哈纳格兰的房子、殴打她母亲的时候，她不过是一岁多点的孩子。她曾说，她所记得的那些故事都是她后来听到的。和我一样，她也把别人的记忆移为己有。她讲给我听的那些最惊心动魄的故事——这是叙述她一生奋斗经历的起点——实际上也是最成问题、最为凌乱的。

还不止是她。比她年纪还小的表妹特蕾莎·霍利对这些故事惊愕不已。"我常常听到这些故事，"特蕾莎说，"在我很小的时候，我也常常讲这些故事。"这些故事太有感染力了，以至于特蕾莎也成了故事里的一个人物。当"黑棕军"开到时，她正躲在堤坝的后面。"那个月夜里"，她就在野外的空地里。"可是，"如今的特蕾莎说道，"那时我还没有出生呢。"

这些故事很重要。它们都是极能打动人心的素材：你越是走近凯里郡，就越能感受到它们的感染力。

它们何以产生如此的感染力，这个问题并不好回答。埃迪·卡莫迪是这些故事的焦点，因为埃迪·卡莫迪是"反侧时代"的巴利朗福德最具代表性的人物。只要你声称和埃迪·卡莫迪有关系，哪怕是一丁点的关系，你就拥有了某种权威。只要你讲起他的故事，别人无论愿意不愿意，都会听下去。

在沃尔什家族里，萨拉的大姐玛丽讲述了关于埃迪·卡莫迪的最权威的故事，因为她是沃尔什家族或者说霍利家族中仍健在的、曾目睹卡莫迪倒在血泊中的人。玛丽称，她当时六岁，从学校放学回家时看到路上有血迹，那条路正是他们拖曳卡莫迪经过的路。1981 年，我和母亲在爱尔兰时，有一天下午我们到了我母亲的弟弟（也就是我舅舅）约翰尼家。舅舅不在家，舅母希拉坐在炉子旁她常坐的那个座位上。萨拉坐在约翰尼的座位上。至于玛丽坐在哪儿，希拉的女儿（也就是我的表妹）玛吉坐在哪个位置，我就记不得了。我对有关爱尔兰共和军的话题很感兴趣，就拿笔记了下来。我不能全靠记忆。

那一年，即 1981 年，贝尔法斯特的"迷宫"监狱——隆凯西（Long Kesh）监狱爆发了绝食运动。我们在爱尔兰的那段时间里，博比·桑兹（Bobby Sands）死了，乔·麦克唐奈（Joe McDonnell）也死了。桑兹和爱尔兰共和军都知道"反侧时代"的力量。在爱尔兰第一次争取独立的斗争的那个年代里，特伦斯·麦克斯威尼（Terence MacSwiney）死于 1920 年的绝食，而对于桑兹的死，人们很容易将其与特伦斯·麦克斯威尼的死联系起来。爱尔兰共和军的政党新芬党为都柏林奥康内尔（O'Connell）大街的牺牲者制作了吊唁簿。巴利朗福德的栅栏上、灯柱上到处挂着黑旗。蒂珀雷里（Tipperary）和利斯托尔广场上的雕塑也被蒙上了黑布。过去的抗争又一次在爱尔兰上演。正如爱尔兰共和军所宣称的，那个"反侧时代"又回来了。果真如此吗？博比·桑兹的确死了，但他的死能成为"反侧时代"的标志吗？

在事件发生前的几天，我母亲、我母亲的姐姐玛丽、我的表妹玛吉和我九岁的儿子杰西（Jesse）都在都柏林。玛丽拒绝在纪念绝食家庭的吊唁簿上签名。玛丽认为，爱尔兰共和军都是些蠢货（idiots，我所有的舅舅和姨母都会读成 idjits，不管他们身在爱尔兰还是在美国），但她还是把他们的报纸带回来了。其时我们正作为游客住在格雷沙姆（Gresham）酒店，在吃傍晚茶时，她把报纸上的内容念给我们听。玛丽有些驼背，身上穿着她母亲曾穿过的黑色的农妇样式的衣装，和爱尔兰共和军的报纸一样，显得有些别扭。

在约翰尼家的厨房里，玛丽和希拉痛批了爱尔兰共和军近来因实施犯罪而致自身死亡的事件。他们并不是爱尔兰共和军中的善类，他们的死亡，并不能成为"反侧时代"又回来了的标志。1981 年的时候，萨拉对她故事中正面形象的爱尔兰共和军与当前的爱尔兰共和军之间的区别，还没有像现在这样区分得十分清晰。那时的她不大愿意承认爱尔兰共和军杀死了无辜的人。她倒是想将博比·桑兹、乔·麦克唐奈与埃迪·卡莫迪和"反侧时代"的那些殉道者相提并论。

但玛丽更看重修辞，而且她也不想放弃修辞。她主导了那次谈话。她是沃尔什家族中目睹了那场革命的唯一健在者。她提到了那场革命中的每一个人。她每天都会从学校放学回家，她目睹了那起著名的死亡事件，这使得她掌握了关于"反侧时代"的标志的第一手材料。

埃迪·卡莫迪的血，到了玛丽手中，就成了一种危险的武器。她随心所欲地使用这种武器。没法预料她会把这件武器指向哪里，也没人告诉你谁会成为靶子。她极为夸张地谴责了爱尔兰共和军，但赞扬了玛格丽特·撒切尔。但在某一天的早上，由于背景发生了变化，她又是另一番论调，她谴责了撒切尔，还坚定地认为英国的选民正在支持爱尔兰共和军。

最终，玛丽用埃迪·卡莫迪的血，把爱尔兰共和军传唤到了她自己的法庭。她所讲的所有故事，归根结蒂都会归到这一点。玛丽蓄积了对当下的不满和对过去的愤懑，她的故事是她的武器。每次聊天时，她都会感到精疲力竭，因为她说的每一句话都带着不满的情绪。在她讲的每个故事中，她都会在难以置信的荒诞不经的具体描述中，形成血亲般的认同。在她的故事中，死人开口说话了。在这些故事中，经常出现诸如"他说"或"她讲道"这样的表述。在玛丽的法庭上，每个人都是有罪的。在玛丽谴责死者时，就连一句流言蜚语、对上帝或他人的一次冒犯都不会放过。但不管死去的人有多么坏，在玛丽看来，还不是最坏的，最坏的人总是即将到来的那一代人。"我们是一个渐渐死去的物种。"她曾对我母亲如是说道，"等我们入土了，面包也没有了。下一代真是太懒了，懒到连面包都不会去烘焙。再到下一代，就更懒了，懒到都懒得吃面包了。"萨拉很认同这个看法。玛丽的说辞引起了她的愤慨，她重复着玛丽讲的每件事情。只有她的兄弟姐妹才会使她如此解颐。

对玛丽来说，"反侧时代"俨然成了现代爱尔兰日常生活的心灵栖息之所。1981年还爆发了公共汽车罢运事件。这件事又让玛丽没少唠叨，事情本身并不重要，重要的是，这是爱尔兰出现问题的又一个表现。她对公共汽车罢运事件批判个不停，由此又转而喋喋不休地批判起爱尔兰。"这就是我们无论如何都摆脱不了的问题，懒惰。"她说，"爱尔兰想要的是钱，而不是工作。"我问她如何看待这次罢运事件，她说："他们都是恶棍。他们太懒了，不想工作。他们晚上只会酗酒，而不是清扫公共汽车。所以他们开除了一个人，于是所有人就罢工了。爱尔兰真是没救了。"

由公共汽车罢运事件，玛丽认为爱尔兰已毫无生机，只有饥饿和抗争。在"反侧时代"里，埃迪·卡莫迪固然死在诊所十字路，但自此以后，爱尔兰既没有发生饥荒，也没有发生战争。"反侧时代"给爱尔兰带来了自由，而在玛丽看来，自由又带来了堕落。饥荒和战争是玛丽的一种怀旧。

　　玛丽让我捉摸不透。她的凯里土腔太重，其中有一半的内容我不得不让我母亲给我解释一番。我母亲所解释的那一半内容，听起来都是过甚其词，充满了仇恨，怪异难解，不大可信，以至于我的第一反应是：这些不可全信。她在六岁时目睹有人死去，何以在六十多岁时就可以成为解释爱尔兰政治的权威？我始终想不明白。

　　我之所以有这些疑惑，这说明我还不了解"反侧时代"，不了解凯里，不了解何以巴利朗福德体现不出时间的变化。正是在巴利朗福德，萨拉形成她最初的记忆，听到第一批故事。只是，在我逐渐成为历史学家的过程中，我把事情弄得更糟糕了。

　　当我试图把这些故事串成历史时，我面对的是一个不一样的过去。历史与故事，并不是遵循同样的规则。在萨拉年轻时所讲过的关于爱尔兰的故事中，并没有总像我预期的那样体现出时间的变化。我本来认为，人总是处于时光流逝之中，随着时钟转了一圈又一圈，人的年岁在增长。我认为，人是不可能跳到时间之外的。我认为，时间具有唯一性特征，因为时间单位都是统一的：分钟、小时和日。

　　但在萨拉的故事里，过去并不是只有一幅画。在她的故事里，有不同版本的过去，犹如一面墙上挂了两幅画。一个画框的内容是日常生活，里面是日复一日、反复重复的日常行为。由于这些行为是重复的，也就没有必要对每件行为的发生时间、特殊性、行为的完成者等都详细说明。有谁会去关注某个人某天、第二天、第三天会坐在哪把椅子上？我们只需要知道有这么一把某人经常坐的椅子即可。

　　然而，非比寻常的事情总是有的。为了说明非比寻常这种情形，萨拉和凯里还有另一种记忆："反侧时代"。对历史学家来说，非比寻常的事情是指在挤奶、挖泥煤、刨土豆等日常生活之外突然发生的事情。但萨拉和凯里的邻居们都认为此类事情是上帝的惩罚。此类事情发生在日常生活之外，人们只能将其与其他非比寻常的事情联系起来，无论后者发生在多么遥远的过去。英雄与英雄并立，殉道者与殉道者同在，仿佛他们不是凡胎生的、凡人养的，仿佛无凡人床笫之欢、口腹之欲。

"反侧时代"就是个画框，里面是一系列非比寻常的事件。在这个画框中，凯里人把过去的图片放在一起，不断地排列组合。"反侧时代"与其说是按编年史的方式的讲述者，不如说是古今联姻的媒人。我曾向我舅舅和姨母问及有关爱尔兰共和军成员倒下的那座医院的塔楼废墟和牌匾的情况，得到的答案是一样的："反侧时代"。

"黑棕军"来到厨房，埃迪·卡莫迪死在路上，这还是逻辑上尚能说得过去的排列组合。把这些图片拼好，让时间停住，大门洞开，进入时间隧道，开启一段时间之旅。穿过这样的隧道，我们到了当时军队的驻地——卡里加福莱城堡，在1580年的德斯蒙德（Desmond）之乱中拔剑而起；是年，在利斯拉丁修道院的正祭台上，三名托钵修会会士被人用棍棒活活打死；然后到了17世纪40年代，又有几名托钵修会会士被克伦威尔（Cromwell）的人杀死。埃迪·卡莫迪和他们在一起，虽然相差了好几个世纪，但时间似乎并没有把他们隔开。很多人死于"反侧时代"，但在巴利朗福德，只有埃迪·卡莫迪代表了这些死去的人；人们也认为只有埃迪·卡莫迪能代表那些死去的人。

但历史就不同了，因而对"反侧时代"的这次普通事件的记忆方式也就不同。从历史的角度看，埃迪·卡莫迪之死只是特定时空之下一名爱尔兰乡间人士的特定死亡事件而已。僧侣们卒于1580年，埃迪·卡莫迪卒于 1920 年。对历史学家来说，这是两起独立的死亡事件，相差了好几个世纪，死亡原因也各不相同。但对于那些看到"反侧时代"相框里的所有死亡事件的人来说，他们就会以另一种方式来理解这些死亡事件：它们并不是"反侧时代"的多起死亡事件，而是一起死亡事件的无限重复。这是英雄式的死亡，它在呼唤复仇。在萨拉和巴利朗福德的记忆里，死亡只有一种，即死于英国人——不管是克伦威尔的人还是"黑棕军"——之手。

"反侧时代"持续了好几个世纪，但在每个人的生活中，仿佛只是一刹那。在萨拉的生活中，它们只是"黑棕军"突袭、埃迪·卡莫迪死亡这几个瞬间而已。如果说"反侧时代"有什么意义，那么这种意义就是表达他们的反抗意见。他们还是需要日常生活。

玛丽知道这一点，她经常将她讲的关于埃迪·卡莫迪及"反侧时代"的故事与她讲的关于麦凯布（McCabe）的故事糅合在一起。在玛丽的故事中，麦凯布是作为埃迪·卡莫迪的对立面而出现的。麦凯布身处英雄之间，却没有成为英雄。他生活在悲剧时代，却没有成为悲剧。麦凯布想得到的是远祸避害，这就是他从未在玛丽的故事中如愿的原因所在。埃迪·卡莫迪成了超凡入圣者，成了"反侧时代"的代表性人物。但麦凯布只汲汲于日常生活。

麦凯布是革命的舞台背景的一部分，他的生活状态如果一直那样的话，倒也幸福。爱尔兰共和军成员布雷恩·奥格雷迪（Brian O'Grady）还记得喝得醉醺醺的"黑棕军"在夜间开枪射杀埃迪·卡莫迪时，他当时正站在麦凯布的店铺旁。

那天，"黑棕军"放火烧了麦凯布的店铺，这是玛丽经常讲的一个故事。1921 年 2 月的一个早上，麦凯布开门时发现门外有一队"黑棕军"。他不想看到他们，麦凯布顿时很紧张。他觉得，天气也许是个比较保险的话题。"早上可真冷啊。"他边说边跟他们打招呼。

"我来给你暖和暖和吧。"一名"黑棕军"成员说，紧接着将店铺付之一炬。

"我来给你暖和暖和吧……"玛丽每次讲到这个故事时，都会重复这句话。她笑了起来，听她讲故事的人也跟着笑了起来。这显然是只有巴利朗福德的人才能听得懂的抖机灵的话，只有"黑棕军"的人才会说出这样的话。当然，这句话不见得抖了多少机灵，但当时的巴利朗福德的人都认为英国人愚笨而冷血，他们任何一句抖机灵的话听起来都会那么刺耳，都会被记住。

三一学院的土地代理人詹姆斯·韦尔普莱（James Welply）随后向学院财务主管报告了麦凯布店铺的损失情况。需要说明的是，这个店铺其实是麦凯布从三一学院租用的一间农舍。他是这样写的："1921年2月23日，店铺被皇家军队毁坏。"

在玛丽所讲的故事中，麦凯布的店铺被烧毁一事从未单独出现过。她往往将其与反侧渐消之后的日常生活联系到一起。玛丽说，麦凯布又开了一家新店。后来，由于某种原因（现在已无人能想起到底是什么原因），他牵着马穿过新店铺进入店铺后面的大院子里。这是由四周的大楼外墙围起来的大院子。这匹马勉强能穿过那些门进到院子里，正过门时，马腾空而起，然后就死了。马死的时候，身体都会膨胀，这匹马也不例外。只是这匹马膨胀得实在是厉害，麦凯布都不能把它拖出店铺。死马对生意不利。他店铺的生意每况愈下。店铺臭气熏天。不仅如此，臭气还大到整个巴利朗福德都能闻到。死马成了村里人普遍关心的问题。实在是没办法把这匹马移走。村民不得不把这死马大卸八块，砍下马腿，把散发着恶臭的腐烂部位移出店铺。每个人都觉得这件事很搞笑。这是"黑棕军"烧掉麦凯布的店铺过后，发生在麦凯布身上最滑稽的事情了。

在玛丽的故事里，麦凯布倒有些能耐，从而挺过了悲剧时代，没有成为悲剧；他擅长讨生活，但历史有其自身的曲折变化，很多时候是讽刺性的一波三折。麦凯布也有子女，他的子女又会生孩子。他的孙子杰里·麦凯布（Jerry McCabe）在巴利朗福德上学。我表妹表弟都认识他。在"反侧时代"看上去已过去的岁月里，他成了一名爱尔兰警察。1996年，他在护送军车时，被一小撮试图劫持军车但又笨手笨脚的爱尔兰共和军杀死。和埃迪·卡莫迪一样，他死在了路上。

第五章

爱尔兰共和军战友谨立此牌匾，以纪念 1920 年 11 月 22 日被英国皇家军队杀害的巴利朗福德郡的埃迪·卡莫迪中尉。

——埃迪·卡莫迪牌匾上的文字，凯里郡巴利朗福德

萨拉在讲述她的故事时，不需要了解爱尔兰独立战争的历史。她不需要将这些事情放置在历史中考虑。英国人做出令人恐惧的事情，只是因为他们是英国人。他们本性如此。你能认出他们是英国人，因为他们做出了令人恐惧的事情。杀人者总是英国人，尽管其实他们有时是威尔士人、苏格兰人或北爱尔兰人（乌尔斯特人）。爱尔兰人之所以抵抗，是因为他们是爱尔兰人。他们是反抗者。他们本性亦如此。如果他们没有反抗，那他们就是叛徒。

对萨拉来说，重要的并不是要理解何以"反侧时代"又回来了，而是承认"反侧时代"回来了。"反侧时代"的意思是：要么死于外国人之手，要么就是叛徒。埃迪·卡莫迪死了，表明"反侧时代"的到来。尽管 75 年前，没有人死于阿哈纳格兰的厨房，但埃迪·卡莫迪的例子足以表明死亡的威胁就在眼前。

但我是一名历史学家，是作为一个成年人在听萨拉的故事，因而对埃迪·卡莫迪的例子格外上心。在萨拉讲的这些故事的一开始，我就能感受到，她正在把我导向会使我迷失方向的某个地方。我能感受到，她在用埃迪·卡莫迪来划分时代，把日常生活时期和"反侧时代"区分开。对她来说，埃迪·卡莫迪是一名英雄，是一名只存在于英雄气概的那一刻的英雄。他就像圣骨，他那流血的躯体把萨拉和玛丽系之于"反侧时代"。他是优入圣域者。他是天主教教徒的革命者。

我是一名历史学家。我不相信有什么人能优入圣域。只有每天的生活是真实的。我知道，记忆也有历史，所以我也开始精心梳理我自己的记忆的历史。埃迪·卡莫迪不单单是在路上流血不止的躯体。这次是我（而不是我母亲萨拉）想了解他死在路上之前的情形。我只想了解他作为大农场主的儿子时的情形。只是，要实现这个愿望并不容易，因为所有有关他的生活的记录，都是按他死亡时的情形写就的。

我必须跳出我母亲的回忆。于是我跃入了历史的领域。我们秉持各自的立场。

与我母亲的记忆相比，我的领域就显得平淡无奇，其权威性是不确定的。须有英国人的报告和爱尔兰人的目击记录，须有当时的记录和事后追忆的记录，才能建构起历史。要发现集体记忆，过程并不轻松。

1916 年的巴利朗福德，街坊邻居们还不至于因为政治的原因而厮杀。在奥拉伊利死于复活节起义之前，爱尔兰志愿军正与他接触。但爱尔兰志愿军还在和当地的基层警察一起打牌。当地的警察也没有视爱尔兰志愿军为危险分子。当都柏林的英国人通过奥拉伊利的文件，发现巴利朗福德的爱尔兰志愿军的通信联系方式后，他们把爱尔兰志愿军的名单寄给了当地的警察。但这些志愿军成员和警察都是街坊邻居，警察拒绝逮捕他们。志愿军虽然咄咄逼人，也进行了军事训练，但警察并不把他们看成是崇尚暴力的革命者。复活节起义爆发后，警察提醒志愿军成员，要他们销毁来自奥拉伊利的一切信件。这还不是巴利朗福德的"反侧时代"，尽管这些街坊邻居中的一些人想要杀死这些基层警察。

埃迪·卡莫迪是爱尔兰志愿军（后来的爱尔兰共和军）成员，从村里偷了短枪，但与此同时，舞照跳，酒照饮，天儿照聊，乡村生活一切照旧。种种迹象表明（当然这些都是马后炮），人们希望爱尔兰志愿军及 1919 年后改称的爱尔兰共和军走出日常生活，走进"反侧时代"。当时的巴利朗福德教区神父坎农·海斯（Canon Hayes）将埃迪·卡莫迪和与他相似的人，与几百年来的流血冲突和杀戮中涌现出的神圣的殉道者联系起来。在一次布道（埃迪·卡莫迪本人应该听过这场布道，萨拉的父亲杰克·沃尔什和母亲玛格丽特·沃尔什很可能也听过这场布道）中，坎农·海斯说，他不会谴责偷枪的人，因为他们是在为爱尔兰过去七百多年里一直为之奋斗的自由而战。坎农·海斯的这场布道实际上是在暗示，若在平时，认为拿走别人的枪就是盗窃，这样的标准，如今已过时。"反侧时代"有"反侧时代"的标准。

坎农·海斯已然看到"反侧时代"的到来，他和其他人都盼着"反侧时代"的到来。在巴利朗福德居住了多年的利亚姆·斯库利（Liam Scully）于 1919 年搬到了利默里克。1920 年，在基尔莫拉克（Kilmollack）警察局遇袭事件中，他被杀害。爱尔兰志愿军与基层警察之前的邻里守望相助的关系，至此已破裂。随着爱尔兰共和军的崛起，事情变得更严重了。爱尔兰共和军开始向基层警察开枪，"黑棕军"也开始搜捕、杀害爱尔兰共和军。

1920 年 4 月，来自巴利多诺霍（Ballydonoghue）的爱尔兰共和军成员在盖尔（Gale）桥杀死了准尉军官麦克纳（McKenna），打伤了巴利朗福德的另外两名警员，其时两名警员正从利斯托尔领完工资回来。杀死麦克纳的并不是巴利朗福德的爱尔兰共和军，但那有什么区别吗？

没过多久，"黑棕军"就开进了巴利朗福德，以加强当地的警力。"黑棕军"是英国部署在爱尔兰的警察部队，是辅助性的军事力量。爱尔兰共和军的持枪者正在射杀这些基层警察。和麦克纳准尉一样，几名警员也遭伏击身亡。有的警员担心生命有危险而辞职。有的警员辞职是因为他们的家人受到了爱尔兰共和军的威胁。

英国人不承认这是一场革命。对英国人来说，爱尔兰共和军成员是罪犯。为了加强毫无战斗意志的警察部队的力量，英国政府组建了"黑棕军"。萨拉·沃尔什说，"黑棕军"的成员都是本应待在英国监狱里的社会渣滓，而且她那一代人都是这样坚定认为的。"黑棕军"成员的制服也被他们认为是囚衣的样式。实际上，"黑棕军"成员大多数是英国的退役士兵，是"一战"后无法适应战时转为平时的新生活的退伍老兵。"黑棕军"成员也需要一份工作，他们是一群不再受严格军纪约束的人。对巴利朗福德的居民来说，有些"黑棕军"成员还不只是没有了严格军纪的约束。在爱尔兰，他们可以以镇压杀人犯和抢劫者的名义实施谋杀、杀人、打劫。他们身穿卡其色制服，头戴黑绿色帽子，腰扎警用皮带。在利默里克，这一伙儿人酗酒之后，又是砸窗户，又是袭击平民。在对利默里克一番骚扰之后，当地的居民就把他们称为"黑棕军"。

巴利朗福德成为反抗活动的中心。1920年11月，爱尔兰共和军获悉"黑棕军"要对巴利朗福德展开军事行动，于是命令巴利（Bally）商行秘密储运武器，向农村地区发放武器，并在得到爱尔兰共和军高层的直接命令之前，不得采取任何行动。11月23日，地区巡官托拜厄斯·奥沙利文（Tobias O'Sullivan）到了巴利，满载"黑棕军"和警察的四五辆卡车也开到了那里。

爱尔兰的乡村一直处于日常生活的状态，直到爱尔兰共和军向"黑棕军"发起攻击。1920年11月23日的一天晚上，埃迪·卡莫迪没有带枪，还认为11月的这一天与往日无异，于是来到巴利商行打牌。街上到处都是喝得醉醺醺的"黑棕军"士兵，肆意地开枪射击。于是，埃迪·卡莫迪和共和军的其他成员夺路而逃。他们藏在了诊所十字路附近，但他们把来自卡里格的"黑棕军"成员当成了志愿军，于是他们暴露了，"黑棕军"朝他们开枪。

爱尔兰共和军的另一名成员布雷恩·奥格雷迪听到了枪声。当时他正藏在附近涨潮的小海湾里。他意识到肯定有人受伤或被枪杀。过了四五分钟，他听到有人大喊："我们击毙奥格雷迪了！"紧接着又是一阵枪声和欢呼声。他们击毙的不是奥格雷迪，他们击毙的是埃迪·卡莫迪。那四五分钟的静默是埃迪·卡莫迪生命中最后的时光。尽管在第一波枪击中他受伤了，但他还是翻过了一堵墙。但翻墙之后被"黑棕军"发现，于是开始了第二波枪击，他被打死了。

在埃迪·卡莫迪死后的几年里，关于埃迪·卡莫迪的故事不断被添枝加叶，大加渲染，不仅把他的死与爱尔兰共和军的同志联系起来，还与许久之前英勇的牺牲者联系起来。有人把他的死想象成这样的场景：他被带到军营时还活着，遭到了严刑拷打，要他供出他的同志。当然，和爱尔兰的爱国者一样，他拒绝了敌人的这个要求。

"黑棕军"把埃迪·卡莫迪拖回军营时，他差不多已咽气，但这并不妨碍前述版本的故事的流传。在有关军营的第一个版本的故事中，他们把他的尸体拖到了一个堆放生火用的泥煤的屋子里。在后来的版本中，抛尸地点就变成了军营的外围建筑。埃迪·卡莫迪的家人于次日早上领回了他的尸体。

"黑棕军"终结了埃迪·卡莫迪的日常生活。他们把埃迪·卡莫迪变成了"反侧时代"的人物。多萝西·麦克阿德尔（Dorothy Macardle）编了一本《凯里的悲剧》（*Tragedies of Kerry*），里面不厌其烦地罗列了为革命而死的人的名单，埃迪·卡莫迪亦名列其中。她把每个名字都对应到某个地名上，形成了荷马式的抑扬顿挫感：杨·斯坎伦（Young Scanlon）被谋杀于巴利巴宁，卡莫迪被谋杀于巴利朗福德，霍利亨（Houlihan）被谋杀于巴利达夫（Bullyduff），弗朗克·霍夫曼（Frank Hoffman）被谋杀于特拉利，比尔·麦卡锡（Bill McCarthy）被谋杀于利克斯瑙（Lixnaw），约瑟夫·泰勒（Joseph Taylor）被谋杀于格伦卡（Glencar）。戈塔加尔纳（Gortaglanna）的土地上矗立着三个十字架，上面写着三个名字：帕德里克·多尔顿（Padraic Dalton）、帕德里克·布雷思纳奇（Padraic Breathnach）、迪尔米德·莱昂斯（Diarmuid Lyons）。从卡斯莱兰（Castleisland）到特拉利的公路上，一个十字架上写道："谨以此纪念为捍卫爱尔兰的自由而牺牲的丹尼斯·布罗德里克（Denis Broderick）。1921年5月24日。"每位读者都知道，这份名单向前追溯了好几个世纪；每位读者都知道，每个地方都因为有人牺牲而成为神圣的地方。

在1920年和1921年，古代的爱尔兰与英国之间的斗争让萨拉和她家族的人都义愤填膺。爱尔兰共和军刺杀了利斯托尔的地区巡官奥沙利文，"黑棕军"放火烧掉了科林斯的乳品厂、木材加工厂和酒馆。爱尔兰共和军组织了北凯里飞行纵队，开始了反击。到1921年2月，凯里的主要公路只有一条还通车。飞行纵队可谓神出鬼没。爱尔兰共和军阻断了公路，在公路上开挖堑壕。于是，10英里的路程，汽车或卡车通过时往往需要四五个小时。

对巴利朗福德来说，最糟糕的日子是1921年2月。2月22日，爱尔兰共和军第六营在巴利朗福德设伏。他们杀死了"黑棕军"的一名成员，重伤数人。第二天早上，"黑棕军"实施了报复。开进巴利朗福德的"黑棕军"士兵有数卡车之多。"黑棕军"放火烧掉了那里的房屋，暴打那里的居民。他们共烧了威尔（Well）街的14幢房屋。他们的所作所为和之前把房屋烧成一片废墟的行为没什么两样。他们烧的第一幢房屋就是麦凯布的店铺。他们还烧毁了三一学院的一间农舍，当时是约翰娜·卡莫迪（Johanna Carmody）在租住。约翰娜·卡莫迪是个寡妇，有六个子女，其中的三个还患有骨科疾病。这幢屋舍破败不堪、摇摇欲坠，但她一家还是住在里面。她太穷了，穷到自1917年以来一直付不起房租。

"黑棕军"在巴利朗福德纵火之后，又到该地区其他地方烧杀劫掠。他们很可能就是这一次到了阿哈纳格兰，殴打了玛格丽特·沃尔什。萨拉那时才一岁多。

这就是萨拉讲述的关于埃迪·卡莫迪之死和"黑棕军"殴打她母亲的故事的背景。但我认为，尽管这样的历史是不可或缺的，但它也是不完整、不充分的。每当我回到埃迪·卡莫迪死亡的那个地方时，我都会有这样的认识。

　　埃迪·卡莫迪死在巴利朗福德村外的诊所十字路。牌匾是用爱尔兰语和英语写的，内容是："爱尔兰共和军战友谨立此牌匾，以纪念1920年11月22日被英国皇家军队杀害的巴利朗福德郡的埃迪·卡莫迪中尉。"日期显然写错了。日期并不重要；在"反侧时代"里，出现各种版本的日期都不奇怪。

　　除了这块牌匾，诊所十字路再也没有"反侧时代"的其他标记了。牌匾的周围仍是日常生活状态。那个十字路曾因诊所而命名，如今那个诊所早就不见了。政府建了一排公共住房，大门正对当年诊所的位置。农舍前时闻犬吠声，公路上经常见到儿童骑自行车玩耍。如有小汽车按喇叭经过，孩子们就会分散开，排成一队，伸出胳膊，形成一个缓慢移动的路障。

　　但在诊所十字路，我意识到我丢掉了某种东西。满目所见，都是日常生活。骑自行车的孩子，汪汪叫的狗，一切又恢复到日常生活的状态，除了我写下的历史中会涉及埃迪·卡莫迪，没人再关注他了。他只会出现在诗里，出现在纪念他的牌匾上。关于埃迪·卡莫迪的回忆和故事有很多，但是萨拉所理解的埃迪·卡莫迪是"反侧时代"的牺牲者，很难想象，埃迪·卡莫迪的真实历史对于萨拉来说将意味着什么。

　　萨拉对她的记忆坚信不疑。我能够讲出这段历史的一切，但不会出现埃迪·卡莫迪和萨拉的记忆。当我将埃迪·卡莫迪和萨拉的记忆置于此背景下考虑时，也仅仅是为了看二者是如何越界的。

　　1921年3月以后，发生在巴利的战斗渐渐消停，1921年7月签订停战协议，和平终于降临。"黑棕军"撤走了。不过，杀戮还在继续。但萨拉和她的兄弟姐妹都没有提到这些杀戮。之所以没有这些故事，是因为这些杀戮已演变成内战，革命的英雄们开始彼此厮杀了。

1921年年底，"黑棕军"已撤出。这时的萨拉·沃尔什差不多两岁了。1921年爱尔兰与英国签订的条约允许爱尔兰南部自治，"黑棕军"从该地区撤出。"反侧时代"渐渐过去了。

萨拉说，她还记得，当和平降临时，巴利朗福德举行了游行，她也得到允许去参加游行。参加游行的每个人都擎着火把或蜡烛。她那时还不到两岁。她怎么会记得这些故事呢？她说，她记得所有的火把和蜡烛。

第六章

我们房后的空地上有一座圆形城堡，四周有乔木和灌木。城堡前可见灯光摇曳，也有音乐响起。

——萨拉·狄（Sarah Dee），《一座精灵城堡》，

巴利朗福德国立女校，约 1937 年。

都柏林大学学院爱尔兰民俗学系，

S402 号手稿箱，第 127—128 页

萨拉·沃尔什的出生地阿哈纳格兰与她日后生活的地方很不一样。记住这一点很重要。

阿哈纳格兰的过去与其他地方不同，那里的土地与其他地方不同，对那里的记忆也与其他地方不同。我曾说过，历史使得阿哈纳格兰与其他地方不同，但萨拉最小的弟弟（也就是我的舅舅）约翰尼·沃尔什让我意识到，我的看法是不对的。

约翰尼现如今住在紧挨阿哈纳格兰的古哈德镇上。从约翰尼的农田能清楚地看到奥康纳（O'Connor）的卡里加福莱城堡。城堡前有一个围墙围起来的庭院，院中有一个大大的方形塔楼，数世纪以来，城堡已是伤痕累累。英国人的大炮曾把城堡前方轰出一个大窟窿，这个大窟窿今天还能看到，仿佛是自古以来进入城堡的通道。城堡前身

的城墙已坍塌，塌下的高度有四层楼高，除非你站到城垛高处，否则后面的螺旋式楼梯通往的平台都直接临空。即使已是残垣断壁，这座城堡仍是方圆数英里内最大的建筑。城堡距约翰尼的家不到一英里。他经过城堡已有上千次之多。他对这座城堡已不感到好奇。当他姐姐萨拉欲证明记忆中的历史，问他是谁毁了奥康纳的城堡时，他既显得愤怒，又仿佛很兴奋。当他的身体不再晃动，他的眼睛顿时明亮了起来。

"萨拉，我哪里晓得是谁破坏了城堡！"他说，两个人不禁笑了起来，是孩提时的那种笑。当她向他问起他们年轻时认识的老人时，他满腹狐疑。他说："萨拉，他们都去见上帝了。"萨拉想要知道有关死者的信息，这让约翰尼不禁笑了起来。他尽量忍住不笑，但他的身体却在颤抖，就像火车经过一座老楼那样。约翰尼说："如果你不能展示这些信息，那么对此即使一无所知，又有何妨？"约翰尼经常说的这句话，是把双刃剑。

对约翰尼来说，所有的历史都敌不过打牌。死去的人和活着的人没有关系。对于他所生活的那个地方，他知道他想知道的一切。他生活的地方占据了他的一生，他认为，他不知道的事情也不会对他有什么不利的影响。

说起约翰尼所记得的事，他想记住的都是让他感到开心的事。他还记得数年前长途跋涉到都柏林附近守夜的情形；他记得的那次旅行是，他和萨拉、杰勒德在卡斯尔巴（Castlebar）的一家宾馆准备吃午饭时，恰逢有人在此举办婚筵，他没有收到邀请却想坐到筵席上，被萨拉和杰勒德拉了回来。他一贯如此。但凡是庆典，他都会去凑热闹，只要不被撵走。呵，这些能唤起他回忆的事情，他都记得。他跟萨拉说:"至今我还觉得有趣呢。"约翰尼选择性记得的,都是美好的时光。他说:"我们度过了美好的时光。这难道不是生活的目的吗?"

约翰尼和北凯里对我所要了解的历史没什么兴趣,但北凯里的过去与我所了解的爱尔兰其他地方的过去往往混在一起,纷纭梦乱。约翰尼和他的朋友都很喜欢语言类的事情。侃大山是他们与生俱来的本领,而且大多数情况下都是彼此交谈。聊天时,他们完全没有意识到他们过于沉浸于过去,正如那头著名的奶牛,一旦沿着奥康纳的城堡残存的楼梯上楼,最后只能待在城堡的塔楼上。奶牛不会下楼梯,所以,当奶牛开始爬楼梯时,它是不可能回头的。历史和北凯里都只能沿着过去所开创的进程继续往前走。和这头奶牛一样,巴利朗福德也面临尴尬的处境。巴利朗福德不可能完全挣脱它的过去,正如这头奶牛不可能从城堡中走出来。

约翰尼和他的邻居们也许意识到了这一点,但他们仍坚持认为,不管是奶牛还是巴利朗福德的村民,过去之于今天的重要意义,不在于它已逝去,已被人遗忘,而在于其于今日之意义,正如奥康纳城堡的残垣断壁。过去是残垣断壁,是已经上路的亡灵,是逝去很久的死者在地上用脚踩出的小径。至于他们的创造物孰先孰后,乃至到底是谁创造了这些东西,都不那么重要了。重要的是这些残留至今的遗迹遗物何以与今人发生联系。

我慢慢地理解了这一点,但即使我开始重视记忆的价值,我仍站在历史的一边。历史特别关注的是那些被遗忘的东西,被隐藏的东西,那些当时书写在石头、羊皮纸、草纸上或书写在大地上的东西。历史最让人着迷之处在于,它不会给你即时感,因为正是历史将过去与当下区分了开来。历史最重视的是那些极少发生变化的东西。历史喜欢年表。历史会把时间按日期进行分类和排序。历史学家会假定同一时期同一地点发生的事情之间都是有联系的。

凯里以及与凯里一样的千千万万的地方，都没有这样的特征。这些地方相信的是记忆。凯里要改写的不仅仅是故事，还有事实本身，以适应新的时代。凯里需要的是一个可满足当下的过去，它想把当下的事件与过去的事件联系起来，乃至融而为一。凯里是善于创新的：它会改变过去的款式，以适应当下的时兴式样。对约翰尼来说，被遗忘的仍是被遗忘的，得到了最好的封存。有关他的过去的确是过去了。

但萨拉·沃尔什是在一个故事的世界中长大的，而这些故事已不再被讲起。这些故事大部分已被忘记，而正是这些故事使得每一块土地都与众不同。与路边的矮树篱和残垣断壁一样，故事也成了乡村风光的标志。穿行于乡间田野，就像萨拉小时候穿行一样，看一看她所认识的阿哈纳格兰，你一定会知道许多故事。纵目四望，到处是篱笆、田地、房屋、水井、修道院和城堡遗迹。但是，你的目之所见与居住其中的人所见还是不一样的。乡村是不会向陌生人讲述它的故事的。

还有，如果你仅仅是听这些故事，你也不会有深刻的理解。这些故事是不会自由散播的。它们只能抑留在某一处乡村中。地方换了，它的过去也就换了。故事构成了乡村，正如篱笆、田地、房屋构成了乡村。要认识乡村，就得知道这些故事。要与某个地方融为一体，须既知其风光，也知其故事。要知道风光和故事，就要去倾听，要身临其境，去那里旅行。

故事可形成一个地方的地图，既绘制了现在的地图，也绘制了过去的地图。但在阿哈纳格兰以及北凯里，这幅地图却好像常常被撕碎，纸屑被扔得到处都是。各村的故事有多有少，部分原因是各村的人所能记起的故事有多有少。有些时候，知道故事最多的人，往往也是已经故去了的人。

今天的阿哈纳格兰的故事，在很大程度上，已不是萨拉·沃尔什孩提时流行的那些故事。故事也会因时而变。古老传说的讲述者要么故去，要么离开了这里，听过这些故事的人也会忘记这些古老的故事，或者随着他们离开此地而带走了这些故事。在萨拉·沃尔什所听过的故事中，她本人也只记得其中的一小部分。

既然故事已嵌入乡村之中，规定着乡村的边界，那么，故事的消亡也就意味着某种程度上的这片土地的消亡。当然，土地是不会消亡的，却仿佛成了孤儿，至少部分地失声，除非有新的故事注入其中，使其重新焕发生机。

要回忆起 20 世纪二三十年代的故事，萨拉曾就读并憎恨过的国立小学是唯一的一把钥匙。尽管小学这个地方与这些故事仿佛不沾边，但这所小学却很好地保存了这些故事。这种反讽恰在于：只有历史能唤起曾保留在记忆里的那个世界。故事不仅仅事关过去，故事也有自己的历史。

在 20 世纪 30 年代，一度只是某个地方的故事，这时已上升到国家层面的故事。"爱尔兰自由邦"（Irish Free State）的领导人开启了构建不同于英国文化的、"真正的"爱尔兰文化的进程，他们认为英国文化毒害了他们的国家。到 20 世纪 30 年代中期，乡村人士已成了国家记忆的指定实施者。他们是真正的"爱尔兰特质"的宝库，故爱尔兰民间传说委员会在收集乡村的故事，特别是西爱尔兰的故事。职是之故，小学生们，沃尔什家族认识的人——他们的邻居狄（Dee）

家族的人，他们的表亲霍利家族的人——都写下了他们从父母、亲戚、邻居那里听到的故事。这些故事本是这个镇子及周边镇子的共同记忆，如今已成为保存了这些故事的都柏林大学学院爱尔兰民俗学系的财产。这些故事已被冻结，已从记忆中提炼出来，存入历史。

　　为了对我母亲所认识的和她童年时生活过的阿哈纳格兰有真切的感受，1995 年我陪她到了档案馆。都柏林大学学院距三一学院有数英里远，其建筑风格仍是几百年前的。大学学院看上去跟美国的州立大学差不多。档案馆人手不够，一天只能开放几小时供查阅，但档案保管的负责人对各种档案都很熟悉。接待我们的女保管员长着"黑爱尔兰人"的黑色（差不多是蓝黑色）头发，她把我们带到分类档案库中，那里保存着"最好的"故事。所谓"最好的"故事，就是当年孩子们完成的练字本原件和据此整理的故事。我们查阅了巴利朗福德学校的练字本，也看了塔伯特、阿斯蒂、斯托里尔的一部分练字本。

　　说来凑巧，我母亲翻开的第一个练字本竟是她表妹特蕾莎·霍利的。特蕾莎最后还是离开了爱尔兰，移民到了芝加哥，但她父亲帕特里克讲给她听并被她记下来的故事，至今仍保留在档案馆中。萨拉翻着特蕾莎的旧练字本，好像那练字本会说话。我想，此时的萨拉是在看着特蕾莎，就像 1936 年在巴利朗福德看着特蕾莎一样。

　　萨拉在 1995 年读到的故事并不是从成人角度讲述的故事，而是从未成年人的角度听到的故事。尽管当时萨拉·沃尔什已是二八年华，距她离开爱尔兰的 1936 年已不远了，但这些故事都是她曾听到的故事。她重读了这些故事，只是已不再是那个孩子，而写下这些故事的当年的孩子们，也和她一样变老了。

　　萨拉记忆里本来就有一些故事，现在又有了这些新故事。六十多年后，这两套故事集汇到了一起：一套故事是仍留在记忆里的，另一套是保存在档案馆里的。萨拉·沃尔什记忆里的那些人都曾听过这些故事，也都讲过这些故事。也只有在都柏林的这个档案馆里，我们又找回了萨拉小时候在巴利朗福德听到的那些故事。

在都柏林，这些故事可以说成了无根的了。当这些故事留存在记忆里时，这些故事与这片土地融为一体。这些故事讲的就是这片土地的事情，讲的就是这片土地的特征。这些故事本身就是人们穿行其中的乡村风光的一部分。

由于人们离开故土以及遗忘，萨拉知道的那些地名，最终只留存于故事里。农场里不仅仅有农田。农田还分成不同的地块。如沃尔什家族的农场，萨拉第一次知道的那个农场，里面的农田实际上是两大片。房子东面朝向巴利朗福德的那一大片地势较低，靠近多德路的那一大片地势较高。

沃尔什家族的房子和草舍把这两大片农田分隔开来。草舍就是一个干草棚，用于放干草和农具，四周有树篱，玛格丽特·沃尔什会把在路边的水渠里洗的衣服搭在树篱上晾干。农田也被树篱围了起来，但这些农田和那些牛一样，几乎没有被保存在故事里。沃尔什家族的大多数人离开了那里，太多的故事已被带走。

沃尔什家族的邻居们的农田的命名方式更为特别，里面的故事也更多。档案里的孩子们如今已是耄耋之年，他们成了我的向导。和沃尔什家族的农场一样，萨拉待过很长时间的霍利家族农场里的农田也是以形状和位置命名的。特蕾莎是从她父亲帕特里克那里知道这些农田的名字的，她把这些名字写在了练字本上：三角农田，因为这块土地有三个角；帕肯（Parkeen）农田，名字来自爱尔兰语 Páire，然后再加个指小后缀 in（读音为 een）；还有长田。有的农田是从实用的角度命名的，如今和最初的用途已没有什么关系了，如收押草场，名字是这样来的：很久以前，牛被收押在这里。有的农田是以目前的用途命名的，如新田，以前是花园，如今用于养牛。有的农田是以历史来命名的，如格里芬家族田，这块田以前是格里芬家族耕种的，如今格里芬家族已不在了。有的田地是以自然或超自然特征命名的，如堡田，据说有人在这里反抗了精灵，砍下了环绕城堡的树；还有井田，据说名字来自一口圣井，该井跑到了霍利家族的农场。

狄家族的农场也朝向巴利朗福德，萨拉·狄在她的练字本上写下了一串名字：Páirc-na-cré（20 世纪 30 年代的爱尔兰语拼写），"土"田，过去是一个大花园；腐田，这里的干草腐烂达一年之久；多兰（Doran）田，有个名叫多兰的棉农在这里住过，嗣后房子塌掉，这片土地上只留下了他的名字。霍尼（Honnon）家族的农田是霍尼家族租来的，19 世纪 40 年代的大饥荒时，他们家族离开了这个镇子。农田的名字留了下来，一个接一个：长田、收押田、河田、定田、堡田。农场也是一个挨一个。

正如霍利家族农场里的井田，这些寻常的名字背后都暗含了故事，把这些名字串起来，就汇成了更完整的、更精彩的故事集。在巴利朗福德附近，已有好几口圣井。每口圣井都是特别的，都是与众不同的，因为每个圣徒都是不一样的。圣井扎根于某个地方，确切地讲，是大多数圣井扎根于某个地方。霍利家族农场里的圣井是个例外，要说是圣井，实在是牵强，因为它很容易生气，又会倏地不见了。其他圣井都干了，或不再具有抚慰心灵的作用。霍利家族的井则是醒来了，又走了。帕特里克·麦克纳马拉（Patrick McNamara）的农场曾经也有一口井，但有一天，一个妇女来到井边，打水洗衣服。洗完衣服后，她把肥皂泡弄到井里了。圣井就从帕特里克·麦克纳马拉家族的农场消失了，又出现在帕特里克·霍利的农田里，于是那里就成了著名的井田。

四周其他圣井都还在那儿。那些井不仅嵌于田地之中，而且它们本身就是善于捕捉时间的诱饵，把过去、现在和未来拧成时间之索，把人们紧紧套住。大多数圣井都与极为久远的凯尔特人的过去相关，但最终它们得到的是圣徒或殉道者的故事，这些圣徒和殉道者的生命赋予了这些水井以神力。巴利朗福德附近最著名的圣井并不在阿哈纳格兰，而是在阿斯蒂附近约翰·狄龙（John Dillon）的土地上的圣约翰（Tobar Naomh Eoin）。阿斯蒂的布丽奇特·莱昂斯（Bridget Lyons）在她的练字本上写到，当做弥撒被宣布为非法时，在接受惩罚期间，圣约翰仍在做弥撒，这时司祭的猎狐马跟着他。人们为他担忧，圣约翰要他们不必担心。做完弥撒后，他骑上了马，升空而起，最后落在了诺卡诺尔山（Cnoc an áir，英文拼法为 Knockanore Mountain，该山位于阿斯蒂与巴利巴宁之间）。

圣约翰给了井以神力，在与圣约翰有关的日子，井才能显现神力。对于帕特里克·狄龙（Patrick Dillon）的井，你不可能想哪天去就哪天去，指望这井水能治好你的病或给你显灵。你如果到那里只是去许愿，那是不可以的。每个井都有它的独到之处。当圣徒赋予井以神圣的光环时，这些井就要兑现各个人许下的愿望，于是人许下的愿望与井的物理空间就交汇到一起。那时，只有在那时，在这个特定的愿望、时间、空间交汇的点上，神奇的力量才会出现。

在萨拉小的时候，她母亲会在五朔节到来之前的星期六（5月的第一个星期六，正好是圣约翰日之前）到圣约翰井，许多人都会在那个日子去那里。她母亲和其他祈灵者会口念《玫瑰经》绕井三圈。如果祈祷时水里冒泡了，就意味着她们的祈灵应验了。她们喝下从井里流出的细流之水，把细绳、勋章、圣像的碎片留下。她们都说，人如果就在现场，那么他的病就可以治好。特别是对眼睛发炎的症状，治疗效果很好。

像圣约翰这样的圣井，驯化了超自然的力量，使其为己所用，但这也需要有人精心维护，还需要地方知识——包括恰当的需求、恰当的行动、恰当的日期、恰当的地点——这些都可以在故事中找到。

萨拉的家乡是一个交谈如此频繁的地方，对于她所看到的一切，她总能听到相关的故事。在她还是一个孩子的时候，她就坐在屋子里，看着公路，听着故事，这时她已在故事的世界里遨游了。阿哈纳格兰的农场会给人以这种变化感，会让人意识到它的意义，过去如此，现在也如此。

沃尔什家族的房子面向公路，从房子里可以看到路上的行人。新的爱尔兰建筑法规要求房屋必须远离公路。但在1995年的大火把老房子烧毁后，杰勒德力主把瓦砾铲到旁边堆起来，在旧址上建新房子。郡政务委员会特批了他的这个请求。每一次变动都有其意义，新的房子仍注视着公路。

房子面向公路，就可以看到许多故事，创造出新的故事，但也为其他故事提供了素材。在萨拉走出小屋，进入故事发生地之前，她已经知道了邻里的世界，知道了世事变幻。她只能学会倾听。她学会了很多东西。

她继承了这片祖祖辈辈即居住其上的土地上的知识。这是一种特别的乡土知识，离了这片土地，这些乡土知识基本上就是无用的。等她长大后，她走出小屋，来到农田，走在公路和乡间小路上，她已经满脑子故事了，她会把这些故事与她所到之地联系起来。

这些旧练字本保留的正是这些故事。这些故事所讲的事情并非都是亲眼所见的。在这片如此贫瘠的土地上，人们仍坚信，财富并不表现为土地的数量，而是体现为土地背后的东西。北凯里的每一片土地都有自己的故事，听听这些故事，就足见北凯里真是一座宝库。斯蒂芬·莱弗里（Stephen Lavery）从他母亲那里听到了一个故事，而他母亲是从住在巴利林的一位老妇人（也是她的远房亲戚）那里听到的，故事讲的是一个绅士曾到她的这位远房亲戚家借铁铲来埋他的金子。这位绅士本来有两名跟随，一个叫斯坎伦，一个叫莫兰（Moran），他们故意跟丢，然后他们就在巴利林的奥布赖恩（O'Brien）家族农场里到处找他埋的金子。他们刨着刨着，突然一头公牛咆哮着从坑里冲了出来，把他们吓坏了。从此以后，再也没有人去找那金子。

这些地下冒出的公牛，倒是吓住了凯里的寻宝者。约翰·普拉特（John Pratt）曾梦到卡里格岛一棵山楂树下的地里有珍宝。他在梦里梦到他需要六个教堂里的圣水，且必须在午夜时分找到。为此他不得不远赴利默里克找圣水。他和他的朋友们一直挖，直到发现一块石板。他们移开了石板，这时突然冲出一头公牛，而且这头公牛的嘴和鼻孔还喷着火。在此情况下，一般人都会不知所措，约翰·普拉特和他的朋友们也是如此。他们中有的四散逃走，有的干脆晕了过去。没有人想到要用圣水朝牛身上喷洒。他们要是喷了，那些财宝可就归他们了。

表面看起来，这些乡村风景不过如此。在此时此刻，一切皆为假有。与精灵城堡和盖尼的洞穴（Guyney's Hole）一样，霍利家族的圣井也是其他时代、其他空间被移置于此日常生活世界的体现。过去的人和事在那里再次浮现，奇迹出现了。乡村风景也成了日常生活中的奇迹的一部分。

生活在这乡村里的人小心呵护着这些故事。我母亲认识的那些孩子听到了他们的亲戚和邻居讲给他们的故事，记住了这些故事，并把这些故事写在了练字本上。在巴利朗福德和巴利巴宁之间，有一个被施了魔法的村子，每七年就从水底下冒出来。要想目睹这村子沉下去的情景，也得看机缘，因为这个被施了魔法的村子的马只在夜里来，然后在岸边的农场里吃草。村址附近的一名农夫发现他牧场里的草被吃光了，于是他整夜不睡，想要看个究竟。大约凌晨两点钟，许多马从水里冒出来，来到了他的农场。他抓起一块土扔向了马群。土块打中了其中一匹马，其他马则跑回到海里，不见了，他把被土块击中的马牵了回去，成了他的马。这匹马就成了力大无穷的神兽。

乡村中仍有小精灵，死去的人有时也会来到活人中间。这些小精灵可不是魔法精灵。这些小精灵是丹努神族（Tuatha Dé），他们在盖尔人来之前就居住在爱尔兰。在中世纪的神话里，盖尔人和丹努神族把爱尔兰分成了两个世界：盖尔人住在地上，丹努神族退至地下。爱尔兰农田里的土墩是精灵的城堡。巴利朗福德的各个城堡里都有丹努神族。

和萨拉·沃尔什一起长大的孩子未必了解丹努神族的历史，但他们知道这片土地上所有有关精灵的事情，因为这些精灵已是他们生活的乡村的一部分。他们听到了有关精灵的种种故事，又把这些故事讲给其他人听。当时已古稀之年的丹·奥布赖恩（Dan O'Brien）告诉他外孙女毛拉·埃亨（Maura Ahern），在距巴利朗福德约两英里的巴利林镇莱弗里家族的农场里，精灵们在那里有个城堡。和其他城堡一样，这个城堡也是圆形的，外面由白刺李和黑刺李围成。精灵们有时会在那里设宴招待客人。约翰·奥布赖恩曾在那里与众精灵共餐，彼得·斯坎伦也曾在五朔节（May Eve，曾是凯尔特人的一个古老的节日，被称为 Bealtaine）被精灵们口中的好人带到那里。斯坎伦在那里听到了最悦耳的仙乐，品尝了最美味的佳肴。当斯坎伦坐下吃宴时，他认出席中还有他的一位已故去一年多的至交。这位好朋友告诉斯坎伦，宴席上你想吃什么就吃什么，但千万不要喝任何饮料，否则你会死。但斯坎伦对他的警告充耳不闻。他又吃又喝，然后一早就回家了，到家就躺到了床上。只是，他躺在床上，再也没有起来。他死了。

当精灵们走的时候，巴利林的莱弗里家族农场里的精灵特别高兴。他们允许斯坎伦的朋友对他提出警告；约翰·奥布赖恩和他们尽情享用美味佳肴，而且还活着。这些精灵记住了这些恩惠，并回报了这些恩惠。很久以前，也就是萨拉的祖父的那个年代，帕特里克·莱弗里正在他的牧场里铡干草，这时他看到了城堡沟渠里有一个破损的鳌子。他把这个破鳌子带回家，把它修好，然后放回沟渠中。当他又到那块牧场铡干草时，鳌子不见了，但他发现精灵留下了一条面包，以示感谢。帕特里克没有拿那面包，等到了第二天，面包就不见了。

在 20 世纪 30 年代的阿哈纳格兰，精灵们有三座城堡。在距巴利朗福德约一英里的理查德·麦克西（Richard Mackessy）的农场有一座城堡。从沃尔什家族的房子沿着公路往下走，走到杰里迈亚·狄（Jeremiah Dee）的农田里，那里有精灵们的第二座城堡。第三座城堡在芬纳蒂（Finerty）家族的土地上。这三座城堡都是圆形的。有人说，戴恩（Dane）家族修筑了这些城堡。但在北凯里，戴恩家族的人比精灵还少，所以，把城堡的修建归功于戴恩家族，对于解释这些城堡的来历意义不大。有人说，这些城堡之间都有地下通道相连。据说很多人都进到了地下通道，只是，没有几个人从里面走出来。

　　理查德·麦克西的农场里的城堡，外面有一道土石墙，人们曾看到城堡里面有亮光，还听到了音乐。这些故事先是盘桓在夜火里，然后来到了练字本上。卡尔·卡瓦纳（Carl Kavanagh）曾告诉他女儿内莉（Nellie）：约翰·卡瓦纳曾亲眼看到灌木丛里有个影子。他盯着那个影子看了好长时间，但他一转身，影子就消失了。一位名叫丹·莱昂斯（Dan Lyons）的男子曾遇到一群人沿着城堡对面的公路走来走去。他们还演奏着美妙动听的音乐。关于城堡的那些故事和精灵一样，已成为麦克西农场的一部分。

　　这些精灵都是从城堡中出来的，死人则从墓地和教堂庭院中出来，排着队往前走。在北凯里，人们往往把已毁坏的教堂庭院和修道院当作墓地。

　　阿加瓦伦（Aghavallen）教堂庭院距萨拉的房子不到一英里，在诊所十字路上方，那里有路通往卡里加福莱城堡。这个教堂庭院被作为墓地已有很长时间了。萨拉的姑父帕特里克·霍利曾告诉萨拉她们：很久很久以前，有两名猎人放他们的猎犬进到庭院里，猎犬在追逐野兔时，这名猎人拿木棒打死了野兔。野兔发出了像人一样的惨叫声。不一会儿，这名猎人的手就开始腐烂，正是拿木棒的那只手。没过多久，这名猎人就死了。人们都说，人如果在墓地里受伤的话，那么这伤就永远好不了。

　　像这样的故事，每一个故事都与某个特定的地方紧密联系，但这些故事很容易造成时间上的错乱。巴利朗福德的一家店主埃亨（Ahern）夫人也给她的孙女讲过同样的故事，但并没有像帕特里克·霍利那样把发生的时间定格于某个不确定的过去，而是称故事发生在20世纪30年代。那个一只手腐烂的猎人还到都柏林去寻医问药。打死野兔没有给他带来任何好运。"那只野兔身上有某种令人恐怖的力量。"

　　这些故事发生的时间多是晚上。到了晚上，墓地就会把死人放出来。没有哪个地方的夜比凯里的夜还要黑，在凯里，白天变短了，乌云蔽星。好像人间被抹掉了一部分。裂缝出现了，死人穿行于人世间。

　　在夜里，有几个地方是出了名的危险之地。卡尔文的大门（Calvin's Gate）是人人皆知的鬼魂出没之地。即使是已届中年的萨拉，晚上也不愿意经过卡尔文的大门。由于这个世界的标记被抹去，过去几乎渗透于北凯里的每个角落。一个名叫埃德蒙·埃亨（Edmond Ahern）的男子打完牌回家的时候，被一群戴着大兜帽、像是修女的人围住。她们就这样一言不发地护送着他，直到他由于害怕而跳到沟里。她们从他身边走过去，这时他看到她们走进迦得（Gad）教堂的院子。等他回家时，他发现门上的一块大石头掉了下来，而他根本搬不动这块大石头。在从利斯托尔来的公路上，有一个男子被一个穿白衣的女子拦下，这个白衣女子把他的马吓得不轻，以至于他从马车上跌了下来，连马也没骑就逃回了家里。

　　这些故事里为什么会出现像修女一样戴大兜帽的人以及穿白衣服的年轻女子？没有人告诉你答案，但是，那些走出来的死人做的事情往往都是他们活着的时候没能做成的事情。他们是来了却心愿的。

神父们来到阳间是为了做弥撒——他们生前应允但没来得及去做的弥撒。

从某种意义上说，那些精灵和在凯里的夜里出没的死人，其实还算是幸运的。六十年前在国立小学讲出这些故事的孩子们，如今有很多已故去，但大部分人没有机会待在凯里的夜里，没有机会与精灵们厮混在一起或成为鬼魂，因为很多人没有机会死在凯里。他们死在遥远的他乡。凯里的夜晚将永远不再属于他们。

萨拉·沃尔什以及与她一起长大的大部分人将永远不再熟悉那个如此丰富的世界了。再也没有一个地方像这里那样给他们讲故事了。那里的贫穷、痛苦，那里的家长里短、委屈怨怼，都将给他们带来一种"失去的将不再回来"的感受，不管当初他们离开这个地方的时候理由是多么充分。此后的萨拉再也没有与任何一个地方结合得如此紧密。

第七章

我父亲去美国时，我才四岁。我们有点保不住我们的土地了，我父亲去美国做工就成了我们唯一的希望。

——萨拉回忆她父亲离开家乡的情形

当精灵们带走理查德·麦克西的矮马时，萨拉·沃尔什正是三四岁的时候（此类日期很难精确）。理查德·麦克西发现他的矮马在天黑前不见了。全家人都在找，但根本找不到。理查德·麦克西躺在床上，心想第二天早上矮马就会自己回来。但矮马并没有回来，于是他只得又出去找。最后他发现矮马被城堡里的一棵树给抓住了。矮马被两根树枝稳稳地举到了空中。

没有人告诉你为什么精灵要把矮马放到树上，但巴利朗福德附近的精灵似乎很喜欢马。在阿哈纳格兰，一件令人担忧的事情往往会被另一件同样令人担忧的事情冲淡；与担心精灵的骚扰相比，你会更担心执行法官牵走你的牛用于偿还你欠地主或商人的钱；如果执行法官也害怕精灵的话，就更是如此。在更早的时候，一些当地男子整晚都在芬纳蒂的城堡里保护他们的耕牛，以免被执行法官牵走，但在大约凌晨两点时，他们听到一阵嘈杂声，看到一些男子骑在马上，后面跟着一群猎犬。他们骑马绕着城堡跑来跑去，然后朝另一个城堡飞奔而去，消失在茫茫夜色中。

把矮马挂到树上，很可能是精灵们开的一个玩笑，但即使精灵们怠慢了你，你也不能怠慢精灵们。在狄家族的农场里，有个少年仆人正在牧场四周用篱笆围住豁口。他走进城堡，去削灌木，有个棘刺扎进他的大腿。他血液中毒，两天后就死了。人们都说他是因为削了灌木才死的。在距巴利朗福德两英里远的比尔（Beale）的精灵城堡里，托马斯·科林斯的父亲决定在城堡里犁地、耕种，但当他开始犁地时，他的马突然倒下了，摔断了腿。从此以后，没人再敢打搅那座城堡了。

在精灵们把理查德·麦克西的矮马挂到树上后又过了一年，杰克·沃尔什离开家乡去了美国。萨拉回忆说："我父亲于1924年1月去美国挣钱，以挽救这个农场。我们连税都交不起了。"那时的她差不多快四岁了。这个税是针对穷人的税收，是沃尔什家族辛勤劳作得来、面积不断增加的土地的税项。如果杰克交不起这项税，他就会失去这些土地。

当然，移民与精灵之间没有因果联系，但二者还是有联系的。二者都存在于同一时间、同一地点，二者都有共同的过去。二者各自代表了对爱尔兰乡村生活的替代，只是替代的方式不同罢了。人一旦离开爱尔兰，也就离开了丹努神族。

由于精灵的前身是盖尔人到来之前居住在爱尔兰乡村的人，巴利朗福德及周边村镇的精灵就一直住在那里，比爱尔兰人还早。精灵是过去的体现，也是这个地方的标志性产物。

向外移民很早就有了，可以说是这个地方的传统了，移民代表的是另一个方向的前景。精灵们是通过地下到了这片土地的地上，而移民则是离开这片土地。那些离开故土的人成了缺席者，不再是留恋不舍的在场者。他们是一群不能或不愿待在那里的人。阿哈纳格兰出产的移民要多于其出产的精灵。

当杰克·沃尔什于1924年离开家乡时，他遇到的麻烦倒也不是什么非同寻常的。这一年对凯里来说不是个好年头。1924年1月，郡督带着一队士兵牵走了北凯里的耕牛，理由是未交租金、土地税或房产税。在巴利朗福德，农场主联合会（The Farmer's Union）重新成立了。J. J. 高尔文（J. J. Galvin）当选为农场主联合会主席。农场主们的要求是：保护财产，减轻税负。据《凯里人》（The Kerryman）报道，农场主们认为土地委员会定的土地税"极不公平，不可忍受"。

杰克·沃尔什是兄弟姐妹中最后一个移民的。杰克·沃尔什的哥哥和姐妹没有土地，只得离开爱尔兰；杰克·沃尔什为保住他的土地，也不得不离开家乡。为了保住农场而移民，不能不说颇有讽刺意味。杰克·沃尔什带走的秘密也是许多移民带走的秘密：他并不是要离开家乡去改变什么东西。他之所以离开家乡，是为了不顾一切地维持现状。杰克·沃尔什离开家乡去美国，是因为他想成为一名爱尔兰的农场主。

为了挽救农场，他离开了他的妻子玛格丽特和五个孩子，一个孩子躺在坟墓里，还有一个孩子在玛格丽特的肚子里还未出生。杰克离开家乡的那天，玛格丽特·沃尔什和她的孩子们站在一起，她哭了。她不知道他要离家多久。

对于还是个小孩子的萨拉来说，需要一段时间才能平复下来。七十年后，她还记得她父亲离开家乡的情形，还记得他为什么要离开家乡，但这个记忆实际上是她母亲的记忆："我记得我妈妈在他离开家乡的时候哭了一整天。那是我对那天的唯一记忆。我根本不记得我父亲的事情。"

　　精灵们把矮马挂到树上，杰克·沃尔什离开家乡，这可以说是同一地点几乎同时发生的事情，至少在故事里是这样的。这两个故事讲述的是同时发生的事情。精灵和移民相安无事。矮马不可能每天都挂在树上，但那时也不可能有很多父亲都离开家乡前往美国。故事里所纪念的事情，是不能在不相关的领域发生的。那些看到了精灵的人还是得交各种税。

　　过去是由一些联系组成的，这些联系只能是横向的或是事后看来如此的。这些联系不可能是向着将来的，因为将来还没发生。但记住过去可强化已发生的联系，强化之后发生的联系，强化现有的联系。旧有的联系，仅在某个地方同时发生的事情的联系，会逐渐弱化乃至消失。联系一旦失去，就很难恢复。我只能推测：这些联系也许曾存在于此类故事中。但我想，还是有必要把理查德·麦克西的矮马挂回树上。

第八章

在这个堂区里，你，还有你面前的父辈，都知道最想得到的是什么，因为你没有你自己的土地，因而对土地不可遏抑的渴望只能与日俱增。

——约翰·B. 基恩（John B. Keane），

《土地》（*The Fields*）

杰克·沃尔什终于成了唯一缺席的人。杰克·沃尔什离开家乡去美国这件事对萨拉的影响太大了，就好像在她的生活中撕开了一个大洞，大到从此以后她对她父亲的看法是用缺席而不是在场来界定。她父亲再也没有填上他所留下的巨大的洞。

萨拉是在她父亲缺席的情况下逐渐长大的。她没有忘记她父亲，但一直到她九岁生日之前，没有父亲陪伴的日子要多于有父亲陪伴的日子。她弟弟约翰尼就不一样了，杰克·沃尔什离开家乡时，他还在娘胎里。她只能想起她父亲的点点滴滴。她能想象他的面容，但并不是他在场的画面，杰克·沃尔什曾占有的空间，如今已是虚空。

一个四岁的小女孩对父亲缺席的感受如今已很难还原。那时的她还不知道她父亲要出去几年，还不知道他的缺席成了对他的印象。在经过了多年充实的生活后，如今的萨拉认为，距离可给人以客观的判断力，但距离也可以改变一切。过了这么多年，有些事情很难复原，四岁孩童的伤痛和困惑这样的事情太小了。

杰克·沃尔什是怎样想的，更是难以复原。他从来不说他是怎么想的，即使说了，也没人记得，更没人记录。他是据他自己的记忆和希冀而行事，但这些记忆如今已消逝。我想，萨拉的母亲玛格丽特对农场的事应是极为不满，以至于都不怎么提起农场，不怎么提农场对她们的影响。她对这个农场只有敌意，而不是像杰克那样愿意为这个农场而付出。那都是过去的事情了。她会讲其他方面的故事，会讲比这个绿色农场还要好的土地的故事，讲那里粪肥的味道，讲在那里烧泥煤的事情，讲那里壕软而肥沃的土壤，是少有的能养活起在上面辛勤劳作的人和耕牛的土地。这样的土地的特质尚未完全形成，也许永远也不能完全形成。

我所能复原的是历史。我认为历史是很能说明问题的，因为我认为他的离去及之后发生的事情，是关乎土地和历史的。

杰克·沃尔什从未明确表达他对土地的眷恋。他只是见诸行动。他甘愿冒如此之风险去做他想做的事情，想必是有深厚之情感，这种情感已非简单的根本原因所能解释，而某些经济学家认为，简单的"理性"选择可以用于解释过去的行为，但也只是用于解释简化了的情境下的简化了的人的偏好。在任一经济学规律中，土地都不会有好的收益。沃尔什家族之所以能在阿哈纳格兰勉强生存下去，是因为杰克·沃尔什的父亲威廉·沃尔什娶了埃伦·卡尔，从而获得了土地，开始了生儿育女。该家族的影响力极其微弱。农场就是家族的希望所在，要靠农场把孩子养大。但只有一人能保有这个农场：农场不能再分割了。其他人就在世界上其他地方谋生。威廉·沃尔什的11个子女中，有 8 个已先于杰克·沃尔什到了芝加哥，已足以说明这一点了。

为什么不待在这里？为什么土地会意味着三代人受穷？为什么不能仅仅待在这里？事情的结局就摆在那儿。土地的收益并不好，产出太少了。

杰克·沃尔什从不给出任何解释。无论答案是什么，最终只能由历史来揭晓。这个答案很重要，因为它决定了杰克·沃尔什以及他的妻子、他的子女的生活。是历史塑造了萨拉·沃尔什的生活，即使她对这段过去的事情一无所知。我必须在不参考任何记忆的情况下建构这段家族史，因为这段家族史的记忆是缺乏的，至少我没有听过这段记忆。

这真是有些反常。我母亲曾跟我讲过有关这个农场的一切，但最后只能是我向她解释：何以这个农场要排除她父亲的生活；为什么说保住农场成了她父母婚姻中的核心因素；农场是怎样形塑了她自己的生活。最终，我还是认为，我那已记不得是否见过的外公还是认为土地收益仅仅够本。我的猜测是，他认为投资土地是一项合算的买卖。做出这样的假定，相信自己最合理的推测，这或许就是历史学家的傲慢吧，但请相信他们。

我之所以有此推测，部分原因是，凯里的作家把他们对土地的深厚情感作为作品的主题之一。约翰·B. 基恩是爱尔兰的一名剧作家，来自离阿哈纳格兰不远的利斯托尔，在他的作品中，有一个主教讲到了人们所渴望得到的是种种事物。最后，主教讲到了"对土地的渴望"：

在这个堂区里，你，还有你面前的父辈，都知道最想得到的是什么，因为你没有你自己的土地，因而对土地不可遏抑的渴望只能与日俱增。但要实现这个愿望，你是不是还差得很远？

基恩还讲到了因为没有土地而死亡以及愿意为了土地而杀人的事情，而这些事情就发生在阿哈纳格兰及周边的村镇。在巴利朗福德，有目睹了19世纪40年代大饥荒的健在者，而萨拉那时还是个孩子。她的姐姐都还记得因土地而起的种种暴力事件。

由于没有土地，阿哈纳格兰人饿得只能在屋里踱步。阿哈纳格兰的街坊邻居中最年长者目睹了这一幕。1846年，8岁的约翰·韦尔（John Ware）住在被克伦威尔的军队破坏的奥康纳城堡附近的卡里格岛上。三一学院当时对该岛拥有所有权，并把该岛租给了中等地主，地主又把土地租给农户。1845年，爱尔兰出现了马铃薯疫病，这是一种新的霉菌，叫晚疫病菌（*Phytophthora infestans*）。人们都说，他们是第一次闻到这种味道。在马铃薯藤蔓还绿着的时候就发出难闻的恶臭，然后藤蔓枯萎，变黑。巴利朗福德附近的人都称这种病为黑斑病，正是这种马铃薯的疫病使得1846年凯里的马铃薯作物绝收。到了该年秋季，麻烦就来了。有一大群人——大约有五六千人——在利斯托尔济贫院游行，喊着"不给面包，那就流血"，要求得到食物。

1846年，只有少数马铃薯躲过这场疫病，农民把芽眼切下来做种，把其他部位吃掉。那些能吃上作为种子的土豆剩下的部位的人，其实他们的产量还是很高的，但这没给他们带来任何好处。他们是佃户，地主要求他们拿收成当租金。约翰·韦尔说，地主从当时还在挨饿的农户手中拿走了他们的马铃薯。

在约翰·韦尔101岁的时候，他还能清晰地回忆起第二年即

1847 年发生的事情。1847 年可以说是最糟糕的一年。有 100 人离开了巴利朗福德。留下的人只能吃芜菁的叶子、未熟的燕麦和大麦。实在没的吃了，他们就吃草和海草。他们都死了。1847 年，从利纳默尔（Lenamore）到莫赫（Moher）的公路上，有 21 栋房子有人住。一年后，只有 3 栋房子还有人住。1848 年，整个爱尔兰又是歉收。英国政府把旧军营改造成了济贫院。他们给村里送来了黄色的谷物粗粉——玉米粉，他们用玉米粉做成面包，得以存活下来。

因为马铃薯疫病，数百万人死去或背井离乡。那些拥有的土地在 20 英亩以上并且有耕牛的人挺了过来。只能租种小块土地种植马铃薯和卷心菜的佃户只能挨饿。到 19 世纪 40 年代后期，由于移民，爱尔兰的人口已从 800 万降至 700 万。现在，又有 100 万死去，这其中的大部分都是由于营养不良所引起的疾病致死的。从 1845 年到 1855 年，200 多万人为了不再走上死路，选择了离开家乡，他们中的大多数都是去了美国。从爱尔兰出发的载客的轮船越来越多，船费也降下来了。只要拿出 3 英镑，就可以买到"棺材船"的座位，而那些穷得叮当响的人甚至连"棺材船"的座位也买不起，于是他们就死在了住所或路边。阿哈纳格兰所在的利斯托尔附近的伊拉格蒂康纳（Iraghti-connor）和克兰莫里斯（Clanmaurice）的男爵领地的人口从 1841 年的 7.9 万降至 1861 年的 5.2 万。每三个人中就有一个死去或逃离了这个地方。

大饥荒引发了西爱尔兰的大移民。此后的每一代人都知道了拥有土地的重要性。在爱尔兰南部和西部的大饥荒到来之前，爱尔兰东部和北部已开始了土地兼并和农场买卖；大饥荒过后，爱尔兰南部和西部也开始了土地兼并和农场买卖。曾经种马铃薯的小块土地变成了牧

场。那些小块土地的拥有者被赶走了。1850 年，克罗斯比（Crosbie）
家族从三一学院那里租下了鲁辛区的连片土地，包括巴利朗福德的一
部分和全部的阿哈纳格兰。那一年，他们赶走了 47 名小块土地的拥
有者。特拉利派下来的执法官员也在加紧驱赶这些人。曾经给爱尔兰
提供了马铃薯的土地，如今要为英国人的餐桌供应肉和黄油。在整个
19 世纪晚期，留下的人就得忍受经常出现的恶劣的天气以及年谷不
登。饥馑也来凑热闹。从 1880 年到 1926 年，包括凯里郡在内的芒斯
特省的人口减少了三分之一。那些年里，芒斯特是整个爱尔兰向外移
民最多的地区。

　　我想，杰克·沃尔什肯定认为土地值得他和他的家族为之支付这
个价格，我这个推测背后的原因已超出了基恩用文学作品表现出的北
凯里人在大饥荒之后对土地共有的深厚情感以及对土地的权利要求。
我的推测是，在杰克·沃尔什去美国之前的很长时间里，他为经营这
块土地已冒了很大的风险。

　　杰克·沃尔什知道，这块土地带来的暴力事件早晚会出现。他知
道，他一生中的大部分事件都和暴力有关。有一个故事，来自记忆里
的一个故事，曾讲到土地所拥有的力量以及土地会给人带来的麻烦。
萨拉的姐姐玛丽说，她还记得她正躺在窗边的床上，这时，她听到了
一阵爆炸声，是霰弹枪的响声，前窗被炸到了她和她的双胞胎妹妹内
尔睡觉的房间里。爆炸声还有回响，被炸碎的玻璃在这两个小女孩周
围四处飞溅。她们俩被吓得不停尖叫。

　　在玛丽讲故事的时候，爆炸声又响起，这次是为了向杰克·沃
尔什报复，因为当时他正为住在基尔顿（Killelton）的希基（Hickie）
家族割干草。希基家族的佃农和其他邻居正在抵制他们，原因要么是

对出租或购买的条款不满，要么是因为地主把持着土地而不是把这些土地拿出来卖给佃户。于是没人再为希基家族割干草了。如果邻居们都这样，那干草将烂到地里。但杰克·沃尔什还在为希基家族割干草。玛丽说，他之所以为希基家族割干草，是因为他是个好人，总会去帮助邻居。出于报复，该地主的一两个佃户就向杰克·沃尔什家的窗户射击。

即使玛丽对此事有渲染，我也不会怀疑这个故事的真实性。在某个时代里，这很可能不仅仅是一个乐于助人者受到的不公正的惩罚。玛丽说，事情发生的时候，她那时是两到四岁的年龄。那应该是1918年，因为1918年的时候爱尔兰正处于动荡之中。但也可能是1919年甚至是1920年，因为这两年的爱尔兰更为动荡。

霰弹枪已证明了土地的力量。杰克·沃尔什只是想要挣钱来保住他的农场，来交各种税，这些都可促使他违背他本不愿意违背的道德准则。土地的魔力使得他的邻居们对他施以惩罚，这样他们就能获得或保住他们自己的土地。这已成为杰克一生的生活方式；他目睹他的父亲也进行过这样的斗争，只不过表现在其他方面而已。

我想，杰克·沃尔什是知道这些为土地而斗争的详情的，至于他的儿孙辈，恐怕就不得而知了。这些斗争不再留存在记忆中。在我舅舅杰勒德身上也能体现出对土地的热望，但如果他知道他的家族为了获得这块土地而斗争的内幕，那他是绝不会告诉我和我母亲的。

对沃尔什家族来说，这种斗争始于1870年3月1日埃伦·卡尔嫁给巴利朗福德的威廉·沃尔什的那一刻，从此，阿哈纳格兰的这个农场的经营者不再是卡尔家族，而是沃尔什家族。埃伦·卡尔嫁过去的时候，她的嫁妆是土地，只是由于租赁关系，上面有一串地主的名字。当英国于 1851 年进行普查时，约翰·卡尔已从皮尔斯·克罗斯比（Pierce Crosbie）那里租下了这个农场。卡尔也有一小块属于自己的土地，因为他还有两个佃户。皮尔斯·克罗斯比是鲁辛区连片土地的拥有者，而他本人也是三一学院的一个租客，三一学院于 1597 年接手了卡里加福莱被没收的奥康纳家族的土地以及被没收的德斯蒙德伯爵的土地。当然，卡尔是向皮尔斯·克罗斯比的代理人交租金。在这个名单上，只要你的名字位于他人之上，你就可以作为地主向你名字下方的人收取租税。剩下的收益都流向了三一学院。从某种意义上说，三一学院是天主教教徒卡尔家族和沃尔什家族世代劳动的最终收获者。从某种意义上说，这个位于爱尔兰的新教教徒教育中心，是建立在天主教的农户租金之上的。

当埃伦·卡尔嫁给威廉·沃尔什时，她也把他嵌入了地主-佃户的链条之中——链条的顶端基本上是清一色的新教教徒，而底端则基本上是清一色的天主教教徒。那年她只有 20 岁，而他已 26 岁了。

到杰克·沃尔什出生的 1880 年，阿哈纳格兰已成为土地战争的战场。1877 年 5 月，三一学院把克罗斯比家族要交纳的鲁辛区连片土地的租金提高到 1234 英镑。这一租金上涨的背景是爱尔兰的农业开始不景气。地主把租金上涨的压力传递给了佃户，而佃户又交不起租金。到 1882 年，基尔顿区连片土地的拥有者威廉·希基抱怨，他的佃户中的大多数已欠了四五年的租金了，他只得求助于三一学院，要求减租，称自己也交不起租金了。继承了鲁辛区连片土地的詹姆斯·克罗斯比的境况是最糟的。但无论是威廉·希基还是詹姆斯·克罗斯比，都没有减租。

威廉·沃尔什与鲁辛区的其他佃户一起，与克罗斯比家族及三一学院进行斗争。他们祭出的是穷人的手段：拒绝交租、联合起来共同抵制、威胁使用暴力。要与有权势的人进行斗争，需要的是弱势一方的团结。若有哪个佃户被赶了出来，就意味着你那很有想法的邻居有机会获得更多的土地，或者无地之人有机会获得农场。为了防止此类情况的发生，邻居们就要联合起来共同抵制，"联合抵制"（boycott）一词正来自爱尔兰此次为土地而开展的斗争。若有人否定或反对邻里的共同利益，他就会被孤立。如有未能遵守抵制行动协议者，本人首先就会被抵制。在当地这样的氛围中，被切断一切援助，切断所有的社会交往（即中断社交性吊唁，中断所有的聊天和欢声笑语——而这是艰难生活中仅有的抚慰品）就是一件严重的事情。当排挤政策瓦解了大地主的英国代理人查尔斯·C. 博伊科特（Charles C. Boycott）上尉的抵抗时，这场运动就被冠上了他的名字。

一位旅行者写的关于利斯托尔附近的农村的报告可以解释农民所采取的让博伊科特上尉的抵抗流产的策略。一位遭到抵制的农场主，"发现自己的货物卖不出去，也买不到生活必需品，不能给自己的马钉上马掌，不能磨谷物，也不能与他住所方圆 15 至 20 英里范围的人交谈；他的仆人也受到鼓动，被劝说离开他，他的商店店主当着他的面关上了店门；人们在他的燕麦田里踢足球；他种的马铃薯被连根拔起；他养的鱼和耕牛被人下毒；他的诡计被戳穿了"。不消说，在鲁辛区连片土地的农场里，被赶走的佃农没有活儿干，无所事事。

克罗斯比及其他地主对此的回应是：把更多的佃农赶走，没收他们的牲畜。一些当地的佃户屈服了，离开家乡去美国了，其他佃户则使冲突火上浇油。在理想的情况下，抵制运动应是和平的，但很容易演变成弄残耕牛、给干草堆点火、枪击等行为。在希基家族所在的基尔顿，正是约 40 年后杰克·沃尔什将犯下错误而在那里割干草的地方，那里当时的很多人来自北凯里，为的是参加土地联盟狩猎活动。他们在希基的地里杀野兔或组织其他娱乐活动。佃农曾被禁止杀死的动物，此时成了他们泄愤的标志和目标。他们杀死野兔，"为的是让地主知道：地主并不拥有高于佃户的权力"。据三一学院的土地代理人报告，整个北凯里"说得好听一点，都陷入了混乱"。一帮佃农突然袭击了克罗斯比，把他揍了一顿。到 19 世纪 80 年代中期，据三一学院的土地代理人称，在全国土地联盟的支持下，有人试图把克罗斯比赶走。

克罗斯比在当地地主中实力最弱，也最容易受到攻击。佃农们的计划是拒交租金，直到克罗斯比自己交不上租金，然后，等到三一学院终结与他的租赁关系，就要求三一学院只向佃农收取克罗斯比向学院交的租金数额。如果能取消他作为中间人的那部分差额，佃农们要交的租金就会减少。

我之所以知道这次斗争，仅仅是因为这个计划从某种意义上说是取得了成功。威廉·沃尔什是三一学院的佃农，经过此次打破地主名单链条的行动，三一学院对威廉·沃尔什有了一定的认识。威廉·沃尔什与鲁辛区的其他佃户拒交租金，使得三百年来一直把持鲁辛区连片土地的詹姆斯·克罗斯比上校破产。1886 年，三一学院开始了对这些土地的直接监管。

正如鲁辛等地的租金筑起了三一学院，鲁辛区佃农的反叛在一定程度上使三一学院注意到了他们。如今，三一学院已把他们保存到了历史中。我坐在三一学院老图书馆的一间阅览室里查资料，在图书馆对面，游客们正排队准备一睹《凯尔经》（*Book of Kells*）之芳容，我则匆匆浏览了学院的房契。在那里，我找到了威廉·沃尔什及其子杰克·沃尔什的名字。威廉·沃尔什及他的伙伴所留下的东西构成了历史，因为他们及他们的反叛已被从巴利朗福德的鲜活记忆中清除了。也没有哪个家族还记得威廉·沃尔什的斗争。也许巴利朗福德当地还留存着威廉·沃尔什的斗争的记忆，但我从未听说过。

到 1886 年的时候，克罗斯比已失去了从三一学院租赁土地的资格，学院雇用利默里克的威廉·悉尼·考克斯（William Sidney Cox）作为鲁辛区连片土地的土地代理人。三一学院接受了考克斯的建议，拒绝将租金降至向克罗斯比征收的数额，因为他们担心这样一来等于鼓励学院名下邻近土地上的佃户起而效仿。相反，学院提出一个方案：对逾期未交的租金，免除其中半年的租金；可临时减免 1882 年定下的法定租金的 25%。佃户为此举行了会议，决定不接受该方案。考克斯的报告称："他们主张，学院应将租金降至克罗斯比上校上交的金额数。"之后的 25 年里，学院的土地代理人以各种方式提交的报告里不止一次地称，佃农"都是一群坏透了的人，我已经领教了什么是麻烦"。

学院威胁称，如果佃农不交租金，学院将拿到法院的令状，没收他们的财产。他们威胁了很可能领导了这次抗议活动的蒂莫西·沙利文（Timothy Sullivan）。他们威胁了戴维·沙利文、迈克尔·恩赖特（Michael Enright）、约翰·肯纳利（John Kennally）、托马斯·班伯里（Thomas Bambury）。他们威胁了威廉·沃尔什。那时的沃尔什，用学院方的话说就是，正"身陷拮据困顿中"。

到 1887 年底，学院与佃农就租金问题达成了妥协，但即便租金已减少了，如果农场想要养活耕种它的人，农场的产出也不够交租金。鲁辛区的土地拥有者从"土地战争"（指前述的此类斗争）中恢复了过来，只是有些悲惨萧条。土地代理人的报告称，各地"满目疮痍"，耕牛不敷使用，房子及农场建筑"破败不堪，惨不忍睹"。原有的逾期未交的欠款固然可以不用交了，但佃农又开始背上了新的债务。土地代理人上交的报告也渐渐趋于千篇一律，单调乏味。如果说1897年是"极其糟糕的一年"，那么1898年就是"灾难性的一年"。

佃户逐渐陷入破产。到1913年，仅沃尔什农场欠下的租金就高达455英镑，差不多是17年的欠款总和。出于各种现实考量，在威廉去世后，自1902年开始，沃尔什家族干脆就不再交租金了。

经过了很长一段时间，这个地区逐渐成为三一学院的烫手山芋。1904年，鲁辛区的土地代理人报告称，这片土地是"我所知道的最让人头疼的、最难管理的土地"。没收佃农的家畜，结果只能使他们成为赤贫者，他们不是交不起数目不多的租金，而是根本就交不起租金。在中阿哈纳格兰，杰克·沃尔什欠下的租金比其他人都多，除了杰里迈亚·狄。1911年，学院收到了一份关于处理沃尔什家族的请求，但沃尔什家族实在没什么东西供三一学院没收的了。把佃户赶走也不是个办法：在目前的租金水平下，已找不到新的佃农了。经营农场已赚不到钱了。三一学院赶走了狄家族，但后来狄家族仍被允许待在那里照管土地。

各个土地法案的实施，使得佃农有机会购买他们耕种的土地，而对地主来说，他们可以开出很高的价格。在鲁辛区，三一学院已免除了欠款，土地委员会也发布了购买价格。价格还是很高，高达323英镑，当然，这个价格还是比欠款低了一点。杰克·沃尔什有了属于自己的农场，但仅贷款利息每年就有11英镑。

对杰克来说，获得了农场可谓他的成功之举，但也成为他的巨大负担。他之所以买下农场，是因为他觉得经营农场是可以赚钱的。卡尔家族和沃尔什家族已有三代人在这片他们耕种但却不属于他们、唯恐失去租佃资格的土地上辛勤劳作了。他们每天都担心不再拥有这片土地。

但这个希望并不美好。毕竟，是他为买下农场而背上了债务，债务利息为三厘；还有，他还得交土地税。

当杰克·沃尔什意识到他所实现了的、引以为傲的梦想实际上是失去一切的开始时，他逐渐背离了他再熟悉不过的原则。他本是成长于这片贫瘠的土地上的，成长于那些与权势者斗争的穷人中间。他父亲就是那些穷人中的一员。他们唯一的希望就在于穷人间的团结，成员中不支持组织行动的人将遭到无情的惩罚。杰克·沃尔什自孩提时就耳濡目染了这些做法。在一个遭到抵制的农场上干活，是一件很严重的事情。杰克·沃尔什对此自然心知肚明。

但如今，情势已大变。多个土地法案及后来的狭乡委员会（Congested Districts Board）对土地进行了重新分配。饥荒和向外移民使得劳动者和"棚屋人"的数量不断下降。所谓"棚屋人"，是指那些租种土地仅一英亩甚至还不到一英亩者以及那些和自己的牲畜共同住在一间小屋或棚子里的人。事情已经发生了变化，但有一点没有变：如果你帮助地主对付佃农，不管是多大的帮忙，都会招致佃户们的报复。和过去一样，佃农对拥有数量极大的土地的人总是心怀不满，愤恨不已，只是如今究竟拥有多少土地才算多，就很难说了。

当霰弹枪震碎了杰克·沃尔什家窗户的玻璃，当他的两个女儿由于害怕而惊叫不已，他自然知道这意味着什么。他怎么会不知道呢？

但为了得到这些土地，为了坐收祖祖辈辈的斗争所带来（然后还会失去）的好处，他已不容得失去这些成果了。所以，为了保住土地，他略施小技，转而去对抗那些曾给他带来土地的斗争。这种背叛行为自然遭到了报复。但他还是交不起税，还是还不上债。

所以，为了保住土地，他只好远走美国。1924 年，他离开了家乡，走的时候，他的妻子在公路边哭个不停，他的子女围在他妻子的身边。在此后的 23 年里，他只回过一次家。

那时的萨拉已经四岁了。她对于何以她的父亲要去美国的那段历史一无所知，她只知道结果。

第九章

父亲离开家乡后，对我们来说，蒂姆就成了父亲，我对蒂姆的记忆要远多于对我父亲的记忆。

——萨拉

为了保住在爱尔兰的土地，杰克·沃尔什离开了他的外甥蒂姆·沃尔什和他妻子玛格丽特。蒂姆是杰克的姐姐姬蒂的儿子，而姬蒂由于不光彩的原因早已离开家乡到了美国，蒂姆则作为杰克的雇工与玛格丽特住到同一屋檐下。他的年龄已经很大了。萨拉说："父亲离开家乡后，对我们来说，蒂姆就成了父亲，我对蒂姆的记忆要远多于对我父亲的记忆。"

但最重要的，是玛格丽特·沃尔什在照看杰克的土地。她四处活动，设法还上杰克留下的欠款，还要填补她丈夫不在场而留下的空白，这个空白就像气球一样，每吹出一口气，就会变得更大。在萨拉的记忆和故事里，她母亲的"戏份"要远多于她父亲的。他去了美国，因而在家庭中也失声了，变得悄无声息。萨拉只知道小孩子对父母的那种爱意。由于她父亲不在家，她把对父亲的那种爱意转移到她母亲身上，从而表现出对她母亲的强烈依恋。萨拉不会容忍任何人对她母亲恶意相向。来自阿斯蒂的两个男孩喊她母亲为"老梆子"，结果萨拉和她表妹艾琳·霍利（Eileen Holly）两个人各持木棒，沿着公路追赶那两个男孩，直到他们跑到田地里才罢休。她没有报仇，但如果她再遇到那些男孩（如今已是老人了），我毫不怀疑她会再次拿起木棒。

　　如果玛格丽特·沃尔什听到对她的辱骂声，她一定会怒不可遏。四十多岁的玛格丽特·沃尔什看上去就是一名农妇，总是穿着一身黑色的连衣裙，裹着黑色披巾，这是凯里农村妇女常见的装扮。在城里，黑色披巾颜色的深浅和编织式样是身份和个人风格的标志。但在老照片中，它们都是清一色的黑色披巾，难分轩轾。萨拉还记得，在农村地区，妇女的长裙都是清一色的黑色的。披巾可能一开始是黑色的，也可能是由于长年穿戴，慢慢变脏变旧而渐渐变成黑色的了。她不记得她母亲何时洗过她的披巾。

　　等萨拉渐渐长大时，她把她母亲与爱尔兰等同起来。当萨拉离开爱尔兰时，她记得母亲，就像记得爱尔兰一样。美国是她父亲消失的地方，而爱尔兰则是她母亲留下来生活的地方。爱尔兰的生活是简单的，这里是她迈向广阔而未知的世界、寻找属于她自己的复杂的生活的始离之地。直到今天，她仍记得她对爱尔兰的印象以及她的生活轨迹。"爱尔兰很穷，但我们在那里还是感到很快乐。"她说。

　　问题是，她本人对她母亲在她父亲离开爱尔兰后的岁月里的描述为历史介入她所讲的故事、颠覆记忆所形成的清晰的印象提供了机会，使这种呈现变得更为复杂。玛格丽特·沃尔什在屋中挂了一幅她本人的照片，照片时间为19世纪末20世纪初的世纪之交。照片中的她很漂亮，穿的是上好的衣服。她把那幅照片交给了萨拉。这是一件纪念品，对过去某个东西的纪念，现在的她可以被戏谑为老太婆了。

　　我小时候见过这幅照片。我从未见过外祖母本人，所以这幅照片对我来说实际上没有任何意义。这幅照片来自很久之前。如果我想弄清楚这幅照片，那么这幅照片应被带回爱尔兰。我外祖母生活在爱尔兰，她是我母亲讲过的关于爱尔兰的故事中的一个人物。在我小的时候，我不知道我外祖母来过纽约，不知道她曾移居美国，然后又回到了爱尔兰。这个故事并不是我母亲讲给我的。只是最近我们在写这本书的时候她才告诉我。

　　玛格丽特·沃尔什曾离开爱尔兰，后来又回到爱尔兰。这样的往返，来来回回，使萨拉·沃尔什的生活和故事以及历史本身更为复杂。在萨拉到美国之前的很长时间里，美国已进入了巴利朗福德和阿哈纳格兰。爱尔兰人和美国人都把他们之间的海洋看得很重要，而这片海洋也把凯里的男男女女变成了美国佬。在萨拉的故事里，现在的她强调的是爱尔兰与美国之间的差异，然而差异并没有切断联系。爱尔兰与美国之间的差异，犹如婚姻中双方的差异；而且和婚姻一样，双方的联系与差异一样重要。联系无处不在，无处不明显。萨拉的父亲就集中体现了这种联系。对杰克·沃尔什来说，从美国这边，爱尔兰不仅是看得见的，而且是能感知的；同样，从爱尔兰这边，美国是看得见、摸得着的。

　　随着萨拉在凯里渐渐长大，她渐渐意识到与美国接触的可能性。萨拉孩提时代的爱尔兰从来不是孤立的。爱尔兰一直与美国保持着联系。对那些已从美国回到爱尔兰的人来说，美国仍留在他们心中，仍留在他们的记忆里，那些没有回爱尔兰的亲人们给家乡的人寄的东西里也有美国的影子。

　　在萨拉的故事里，有很多东西是从美国寄来的。她父亲会寄钱回来，用于交税、维护农场的经营、偿付商店的赊欠款，最后还得留出一些钱为内尔的双胞胎姐姐玛丽置办嫁妆。

从美国来的东西，绝大多数都是美好的、令人心怡的。来自合众国的包裹，暗示已成为美国佬的爱尔兰人已过上了全新而美好的生活。萨拉七岁的时候，收到了来自纽约的一个包裹，是她另一位姨妈（她母亲的妹妹）汉娜送给她的一件连衣裙，作为她第一次参加圣餐仪式的正式服装。

她回忆道："真是太漂亮了！我还从来没见过这么漂亮的衣服，而且还很合身！包裹里还有一双鞋子，是黑色的漆皮鞋，那正是我想要的，即使这双皮鞋对我来说太小了，因为我的脚大。即使穿上后脚疼，还磨起了水泡，我也感到心满意足。穿上后我觉得自己像一个公主。我永远也忘不了那一天，因为在那一天，我感觉自己就是巴利朗福德的一个公主。"

美国来的鞋子换下了钉子鞋，哪怕只穿了一天。钉子鞋就是平头钉靴子，是一种又大又沉的鞋子，鞋底钉上突出鞋底 0.25 英寸的钉子，以防止鞋底磨损。如果说爱尔兰是钉子鞋，那么纽约就是漆皮鞋，虽然挤脚，起水泡，但光彩照人，足以使七岁的爱尔兰小姑娘感觉像个公主。

美国创造了机会，同时也造成了缺席。在美国，仿佛一切皆有可能：这里是各种机遇的沃土，是有前景的地方，是自由之邦，是向往自由的人的热土，在那里，只要你愿意奋斗，就能发财。美国也是一个很大的遗憾，因为生活在人类所想象出的最好的世界里，没有人想去那里，谁也不会被逼得必须去那里。在爱尔兰生活就可以了。

由于美国，萨拉·沃尔什成了周游列国的农民之家的女儿。至今，沃尔什家族仍是到过许多国家的家族。我的亲戚中很多人与美国有频繁的往来，这种状况已持续了三代人。那些留在爱尔兰但"绕树三匝，无枝可依"的人，最后去了美国，或至少也是到了英国。有太多的人离开，以至于他们每个人离开家乡时都习以为常，但抹不去的是离别的伤痛和回家的渴望。到了我母亲那一代，尽管彼时的爱尔兰已独立，沃尔什家族还是把自己家族定位为流亡者——由于英国的不公正和娄索而从"神圣爱尔兰"逃亡的被驱离者。

美国的存在使得萨拉不再对贫穷但给了她快乐童年的爱尔兰执着，她母亲玛格丽特的腿出了点问题，这也使得她不再留恋爱尔兰，甚至这种不再留恋的程度更甚。玛格丽特·沃尔什对她女儿讲，她倒是希望自己永远都没有从纽约返回爱尔兰。在美国的生活还是不错的。玛格丽特·沃尔什那受到感染、疼痛不已的腿，可以说是真实的爱尔兰的象征。在爱尔兰冬季的一个漫长而潮湿的黑夜里，玛格丽特走到屋外，冒着暴风雪去查看她的牲畜。她被绊倒了，碰到了水桶，皮肤被划伤。伤口从未被治好。伤口开始溃烂，一走路就感到疼痛，伤处开始流脓，还流血，这种状况持续多年，直到爱尔兰有了抗生素。那些日子里，玛格丽特干活的时候都是瘸着腿，疼痛不已。

医生（也姓沃尔什）对此也是束手无策。他住在利斯托尔，距此有 10 英里远，而利斯托尔正流行结核病，那里的人年纪轻轻就死去了。医院距此 10 英里远，萨拉的表弟约翰·马丁·霍利（John Martin Holly）在十几岁的时候就因脑膜炎而死于这家医院。10 英里意味着要等上一个星期，因为萨拉的哥哥杰勒德曾把她推到火中，她的腿被严重烧伤，以至于到今天她的皮肤上还有疤痕。生锈的水桶，10英里远的医生，伤口化脓的小腿肚，这些就是玛格丽特的农场所折射出的爱尔兰的现实。

沃尔什医生来时，至少还没有喝醉。但在他之后的医生就未必是这样的了。当白铁匠快不行了的时候，罗斯（Ross）医生已喝醉了。白铁匠如今被称为流人（traveler），是指爱尔兰出生的、走街串巷的人，他们的足迹遍布爱尔兰，被称为爱尔兰的吉卜赛人。我母亲的家族虽然很穷，但毕竟有土地。比他们社会地位更低、遍布他们周围的、一度人数众多的"棚屋人"，靠给农场做工赚取微薄的收入以及领取失业救济金为生。白铁匠是社会最底层的群体。村镇里的财物丢失，水管里没水了，不幸的、意外的和无法解释的事，都会归咎于白铁匠。

白铁匠们在罗斯医生每周来巴利朗福德期间请他来。罗斯医生来了。他醉醺醺的，不过他总是这样。在他行医过程中，酒不离身，就像随身带的听诊器一样。当他开始给这个白铁匠看病时，他拿出了听诊器。

白铁匠躺在低矮的床上，罗斯医生只得斜靠着听这个将死之人的心跳。重力作用和酒精作用一起袭来。对于一个将死的白铁匠来说，必定会觉得好像听诊器已把他和医生绑到一起，会觉得他的心跳正在把医生吸进来，一起跌入死亡的深渊。罗斯医生倚身时，他成了重力的受害者。他因醉酒而感到身体沉重，又因要集中精力控制他的感觉以维持一个男人的庄严，他慢慢倒了下来。他倒在了白铁匠的头部。我母亲所讲的这个故事的结尾是村子里的笑声。喝醉了的罗斯医生趴在他要救助的将死之人的头部。这就是巴利朗福德对罗斯医生的记忆。

萨拉那受伤的腿，濒死的白铁匠，玛格丽特那化脓的伤口，这些故事都是有联系的。我母亲的腿的故事的寓意是：因距离太远而得不到及时的救护。白铁匠的故事的寓意是：医生虽然赶到了，但却笨手笨脚。玛格丽特·沃尔什的腿的故事的寓意是：化脓的伤口在美国就会得到治愈。这些故事都展示了爱尔兰的落后。从美国的角度看，玛格丽特·沃尔什的伤口只能说明她在忍耐一些事情，虽然这些事情是没有必要忍耐的。在勇气变得可有可无的情况下，勇气也就失去了它的意义。萨拉讲这个故事，实际上是在暗示：美国是可以治好她母亲的腿的。

萨拉至今仍为美国所打动，但站在那个光明耀眼的美国的对立面的是蒂姆。蒂姆是"一个卖力气干活的人"。这是萨拉的哥哥杰勒德和弟弟约翰尼对他的印象。"他对我们要求很严，"萨拉说，"他让我们站成一排。"他们对蒂姆的记忆，随着岁月的流逝而愈加沉重。岁月压迫着他，就像蕨类植物被泥土压在下面，随着时间的流逝而变成煤或钻石，所以，曾经身材修颀、身手灵活的蒂姆，后来就变得固执刻板，犹如结晶体一般。现在的他集中体现了他最基本的品质：聪明，一个乐于工作的人。只有一两个词可把他与他身边的那些同样有智慧或为他们自己工作的人区分开来。

对他们来说，他是父亲，他们都这样说，而且很有可能这种说法已给他定了位。蒂姆更有可能是只离开凯里而不是离开爱尔兰的大军的一员。为什么他会留下？他从来没得到土地或农场，因而他终身未娶。他要做工，要照料他舅舅的孩子。他不可能意识不到这一点。

我想，照料他们是他乐意做的事情，但也是他的负担和伤心之处。在蒂姆和玛格丽特·沃尔什之间，必定有萨拉永远不知道的或她不会说出的酸楚。在杰克离开爱尔兰后，他们住到同一屋檐下，但如果没有事情，他们就不会交谈。那种沉默成了这个家的氛围，像又湿又冷的空气渗入每个人。但即使是充满了苦楚，也是沉默不语。他们保持沉默，始终没有形诸言语，从而避免让孩子们受其影响而与蒂姆作对。蒂姆是在杰克和玛格丽特去世很多年后才去世的，而他去世很多年后，也仍活在萨拉的弟弟约翰尼心中。

那么，蒂姆为什么不去美国呢？或许是因为他母亲在美国吧。他母亲离开了他，把他忘记了，这一点他显然很清楚。也许正因为他母亲身在美国，从而关闭了他去那个大陆的大门。正如他身在爱尔兰等于把她挡在爱尔兰之外。但也许仅仅因为他是一个很好的做工的人，因为他会编织草绳，会把绳子编成椅垫，因为他覆茅草屋的技术在阿哈纳格兰是最好的，因为他会和手艺最好的人一起做泥煤块。可是，如果到了美国，那里没有草绳，没有茅草，没有泥煤，他的那些技艺又有什么用武之地呢？

蒂姆留下来未走，萨拉的父亲离开家乡，她母亲的企盼，所有这些事情，都从爱尔兰的角度定义了美国，从美国的角度定义了爱尔兰。对于像萨拉这样的孩子，他们知道美国，但又不是真正地了解美国。这就像人们对精灵城堡之下的世界的认知一样。人们消失于城堡之中，偶尔也会有人走出来。情形虽然不同，但只要人没有变成精灵，就没有人真正理解它。

但这又是我作为历史学家的推测。在萨拉的记忆中，美国和爱尔兰只是作为简单的对比而存在：美国富裕，爱尔兰贫穷；美国先进，爱尔兰落后。但她还是难以下最终的结论，因为还有一个对比：美国让人感到悲伤，而爱尔兰让人感到幸福。"爱尔兰是很穷，但我们在那里很快乐。"她说，"我发现，在美国的人并不快乐。之前有人告诉我说，美国是流淌着奶和蜜的地方，但那里并不是流淌着奶和蜜的地方，至少在芝加哥西南区的生活就不是这样。"

第十章

比起纽约老城，神圣爱尔兰那里发生的事情可就多了去了。

——萨拉的姐姐玛丽·班伯里

下面三个故事都是互有联系的。第一个故事讲的是住在多德路边上的疯女人布丽奇特·斯坎伦（Bridget Scanlon）；第二个故事讲的是萨拉的母亲玛格丽特·赫加蒂（婚后就成了玛格丽特·沃尔什）；第三个故事讲的是萨拉的舅舅汤姆·赫加蒂，后来他娶了布丽奇特·林奇（Bridget Lynch）。三个故事都是发生在萨拉出生之前。每一个故事都与选择和后果有关。每一个故事里都会有北凯里的女人。每一个故事看上去讲的都是爱情，但实际上是关于土地的。在北凯里，比起爱情，土地更重要。

布丽奇特·斯坎伦的故事

在萨拉还是个小女孩的时候，布丽奇特·斯坎伦就与她哥哥尤金·斯坎伦〔Eugene Scanlon，大家都叫他尤吉（Euge）〕一起住在多德路边的一栋房子里。斯坎伦家族是萨拉母亲的娘家赫加蒂家族的远房亲戚。他们两个家族的亲戚关系的确是有点远，远到布丽奇特可以和玛格丽特·赫加蒂的哥哥汤姆恋爱。

　　布丽奇特·斯坎伦爱上了汤姆·赫加蒂，最后，财产问题成了一个大问题。但当两个人的关系到了谈及财产问题时，也就意味着汤姆得给她一些鼓励了。对她来说，结婚至少提供了一种可能，即有机会获得一笔财产。汤姆有一个用以维持生计的农场，还有几个待字闺中的妹妹。他想要娶的是一个能给他带来财富（也就是所谓的嫁妆）的人。他未婚妻的嫁妆将改善农场的经营状况，甚至还可能让他的几个妹妹也跟着沾光，因为这会给她们一个积攒自己财富的机会。

　　农场位于古哈德，离阿哈纳格兰不远。赫加蒂家族经营这个农场已有很长时间了。1825 年，莱昂·赫加蒂（Lyon Hegarty）从利瑟尔敦（Lisselton）教区的"戈哈德"（Gohard）镇区的地主巴里·冈恩（Barry Gunn）那里租下了 95 英亩的土地。这么多土地却没有一亩能种庄稼，只有其中的 51 英亩可用作牧场，其余均为沼泽和山地。威廉·赫加蒂很可能是莱昂的儿子或孙子。具体是什么关系，我也不清楚。威廉·赫加蒂娶了埃伦·斯坎伦，在他们的古哈德农场上安了家，育有四儿四女。萨拉的舅舅，也就是她母亲的哥哥汤姆，将继承这个农场。

　　除了这个农场，汤姆还继承了维持农场及把妹妹们嫁出去的责任。有农场的人是不会为了爱情而拿农场冒险的。女子可以漂亮能干，但如果像布丽奇特·斯坎伦那样没有钱的话，那她将毫无选择。她只能独身，靠她父亲然后是她哥哥过活。她只能忍受这种令人沮丧的贫穷。她不得不面对糟糕的生活。当然，她也可以选择去美国。有一点可以肯定的是，有农场的男子是不会让他的儿子娶一个没有嫁妆的女子的。爱情总会带来财富，这一点，即使到了萨拉这一代人也是如此。她的姐姐玛丽给约翰·班伯里带来了一笔财富。她的弟妹希拉和嫂子乔茜在嫁过来的时候也带来了财富。

布丽奇特·斯坎伦压根儿就置办不起嫁妆。布丽奇特·斯坎伦结婚时只能空手而来。当然，如果换个时间，换个地点，只有她本人也就行了，因为她是个漂亮的棕发乡村女孩。但布丽奇特·斯坎伦实在是太穷了，汤姆看重的是财富而不是她对他的爱（除了布丽奇特，所有人都知道这一点），她必定眼睁睁地看着机会从她身边溜走。或许汤姆·赫加蒂还爱着她。她当然爱他。她想方设法阻止汤姆的婚事。于是她当着汤姆和他家人的面大吵了一通。布丽奇特的爱最后成了斯坎伦家族和赫加蒂家族之间苦涩的情感。

汤姆娶了同名不同姓的另一个女孩——布丽奇特·林奇，所有关注此事的人都会认为他肯定会这么干。这桩婚事是按当地通常的做法，由说媒之人在两家穿梭撮合而成。布丽奇特·林奇嫁过来的时候是带着一笔财富的。最后，布丽奇特·林奇成了萨拉的舅母。

布丽奇特·斯坎伦本应该成为萨拉的舅母，却成了终身未嫁的老姑娘。她在多德路边她哥哥的房子里深居简出。随着时间的流逝，她疯了。失去了汤姆·赫加蒂，失去了她认为本应是她的人生机会，应该说是让她变疯的原因。但在北凯里，这样的精神病和精神分裂症患者太多了，多得都没人追究原因。布丽奇特疯了，一直和她哥哥住在多德路边的房子里。

布丽奇特和她哥哥尤金成了另一半爱尔兰的代表，代表了那个枯燥、贫瘠的爱尔兰。从斯坎伦家族的田地穿过去就是多德家族的居住地，这两个家族都是再也没有嫁娶过。在汤姆拒绝了布丽奇特后的半个世纪里，斯坎伦家族的人就老去了，渐渐绝户了。草场、奶牛渐渐消失，就连雨水也变少了，直到家族中的最后一个人死去。

萨拉的母亲与尤金之间的关系比较紧张，这一点，萨拉长大后才意识到。尤金是他们的邻居，也是他们的远房亲戚，会定期过去看他们，看他们的时候也会带一个苹果让六个孩子分。他会在火炉旁讲他的故事。但在这些故事的背后，仍能感到一种紧张的关系。或许，尤金在挨着汤姆·赫加蒂的妹妹烤火时，就会想起他的疯妹妹。

另一个女人生下了汤姆·赫加蒂的孩子。布丽奇特·斯坎伦则待在家中，慢慢变老，死去，在疯癫中度过了余生。

玛格丽特·沃尔什的故事

玛格丽特·赫加蒂是汤姆·赫加蒂的妹妹，后来成了萨拉的母亲，曾经的她，和布丽奇特·斯坎伦没什么两样。玛格丽特·赫加蒂也曾面临布丽奇特·斯坎伦那样的选择。她也没有财富。玛格丽特·赫加蒂选择了美国。

她离开了爱尔兰，因为在爱尔兰，她几无容身之地。她的两个兄弟去了美国，她的妹妹汉娜也去了美国。美国令她心驰神往，那是一个会给她带来婚姻、组建家庭的国度。女子为了结婚而在美国做工。到美国去的女子太多了，这是可以预见的。在巴利朗福德，种种故事均视此为理所当然。一个讲溺水身亡的故事的开头是这样说的：话说在鲁辛区，"有一个大家族……家族里所有的女孩都去了美国，当然，家族里的一些男孩也去了美国"。所有的女孩都会去美国，这是可以预见的事情。

玛格丽特·赫加蒂大约是在 19 世纪末 20 世纪初的世纪之交到了

美国，那时的历史才记下了她。她离开了那个盛产故事的国度，至少是短时离开了。她在还没有完全走出爱尔兰历史的时候，就闯入了美国的历史。她所走的路，是在她之前已有数以万计的人蹚出的路，是在她之后又会有数以万计的人继续沿此走下去的路，是女子们蹚出来的路。如果她们走的是陆路而不是海路，那么这条路就会像俄勒冈小道的车辙一样。从 1885 年到 1920 年，约有 70 万爱尔兰女性到了美国。她们中的大部分都与玛格丽特·赫加蒂一样，是单身的年轻女子，到这个新的国家做工挣工钱。她们中很多人来的时候孑然一身，尽管在美国有她们的亲朋好友。美国给了她们一种生活，使她们的记忆里除了挫折、贫穷、失望，还有其他内容。

玛格丽特·赫加蒂去了纽约，从事家政服务工作。她成了一名女佣。在美国，爱尔兰女佣实在是太普遍了，以至于美国人对这个群体有一个通用的称呼：布丽奇特。玛格丽特也被推到了这股爱尔兰移民潮中，成了其中的一名"布丽奇特"，整天忙于为中产阶级和富人洒扫清洁。她整理床铺，一件一件地手洗衣服，拖地板，以此积攒她的财富，开启自己的人生；那些她所服务的人，从不怀疑他们就是比她们优越，他们相信，他们的生活、他们的进取、他们的福祉永远比为他们清扫房间的爱尔兰女子重要。她生活在他们的命令和傲慢中，尽管如此，她在如此环境之下做工，还是得到了一定积蓄，在纽约的生活也收获了快乐。

但这一点应该说也适用于许多女子。其实，在美国，对我来说，玛格丽特·赫加蒂在历史上是看不到的。在纽约，她只是存在于总计数里。这些"布丽奇特"的生活被汇入了官方的人口调查中，在人口统计中，她们被统计，被拢到一起，被相加，被平均，而每个人的真实生活是永远不能相加的。在一个人活生生的经历中，平均收入或平均寿命是说明不了任何问题的。我们不可能把一个人的成功与另一个人的失败相抵消，造出一个介于二者之间的第三人。统计学上的生命只能用于相加，用于计算，用于取平均值。只有在人口统计中，玛格丽特·赫加蒂才被还原为一名女工，或更具体地，一名爱尔兰出生的女工。

我只能在人口统计的总计中看到玛格丽特·赫加蒂，但呈现的方式是独特的——就像公布赌博赔率那样。赔率不能保证结果，但会提供一个概率范围。我知道玛格丽特·赫加蒂并不是独一无二的。在美国的爱尔兰女工中，有超过一半的人从事这项服务业。在美国，只有瑞典裔和非裔美国妇女从事家政服务的比例与爱尔兰人差可比肩。

服务业的生活方式对她来说并不陌生，她早就有心理准备。尽管玛格丽特·赫加蒂不再从事服务业时很高兴，但她并没有觉得受到了不公正的对待。她觉得她服务的那个家庭对她很好。

玛格丽特·赫加蒂在美国长时间停留中只有一刻，她显得卓尔不群。在她从事家政服务的岁月里，有一天，她来到百老汇九十八街的城堡电影公司。她穿得很漂亮，站在了绘有咖啡桶和圆形石柱的、布置井然的背景幕布前。她微笑着，照相机从某个角度对准了她。照片中的她看上去不像女佣，不像古哈德贫穷的农场里出来的农家女。古哈德没有咖啡桶和圆形石柱。问题就在这里。这张照片记录了她离开家乡后的收获。这张照片是准备寄回家的。这张照片是她回到家乡后所放弃的一些事情的记录。

她回到了家乡。绝大多数人没回去。她的兄弟也没回去。威利·赫加蒂（Willie Hegarty）在合众国成婚，死于一场交通事故。尤金终身未娶，在芝加哥去世。他们仅仅变成了消逝于美利坚合众国的人的名字。她的妹妹汉娜在美利坚合众国成婚了。她给家里寄回了一些东西。玛格丽特本人带着她挣的钱回到家里。玛格丽特带回的钱都属于她自己。当然，真要说起来，所有农场女孩的钱都是她自己的。这些钱是她们为父母劳动而获得的最终回报，这些劳动包括跑腿送信，整整齐齐地堆放泥煤直到筋疲力尽，不让火熄灭，喂牲口，洗衣做饭，缝缝补补——只是这些钱在她们睡觉、吃饭时才拿到手。但这种计算方式是把现代经济学逻辑用于家庭之内，只是计算方式极为不同而已。

在很大程度上，这是历史。我是从人口统计数据和学者的著述中完成它的建构的。我是从褪色的照片中进行建构的。但玛格丽特·赫加蒂也幸而留在记忆中。玛格丽特·赫加蒂回到爱尔兰，她不再是美国人所称的"布丽奇特"们的一员，不再是去美国的移民大军中的一员，不再是从事家政服务的一员，而是回到了更为单一的爱尔兰的生活世界。她回到了故事和记忆的王国。她讲故事，而故事都被记下来了。但这些故事并不是一种类型的，这些故事和记忆也相互冲突。

萨拉·沃尔什记得的她母亲的故事都是关于遗憾的故事。这些故事里没有浪漫的情节。她向往纽约。她说她在纽约的生活挺好的。她的话里和她的心里都有美国的印迹。她经常提到纽约，经常讲起她多么热爱纽约。当她的孩子们不能很快心领神会时，她会跟他们说："你们觉得7月4日是什么？"玛格丽特·赫加蒂的女儿萨拉说，玛格丽特倒是希望自己没有从美国回到家乡。她对她的回乡感到遗憾，她的故事把她塑造成了一个充满了遗憾的人物。

但是，如果她如此爱美国，那么她为什么还要回到家乡？萨拉·沃尔什的母亲还有其他故事，只是萨拉多年以后才听到这些故事。这些故事是关于爱情的故事。

说起玛格丽特·赫加蒂嫁给杰克·沃尔什，这桩因爱情而结合的婚姻，只有年岁够长的人才记得。这里有一连串故事，讲的是让人高兴的、大获全胜般的回报的故事。玛格丽特·赫加蒂讲给她姐姐的这些故事，在将近一百年后，由她外甥女莫德·默里继续讲，一直传到了今天。在这些故事里，玛格丽特回来时带了一笔钱，她的婚姻是先恋爱后结婚的。

正当我写完这本书的时候，莫德·默里去世了。她是从未离开爱尔兰的老妇人，她还清楚地记得她姨妈回来时的情形，因为玛格丽特回家时随身带了一卷上等的棉织品，她把它送给她姐姐，用来给她外甥女做连衣裙。莫德·默里还记得她父亲驾着双轮轻便马车，沿着利斯托尔的大街来来回回，为的是炫耀女儿们和她们穿的最漂亮的连衣裙。对莫德来说，玛格丽特·赫加蒂衣锦还乡的那些日子给她留下的记忆能让她在将近一百年的时间里都忘不了。莫德还记得她孩提时代的那份喜悦之情，所以她还记得她姨妈。在利斯托尔的马车上的那天，整天都沐浴在她姨妈的魅力和成功的光芒之下。莫德的心满意足，不过是反映了玛格丽特的喜悦。

杰克·沃尔什应该是在玛格丽特到美国之前就见过她。他很可能就是她决定回乡的关键因素。她离开了纽约，尽管她在那里感到很快乐。必定有某种东西让她必须回来。

他们于1914年2月7日（星期三）在香农河入海口附近的巴利巴宁成婚。忏悔日的那一周是结婚的好日子，常言说得好，星期三是结婚的黄金日子：星期一结婚，身体康健；星期二结婚，财源广进；

星期三结婚，良辰吉日；星期四结婚，损之又损；星期五结婚，受苦受难；星期六结婚，厄运连连。当时的玛格丽特已经 32 岁了，杰克 34 岁。之所以如此晚婚，是因为爱尔兰当时正实行生育控制的政策。

尽管玛格丽特·赫加蒂的女儿很多年来不知道这些，玛格丽特·赫加蒂还是直面命中注定的艰辛的爱尔兰生活。她到了国外，然后又回来了，为了爱情而结婚了。美国给了玛格丽特·赫加蒂一笔属于她自己的财富，这是她在纽约靠自己的劳动而挣得的；说实话，这笔钱数额并不大，但毕竟是一笔财富。正是这笔财富，使得杰克·沃尔什看到了保住农场的希望。他于 1912 年买下了农场，1914 年初即结婚。他需要钱来偿还债务，但他们之间还是有爱的。也许美国给了玛格丽特·赫加蒂和杰克·沃尔什享受这个可以说是奢侈的爱情的机会。要真是这样的话，那么在某个时间，美国就会向他们收取费用了。

如果玛格丽特·赫加蒂是因为杰克·沃尔什的爱而离开纽约，那么，在她从未讲述的关于她的恋爱和衣锦还乡的故事中，必定有某个重要的东西。关于恋爱的故事，玛格丽特·赫加蒂都是在她的子女出生之前讲给她姐姐听的。莫德记得的故事都是玛格丽特沉浸在幸福中时讲的，那时，她所努力的事情看上去都遂了愿，她很可能从不怀疑她的婚姻也将会称心如意。那时，她刚离开美国回乡；那时，人们谈论着她的美貌，谈论着她随身带回来的好东西。

莫德·默里所讲的关于玛格丽特·赫加蒂的心满意足和因爱情而结合的婚姻的故事，如今将近一个世纪了，但玛格丽特的女儿萨拉在 1995 年之前从未听过这些故事。萨拉不得不等上 75 载才从她表姐的来信中读到这些故事。这些故事让她感到很困惑。"我一直认为这是一桩父母之命的婚姻。"萨拉说。她还问莫德："难道你不知道我父亲去了美国吗？"

丈夫、子女和农场，这是沃尔什的田地上方的屋子里疯掉的、一贫如洗的布丽奇特·斯坎伦想要得到而没有得到的，如今被玛格丽特·赫加蒂得到了。美国给了她获得这一切的机会。但这一切又变得苦涩起来。美国给了她一笔财富，给了她一个丈夫，还给了她一个农场。农场索回了那笔财富，而后美国又索回了她的丈夫。她成了农场的囚徒，她丈夫要到美国做工才能挽救那个农场。

玛格丽特的故事发生了变化。她讲给她姐姐听的故事不见了，而她讲给她女儿萨拉的故事则充满了悔恨。在我们的一生中，我们都会在不同的时候讲不同的故事。我们的视角发生了变化。我们的经历会带给我们想象不到的一些后果。曾经看上去是胜利的那一刻，转瞬间就可能变成充满了艰辛的牢笼。我们在编辑我们的记忆。我们选择遗忘。我们制作出相同的记忆，并将其糅到不同的故事中。

汤姆·赫加蒂的故事

在玛格丽特·沃尔什的出生地古哈德，她的哥哥汤姆·赫加蒂虽然与布丽奇特·斯坎伦谈过恋爱，但最终娶了布丽奇特·林奇。他从父亲威廉那里继承了一个农场，威廉在20世纪20年代就去世了。玛格丽特的母亲也就是萨拉的外祖母埃伦曾在她儿子和儿媳妇的家中生活了一段时间。那时的萨拉经常骑自行车到古哈德送信。

在爱尔兰农村地区，"信"是个无所不包的词。所送的"信"，可以是去食品杂货店，可以是借小苏打，也可以是传递个新闻或求人办个事。送信可以获得某种程度的自由，比待在家里打扫房屋、喂牲

口强多了。萨拉通常都会在外磨蹭很久，这样到家的时候，那些乏味
无聊的家务就会有人替她做完。

萨拉给她舅舅送信。古哈德在阿哈纳格兰之上的群山之中。据她
讲，等她到了那里，真是"筋疲力尽"。她进屋时，她舅母布丽奇特
正坐在桌旁。布丽奇特一言不发，但整个身体都在晃动。她的脸有些
扭曲。萨拉告诉她给她送个信。舅母布丽奇特只是坐着，她的脸抽搐
着。她的身体一直在晃。她还是一言不发。于是萨拉就去找她舅舅，
告诉他正在发生的这件不幸的事情。

等她找到了舅舅，她逃也似的往家里跑。要是在往常，她会停下
来，爬到屋后的山上，在山顶，香农河和北大西洋沿岸的巴利巴宁一
览无余。原本天天都能看到、普通得不能再普通的东西变得陌生了。
她所认识的人在她看来如同梦魇。从古哈德陡峭的山上下行的时候，
她用尽全力蹬自行车。自行车由于失控，猛冲了下去。她已无法减
速，手和膝盖猛地撞到地上，然后就在砂砾路面上滑行。她母亲只得
把她伤口处的砂砾一粒一粒地挑出来。她坐在那里，显然是吓坏了，
还得忍着疼痛。她把她的所见告诉了她母亲，但不管是她母亲给她挑
砂砾时，还是挑完之后，萨拉都没有问为什么她舅母身体晃动，为什
么她的脸扭曲。当然，她母亲也没有给任何解释。她说，在那些日子
里，我们都不问问题。

多年以后在芝加哥，萨拉目睹了她姑母比（Bea）的一个邻居癫
痫发作的情形。有人给这种突然发作的病起了个名字（只是她不记得
是谁命名的），这时她突然想到发生在古哈德的那一幕。

萨拉对发生在古哈德的那一幕的记忆太深刻了，因为事情来得很
神秘，没有任何解释，而且颇为蹊跷的是，几乎没有什么事情是人们

不会品头论足的，但这件事却没有。在巴利朗福德，所有人的生活都有详细的注解版。事情发生了；人们开始描述，开始议论。巴利朗福德村子不大，流言蜚语、家长里短像穿街而过的小河一样很快就传开了。在这样一个穷地方，除了聊天，实在是没有什么可以共享的了。很多聊天内容还是让人感到愉悦的，其声调之抑扬顿挫给萨拉的生活增添了乐趣，但也有许多聊天内容未免残忍，充满仇恨，会伤人。聊天不失为解决问题的一种方式，在聊天中，可怕的事情被压住了，以待进一步观察。

由于布丽奇特罹患癫痫，因此当她婆婆埃伦上了岁数的时候，布丽奇特就难以照料婆婆。于是埃伦搬了出来，和女儿玛丽住在一起。玛丽当时已嫁给了波拉（Pollagh）的另一位叫约翰·沃尔什的男子。萨拉会去那里看埃伦，但她已神志不清，她想念在古哈德的日子，最后她去世了。

这件事当然令人伤感，但也在意料之中，因此也就没有什么负罪感。萨拉的舅舅汤姆和舅母布丽奇特育有一子，他的名字此处不便透露。他们渐渐老了，而他则开始结婚，继承了农场。当然，这是萨拉离开爱尔兰之后又过了很长时间的事情了。

他的父母仍和他住在一起，但这个家庭还是解体了。儿子酗酒，婚后又失去了他的妻子，至于为什么会失去他的妻子，我就不得而知了。正如故事里讲的，他把房子做了隔断，不让他父亲汤姆和母亲布丽奇特进厨房。他把他们关到一个房间里，房间只有一扇门通往外面。他们不能进厨房。他们得不到吃的。他让自己的父母挨饿。汤姆在拿树枝生火时死于心脏病突发。一天，在那个封闭的屋子里，布丽奇特倒在火里，其时她的癫痫正发作。她儿子只是在闻到了皮肤烧焦的味道后才赶到。烧到的地方生了坏疽，她在被送到利斯托尔医院后没过多久就死了。

1981 年，我和我母亲来到她外祖母的房子，那时已是她舅舅和舅母的房子。房子还矗立在那里，但屋顶已不见了。有一条小溪流过这栋建筑，从后门流入，前门流出。我母亲那天看到她舅母布丽奇特坐在厨房的一张桌子旁，身体不断抖动，而那张桌子在半个世纪后竟然还在那里，只是两个桌腿已经掉了，桌子倒在那里。

我们到的时候，汤姆和布丽奇特的儿子也早就死了，就死在那栋房子里。就像故事里说的，他因酗酒而死，在毁掉自己的同时也毁掉了这栋房子，还差点毁了这个家仅有的那点东西。在他母亲死后，他继续酗酒。由于酗酒，他不再打理农场，也无心在沼泽里挖泥煤。在冬天到来时，他没有泥煤可烧。为了取暖，他只得烧房子和家具。他烧掉了房子里的木头，只留下了一张桌子、一把椅子和一副床架。他把家里的木头搜罗一空，扔到壁炉里烧掉。天气寒冷，酗酒无度，再加上疾病缠身，他到底没能熬过冬天。他死在床上。

这个故事在巴利朗福德广为流传，它是我母亲及其他人讲给我的。但这一故事似乎有不同的版本。我母亲对此甚为厌恶，尽管她不知多少次讲过这个故事，她还是希望这个故事能从她的记忆中抹掉。

以传言的方式讲出来的这个故事讲的是每个人都认识的人的事情，这个故事的真实版本看上去不那么恶毒，但更为残酷。这个传遍了巴利朗福德的故事实际上是道听途说，这些小道消息的主角全是大家都认识的人物。尽管本书在这里提到这个故事绝非出于恶意，但还是有些残忍。作为讲述者的我，与故事中的人物没有任何联系。为什么必须由我来讲述？之所以由我来讲述，是因为这个故事是真实的，是因为我母亲就是如此这般讲给我听的，是因为有必要唤起对我母亲的娘家的记忆。

这个故事也是我和我母亲之间有冲突的一个例子。她的记忆是她的，她想拥有按她的意愿编辑这些记忆的权利，即使这些记忆已印到书中。对她来说，历史是一种不自然的行为。为什么说，讲出这些事情是必要的？"要有怜悯之心。"她是这样跟我说的。

我问她："我是不是应该删除'黑棕军'的故事？因为这对他们的后代可能会有冒犯之处。"

对她来说，这似乎是诡辩。

我问她："如果我为我的亲者讳，那么，我又为什么要冒犯其他人的家人呢？我为什么不把可能冒犯任何人的内容都删除呢？"

我母亲的记忆总是服务于当前的需要。她的记忆只忠于她下周或下个月要见的人以及她本人不得不对其做出解释的人。她身在距爱尔兰数千英里远的地方，心却仍在爱尔兰，在那些和她有关系的人的中间。

我的历史也是为当前服务的，但历史是忠实于过去的。我承认，从某种意义上说，这个过去是我自己建构的，但我也有更多理由要求按照我的技艺原则进行加工。这样一来，私人化的记忆就成为公开的了，为此我可能会伤害到一些人，会讲述他们并不希望被广而告之的事情，这一切只能服务于一个死去的事情——历史。对我母亲来说，这样做之所以显得残忍，恰在于这样做是没有任何恶意的。这就好比为了验枪而向旁观者开火。在这一点上，她与她弟弟约翰尼的立场更为接近。这些人都已故去，就让他们安息吧。就让那些恶行也随他们去吧，或至少，让这些恶行仅从他们口中说出为好。

这只是本书中各种冲突的一例，而历史与记忆之间的竞争又是如此激烈，以至于差点葬送此书。

萨拉的舅母布丽奇特在未发病时端坐其中的那栋老房子，曾经远离一个孩子的世界。或许，萨拉和她舅母看不到未来，这倒也不是坏事。但现在，未来已来，且将成为过去，那栋老房子却表明了记住过去是多么困难。

我母亲的娘家人是不会在未来面前退缩的。他们知道，潮起潮落是免不了的：疯癫、悔恨、死亡与美国都是命中注定的。在它们面前，你不能退缩，哪怕它们要吞噬你。你不可屈服。屈服了，就只会被它们嘲笑。但对所有人来说，在未来的命运面前固然要坚忍不拔，但事后有时他们会感到后怕。

萨拉那一代的沃尔什家族和霍利家族所讲述的一些故事，我第一次听到时还不理解。那些都是关于自杀的故事，他们戏谑嘲讽的内容也是关于自杀的，自杀者都是在爱尔兰过不下去的人。这些故事让我惊讶不已，因为我曾经认为，爱尔兰的天主教教徒是不会自杀的，也不会拿自杀开玩笑。这些故事让我感到震惊，因为他们竟然对此毫无同情心。我不理解的是，自杀的过错不是因为软弱而是因为社会团结受到了破坏。在这些故事中，我的亲戚都把生活的艰辛比作佃农眼中的地主：那是一个有权势的对手，是必须不惜任何代价也要加以反抗的敌手。他们绝不能背叛他们所属的群体。自杀则破坏了他们所属的群体。他们背叛了他们身边的人。

自杀的场所一般是河流及其支流。在河中溺死是最好的自杀方式。在室外自杀，不失为一种为他人着想的方式，因为在北凯里，他们认为，如果你在屋里自杀，那么你的魂魄将永远留在室内，惊扰将来的佃户。

在芝加哥，萨拉的表妹特蕾莎和丹尼·霍利（Danny Holly）以及萨拉的弟弟比尔也会讲许多关于自杀的故事，即使他们离开北凯里已有半个世纪了。这些故事都是一种类型的。特蕾莎讲的是来自巴利的马茜·卡拉汉（Marcie Callaghan）的故事，她嫁到了塔伯特，并搬到了那里。一位邻居满腹忧伤地找到了她。这位邻居心情糟糕透顶，正要去塔伯特岛附近把自己溺死。

"我要把自己淹死。"他跟马茜说。

马茜听着，跟着他出了门。"祝你好运，比尔。"她说道。

这让萨拉的弟弟比尔记起另一个关于自杀的故事，讲的是一名男子在克兰西（Clancy）老爹家旁边溺死的事情。克兰西老爹听说了这名男子的烦心事以及一了百了的计划。

"你最好快点，"克兰西老爹对他说道，"潮要退了。"

这让丹尼·霍利记起那个从斯特兰德（Strand）方向来的、走在公路上的那个人的故事。他全身湿透了。

"你怎么了？"一个过路者问道。

"我是从那个地方出来的，你看，我正要淹死自己。"

"你还弄得一团糟。"小伙子说道。

在这些故事中，自杀者被化约为一种类型，人们假装对他们表示关切。这些故事没什么特别之处。只有生活在那里的人们才认识这些故事所涉及的人。来自巴利朗福德的人都记得这些人，并对他们进行品评，但要理解这些看法，需要对地方知识有所了解。萨拉的姐姐玛丽说："比起纽约老城，神圣爱尔兰那里发生的事情可就多了去了。"但他们都认为，这些事情都是关于记忆和故事的，而不是历史的。但我不是从记忆和故事开始的。

第十一章

在回来的路上，我们走进一片种着卷心菜的菜地，偷了棵卷心菜吃。这是一辈子少有的难挨的日子。

——萨拉讲述她和哥哥杰勒德在送信过程中发生的事情

萨拉的兄弟说，她很烦人，尽管他们说起此事时充满了深情。在萨拉的成长过程中，父亲是缺席的，母亲又身罹疾病，忍受着病痛的折磨，萨拉对她很不耐烦。大概她的兄弟也会这样认为。

但萨拉不承认这一点。她认为自己是那个满足于自己想象的、无可替代的世界中的人。对于她所否定的事情，有关她的故事并不是这样的。在这些故事中，萨拉在评估这个世界，她会谨慎决定她要持的立场。她会冷眼旁观个人、邻居、家人、所有阶级的人是如何彼此起争端，就像地壳构造中的板块运动所引发的轻微地震。她就像测量地震活动那样测量他们。她会从他们的摩擦和情绪波动中找准自己的位置。

关于她的许多故事都暗含了她对事情发展的批判以及对事情是非曲直的判断。我承认，那都成了一种习惯。她会对她的子女宣扬忍耐和逆来顺受，"否则事情会变得更糟糕"，但她的故事却表明，事情是会向好的方向发展的。

她弟弟约翰尼说，她想要离开爱尔兰。她一直想要离开。但她否认了这种说法，她的哥哥杰勒德也认为那是她一时的冲动，他认可萨拉的看法。

萨拉的姐姐玛丽说，萨拉不想去工作，而她则不得不什么都干，如今上了岁数，不得不忍受后背疼痛之苦。玛丽说，医生认为她的后背疼是由于年轻时过于劳累所致。对于姐姐的批评，萨拉不以为然；对于玛丽的品行，她也直摇头，但她承认她喜欢这些消息，从不拒收这些消息。这些消息告诉她农村生活之丰富多彩，告诉她农村的良好特质。

萨拉的那些消息中，有许多是关于食物的，因为食物确定了邻里关系。当她还是个小姑娘的时候，她就会去给沼泽中挖泥煤或往大马车上装干草（把地里的干草堆到一起，然后放到马车上）的工人们送茶和面包。她的许多故事的开头也是带食物或找吃的。比如，她会到多德家去找小苏打或糖。多德家住在多德路（实际上是乡间小路）边上，路是从沃尔什家族最西边的农田上延伸过来的。这段路不过 0.25 英里长。路的西边是矮树篱，顺着这条路就可以到盖尼的洞穴，正如故事里讲的，这个洞穴是有一匹马淹死的地方。盖尼的洞穴不过是公路与树篱之间的沟渠中比较深的那个地方而已。有过路者称曾看到马的魂在路上升起。萨拉对盖尼的洞穴甚为恐惧，但她从来没有去测量一下这个坑到底有多深，直到多年以后从美国回乡时才去测量一下深度。她说，坑里没多少水，还不够没过马膝。

这些来自远古的故事为乡村风光增添了朦胧旖旎之感，而沃尔什家族的邻居们的生活使这种感觉更加浓郁。她骑自行车送信，这已成为她至今津津乐道的故事的基础元素了。这些故事都少不了她那老旧的自行车，就像藤壶附着于船底。她通过她所知道的故事来界定她自己。她所讲的那些故事都确立了她和其他人的关系。不管她成了谁，都不出故事和关系所划定的界限。假如没有这些故事，没有这些关系，就无法给她定位。只有在三角定位中才能找到她。

包括父母在内，这里共有七个姓多德的人，但父母和他们的长子汤姆已去世。莫莉（Molly）移民到了匹兹堡。多德家族只剩下比尔、西丝（Sis）和布丽奇特。他们三个一起变老，坐在烧泥煤的炉火前，比尔斜倚着，他坐的椅子只有两条腿撑地，椅背靠在了墙上。他会点上烟斗，整个房间都会听到点着的烟丝噬噬响的声音。

萨拉喜欢多德家的人。他们由着萨拉在他们的房子里跑，允许她爬楼梯到阁楼上。比尔对此不会说什么。在这样一个到处都喜欢聊天的国度，他在早上去乳品厂的路上时就把话说完了。他会说："早，好天。"至于这天到底怎么样，比尔并不关心，反正永远都是好天。

比尔有土地，但没有结婚，我对此感到不可思议，但对我母亲来说，这用不着大惊小怪。

"他打了一辈子的光棍儿，这看上去怪怪的。"我说。我认为，在爱尔兰，只要有土地，就不愁娶不到媳妇。

"那是因为你还不了解比尔·多德。"她说道。

她很喜欢多德一家人，但是，一个女人必定有想要留在爱尔兰的迫切愿望，才会与一个聊天内容不超过三个字的男子交往，心甘情愿地待到傍晚，看炉火噼啪，火星四溅。

萨拉的信是重复乏味的，说来说去，就像祈祷时念的《玫瑰经》。经过往返多次，才有信传到多德家。从这一方面讲，信就像是上学的路。这些信本来是复数的，但因为复数之多，以至于可视为单数。

去上学是最典型的日常生活。这个行为是重复的，是人们熟悉得不能再熟悉的。她总是与姐姐内尔和玛丽、哥哥杰勒德、弟弟比尔以及一大帮姓霍利的表兄弟姐妹一起去上学。约翰尼没有和他们一起，因为他还太小。任何一个主题中，只有作为变量的事件才会显得不同寻常。日常生活无须铺陈。日常生活只是一种简单的描述。当然，这种说法也不十分确切，因为描述也是一种故事。

萨拉根据记忆描述了上学之路的所见。学校在家的东边，再往前就是巴利朗福德，在她上学的路上，她会收获原汁原味的、鲜活的故事素材。根据她的描述，她的上学之路，就是走过一个又一个故事发生地。在记忆中，她走过乡村。

在她家房子前的公路边上，东面就是三间小屋。孩子们上学的时候，要经过这三个小屋。凯特·博迪（Kate Bodie）是沃尔什家族在巴利朗福德一侧最近的邻居。

在萨拉讲的故事里，凯特·博迪总是和性脱不了干系。性总是出现在另外的地方——人们窃窃私语，即使是老年人、单身者、意志坚如石墙的禁欲者，也会与性挂起钩来，成为饭后谈资。但有时，性也会被公开谈论。当然，关于姬蒂·奥布赖恩[1]和蒂姆·里迪的故事，如果没有了性，可以说就没有了他们的故事。性使得姬蒂离开了爱尔兰。但性并不是她的全部。即使是到处搞破鞋的蒂姆·里迪，也不仅仅是性欲的奴隶。他是乳品厂的厂主，而不仅仅是拈花惹草者。

但凯特却被人们用性给界定了。在萨拉所讲的故事里，既涉及

---

① 姬蒂·奥布赖恩即姬蒂·沃尔什。

性，也有她唱歌、心情好的一面。凯特有七个孩子，七个孩子七个爹。凯特经常露出她本色的一面，但她会保持头脑清醒，尽量展现本性中好的一面，尽量保持甜美的声音，尽量做到在全镇的非议中还有不少值得骄傲的事情。萨拉记得凯特是个好心的人，但好心归好心，萨拉的母亲还是要她的孩子们离博迪家的人远些。实际上他们做不到远离博迪家。他们每天还得从博迪家的房子前经过。他们会偷偷往里看，只要凯特在炉子旁引吭高歌，他们就会看到她。萨拉说，她的嗓音真好。即使多年过去了，凯特成了老太太，萨拉去看她的时候会给她带一瓶白兰地，凯特也是报之以歌声——她也只剩下歌声了。

玛格丽特·沃尔什倒也不是真的害怕凯特·博迪，而是害怕凯特的儿子迪克（Dick）。看起来，性在凯特的小屋子是无处不在了。迪克是凯特的长子，在性方面，他比起他母亲有过之而无不及。他已当上了父亲。玛格丽特·沃尔什不想让她的女儿们和迪克走得太近。

凯特最后还是嫁出去了，等她结婚的时候，她就成了故事。按照故事所讲的，她和她的未婚夫（和她儿子一样，名字也叫迪克）走在去教堂的路上。他的婚礼服没达到凯特的要求。

"你起码得穿得像那么回事。"凯特说道。和其他爱尔兰人的发音一样，她会把"像那么回事"的"像"说成"强"。[①]

"哎呀，凯特，你自己也穿得不像那么回事嘛。"迪克回应道。

过了博迪家的房子，就是菲纽肯（Finucane）家的房子了，于是孩子们从"性"区走到了"疯"区。菲纽肯家有三个孩子，全都是疯子。冬日清晨，残月仍挂在天上，当沃尔什一家和他们的表亲霍利一

---

① 原文是"把 decent 中的第一个 e 发成拖长的 a 音"（pronouncing the first *e* in decent as a long *a*）。

家的孩子走在上学的路上时，米克·菲纽肯（Mick Finucane）通常会站在他家房前的路上，挥舞着双臂。他们也会遇到米克的妹妹，但他妹妹通常都是待在屋子里。米克的弟弟是菲纽肯家族的第三个疯子，也是唯一一个会吓着他们的人，因为他往往或坐或站，用怪异的眼神直盯着路过的孩子。如果他恰好在那周围，萨拉等人就会直接冲过去，或者干脆躲开他，从田地里穿过，走到从前的泥浆路上。

穿过田地到泥浆路，这条路线实际上是抄近路到巴利，但会有两匹马跟着他们，而这两匹马也会吓到他们，吓人程度仅稍逊于那三个菲纽肯。泥浆路之得名，是因为高潮时潮水会把河水推至路上。这样一来，会更让人抓狂。萨拉说，在巴利，有各种各样的疯人。马尼·黑利（Mane Haley）住在沙利文帝国与铁匠铺之间。"沙利文帝国"是萨拉对沙利文的店铺和工厂的总称。马尼·黑利出来时往往披头散发，眼神吓人，在萨拉上学的路上，她会吓到他们。她和一个绰号为"鸭子"的男子住在一起，最终，他们听从教区神父的建议，结婚了。

再往前是通往警察局的巴利林街，街边住着另一个疯女人。这个疯女人能让萨拉对她有好感，因为她和其他疯女人不同，她什么也不知道，尽管你能看到她，而她的脸总是贴到窗户上去。人们更好奇的不是那个女人为什么是个疯子，而是那个女人为什么什么都不知道。

孩子眼中的世界，一切都是既定的，一成不变，萨拉有时候会把它作为一个普遍贫穷而又无不均的地方而记住。但这又是一个新的世界，一个拥有差异的世界。在半个世纪里，巴利朗福德的地主、大部分佃农、许多小农场主都消失了。这是一个日趋狭窄的社会，但萨拉所讲述的她上学路上的那些故事，却表明这种差异仍迟迟未消退。

　　萨拉知道，和住在鲁辛区的斗室里靠失业救济金过活的家庭一样，博迪家族和菲纽肯家族的生活水平在她家之下。他们并不是疯了、滥交、酗酒、贫穷，或者说，不仅仅是这些。他们之所以生活水平还不如她家，是因为他们没有土地。没有了土地，就意味着可能会过上博迪家族和菲纽肯家族那样的生活。

　　即使那些拥有土地的人，也并非人人平等。她最好的朋友是霍利家族的表兄弟姐妹。但霍利家族所拥有的土地要好于沃尔什家族的。所有人都知道这一点。他们家族养的奶牛更多，因而送往乳品厂的牛奶就更多。萨拉总是觉得，霍利家会认为，他们家之所以显得高人一等，是因为他们家拥有更好的土地。她觉察到他们那不易觉察的优越感，这种优越感还是很明显的，就像无处不在的烧泥煤的味道和乡间上空飘荡的牛粪的味道一样明显。

　　萨拉总会感觉到她母亲和她姑母汉娜·霍利之间的紧张，这背后很可能就是土地质量问题。汉娜是杰克的姐妹中唯一留在爱尔兰的。只是，她也曾离开过爱尔兰。她姐姐姬蒂是由于不光彩的事情而离开爱尔兰到了美国，汉娜则是头戴光环离开爱尔兰的。她成了一名修女，到了英国，住到了女修道院，并在那里和一群爱尔兰人一起做工。但汉娜修女对于圣召产生了怀疑。她离开了修会，离开了英国，回到了凯里。1912 年，她嫁给了有一个儿子的鳏夫帕特里克·霍利。后来她为帕特里克生下了十个子女。

　　霍利家住得很近，尽管霍利家的孩子和沃尔什家的孩子就像兄弟姐妹一样，但总会让人觉得霍利家族要稍好于沃尔什家族。霍利家的农场足以养活一大家子，家里的男子不需要离开农场去做工。玛格丽特很可能对此有些不平。萨拉是这样认为的，但当时她能察觉到的是她母亲和她姑母之间的紧张关系，而关系紧张的原因，她并没有察觉到。

关系紧张的原因，和一个孩子所能感知到的汉娜的所有品性无关。汉娜漂亮，优雅，长相甜美，但不至于由此而简慢了对方从而导致关系紧张。那个地方很穷，人与人之间的差异也没那么大，但那足以使人们对对方极为敏感。阿哈纳格兰的人是很敏感的。和大多数敏感的人一样，那里的人们也会表现出刻意的礼貌，因为如果冒犯了对方，哪怕只有一次，就不会被忘记。萨拉·沃尔什本人也学会了察言观色，学会观察无礼和傲慢的种种细节表现。她用故事来表现这些细节，如感觉被简慢，就会以牙还牙。故事则记下了社会等级。

有些故事已被彻底遗忘，但由于土地本身就是一个故事集，事情就发生在这里，抹掉这些故事有时就意味着改变土地本身。在巴利朗福德的四周，人们希望地主和他们在这片土地上所创造的、所建造的一切都被连根拔起，破坏殆尽。

萨拉·沃尔什出生的那一年，还有旧式的地主家庭。1919 年的早些时候，爱尔兰共和军征用了停在博兰（Boland）的汽车修理厂的一辆汽车，他们开车到了基尔顿大楼，扣下了所有能找到的枪支。

基尔顿大楼是希基家族的，而希基家族曾是北凯里的大地主、大家族。到那栋大楼，得先经过大门，大门两旁有两个门房，一个住着园丁，一个住着洗衣女工。洗衣女工是那个开大门的人。

基尔顿大楼曾是一个包括香农河的渔业权在内的大地产的中心，但后来衰退了，只剩下那栋大房子和房子周围的土地。威廉·斯科特·希基上校住在那里。他——也可能是他父亲——曾目睹 19 世纪 80 年代给威廉·沃尔什签署一份法律文件的过程。希基曾雇杰克·沃尔什给他割干草，而杰克·沃尔什则遭到希基的佃农的报复（用霰弹枪），其时正值爱尔兰共和军造访此地。希基一家都是天主教教徒，这在上层的英裔爱尔兰人中都是少见的。希基上校曾是英国军队的一名军官，和其他的乡村士绅一样，喜欢枪支到了发疯的程度。他有足足一屋子的枪支。家道中落之时，希基还坐在基尔顿大楼里，对爱尔兰共和军成员很是优待。他拿出了一瓶葡萄酒，要爱尔兰共和军成员喝一杯。于是，爱尔兰共和军的成员在那里饮酒、抽烟，还聊天。

这次突然搜查所得到的，除了交谈，并没有别的什么东西了。警察已经没收了希基的大部分枪支。爱尔兰共和军只能捡漏：一把手枪，一支短枪，一把.22口径的步枪。希基讨论了革命问题，就好像是讨论利斯托尔的赛马。希基认为，革命是会出现的，但不会成功。希基说，爱尔兰人会获得在帝国范围内的统治地位，但他们是绝不会建立共和国的。当上校的女儿康斯坦斯（Constance）想要从卡里加福莱城堡沿着新的林荫道驱车到大房子时，负责看守的爱尔兰共和军的成员把她挡了下来。她很生气，有敌对情绪，但后来还是向他们道歉了。就此而论，这更像是一场动动嘴皮子的文雅的革命。

在希基家族家道中落过程中，爱尔兰共和军的光临只是匆匆一现。爱尔兰共和军的成员赞扬了希基家族，认为这是一个"良善的天主教家族"，然后他们就离开了基尔顿，继续他们的事业了。上校去世的时候，仆人们鸠占鹊巢，霸占了这栋房子。最后他们支付给康斯坦斯500英镑，算买下了这栋房子。他们慢慢地把这栋房子的大部分都拆毁了，拆下来的材料被用作建筑材料。莫里亚蒂（Moriarty）家族的一个男子曾是希基家的仆人，他在这栋房子的基础上盖了个小木屋。希基家族还在阿斯蒂建有两座小教堂。这两座小教堂的命运并不比基尔顿好到哪里去。这两座小教堂也被拆毁了，希基的牌匾也被扔到了墓地里。当地人可不想要任何能唤起记忆的纪念碑。他们想要看到的是土地，就好像高额的租金和因付不起租金而被驱逐出去的岁月从来没出现过。尽管萨拉·沃尔什觉得乡村的一切仿佛是凝滞的，但旧有的秩序的确正在发生变化。

但是，旧精英的衰落意味着新精英的崛起。新的不满出现了。食品可以成为友邻的标志，食品标示出了友邻不可企及的空间，这是阶级、距离及旧有的敌意横亘于此的空间。食品成为一条线索。高尔文（Galvin）家族住在附近，和沃尔什家族一样，他们也是爱尔兰的农场主，但高尔文家族并不是友邻。在村民看来，高尔文家族是富户。他们家族可称得上是巴利朗福德的上流社会。很多东西都把高尔文家族打上了"有钱""和其他家族不一样"这样的印记，而在萨拉的故事里，这个东西就是饼干。他们在平常的日子吃饼干。萨拉曾被打发到那里送信。高尔文太太正坐在火炉旁喝着茶，吃着饼干。萨拉从未见过那样的饼干。"我记得这些饼干放在圆形的锡盒里。这是我第一次见到这样的盒子。她连一块饼干都不肯给我。"

萨拉从未尝过高尔文家的饼干，也没有得到高尔文家的苹果，尽管她的表兄弟姐妹得到过高尔文家的苹果。都过去快半个世纪了，萨拉仍记得有一天，在放学回来的路上，萨拉和她的表妹丹尼·霍利及阿哈纳格兰的其他孩子决定一起去高尔文家的果园偷苹果。

这几个小毛贼光脚爬上了果树，萨拉从树上掉了下来。在掉下来的过程中，她的脚被划伤。正是她那流着血的脚让事情败露。丹尼·霍利把这一切都告诉了萨拉的母亲。忏悔往往会一个接着一个。

她母亲又马上把她送到神父那里去忏悔。这样的忏悔不需要高尔文家的人知道。萨拉至今仍觉得有个遗憾，那就是一个苹果都没偷到。她还记得其他人都偷到了苹果，而且没有被抓到。

我母亲仍把饼干、糖果、水果视为待客之物，小孩时说的话，在古稀之年的老太太那里仍能引起共鸣。她说，待客之物还是极为稀有的。待客之物之所以是稀有的，是因为"我们，还有我们的邻居，都很穷"。

要说萨拉·沃尔什偷东西，她偷的是食物，但偷苹果与偷卷心菜还是不同。她不会偷邻居的东西，而偷苹果就不一样了，苹果算是一种奢侈品，偷苹果体现的是社会距离——作为孩子，她会认为，由于高尔文所代表的阶级，他们家算不上是她的邻居。卷心菜是一日三餐的食材，偷卷心菜给她的感觉是：邻里的物理距离不可能撼动近邻的那种互帮互助的关系。她从不会从邻居的菜园偷卷心菜，但那天她和哥哥杰勒德到巴利巴宁附近送信。巴利巴宁在香农河入海口附近，面向北大西洋，在又冷又湿的大冬天到那里送信，是要走上很长一段路的。这比到巴利朗福德、阿斯蒂以及古哈德的外婆家都要远多了。

> 我们坐的是小驴车。等我们到了目的地，真是又冷又饿。我们把信送到那家，可他们连杯茶都不给我们喝。在回来的路上，我们走进一片种着卷心菜的菜地，偷了棵卷心菜吃。这是一辈子少有的难挨的日子。

连杯茶都没喝到，更别指望有穷人间的团结了：他们已经越出了邻里互帮互助的界限。因此，既然是邻居，就得施以援手了。他们偷了一棵卷心菜。两个浑身湿漉漉、瑟瑟发抖、饥肠咕噜的小孩在雨中把偷来的卷心菜一劈两半。这一天真是太难挨了。

食物把人群分开，也把人与人联系起来；食物把一年的日子区分开，也把这些日子连接起来。在萨拉还是个孩子的时候，甜点成了阶级的标志：在她看来，像高尔文家的人就是富人，对富人来说，吃用于招待客人的食物更是一种身份的标志，而不是某个特定场合的标志。对所有其他人来说，日子是不同的，你所吃的食物构成了日历上的每一天。能吃到甜点的日子是圣诞节。只有这样的日子是肯定会到来的。

圣诞节期间吃的面包里会有葡萄干。照我母亲的看法，圣诞节是一年中最重要的日子，是用于对比的标准。说起收干草能有多好玩，她会告诉我说，和圣诞节一样令人兴奋，即使割干草时是不会有甜点的。对男子来说，割干草是一项繁重的体力劳动，但对孩子来说，这就意味着坐到装干草的马车上玩。

食物也是宗教活动的标志。这个宗教活动就是在自己家里做弥撒，这是一个很重要的场合。到20世纪20年代，在家里做弥撒已是有着近200年的历史的活动了。这个活动的来源，与刑法的实施有关，当时逃亡的神父为了不被人发现，不得不在教堂废墟、沼泽地和峡谷举行弥撒。后来，做弥撒的活动被安排到了家里，于是家家户户就被分为若干小组，组内每家每年做两次弥撒。

随着教堂的建成和做礼拜的自由化，做弥撒也因时而变，但并没有消失。到20世纪20年代，左邻右舍共五户为一个宗教活动点。由于做弥撒的活动轮流在各家举行，因而每家每五年都会接待一次神父。

白色是宗教活动点的标志。邻居们会把房子从外到里都刷成白色。他们甚至还会把牛棚、猪舍、马厩都刷成白色。桌子要覆以白布。桌子还会摆上嵌有葡萄干的蛋糕和带葡萄干的面包。

萨拉·沃尔什还记得她自己用于描述这样的日子的短语，如"太开心了""很肃穆""很特别""主持（圣餐）""风光"等，基本不会出现在她讲给我听或写信告诉我的其他故事中。

然后她又说到了食物。她记得那天的菜品，不仅有蛋糕、面包，还有鸡蛋、茶和培根片，这些都放在往日关活的动物而不是放死动物肉的房间里。等宗教活动结束，这些被粉刷一新的房子就成了阿哈纳格兰最好的房子了。

尽管举行弥撒是很风光的事情，但在萨拉关于巴利朗福德和阿哈纳格兰的故事里，神父们都不占据重要的位置。好的神父当然有，但在她的故事里，戏份多的都是坏神父。好的神父基本上是千篇一律。在爱尔兰的笑话里，这些好的神父都是性情温和、受人尊敬的神父：

> 我记得另一个故事讲的是巴利朗福德附近的一位农场主，他在刨土豆时，恰好有一位神父路过。神父问道："杰克，你还有什么粮食？"农场主说道："说实话，神父，我把粮食都给了上帝，上帝又把粮食给了我，结果我和上帝现在什么都没有了。"

坏的神父则各有各的坏。巴利朗福德的神父——阿尔曼神父（包括小阿尔曼神父和老阿尔曼神父）——是受人尊敬的，但他们不够和蔼可亲，无法赢得人们对他们的爱。神父们都是小封邑的领主。他们的行为方式与普通人是不一样的。当一个神父走在巴利朗福德的大街上时，所有人都会离他远些，仿佛他是全能的上帝。当老阿尔曼神父在星期天离开巴利朗福德到阿斯蒂（萨拉的表弟托马斯·霍利认为阿斯蒂是巴利朗福德的一个郊区）做弥撒时，他是骑马去的。如果他正赶上暴风雨，他会到最近的房子里躲避，同时把他骑的马也带到房子里。正是这个细节让我母亲至今都感到惊讶："他会同时把他的马也牵到屋里。"

问题不在于牲口仿佛成了萨拉厨房的陌生客，而恰恰在于神父的行为具有了额外的意义，而这并不是神父应有的行为。马出现在屋里，颠覆了人们普遍接受的行为逻辑。厨房火炉旁的草堆里往往会散发出尿溲的味道，因为在冬季，刚生下的牛犊、猪崽都是在厨房里的草堆上度过它们的第一周的。萨拉对此类事情当然没有浪漫之感，对牲口也谈不上有多少感情，只是说这些牲口也是家庭的一员，这些牲口之于我们，就像我们之于这片土地。就像这片土地养活了我们又最终杀死我们，我们也是如此对待牲口的。但是，我们不会把马牵到厨房，就像不会把牛牵到厨房一样。

这匹马又引出另一个问题，涉及一个等式。马出现在厨房里，并没有变得通人性，也没有像家庭成员的那种感觉，它只会使这户人家感到丢脸，让这个家看起来像马厩。这种行为会把农场主拉低到佃户的地位，在旁人看来，佃户和他们的牲口没有什么区别。这匹马在某种程度上把人拉低到和牲口一样的位置，特别是，还是那个主张上帝面前视众生平等的男子把这匹马牵进了屋里。

这些神父可不是萨拉年轻时看过的电影里的弗拉纳根（Flanagan）家族的神父。从这些神父身上看不到他们的悲悯之情。萨拉记得，老阿尔曼神父是她所见过的最刻薄的人。有一个女子怀孕了，她没有丈夫，老阿尔曼神父就在讲坛上大声喊她的名字，弄得她好像必须咽下所有的羞耻和麻烦。每个礼拜日都要到教堂的蒂姆·沃尔什，一进教堂就有人投来鄙夷的目光。我母亲至今对此愤愤不平。她告诉我，基督教不应该是这样的。

其他神父（传教士）会每年来一次，每次举行一个星期的礼拜。大部分时间里他们都是在布道。他们总是讲原罪问题。玛格丽特·沃尔什会带她的子女参加，耐着性子听完持续一周的布道。神父们会告诉村民他们都是什么类型的罪人。萨拉说，那些贫穷的农场主除了做弥撒和到乳品厂，从未离开农场。她把这些说教带到了美国，当她看到了芝加哥，看到了这个世上还有做错事的机会时，这些说教就显得怪异可笑了。她认为，把这些除了做弥撒之外从未离开农场的穷人——特别是女性——称为有罪之人，没有任何意义。

所有这些故事都是对这个世界的判断。所有这些故事都是对另外的可能性的想象。萨拉已经有些不耐烦了。

第十二章

有马就有燕麦，但马儿永远吃不到燕麦。

——北凯里谚语

对于那时的萨拉来说，不耐烦仅仅是她的一个方面，她还想做出自己的判断，然后把她的判断掩饰起来。公然蔑视从来不是她的做法。是因循守旧（认为事物本来就是那个样子），还是像祖辈那样富于反抗精神（即认为应当有所不同），她不会做这种非此即彼的选择。她会将二者结合起来，她会同时展现出二者，有时甚至是立马展现。

很早的时候，她就养成了对一个地方既忍受又抗拒的情感。他们并不指望有什么公正，但他们知道怎样做才是公正。他们会说："有马就有燕麦，但马儿永远吃不到燕麦。"他们还会说："你做得越少，别人就越是感谢你。"她记得这些谚语。她自觉践履了这些谚语。

代价当然有。她学会了把自己装扮成受害者。这种习惯性行为必然伴随着相当大的代价，因为这不可避免地相当于承认自己被打败，不得不服从。承认自己是受害者，就意味着承认自己无力控制生活环境。但受害者也会宣称自己能力不大。他们会这样说，毕竟你已做了，我们也是如此。尽力而为吧。我们就要看看谁能坚持到底。我们将会看到的是：你靠你自己的能力所得到的东西，将会成为你的另一个挑战。这些观点反映的是她所在的那个人群公开的立场，是他们对抗外人的立场，当然也是他们自身的立场。

1995年阿哈纳格兰的大火烧掉了沃尔什家的房子，而在此前的60多年前的那个故事也涉及火和杰勒德。在那个故事里，杰勒德把萨拉推到了正烧着火的炉边，萨拉被烧伤。

萨拉当时说了一些话。她嘲弄了他，也可能是挑衅了他或拒绝了他的某个命令或要求。她已不记得她到底说了什么。不管她说的是什么，总归是不太出格的话。当时她正站在炉子旁。当时她母亲并不在场。她父亲已到了美国。当时她正在炉火旁，对杰勒德说着什么——可能是侮辱性的话，也可能是奚落他的话，也可能拒绝按他的意思去做某件事情，总之，不管是什么，现在都不记得了。他大一些，但也没多大。她当时必定是背对着他，或者是想转身就跑，因为他猛推她的时候，她的一条小腿碰到了炉里正烧着的煤。

她尖叫起来。她记得这个。她尖叫起来，然后大哭，因为实在是太痛了，当时她才六岁。烧伤很严重。伤疤至今还在。被灼伤的地方当时必定发出了嘶嘶声，烧得嘶嘶响的那块肉的味道整个房间都能闻到。她能做的也只能是大哭，因为医生远在利斯托尔。她回忆说，几天之后，医生才赶到。她忍着疼痛躺在床上等着医生的到来，在医生走后，她也只能继续忍着疼痛躺在床上。她只能忍受。

这是记忆的一个片段，这个片段可将其他已忘掉的事情联系起来。1981年，我母亲萨拉带着我和我弟弟史蒂芬到了她曾经就读过的国立小学。当时，学校已不再是学校，还遭到了人为的破坏。我的表妹、约翰尼的女儿玛吉和我们同行，她的工作是教爱尔兰语。地上散落着几页旧的分类账簿。史蒂芬捡起其中的一张，我们凑上去看了起来。这是用爱尔兰语记下的出勤的名册。上面有日期，是 1925 年和 1926 年入学和出勤的记录。我问我母亲："你那时没在学校吗？"她也在学校，于是我们在散落的其他的纸上寻找，找她的爱尔兰语的名字。

我们找到了写有她名字的两张纸，上面写的是：索查·布拉特纳克（Sorcha Breatnach）。其中的一张纸至今仍贴在我办公室的墙上。除了名字，其他所有的信息都是用英文写的。经历了两代人，英语已成为日常生活的语言，取代了爱尔兰语，成为北凯里占主导的语言。分类账簿上记录了我母亲的入学时间（1925 年 6 月）、那个学期的在校时间（112 天）和她的年龄（6 岁半）。名字下面是各种难以辨认的文字和符号，内容貌似是出勤情况的记录，如果真是这样，那说明我母亲那时经常不去上学。萨拉认为，那是杰勒德把她推到火里之后的几周。

杰勒德和火把学校和萨拉两周未到校联系了起来。反过来，这些分类账簿也记下了这个关于火的故事的日期。这是通过爱尔兰语的名字记下来的。爱尔兰语的名字就是一个标志，是爱尔兰独立之后民族主义勃兴的标志。萨拉·沃尔什成了索查·布拉特纳克。

讽刺的是，这所学校虽然把人名从英语译为爱尔兰语，但它很可能是萨拉童年经历中最为陌生的场所，而且就连这名字也是陌生的。真实的情形是，萨拉并没有爱尔兰语的名字，是学校为她造了一个名字。

从我办公室出来，顺着大厅走，就是我同事、中世纪史研究专家罗宾·斯泰西的办公室。罗宾懂爱尔兰语。她引导我看到我母亲的爱尔兰语命名背后的东西。"索查"如果用爱尔兰语读，里面是没有硬辅音的。它会被念成"索拉"（Sorha），这跟"萨拉"就很接近了，于是他们就把她的名字写成"索查"。这个词在爱尔兰语中意思是"光明""明亮"。这看上去像是一个重新起的名字。一个多世纪之前，这只是爱尔兰语里的一个极为普通的名字，但经过长时间的英语化，就演变成"萨拉"或"萨莉"（Sally）。萨拉的小名就是"萨尔"（Sal）。至于布拉特纳克，斯泰西告诉我："这是省写的形容词作名词，词源是'不列颠'（Bretain，即 Britain），意思是不列颠人或威尔士人。"在爱尔兰，"沃尔什"的读音是"威尔士"（Welsh），很可能是源于"威尔士"（Wales）的名字的一种变体的拼写，因此，"布拉特纳克"就是意译的结果。为了强调我母亲的爱尔兰特征，老师们都喊她索查·布拉特纳克，意思是"光明的威尔士人"。

萨拉恨学校、怕老师。对她来说，学校就意味着抵抗，意味着忍受。学校想要"创造"出一个爱尔兰，想要记下爱尔兰的故事，想要教授爱尔兰的语言，对她来说，这样的学校恰是疏离了她的世界。她对学校只能忍受和抗拒。对她来说，乡村就是爱尔兰，学校是异域。对她来说，哪怕是用英语讲的故事，也是爱尔兰的。即使英语本身也曾是学校强加给学生学习的语言，但爱尔兰语如今也是学校所强加的语言。萨拉把这件事情与"令人厌烦""暴力""教师们对她不计其数的要求"等联系起来。

教师们可没有想这样做。在利斯托尔附近就有很多好的教师，但萨拉·沃尔什不认识他们。本应合在一起的事情，学校总要将其拆开。学校的大楼是分散的，班级也是严格分级的。学校随时会用暴力的方式推行它的主张。在学校，负责女孩的有三名教师，负责男孩的也是三名教师。来自利斯托尔的朱莉娅·奥康纳（Julia O'Connor）小姐有个兄弟住在塔伯特。她很刻薄。她曾因萨拉拼错一个单词而对她掌掴，下手之重以致萨拉脸上的红手印好几个小时都没消。另一位教师德文（Devan）小姐住在学校附近，离屠夫菲茨莫里斯（Fitzmaurice）很近，她当时正跟男校的教师莫里亚蒂先生谈恋爱。每天早上，萨拉到校时都得给两个大土豆去皮，然后放到有水的锅里，这样德文小姐和莫里亚蒂先生晚上就可以将其煮开食用。第三位教师是一位漂亮的寡妇——博兰夫人。

萨拉在校外已学到了很多东西，而且学得很快，所以她觉得学校很不近人情，对她来说很陌生。她 11 岁的时候退学了。在此之前，她一直在忍受。学校一直在坐等批判。"学校总是，"她说，"学校……我们没学到什么东西。"她记得厕所的臭味。厕所的顶棚有好几个洞，臭味就是从那里散发出来的，雨水也是顺着那里流进来。她还记得那气味，还记得那里总是潮湿。她还记得等着生火以赶走寒气的情形。

她还记得她的名字变成了索查·布拉特纳克。此外她还记得爱尔兰语的只言片语，但也仅止于此。她记得 póg mo thóin 这句话，这是日常用语里表达反抗的一个短语。在我小的时候，她还教我说这句话，但当其他人用爱尔兰语表达一些东西时，她感到受到侵扰，她很快就感到尴尬，叫我从此再也不要说那句话。当然，对我来说，我是一有机会就说这句话，所以至今还记得。这是我会的唯一一句爱尔兰语。这句话的意思是"吻我的屁股"。

在萨拉·沃尔什变成索查·布拉特纳克的过程中，教师们在"创造"一个爱尔兰，使爱尔兰在历史的废墟上获得重生。我能够想象，他们一定是相信，在为萨拉·沃尔什改名和对她教育时，他们是在给她恢复真正的身份。他们相信词语的魔力，正如所有的教师都相信这一点。但对于什么才是爱尔兰，萨拉·沃尔什和她的同班同学有他们自己的理解。他们相信故事和日常生活。

在她还是个孩子的时候，她就被复杂的变化给吞没了。她是正在形成中的国家的一块原料，尽管最终她在这个国家里无法养活自己。此前从来就没有一个团结的、独立的爱尔兰。独立战争使得新生的爱尔兰自由邦控制了国立学校，于是他们就制定出了创造国家历史的计划，就像他们创造一个国家一样。他们把"反侧时代"以来的爱尔兰浓缩为一种语言、一种历史、一种认同。学校则负责把所有这一切施加到日常生活中。

但是，所有这些被假定为与生俱来的东西，对萨拉来说却是陌生的、异域的。教师曾教给她什么才是真正的身份，什么才是真正的名字，对于这些，她的反应是抗拒。在学校里，她宁愿选择抗拒，选择隐忍。因为，她只对生她的那块土地有真情实感。

第十三章

人生黯无光，飘如陌上尘。

四处觅人妻，只为做零工。

—— 19 世纪爱尔兰民谣

萨拉 11 岁时退学了。在此之前的 1929 年，她父亲回来过。杰克·沃尔什离家已有五年了，萨拉几乎不认得他了。他最小的儿子约翰尼是在他离家后没多久出生的，所以根本就不认识他，一开始自然不会和他亲近。

显然，萨拉对父亲回家这件事，能够记起的不多。她只知道她父亲不见了，现在回来了。父亲没给她留下什么印象。她记得他回来的时候带了一些美国产的带甜味的香烟。之所以肯定是甜味的，是因为她觉得美国一切都是甜的，她以为那是糖果。她吃了香烟，还以为会死掉。

至于为什么他会回来，原因至今未解。萨拉认为，这就是一次探亲之旅。但对玛丽来说，杰克·沃尔什在看到乳品厂的账单之前，还是想要待在阿哈纳格兰的家里。看到账单，他立马意识到：待在家里的话，是还不上债的。玛丽的说法也许是对的。我所能找到的文件只有一张关于杰克·沃尔什做过的事情的平淡无奇的记录，这些记录可没有讲他为什么要这样做。

这就是我所知道的杰克·沃尔什过去的所作所为。上一年的 1 月，他在芝加哥说想成为一名美国公民。但那时的他仍是英国臣民，1928 年 8 月 11 日，他向英国驻芝加哥领事馆申请英国护照，并且获批。英国和爱尔兰仍紧紧地联系在一起。护照照片里的他是清秀的、方脸的爱尔兰人，他当时已 48 岁了，但照片上的他显得年轻一些。

要不是他正在规划一场旅行，他很可能拿不到护照。护照的有效期到 1929 年 2 月。他要么想在那时中止旅行，要么是根本就没想回美国。他没有再为那份档案提供新材料，他也没有拿到回美国的签证。

到 1929 年 2 月，护照即将到期，当时他还待在爱尔兰。他到爱尔兰外交部申请更新护照，其时距护照到期只剩下六天的时间。但外交部只批准他可待到 1929 年 5 月 11 日。他们之所以对护照更新一事设置限制，是因为他没有提供"关于国籍的充分证据"，还因为他曾宣称想成为美国公民。2 月 9 日，在西爱尔兰主要的上船地点——科克市的科夫港，他到了美国的领事馆，他获得了非配额的移民签证。拿到签证后应该是没过多久他就坐船回到了美国。

这些文件与玛丽所讲的故事是一致的。他回到家里，想要待着不走，但在最后一刻，他意识到，他必须回美国。但这些文件也确实与那个总喜欢做事情卡点的男人的形象一致。同样很有可能的是，他其实还是想回到美国。他不会事先想到会有需要延期的情况，他本以为会在爱尔兰拿到签证。

在玛丽讲的故事里，萨拉成了乳品厂姑娘，她不经意间做的事促使她父亲再次离开家乡。她把牛奶罐带到乳品厂，从乳品厂回家的时候到斯坎伦的井里汲水以准备烹茶煮饭。萨拉是唯一一个把牛奶带到乳品厂的女孩。这使得她又一次显得与众不同，而且这也没有让她感到高兴。

乳品厂的进项不多，萨拉说，她母亲不擅长管理。她欠镇上商铺的钱。农场还是得靠杰克·沃尔什从芝加哥寄回的支票才能勉强维持。农场离不开那些支票。他待的时间不长，然后就又回美国了。

随后又有其他变化。当杰克·沃尔什回到芝加哥，他把玛丽的双胞胎妹妹内尔也召到了美国，于是在 1930 年，她也到了美国。内尔看来是自愿去的。如今的美国接纳了萨拉的父亲和姐姐，以及她的伯伯和姑母。只有她母亲从美国回到了爱尔兰。

萨拉退学了，因为家里需要萨拉挣的每一分钱。让她给别人做女佣就意味着她家里不用养她。这样就可以省下养她的钱，还能收获她的薪水。

她的第一份工作是给希菲（Heaphy）家做工。巴利朗福德挤满了店铺和酒馆。沙利文家族经营着萨拉所说的大帝国——一家食品杂货店，一家酒馆，一家五金店，一家贮木场，一家饲料店——是村子里的巨无霸。其他的就是一些小店铺了。

希菲家的店铺是厨房旁临街的一个房间。萨拉的母亲经常在希菲家的店铺里买东西。周日上午九点做完弥撒，她会在店铺前停留。蒂姆、玛格丽特和四个孩子坐小马车，两个孩子——通常是萨拉和杰勒德——跟在马车后面走。他们在希菲家的店铺前停留，她母亲会在那里买点糖、面粉和茶。

由于玛格丽特付不起钱，萨拉就被送到希菲家做工。萨拉负责照料希菲家的孩子，帮着照看店铺，还"什么都要干"，包括洗衣服、削土豆皮。她要把放土豆和面粉的棚子打扫干净，还要扫院子。

　　她每周工作六天，她的活动空间就局限在希菲家。在如此逼仄的空间，她意识到这基本上是枯燥的劳役。她是一个女仆，而在20世纪二三十年代的爱尔兰，女仆差不多就是年轻的农场女孩干的活儿。没有人想过这样的生活。19世纪的爱尔兰民谣多是对贫穷、仇恨、剥削的宣泄，其中的一首是这样唱的：

> ……
>
> 贫女无室家，身不名一文。
>
> 人生黯无光，飘如陌上尘。
>
> 四处觅人妻，只为做零工。
>
> 工作虽觅得，单调又乏味。
>
> 主妇虽可憎，犹倚以谋食。

　　萨拉穷是穷了点，但还有个家，哪怕这个家她只能在周日回去。家，是她做工挣的钱的流向之地。家，是她逃离希菲家的去处。她确实也憎恨一个女人，但没人会把莉拉·希菲称为"其他男人的妻子"，因为萨拉压根儿就不记得希菲先生。他最多是莉拉投过来的影子。莉拉和她的孩子们在一起，和一堆货物在一起，和大仓库在一起，又是和杳蓄联系在一起。她是个厉害的女子。

　　莉拉·希菲要萨拉从早干到晚。萨拉天不亮就要起床，一整天都不能闲着。夜里很晚才能上床睡觉，她睡在后面的卧室里。莉拉虽说是个不近人情的女人，但从时间上看，她的严厉无情应是被夸大了。北凯里的冬天，八点以后天才亮，下午四点左右太阳就落山了。但在夏季，从白天到黑夜，留给睡觉的时间就不多了。

　　萨拉从未忘记莉拉·希菲是怎样指使她干活的。即使到了今天，萨拉讲起她照看店铺时，莉拉的一个孩子掉进了铁匠铺后面的沼泽地里这件事的时候，她还是要撇清自己的责任：一定是别人在看着这些孩子。这个孩子被从沼泽地里拉了上来，但还是死在了家里的床上。对萨拉来说，莉拉·希菲悲痛欲绝又怒不可遏，对萨拉怒目而视，把责任归到萨拉身上。在 20 世纪 70 年代初，当已届中年的萨拉回到爱尔兰时，莉拉·希菲还健在。她看到过莉拉·希菲一两次，但"无论如何我都无法对她热情起来"，她说。

　　萨拉给莉拉·希菲干了四年。除了每周日，她能逃离那个地方的唯一机会就是生病。"我记得在希菲家干活时，有一次我病了。病得很重，很重。我想应该是发高烧吧，因为我差点找不到路。我回家了。我走着回家的。我告诉她我病了。我母亲照顾我几天，直到我病好些了，但病好点了就意味着我还得回去干活。"

　　在她大约 14 岁的时候，她离开了希菲家，到利斯托尔找了一份活儿。她在奥沙利文干活，她表妹艾琳·霍利也和她差不多，她在麦肯纳家的店铺的地方干活。奥沙利文是圣迈克尔学院（St. Michael's College）的一名爱尔兰语教授，他仍坚持用爱尔兰语拼写他的名字——Mícheál ó'Súilleabháin，但萨拉·沃尔什除了上学时学到的一点点短语外，几乎不懂爱尔兰语，所以她还是喊他奥沙利文。

　　对学院来说，ó'Súilleabháin 这个名字不错，但奥沙利文是前面所说的店铺的名字，是他老婆在经营，以此作为教学薪酬之外的补贴家用之资。他老婆可以说是世上第二刻薄的女人了。这一次也是既要照看店铺，还要照看一群孩子。奥沙利文家不允许萨拉和他们家人一起吃饭。她只能吃剩下的东西。奥沙利文太太通过窥视孔确保她所雇的女孩子没偷懒。两年多来，她每天都从早上干到很晚。她在每周六的晚上回家。比尔·霍利会驾着小马车来接萨拉和他妹妹艾琳回阿哈纳格兰。周日的晚上她们就得回来。

萨拉在利斯托尔的活动范围不大，但这个镇子仍是她生活的地方的放大版。这是她在爱尔兰的童年时代最终所及的范围。这是一个步行所及的世界，是一个随着她长大而范围逐渐扩大的乡村世界。古哈德是这个地理范围的早期边界。如今，这个南部边界最多只扩及距巴利朗福德7英里的利斯托尔。北部边界则从未越过香农河。香农河阻隔了进一步向外扩展的可能。往西是巴利巴宁和大西洋，但这是所有边界中最易穿过的。她的太多亲属和邻居都越过了这个边界，以至于真正的西部边界在越过了一个大洋、穿过了半个大陆的芝加哥。巴利朗福德仍是地理上的东部边界。萨拉从来就没有去过邻村塔伯特，尽管相距不过5英里。她的北凯里，是一个由家人、邻居、工作组成的小世界。在这个小世界里，她中午可以离开，晚上可以回来，回到自己的床上。

从星期一到星期六，她被限定在奥沙利文家，但在星期天，除了做弥撒，其他时间她还是自由的。在星期日的下午，她还是可以有不一样的生活，以及完全不在奥沙利文太太视界之内的那种自由。

波拉是她最喜欢去的地方之一。波拉在巴利朗福德东南，她外祖母赫加蒂就是在那里去世的，她的一个姨母至今仍住在那里。萨拉在上学期间喜欢上了波拉。在爱尔兰的夏天，在漫长的白天里，她会去波拉送信。正是在那些骑自行车的日子，她第一次看到蒂姆·沙利文。他比萨拉大约大五岁。在她去外祖母家的路上，她会经过他家，这时他会停下手上的活计，跟她聊聊天。

萨拉给莉拉·希菲做工的时候，蒂姆·沙利文在把奶送到乳品厂回来的路上，会经过希菲的食品杂货店。萨拉觉得她喜欢上了他，但他马上就是成年男子了，而她还是个小姑娘。当他走进店铺时，他和她交谈不会超过一个小时。

后来，当她到了利斯托尔做工时，她和艾琳·霍利会在星期天一起骑自行车到波拉。她们到那儿只是为了看蒂姆。当她们快到沙利文家的时候，萨拉会从自行车上下来，慢慢地走过那栋房子。当她看到他时，她和艾琳会跳上自行车，往回骑。萨拉太羞涩了，不敢和他说话。

然后她们就骑向她姨母家，因为那时她外祖母已去世，路上要经过沼泽地，她总觉得沼泽有一种孤寂苍凉之美。正是在沼泽地里，当有人快要死了的时候，女鬼会在晚上发出凄厉的声音。波拉就在盖利河（River Galey）畔。"堤岸很长，很方正。我会坐在堤坝上，看河水缓缓流去，看那清澈的河水，看那晴朗的天空。不知不觉，心胸也得到涤荡。我对这个世界一无所知。我的世界就是巴利朗福德，就是这周遭的农场。我就是一个赤子。那些年真是难忘的岁月。"

孩提时代的她，已经对范围不大的地理空间熟悉得不能再熟悉，多年以后回顾这段岁月，尽管贫穷，父亲不在身边，从11岁开始就从事单调乏味而又劳累的工作，但这段岁月的确可以说是"难忘"。向外移民，可以说给了萨拉一个自由，一个可以摆脱这个让人极不自在的世界的自由。但这种自由并不是她想要的。她说，移民并不是她做出的选择。

第十四章

好几个人都说，他过去喜欢戴各种奖章，是一个好得不能再好的人，他给人的这种印象救了他。如今他已56岁了，住在美国。

——帕德里克·奥·库林（Padraig Ó Cuilinn）笔下的迈克尔·麦克纳马拉（Michael McNamara），约1937年，巴利朗福德国立男校的练字本。都柏林大学学院爱尔兰民俗学系，S403号手稿箱

20世纪30年代的萨拉一想到美国，就会想到米克·马克（Mic Mac）。和萨拉的父母一样，米克·马克去了美国，后来又回到了爱尔兰。和她父亲一样，他回爱尔兰的时间并不长。米克·马克就是迈克尔·麦克纳马拉。他曾是她的一个邻居，是日常生活中的一个人物，后来就成了"反侧时代"的一个人物，再后来就成了一个美国佬。在十年之前，米克·马克和出生在阿哈纳格兰的其他人没什么区别。后来，他就经常酗酒。

迈克尔·麦克纳马拉是"反侧时代"的一个英雄，但在米克·马克那里，你不会把他和英雄联系起来。我用了很长时间才意识到：我母亲讲述的故事里的米克·马克，那个行将就木、经常酗酒的老男

人，就是迈克尔·麦克纳马拉。我在十几岁的时候，在加利福尼亚，我基本上记不得是否见过他。他的故事是 20 世纪 30 年代国立小学的孩子们搜集的。

在科林斯学校练字本上，14 岁的帕德里克·奥·库林认真地写下了迈克尔·麦克纳马拉的故事。他很可能是从萨拉的姑父帕特里克·霍利那里听到了这个故事，因为他说帕特里克给他讲了好几个故事。1937 年 11 月 23 日，他写了这个故事，但从 20 世纪 30 年代回溯到"反侧时代"，时间会拉得很长，因而他笔下的迈克尔·麦克纳马拉要比实际年龄大：

> 很久以前，这里英雄辈出，而我听到的最著名的英雄，非迈克尔·麦克纳马拉莫属。他好几次都从"黑棕军"那里逃脱。有一天，他带着枪走在公路上，这时"黑棕军"来了，而他没发现他们来了。当他们出现在他的右后方时，他立定，思考了一下，他本会被当场击毙，但"黑棕军"从他身边走过，根本就没有注意到他。
>
> 好几个人都说，他过去喜欢戴各种奖章，是一个好得不能再好的人，他给人的这种印象救了他。如今他已 56 岁了，住在美国。

迈克尔·麦克纳马拉虽然来晚了，但还是加入了战斗。在战争结束前的六周，他加入了爱尔兰共和军第六营。在此之前，他很可能非常活跃。玛丽说，在埃迪·卡莫迪死的那天晚上，他就在那里，而且对于巴利朗福德的"反侧时代"而言，在埃迪·卡莫迪死的那个晚上，他必须出现在那里。爱尔兰共和军与英国媾和后，共和军也分裂了。迈克尔·麦克纳马拉等人仍忠于新生的爱尔兰自由邦，其他人则拒绝接受爱尔兰共和军与英国签订的条约。曾经的同志战友，如今却分属爱尔兰自由邦和爱尔兰共和国旗下的两个阵营，开始彼此间的战争、折磨、谋杀。

迈克尔·麦克纳马拉去了美国。米克·马克回来了。他每过几年都会在夏天出现在巴利朗福德，仿佛誓要饮尽巴利朗福德所有的酒。米克·马克已是一个美国佬，而美国佬当然和萨拉所认识的邻居是不一样的。

有些美国佬之所以显得不一样，是因为他们爱装腔作势。在北凯里，人们对长着美国脸的人已是极为客气的了，因而也流行很多回乡的美国佬的故事。这些美国佬的爱尔兰乡音已改，至少在爱尔兰人听来如此。他们会称自己知道爱尔兰人所不知道的东西，全然忘记了烙在身上的爱尔兰印记。玛丽讲过一个故事（"话说——"，她总是如此开头），说的是一个回乡的美国佬装作不认识驴子。"角落里那个长尾巴的蠢家伙是什么？"他说道。

米克·马克并不装腔作势，但也不是标准的凯里人的做派。米克·马克睡得很晚，只是在下午去小酒馆，那时正是萨拉就读的学校放学的时间。他必定对他在巴利朗福德的孩提时代记忆深刻乃至对此有一种渴望，因为他每天都会在一家卖糖果的商店旁等着（萨拉至今仍称糖果为甜点），然后买一把糖果分给孩子们。萨拉说，这简直是7月里的圣诞节。

然后，米克·马克从那家商店走到凯里的酒馆，那一下午和傍晚就一直在饮酒。等到酒馆打烊，他会走在黢黑的路上回家。他会边走边唱，但他实在是不会唱歌。与其说是唱歌，不如说是忽高忽低的吼叫。听他唱歌，就好像山上下来的喝醉了的狮子在路上吼叫。

米克·马克倒是个很好相处的醉酒者，在有可能让他进门的人家门前，他会停下来。灯光总是会引起他的注意，因此玛格丽特·沃尔什会把窗户遮上，这样他就看不到屋里的煤油灯了。只要看到谁家灯还亮着，他就会去敲门，大喊大叫，表明自己的存在，把孩子吵醒。玛格丽特只在他悄然经过她家房子后才能安然入睡。

萨拉并不知道在那样的夜晚，什么东西能将他吸引到屋里。窗户已被遮上，她母亲在屋里从这头到那头扯上一根晾衣绳，让湿衣服能干得快一些。米克·马克咣咣地敲门，大喊大叫，把孩子吵醒。玛格丽特开门让他安静下来，但是他喜滋滋地进了屋。直到现在，萨拉还记得他边进屋边脱外套。他把脱下的外套放在手上晃来晃去，这时他碰到了晾衣绳。他用心去感受这根绳子，而不单单是盯着看。当他身体碰到绳子时，他会转过身去。转身的时候把绳子弄松了，随着他身体的继续转动，绳子也继续缠着外套，最后他被绳子缠绕起来了。他的身体就像一个线圈。绳子缠完后，挂在绳子上的衣服就掉到了地上。在转身和快速旋转的时候，外套还在他手上，米克把掉在地上的衣服都踩了个遍。

她的孩子们都被逗乐了，笑个不停，正在干活的玛格丽特，也被这个喝得醉醺醺、大喊大叫、绕着屋子转圈的醉鬼打断。"米克，真是该死，"她尖叫起来，"你给我出去！"她把他推了出去，外面正下着雨，漆黑一片。第二天晚上他才回到了家。

米克·马克以奇怪的方式展示了去美国的可能性。随着萨拉年龄的增长，这种去美国的想法始终萦绕着她。当她和霍利家的表亲一起玩的时候，她就知道，他们的母亲（也就是她父亲的妹妹）是沃尔什家族那一代人中仅有的还留在爱尔兰的人了。其他人都在美国。她的父亲去了美国。她的姐姐内尔去了美国。她的母亲去了美国，只是后来又回来了。在爱尔兰的那些农场里，你可以感受到、看到、听到美国，不管在场还是不在场。

美国和北凯里只是共存的关系。距离是错觉。二者是互为补充的。北凯里由于贫穷和未开发，很多人逃离了这个地方，到了美国，而从美国寄回来的美元又使得这个地方得以维持下去。在美国，很多人穷苦潦倒，还有挥之不去的孤独，他们梦想着有朝一日能回到凯里，这种对凯里的魂牵梦绕，能够聊以抚慰他们的心灵。对于北凯里的爱尔兰人来说，美国，特别是芝加哥，要比都柏林还要近，因为他们与美国的联系更为紧密。

但是，萨拉说，即使农场经营困难，即使很多人已离开爱尔兰，即使她只是一个女佣，身无分文，她也没想过要离开这里。玛丽可能是第一个离开这里的人。她年龄比较大。但因为玛丽年龄大，她才会是第一个需要她父亲赚的钱的人。杰勒德年龄也大，但杰勒德最有可能得到农场，而农场当然需要他的劳动，比她多得多的劳动。然后是萨拉。她自认为是超然物外，但移民这个想法必定在脑海中闪现过。

第十五章

这周围只有他有小汽车。他是这里的大人物。

——萨拉描述带她去都柏林办护照的那个男子

萨拉承认，她痛恨做工。她讨厌在农场做工，她讨厌去乳品厂送牛奶，她讨厌希菲一家和奥沙利文一家。她对做这些事情没有耐心，她愿意去判断和想象一些更美好的事情。"对我来说，与希菲和奥沙利文一家相处的六年时间和对美好事情的向往足以使一个人乐意去美国。"

约翰尼就说过，她想去美国。

但她不承认她想去美国，甚至她说她想都没想过要出去。她喜欢波拉和古哈德，她爱她母亲，她喜欢阿哈纳格兰的这种人们彼此亲近的关系，喜欢阿哈纳格兰的一切。她是农夫之女，是一个女佣，除此之外，她一无所知。

杰勒德比约翰尼和萨拉都大，他说她对这个地方的爱超过了对这个地方的憎恨。

她不想出去。她说，约翰尼说得不对。她说："这是我所知道的唯一的生活。我不知道什么是快乐，也不知道其他东西。世事如此，你得安然受之。"

她离开爱尔兰已有五十多年了，其中有三年时间里，她一回忆起离开时的情形，就因这件事情而百感交集。还不止于此，这些情感还向外扩散，与五十年里一再回忆而引发的情感搅在一起。她所感受的，很多还是相互矛盾的。

她记得的是，她不想去。

她把她离开爱尔兰的故事描绘为从懵懂无知到凿开混沌的过程。但她给我讲的故事已经很多了，足以使我认为这种懵懂无知，充其量也只是相对的。自杀事件，蒂姆的故事，她姑母姬蒂去了美国，埃迪·卡莫迪死在公路上，杀戮，她父亲的消失，很多人离开爱尔兰，她母亲的伤痛，莉拉·希菲的不近人情，奥沙利文太太的刻薄，这些都足以使萨拉懂得生活到底意味着什么。

所谓懵懂无知，很可能只是意味着她想从亲朋好友那里获得帮助和抚慰。

1936 年，杰克·沃尔什要她去美国。7 月 23 日，他来到芝加哥的冠达白星航运公司（Cunard White Star Limited），花了 82.5 美元买了一张三等席的船票。他又付了 8 美元的人头税，买了一张 18.2 美元的从纽约到芝加哥的火车票。总费用为 108.7 美元。他留好收据，把船票和车票邮寄到爱尔兰。

萨拉到了美国，因为爱尔兰养活不了她，而在美国做工，就能或多或少地帮着把那个爱尔兰的农场经营下去。在爱尔兰，她的薪酬根本不够用。账单从希菲家的变成经营杂货店的华莱士家的了。作为农场管理者的玛格丽特如今并未胜过 1929 年的自己。杰克把钱寄回家，用于支付各项费用，用于从食品杂货店买东西。他离家已有 12 载，但他在外做工，的确可以支持农场经营下去。

移民给了萨拉一种自由，一种她不想要的自由。她一口咬定，移民并不是她做出的决定。是她的母亲告诉她要去芝加哥和她父亲及姐姐内尔生活在一起，而她对父亲还没什么印象，也差不多忘了姐姐长什么样。她不想走，但也没有提出抗议。当时她 16 岁了，事情就是这样不可捉摸，在决定她的命运的时候，她竟然无法选择，但也正是在那一刻，她的命运就掌握在自己手里了。

去美国这件事开始悄无声息地进行着，而这将成为萨拉·沃尔什所有故事的一个重要转折点。

为了拿到护照，她得去都柏林。一个名叫库格林（Coughlin）的男子有小汽车，这是他老板给他的。这是我母亲见到的第三辆小汽车。在革命时代的巴利朗福德，固然有很多小汽车来来往往，但都是匆匆而过。她所记得的第一辆小汽车是巴利朗福德的一个神父的。她只能从外面看那辆小汽车。第二辆小汽车她倒是坐了进去，尽管汽车没有开动，但她还是感到极大的满足和兴奋。第三辆小汽车就是库格林的，最终把她载到了都柏林。

去都柏林路上的故事，我母亲并不常常讲起。她只在几年前才讲给我听。她的讲述简短且平淡无奇。她记得库格林是"我母亲的一个很好的朋友，而我母亲又是一个很正派的妇女"。正是这辆小汽车，大家才知道了他是谁。"这周围只有他有小汽车。他是个大人物。"当她说起这件事时，她用的是爱尔兰式的表达方式，而通常情况下，她的英语都是很美国式的，是不带重音的。"这辆小汽车是他老板的，我想就是在都柏林的某个人吧。当时的阿哈纳格兰没有小汽车，但当他回家时，他会顺路探望，和我母亲聊上几句，给我们带些糖果、饼干什么的。"

"他会把你带过去，然后把你捎回来。"她母亲是这样跟她说的。他也是这样做的。1936年11月3日，萨拉在美国驻都柏林领事馆拿到了她的移民身份证。走出巴利朗福德没多远，他就靠近她，撕扯她的衣服。她开始不顾一切地大喊大叫起来。他把她扔下走了。她记得她只得把撕碎的衣服拼起来，那是她仅有的衣服。

在回去的路上，他好像盘算好了，觉得应该不会有人帮她，于是故技重施。她又尖叫起来，于是他又停手了。回到家里，她从未对任何人提起。"我不敢告诉我母亲，因为这样的事情难以启齿。谁也不知道这件事……"

这个故事就是一个没有听众的故事。那个企图强奸我母亲的男子，是我母亲家里的一个朋友，直到我母亲的母亲去世。即使萨拉讲出这个故事，她母亲也不会信。多年以后，她把这个故事讲给她的哥哥听，她哥哥也表示不信。她只得去生孩子，孩子会长大，然后这个故事才有了听众。

库格林想要强奸她，这种企图改变了萨拉·沃尔什的故事的轨迹，因为这件事发生在去爱尔兰的首都都柏林的路上，她很快要成为一名外国人了。她要走进那个自己家庭无法保护她的空间。她要走出那个曾给她庇护的小家，去往美国，她将失去保护，这种保护在她意识到的时候已经消失了。还在爱尔兰，就冷不丁地遇到了暴力。如果不是受害者要永远离开爱尔兰，有小汽车的库格林很可能也不敢实施强奸。她成了猎物，前方还有其他的猎食者。与她正在摆脱的、自认是理所当然的剥削相比，前方还会遇到种种新的攻击。当一个少女孤身一人跨过整个大洋、走过半个大陆到另一个遥远的社区时，她将面临此前从未遇到过的艰险。

移民的故事如今已成记忆，其中的一些故事我已听了好多年了。故事的许多情节，仿佛是现在时。蒂姆驾着小马车把她送到利斯托尔的火车站。他抓住萨拉的胳膊，防止她掉下去。她母亲和她姐姐玛丽站在公路边；她们俩的手伸向天空，好像在祈祷，那情形就好像我母亲死了似的。"我挣扎着跳了出来，回到我母亲那里。"她说，"我知道我再也见不到她了，见不到了。"

时值1936年11月。蒂姆把她送到利斯托尔的火车上。这是她第一次坐火车。从利斯托尔到科夫，坐在冷冰冰的火车里，这实在是漫长的旅程。

火车到了科夫，她也成了那些去美国的人当中的一员。移民排着长队，等着登上将要载他们去美国的"拉科尼亚"（Laconia）号客船，她也排了过去。要排很长的队，那天还下着雨，又正赶上11月，天气还冷。她母亲给了她1英镑，这样就能找床铺睡上一觉，因为船要等到第二天的中午才起航。随着人群的移动，有人过来问有没有人要花钱买个床铺。她给了那个人1英镑。她被带到一栋老房子里的一个很大的房间里，水泥地上有几个床垫。没有毯子。她只得在一个床垫上躺下。

一位老妇人过来用树枝把她戳醒了。她从沉睡中醒来。她都不知道睡了几个钟头。老妇人让她到外面去等船过来。她于是又开始排队，队伍之长，让人感觉仿佛永远也上不了船。天还没亮，雨还在下，冷风刺骨。没人知道到底几点了，因为没有人有表。

多年以后，萨拉告诉我，她听到一个关于爱尔兰移民的故事，故事讲的是一些移民遭遇了不近人情的诡计，他们花钱买了一个睡一晚上的铺位，但仅仅睡上个把小时就被叫醒，被送回去排长队，等船过来，理由是现在是上船时间。这时床位被租给不愿意排长队的另一群人，这个不近人情的诡计一再上演。

当船驶离科夫港时，她和其他移民一样，眼看着她"挚爱的家乡"爱尔兰消失在地平线。那年她 16 岁。从此以后，爱尔兰就只成了记忆。

第 二 编

WALSH
SURNAME

SARAH
GIVEN NAME

Ireland   Dec. 26, 1919
COUNTRY OF BIRTH   DATE OF BIRTH

Irish   blue
NATIONAL

NEW YORK
PORT OF ARRIVAL   STEAMSHIP

DATE ADMITTED   STATUS OF ADMISSION

× Sarah Walsh
IMMIGRANT'S SIGNATURE

ORIGINAL   IMMIGRANT INSPECTOR

ORIGINAL   DEPARTMENT OF STATE   ORIGINAL
OF
THE UNITED STATES OF AMERICA

(AMERICAN CONSULATE AT DUBLIN IRISH FREE STATE

(November 3,   19 36

THIS CARD IS ISSUED FOR THE IDENTIFICATION OF THE PERSON
WHOSE NAME APPEARS ON THE REVERSE SIDE AS THE BEARER
OF NON QUOTA   IMMIGRATION VISA No. 115
Section 4 (a)   ISSUED BY THIS CONSULATE.
THIS CARD IS NOT TRANSFERABLE AND WILL NOT BE VALID FOR
PURPOSES OF IDENTIFICATION IN THE UNITED STATES UNTIL DULY
SIGNED BY AN IMMIGRANT INSPECTOR AT A PORT OF ENTRY TO
THE UNITED STATES.

707858

CONSUL OF THE U. S. A.

第十六章

毫无疑问，每年都有很多被证明使用欺诈手段的外国人获得了合法进入美国的机会，因为部分移民检查官不可能发现此类走私犯，除非是大案。

——1924年《移民局局长报告》，
底特律第11区移民局总部

萨拉站在"拉科尼亚"号客船的甲板上，看着爱尔兰渐行渐远。1924年和1929年，杰克·沃尔什曾两次站在客船的甲板上，看着爱尔兰慢慢淡出视线，变得模糊，最后消失在地平线之下。在萨拉和杰克·沃尔什之前，玛格丽特、姬蒂、埃德、比以及沃尔什家族其他成员都曾看着爱尔兰消失在他们的眼前。

萨拉去美国，可以说是在此前先到者影响下水到渠成的结果。她将发现，她父亲在芝加哥的12年里，已为她准备好了她想要的东西。而她父亲当年所看到的，是她父亲的哥哥姐姐多年以来在美国挣得的。而等待他哥哥姐姐的，是他们的其他亲戚和其他爱尔兰人帮他们在芝加哥奋斗来的。她到美国之所以能成行，是因为之前有很多人——特别是她父亲——已成行。

杰克·沃尔什如果有他哥哥姐姐那样的条件，也不会离开家乡的。在第一次世界大战之前，美国对欧洲人基本上是开放的，把欧洲人和自己的国民一样看待。但到了 1921 年，美国国会通过了"一项旨在限制外国人向美利坚合众国移民的法案"，于是就设置了移民配额，尽管英国分到的配额仍比较大（当时的爱尔兰还是英国的一部分），但想要到美国的人数更多。根据配额，在任何一个月份，每个国家配额数的 20% 的人可以进入美国。一旦达到 20% 的人数，那么，这个月剩下几天里到美国的该国移民人员将被扣留，打发回国。从 7 月 1 日也就是美国财政年起始日到 11 月或 12 月，在每个月最后一天的半夜，在纽约港外就有很多船等着靠岸，上面的乘客是下个月的配额移民。但每个国家配额数的 20% 的移民数，每个月都能满上，于是从财政年开始那天，经过五六个月，到 11 月或 12 月，年配额数就会用完。杰克·沃尔什是 1924 年 1 月从爱尔兰离开的，根据配额，实际上他没有合法进入美国的机会。结果，他没有直接去美国，而是先到了加拿大。

爱尔兰与英国缔结的条约终结了爱尔兰的革命，爱尔兰自由邦得以成立，但这并没有切断爱尔兰与英国的一切关系；杰克·沃尔什仍是英国的臣民，他的护照仍是英国的护照。那个来自他所憎恨的国家的护照，将把他带到加拿大。经过漫长的火车旅程，他将到安大略省的温莎，从温莎坐三四分钟的轮渡就可以到底特律。然后他再从底特律到芝加哥。他将是非法移民。

显然这只是个计划，但某个方面还是出了差错。要想在加拿大边境被抓住，也不是那么容易，他考虑到了这一点，但有些事情还是发生了。轮渡的那一边有移民检查官，还有一个拘留室。底特律的代表和温莎轮渡公司的负责人说，移民检查官扣留了那些看上去可疑的人。杰克·沃尔什看上去就像一个外国的劳工，他们把他扣下了，哪怕他很可能宣称他到这里来只是为了游玩。他们应该是把他从那些每天往返轮渡的人群中识别出来的，他们对他进行了审问，然后用船把他送回了加拿大。

据家族的故事所讲，在某个时间（具体是什么时候，已经不清楚了），他哥哥埃德蒙当时是芝加哥的警察，他对此进行了干预，让他进了美国。埃德蒙是美国公民，也是个"条子"，当时很可能正在边境巡逻，经过了拘留室。杰克·沃尔什虽然是非法进入美国，但没有影响他找工作。如果他只是想要做工，那么他的非法移民身份对他来说就没什么影响。他只是需要一份工作，一份收入能挽救他的农场的工作，只要挣到这笔钱，他就回爱尔兰。他当了木匠。杰克·沃尔什盖了一个汽车修理铺，而对他的一班子女来说，汽车还是蛮新鲜的事物。

这就是家族故事里讲的以及我自己的研究补充的关于移民的经过，但这并不是移民档案记录里的故事。杰克·沃尔什把有关移民的两份档案归档。我所拥有的那份最早的档案是这样记录的：杰克·沃尔什曾发表书面声明，称自己要成为一名美国公民。时间是1928年1月26日，其时他已离开爱尔兰有四年了。他自称是1927年12月1日进入了美国，是从加拿大温莎坐轮渡到了底特律。

这些档案迷雾重重：它们对1924年至1927年末这段时间里杰克·沃尔什到底在哪儿，无法给出任何解释。他当然就是看上去的那样，于1927年12月1日（星期四）坐轮渡到了底特律，因为归化局里有一份证明书，证明他是在那天进入美国的。后来，他只得把这个证明书和他的公民申请书一起存档。现在他是作为配额的移民来到这里，即使美国国会于1924年春减少了移民配额数，把标准也做了修改，改后的标准更加排斥东欧和南欧的人。

1928年1月，杰克·沃尔什对移民局官员称，自己47岁，身高5英尺10英寸，体重175磅。职业栏里，他填的是汽车修理厂的建筑工。他曾发誓自己绝不是无政府主义者，也不是多配偶者，他想永久留在美国，成为美国公民。

除了他的移民日期和想成为美国公民的意图，档案记录看上去是无懈可击的。但移民日期少了将近四年，却没有给出任何解释。至于他称自己想成为美国公民，实际情况却是，他在一年之内就回到了爱尔兰，他女儿玛丽说，他想留在爱尔兰。

第二份档案就更让人困惑。五年后的1933年1月，他提交了一份公民申请书。有轨电车售票员丹尼尔·希菲（Daniel Heafey）和没有了工作的电焊工丹尼斯·格利森（Denis Gleason）可为他作证。现在他在职业栏里填的是修理工。

对我来说，他的公民申请我很难搞清楚。我面前有一份申请书的复印件，上面的信息大部分是错的。他没有记住他妻子的出生日期。月和日的地方空着没填。年份也是猜的，差了三年。他女儿萨拉的出生年份也写错了。所有这些都让人觉得不可思议。萨拉还是个爱尔兰的小孩子的时候，她所认识的人都从来不庆祝生日。她不知道她父母的年龄。但杰克·沃尔什把更为基本的信息也都弄错了。他把自己的子女数也填错了。他根本没把最小的儿子（和他重名，叫约翰尼）也填上去。

他曾发誓，自1927年12月就一直住在美国。这也不对。1929年的时候他曾回到爱尔兰。

这个根本不知道上述日期的男子，却能多次准确说出一个日期。

这个日期就是他第一次宣称想要成为美国公民时给出的时间：1927 年 12 月 1 日，即他到美国的日期。

这个 1924 年 1 月离开爱尔兰前往美国的男子，何以在将近四年之后才进入美国？其间他要么待在加拿大，要么是重新来一次移民，以掩盖他上次的非法移民。

现在，记忆看上去颠覆了历史。根据家族记忆，到达美国的证明材料、想要留在美国的宣言、公民权的申请等隐瞒了一些事情。杰克·沃尔什有可能 1927 年 12 月 1 日在底特律上岸，但根据家族故事，他那样做只是为了掩饰上一次的非法入境。这些过去的建构材料已经存档，已被遗忘，但却保存了谎言和信息不实。这些伪造的材料甚至都没有伪造的必要，因为他的结婚日期或他最小的儿子是否存在并不会影响他获取美国公民身份的资格。

但是，再仔细一想，这种颠覆并不单单是记忆造成的。历史本身就是歧路之中犹有歧焉。是结婚证和受洗记录而不是记忆，使得申请公民权的日期相互矛盾起来。而申请公民权这件事本身就是记忆的创造物，之所以把这件事记住，与其说是撒谎，不如说是记错了。档案所记录的，未必都是真相；档案只记录 1933 年他所陈述的内容。

这种不一致性可见诸所有的记录。这些记录材料只记下某个人所说过的、所见到的、所记下的东西。他本人的受洗记录显示他的出生日期是 1880 年 4 月 23 日，但他却把自己的出生日期写成 4 月 20 日。他应该知道自己的生日是哪天。但是，倘若按我母亲所说的，他对此类事情向来是粗心大意的话，也许还真的不知道自己的出生日期。也许他是在 1880 年 4 月 25 日受洗的，神父听错了出生日期，也可能是一个世纪后我误读了神父的笔迹。哪种说法都不是坚实可靠的。

但毕竟，作为历史学家，我承认，家族记忆挑战了移民档案里记的看上去明明白白的事情：他于 1927 年 12 月 1 日第一次来到底特律。这些家族故事促使我进一步核对相关信息，以期把杰克·沃尔什到芝加哥的日期系于 1927 年 12 月 1 日之前。1923—1928 年的芝加哥还没有城市的姓名住址名录。他出现在 1928 年的姓名住址名录中，上面写的是他租住在芝加哥北阿韦尔斯（North Avers）1133 号。他和他妹妹内尔①、妹夫威廉住在一起，而威廉是芝加哥警察局的一名警官。于是问题来了：他能在 1927 年 12 月 1 日到达底特律并且出现在 1928 年的姓名地址名录里吗？我的推测是：他并不是 1927 年 12 月 1 日到的底特律。往宽里说，我假定姓名地址名录在当年 1 月就能拿到，那么，这意味着信息的搜集、编辑的时间只能更早。我想，信息的搜集必定在 1927 年 12 月 1 日之前就完成了。但这只是一个推测，一种猜想，因为关于那本姓名地址名录，没有公开的数据。

根据我所掌握的来自记忆和历史的材料，我就能构建起一个可靠的故事。1924 年，杰克·沃尔什在越过边境时，在底特律被抓，然后被遣送回加拿大。他给他哥哥、芝加哥的"条子"埃德蒙带话，于是埃德蒙就来到加拿大，把他偷偷带到了美国。这种推测未必完全靠得住。向众议院移民与归化委员会出示的证明材料承认，在加拿大和墨西哥边境入境的人中，有很多人是未经查验就放进来了。

他是非法的移民，但他很容易就找到工作了。他干了几年的汽车修理厂的修建工作。但到了 1927 年，他决定将自己的居留合法化，成为合法的移民。要提起公民权的申请，他得证明自己是合法进入这

---

① 据家谱，此内尔即是生于 1881 年，后嫁给威廉·巴特勒的海伦／埃莉。

个国家的。

　　但是，这个只想着拯救自己在爱尔兰的农场的男子，为什么想成为一名美国公民呢？要么他是想回爱尔兰看看，再回到美国，要么是想把他的几个子女带到美国。如果他提出了公民权的申请，他就能作为非配额内的移民者再次进入美国。如果他成了美国公民，那么他的几个不到十八岁的子女就会在签证方面享有优先权，可以直接进入美国而不必考虑是否在配额内。最后，他既回到了爱尔兰，又把子女带了过来。申请公民权一定是有一些有利条件的。

　　巴特勒家族、内尔、比尔都是民主党的活跃分子。或许他们动用了政治关系把他弄到配额移民里。最起码，他们至少找到了某个人，给他讲过规则以及如何运用这些规则化为自身的有利条件。不管怎么说，他重新进入了美国，移民实现了合法化。时间为 12 月。身份建构的速度放慢了。他进入了加拿大，然后再次进入美国，这次是合法进入。1 月份，他提出了公民权申请。这样就讲得通了，但也仅仅是推测。这是记忆与档案争端得以调解的一个尝试。

第十七章

三年来在执勤时被害的第 17 个人，警员爱德华·J. 马尔维希尔（Edward J. Mulvihill）于昨晚被意大利裔持枪者射杀。

——《芝加哥论坛报》（*Chicago Tribune*），

1916 年 12 月 19 日

到了 1933 年，杰克·沃尔什住在芝加哥南区。他找到了与电车道有关的工作。他负责维修有轨电车。

把杰克在芝加哥的生活拼起来并不难。他的女儿内尔与他在一起。他住在南塔尔曼（South Talman）大街 6320 号。他仍和他的亲戚住在一起，这次是住在他的姐姐比·马尔维希尔的家里。他仍摆脱不了过去的生存方式。在他来到现在的住地之前，发生了很多事情，由于这些事情，他来到了现住地。

1933 年，比（受洗后的名字为布丽奇特）已 61 岁了，她比杰克年长 8 岁。她是 1872 年 9 月出生的。[①] 她生活艰辛，她的悲剧带来的结果就是她弟弟以及她弟弟的女儿内尔和她住到了一起。比的丈夫

---

① 家谱中是 1871 年。

埃德·马尔维希尔和埃德·沃尔什一样，也是芝加哥的一名警察。沃尔什家族几乎所有的女孩子都嫁给了芝加哥的警察。但到 1933 年，埃德·马尔维希尔已死了将近 20 年了。

关于埃德·马尔维希尔的死，我听过好几个版本。我母亲曾告诉我，他是赶赴持械抢劫案件现场时被射杀的。事情发生的时候，他的子女还很小，分别是 1 岁和 2 岁。还有一次，我母亲告诉我说，他是格兰特公园商业区的骑警，在逮捕凶杀犯时被射杀。她还说，事情发生在她到美国之前。但是，我找遍了 20 世纪二三十年代的死亡警员名单，里面没有姓马尔维希尔的，死亡警员名单里也没有 20 岁左右的，我知道，凡是执勤中被害的警察，都会得到纪念。我只在市政厅的档案里找到了马尔维希尔的名字，里面说的是警员马尔维希尔因痛殴罢工者而被予以表扬。

我母亲向我姨父（她姐姐内尔的丈夫）帕特·奥哈拉查证。帕特说，他所记得的故事与此不同。埃德·马尔维希尔是在芝加哥南区被射杀的。他在六十三街和达门大道步行巡逻。一位妇女从有轨电车中跑了出来。她请求保护，说身后有个男子在尾随她。他把她送回家，然后离开她家，回到了他在六十三街的辖区。这时一名男子走到他面前，指斥他拐走了自己的女人，还拔枪相向。他射杀了埃德·马尔维希尔，后者就倒在人行道上。至于日期，帕特就不记得了，不过，他说在芝加哥的商业中心卢普区的警局总部里有一个牌匾，纪念执勤中死亡的警员。埃德·马尔维希尔的名字就出现在那里。

那里确实有一个牌匾。我的继子科林（Colin）是一名生物学家，当时正在芝加哥大学做博士后研究，他去那里，把牌匾上的内容抄了一份给我。牌匾上有死亡日期：1916 年 12 月 18 日。那时距杰克·沃尔什来到这个国家还早着呢，那时萨拉还没出生呢。

马尔维希尔的死讯同时出现在《芝加哥每日新闻报》(*Chicago Daily News*) 和《芝加哥论坛报》的头版新闻中。他是三年来第 17 位执勤时被杀害的警员。他是被一个意大利人——确切地说是西西里人——射杀的。埃德·马尔维希尔一生的事迹中，最著名的莫过于他的死。《芝加哥论坛报》上登载的死亡事件都是大事件。在《芝加哥论坛报》上，他的死亡经过的报道插在其他关于死亡的报道中间：比喻性的"死亡"——市长大比尔·汤普森 (Big Bill Thompson) 发布了对威士忌酒帮 (Whiskey Ring) 的战争宣言，斗争将是你死我活；死亡与性别——曾经红火一时，而后差不多已被人遗忘的"疯狂的公主"克莱拉·希迈 (Clara Chimay) 死亡的报道；大规模的死亡——发生在欧洲的战争的报道，许多无名之士的死亡。

杀死马尔维希尔的是路易斯·德尔洛亚科纳 (Louis Delloiaconna)，又叫路易斯·约韦纳 (Louis Iovena)，又叫路易斯·多维纳 (Louis Dovina)，外号"轻薄子路易斯" (Louis the Masher)。关于路易斯·德尔洛亚科纳的报道，《芝加哥论坛报》可谓放大招："在西区意大利裔聚居区出了名的'轻薄子路易斯'是那里的花花公子，整天拿支好枪溜达，现在已被认定为行凶者。"

警察可任意地向报纸发布信息。警察认为，路易斯是从纽约来的，但又不确定。他只在米勒街 700 号住了三个星期。在杀人的那天晚上，路易斯借了一件带毛领的大衣。"我想穿上这件大衣去撩妹子。"他说。

路易斯悄悄跟踪了弗罗伦丝·沃德 (Florence Ward) 好几天。她在哈里森大街的索耶饼干厂上班。路易斯告诉她，他爱上了她，想要娶她。时间是凶杀发生前的星期五,而她是第一次见到他。到了星期六,路易斯告诉她,如果她不嫁给他的话,他要么把硫酸泼到她脸上,要么杀了她。

到了星期一,佛罗伦丝·沃德的母亲在下班后去看她那已完全吓坏了的女儿。在等她的时候,沃德太太拦下了正在自己辖区巡逻的埃德·马尔维希尔,告诉他路易斯发出的威胁。他们正说着,弗罗伦丝·沃德走了过来。其时路易斯正从门道看着这一切,于是他朝她走了过来。弗罗伦丝·沃德的母亲指了指她女儿,埃德·马尔维希尔跑向那两个人。

轻薄子路易斯看到埃德·马尔维希尔过来了。他跑开了,从肖尔托街和弗农公园小区拐进小巷子里。等马尔维希尔到了小巷子的入口,路易斯拐进了弗农公园。马尔维希尔摸了摸他的配枪。路易斯已经掏出了他的枪。他朝马尔维希尔开枪了,马尔维希尔倒在地上。弗罗伦丝·沃德和她母亲惊叫起来。埃德·马尔维希尔倒在地上,身上流着血,他倒下的时候,已掏出了枪。路易斯越过巡逻警官跑了,他停了下来,又开了三枪。埃德·马尔维希尔死在小巷子里。

警察立马开始逮捕意大利人。警官扬西(Yancey)和弗莱明(Fleming)抓捕了案发时正在现场附近的三个人。他们还抓捕了意大利裔聚居区的许多人。警察认为,路易斯应当藏在西区的意大利裔聚居区的某个地方。为了找到他,他们准备仔细搜查那里的每一栋房屋。副巡长马伦(Mullen)对很快就能抓捕他充满了信心。

12 月 20 日,警察得到的报告称,有人看到路易斯·德尔洛亚科纳在马克斯韦尔大街上要钱,准备离开这个城市。路易斯展示了一枚十分的硬币,说自己只有这些钱了。

此后，路易斯就消失了。1917 年 3 月 39 日，大陪审团递交了一份凶杀案的刑事起诉书。弗罗伦丝·沃德和她母亲、扬西警官都出来作证。大陪审团的书记员叫弗兰克·沃尔什（Frank Walsh），但与我们的沃尔什家族没有任何关系。刑事起诉书的语言恐怕会让移民过来的凶杀犯路易斯·德尔洛亚科纳和移民过来的"条子"埃德·马尔维希尔都看不懂（见下）。上面写道，路易斯·德尔洛亚科纳

平静地进入一个爱德华·马尔维希尔的尸体上上述伊利诺伊州的人有一半是非法的一半是犯有重罪的他蓄谋已久实施攻击上述路易斯·德尔洛亚科纳的手枪就是通常所说的左轮手枪子弹上膛各种铅弹上述路易斯·德尔洛亚科纳拿在手里里面有子弹当时立即开火当时就拿在手里当时就违法且犯了重罪蓄意恶念早就有了开枪了朝着开火射向了上述爱德华·马尔维希尔……①

刑事起诉书在描述他的死亡过程时用了一个句子，拼写错误、打字错误、病句比比皆是，与其说是描述了埃德·马尔维希尔的死亡过程，不如说是差点把我憋死。关于他的死，这是一句几乎无法让人看

---

① 正如作者所言，原文令人费解，译文即据原文风格译出，因而也难以卒读。英文原文如下：

in and upon the body of one Edward Mulvihill in the peace of the People of the said State of Illinois then and there being 1/2 unlawfully 1/2 feloniously wilfullu and of his malice aforethought did make an assault and that the said Louis Delloiaconna a certain pistol commonly called revolver then and there charged with gunpowder and divers leaden bullets which said pistol the said Louis Delloiaconna in his hand then and there had and held then and there had and held then and there unlawfully feloniously wilfully and of his malice aforethought did discharge and shoot off to against towards and upon the said Edward Mulvihill ...

懂的句子。这是一次没产生影响的审判。伊利诺伊州并未针对路易斯·德尔洛亚科纳展开进一步的行动。警察也从未逮捕他。他从未受审。

埃德·马尔维希尔的死在报纸上直接或间接地报道了两周。《芝加哥论坛报》以特有的方式——笔调是伤感的，情感是仇恨煽情的——进行报道，美国的右翼记者至今仍是这样的报道风格。

警察在抓捕凶犯时表现的无能激起了一场针对意大利裔美国人的运动。马尔维希尔死后一周，《芝加哥论坛报》报道了一个故事，题目是："小西西里的凶犯遍布全城"。故事说的是，在北区芝加哥大街与迪维森大街及西威尔斯大街之间的小西西里，意大利裔在自相残杀，就连西西里人也抛下他们的邻居，四散在这座城市里。他们每到一地，就把杀戮和抢劫也带到那里。这家报纸抱怨说，移民机构的官员并没有清除这些犯罪行为，法院也没有为凶杀犯定罪，假释裁决委员会把那些被判有罪的人又放了，警察没有把足够多的资源用于扑灭西西里人的黑手党。

《芝加哥论坛报》自称"世界上最大的报纸"，其编者按写道："芝加哥很快就会发现，比起信任警察和法院，温良的普通公民会觉得带枪更令他们有安全感。如果真的这样了，那就意味着无政府状态了。如果仍和以前一样，不能更为快速地、充分地处理好司法问题，那么，这一天就会到来。"《芝加哥论坛报》的作者激愤得唾沫横飞，想来或许还想亲自持枪上阵，但他们把这种想法克制住了，转移到其他事情上了。

报纸对埃德·马尔维希尔的遗孀和他的遗孤表示了同情，正如它们本能地对意大利裔美国人发出谴责。埃德·马尔维希尔的两个儿子杰里和比尔，在他们的父亲死的时候分别是 8 岁和 6 岁，他们的父亲是在圣诞节到来之前死的。当时全家人住在南哈丁（South Harding）大街 1341 号。比姑妈和她的两个孩子以后的生活极为艰辛。除了从警察慈善基金那里领到一些钱外，她就没有什么生活来源了。

埃德·马尔维希尔的哥哥帕特里克是高架铁路滨湖大街站的操作员，他给故事定了调子。帕特里克说："这俩孩子的爸爸在去他的辖区巡逻之前要他们填好给圣诞老人的心愿清单，但我想这俩孩子并不知道他们的爸爸在夜晚降临前将和圣诞老人行走在同一辖区里。"《芝加哥论坛报》记者就据此做了报道。"与圣诞老人行走在同一辖区"这个提法很美妙，但《芝加哥每日新闻报》更胜一筹。《芝加哥每日新闻报》从辅祭的角度进行了报道。该报报道称，孩子们"完成了他们父亲的遗愿，在圣诞节的早上作为辅祭男童，在西十四街和南哈丁大街的圣芬巴尔（St. Finbarr）罗马天主教教堂为神父做些辅助性的工作"。

该案在《芝加哥论坛报》那里持续发酵，报纸还开启了为马尔维希尔一家募捐的活动。对《芝加哥论坛报》来说，募捐倡议不用报纸花一分钱，他们只需拿出几英寸的版面即可。到平安夜时，已募集到 13 美元。到该年年底，又募集到 42 美元。比·马尔维希尔搬出了位于南哈丁大街的家，搬到了她妹妹姬蒂的房子里。在那里，就报纸和报纸的读者而言，故事结束了。

不论在家族故事里如何变形，埃德·马尔维希尔被杀害一事总是真的。这个人死亡的后果交给了报纸，但在此后的几年里，此事件还是会有些连锁反应，对此后比及她的两个儿子比尔和杰里都有影响。最终，死亡的结果就是杰克·沃尔什到了她家。

　　萨拉从比及其他人那里听到的故事都是关于执着和智谋的故事。他们讲到比找了一份擦地板的清洁工的工作，讲到比是如何节衣缩食地过日子，讲到比是如何省钱最后在南塔尔曼大街 6320 号买了房子，就是 20 世纪 30 年代初杰克·沃尔什住进去的那栋房子。这栋房子离她妹妹姬蒂、妹夫汤米（托马斯）·奥布赖恩在南莫扎特大街买的新房子只隔了几个街区。住处离得近，彰显了家族的重要意义，构成了互助的网络。

　　但我猜测，故事远不止于此。以孀居的洗衣女工的薪酬，是不可能在这个区域买房子的。比姑妈必定有其他收入来源。尽管我无法找到档案记录来证实我的判断，但我想她应该是从警察慈善基金那里得到了一笔钱，这个基金就是为像她这种情况的人设立的。我还猜测，她从库克县领到了一笔遗孀补助金，但这些档案材料也看不到。伊利诺伊州是全美第一个为遗孀提供补助金的州，这一制度是"儿童救助计划"（Aid to Dependent Children）的前身。库克县的遗孀补助金少得可怜，而且该项目要求身体尚康健而又要抚养子女的妇女必须参加工作。和大多数的领收人一样，比就属于这种情况。她所获得的各种援助再加上工作薪酬才能让她买下这栋房子，这种解释比清洁工的节衣缩食更有说服力。

　　萨拉对比姑妈的印象就是"乐观向上"。比姑妈固然是个寡妇，她的爱尔兰裔丈夫被杀害，但她仍给人以乐观向上的印象。她宠爱她的两个儿子，为了他们而辛勤工作着。她买下了南塔尔曼大街的房子，这是很了不起的事情。她的邻居是麦卡锡医生，她的儿子和麦卡锡医生的儿子成了最好的朋友。

　　她的儿子和麦卡锡医生的儿子都很顽皮，但长到了青少年时，这种顽皮还没到顽劣的程度。人们会说，那是一个阶段。麦卡锡的一个儿子也像他一样成了医生。比姑妈在这些孩子——不管是麦卡锡家的孩子还是马尔维希尔的孩子——面前会显得严厉。麦卡锡家的孩子会取笑她，直到把她激怒，大喊大叫，朝他们大叫。不过，这种取笑都是无恶意的。他们就是想要看到她被激怒的样子。

尽管孩子们都比较顽皮，但马尔维希尔的儿子和麦卡锡家的儿子都有可能成为医生或类似医生的职业。他们总是在一起做事情，没有理由把他们分开。有一年的圣诞节，两家的孩子开始涉足商业。在废弃的汽油站的一个角落的空地上，他们弄了 12 棵圣诞树来卖。在曾经是油泵的地方的附近，如今只有一个深坑。当他们的第一位顾客——一位妇女——路经此地时，麦卡锡家的孩子躲闪到一旁，他们躲到了树后面，让比尔出来卖。在这位妇人看树的时候，比尔转过身去，使自己看上去不那么紧张，可等他抬头一看，那位妇人已不见了。并不是离开了角落空地走到了大街上，而是消失了。他只是转身了几秒钟而已。麦卡锡家的男孩从树后面出来了。"她去哪儿了？"他们问道。孩子们沿着大街找来找去，就是没找到她。

等他们回到角落空地时，他们看到她了。她倒在深坑里，已不省人事。在此之前，他们把修剪圣诞树后剪下来的东西扔到了这个坑里。他们摆上圣诞树，以遮挡一下那个大坑。这位妇人则光顾着挑选圣诞树，显然是在倒着走的时候掉到坑里。这可不是好兆头。

最终，这位妇人没什么事。她没有起诉他们，甚至都没有威胁说要起诉他们，至少故事里是这样说的。对麦卡锡一家来说，这个深坑仅仅是这个令人沮丧的故事的一部分。但对比尔·马尔维希尔来说，这个深坑就是他和他哥哥杰里的生活的一个隐喻，无论他们会碰到什么人和事，最后都会掉坑里。

　　到 1933 年杰克·沃尔什和他女儿内尔搬过去与比一起住的时候，比的两个儿子比尔和杰里分别 23 岁、25 岁了。萨拉称他们是"爱尔兰的黑手党"，当然是过甚其词。他们只是小打小闹的鸡鸣狗盗之徒。他们已不再是辅祭的男童，尽管他们的父亲曾和圣诞老人一起行走在他的辖区。

　　萨拉离开爱尔兰时，她觉得她正在走向比在南塔尔曼大街的房子。那个地址正是她要去的地方。杰克·沃尔什和他姐姐比已相聚在南塔尔曼大街。看来，她本人的美国故事也要从南塔尔曼大街开始了。

第十八章

“来自从前的那个萨尔的道别。”

——萨拉在"拉科尼亚"号上写的一张

明信片的结尾文字，1936 年 11 月

萨拉·沃尔什去美国的路上（实际上，她整个少女时代）只保留下一张她手写的卡片。那是她给在阿哈纳格兰的姐姐玛丽寄的一张明信片。邮戳上的日期是 1936 年 11 月 17 日，星期二，这一天，船停靠在波士顿码头。明信片是上个星期六（11 月 14 日）写的：

亲爱的姐姐玛丽及所有人：

见字安好！我已给妈妈写了两封信。我一直病得很重。要到星期二才能踏上纽约的土地。我很孤单。愿我亲爱的母亲福寿康宁。我不会忘了她的。这次旅行糟糕透了。每当这老旧的船体晃动，我的胃就翻江倒海。向比尔、杰勒德、约翰尼、蒂姆和最亲爱的母亲问好。船一靠岸，我就会给你们写信的。来自从前的那个萨尔的道别。

在船上的头四天，她一直晕船。船一晃，海水就会漫到楼梯和走

廊，所有的物品就会叮叮当当地掉到地上。这次航行，可以说是"拉科尼亚"号几十年的航行中最艰辛的一次。最猛烈的暴风雨持续了至少两天。

她已不记得自己在海上晃了多长时间了。最后船靠岸时，她还以为是到了纽约。当她看到一个报童走上船，口中嚷嚷着报纸报头信息时，她才知道这是波士顿。她不知道波士顿在哪儿。她听都没听过这个地方。

她还记得这个报童拿着一摞报纸，举过头顶，报纸的大字标题是"曾担心失联的'拉科尼亚'号现安全抵达"。在此之前，萨拉从未见过报童，也没见过美国的报纸。她记得，一切都是第一次见到——从她离家的那一刻起，所有的经历都是全新的。

从我母亲记得她看到波士顿报纸的标题这件事，可以看出记忆是怎么一回事。对于移民的故事来说，记住新闻标题（声明这艘船曾被认为已沉没，而今平安抵达）本身就是不同寻常的叙事技巧：本以为人已死了，却在新的土地上重生了。这是一个极具象征意味的标题，但我要说的是，这个标题并不存在。

萨拉·沃尔什的确经历了一场或者说好几场不小的暴风雨，她那一代人只要穿过北大西洋，就会见到这种明显的坏天气。在波士顿靠岸的每一艘轮船都会带来关于海上恐怖之状的新闻。"进入者"（Importer）号客船是与"拉科尼亚"号在同一天靠在波士顿的，上面的乘客说："我们都觉得世界末日要到了。""伊希斯"（Isis）号货船沉没了，39人死亡。"特韦德邦克"（Tweedbank）号船长和两名船员死了。横渡北大西洋的轮船都会遭到严重毁损。萨拉倒没有夸大海上风暴的威力。

但故事的其他内容就是对记忆进行损益的结果了。当时还是 16 岁的小姑娘的萨拉·沃尔什不知道的是，"拉科尼亚"号本来就应当先在波士顿靠岸，然后再去纽约。报童当然是极有可能出现的，但我想说的是，实际上并没有那个新闻标题。我的确不能找到那天波士顿的所有报纸，但从找到的报纸中我发现，关于"拉科尼亚"号的报道几乎从未上过头版头条，也没有人称担心轮船失联。轮船实际上一直保持着无线电联系，只是向码头报告说可能会晚到而已。

我母亲和我说起了这个新闻标题。对于我没有找到新闻标题这件事，她感到惊讶。结果，我父亲也说看到过这个新闻标题。我父亲是土生土长的波士顿人，如今已去世。但问题是，我母亲和我父亲相识是在六年之后。他当时不可能对有关"拉科尼亚"号的报道特别注意，并且记住这个新闻标题。他不可能知道这艘轮船上有他未来的妻子。很有可能，后来我母亲告诉他说，她是第一次见到波士顿，当时不知道她未来的丈夫就住在这个城市，于是我父亲就把隐隐约约记得的某个新闻标题附到"拉科尼亚"号，他自己建构了一个他妻子来美国的那个时刻。我母亲把这个新闻标题糅进她讲的故事里，最后，正是她而不是我父亲宣称见过这个新闻标题。但上述都是一种假设。我只能推测出这个新闻标题是如何变成记忆的。

不过，"拉科尼亚"号在东波士顿的丘纳德（Cunard）码头靠岸，当时的确是个新闻。报纸做了报道。最大的新闻讲的是一名爱尔兰移民的故事，不是讲我母亲的事情。这位移民是玛丽·凯瑟琳·达菲（Mary Kathleen Duffy），她只有六岁，来自爱尔兰的罗斯康芒（Roscommon）郡。她的父亲已移民到了英国的约克郡（Yorkshire），因为在爱尔兰没有工作。她母亲已去世。她姨妈、姨父在多切斯特，他们没有自己的孩子，于是就收养了她。《波士顿环球报》(*The Boston Globe*) 1936 年 11 月 17 的报道把玛丽·凯瑟琳·达菲塑造成了海上的小秀兰·邓波儿。报道称："在那些来自旧大陆、新踏上我们国家的孩子里，玛丽是最活跃、最爱说话的。"玛丽是"船上最优秀的水手，不会浪费一粒粮食"。除了玛丽，《波士顿环球报》还注意到"拉科尼亚"号上的英国官员坎利夫·M. G. 霍伊特 (Cunliffe M. G. Hoyt) 的到来，他是从黄金海岸①启程到特立尼达 (Trinidad) 的；还有约翰·C. 普林顿 (John C. Plimpton)，他之前在英国待了几个月，不久就要离开，"乘游艇巡航至西印度群岛"。

　　报纸质疑了我母亲的记忆，但我母亲的记忆也揭示了报纸所掩饰和有意忽视的东西：即使到了 1936 年，爱尔兰到美国的移民，不仅有"六岁的爱尔兰小女孩"跨海旅行的暖心故事，有殖民地的官员和乘游艇的男子，还有三等舱的年轻女子，她们把所有的衣服都穿在身上，还得想方设法、小心翼翼，防止自己呕吐的秽物弄脏自己的衣服。萨拉·沃尔什会想：他们在波士顿做什么工作？波士顿又是什么地方？和记忆一样，史料也只是讲述了某些方面的故事。

---

① 西非国家加纳的旧称。

第十九章

姓：沃尔什

名：萨拉

年龄：16

性别：女

婚否：否

职业：家佣

——到美国的外国人护照信息表上的信息，

1936 年 11 月 18 日，纽约

　　我母亲告诉我："我不记得船走了多久才在波士顿靠岸，也不记得何以这艘船停到那里。我隐隐约约地记得修船这件事，因为船在路上遇到了暴风雨，但到底修没修，我也不确定。我们到了纽约的时候，大家都很兴奋。每个人都冲向甲板，一睹自由女神的芳容，哪怕是一瞥。最后我也到了甲板上，看到了自由女神像。女神像太大了，而且很漂亮。这女神像永远嵌入我脑海中了。那时我不知道它象征着什么。之前我从未听说过自由女神像。我真的没有听别人说起。毕竟，我受到的教育只有四年。"

　　"拉科尼亚"号到达纽约港后，移民和归化局的检查官过来了，他们仔细检查了乘客中的移民，并和他们面谈。到 1936 年，政府基本把埃利斯岛（Ellis Island）用于拘留和驱逐外国人而不是接纳他们。检查官们登上船，检查护照，把名签别到移民身上。他们检查移民的身体，问他们问题。有些人被送到埃利斯岛进一步盘问或拘留。患病的和精神有问题的不允许进入美国。

1936 年 11 月 18 日上午 10:10，移民检查官问了萨拉最后一个问题。此后，萨拉就下船了，穿过丘纳德码头，到纽约港的终点。移民单独排成一队。萨拉记得她总是在排队。然后她通过了最后一道检查点，进入了美国。

关于那段经历，除了萨拉的记忆，还有一个记录。那个问她问题的检查官记录了她的回答。除了检查官的签名，这份文件还是很清晰易读的。由于每天要重复无数次签字，所以这份文件上的签名有些变形了。他每天要在上百份或上千份文件上签字，结果他的签名反而不易看清楚。为了确认他的名字的打印体，我一头扎进移民和归化局的档案里。结果发现，这位检查官叫弗朗西斯·J. 梅波泽尔（Francis J. Maypother）。

弗朗西斯·梅波泽尔和美国想要了解萨拉的一些重要信息，萨拉只需对问题做“是”或“否”这样的回答即可。检查官在表格相应的位置上记下萨拉的回答。

对那时的萨拉来说，有些问题她还听不大明白，有些至今也不明白。表格里有一项：“是否多配偶者”。你是多配偶者吗？梅波泽尔先生一定这样问过她。现在，我把这个问题读给我母亲听。

“我是什么？”她问。

“多配偶者。”

在电话那边，她嗫嚅半天。"多配偶者是什么？"她在确定她是否懂这个词。

"意思就是，你是不是有多个丈夫，或你丈夫是不是有很多个妻子。"

"我是一个才 16 岁的爱尔兰女孩。"她说。

多配偶制的问题就像紧随其后的无政府主义的问题一样，是老一辈美国人所担忧的问题的遗绪。自 19 世纪末 20 世纪初以来，美国社会有些歇斯底里，那时摩门教教徒和无政府主义者看上去对这个共和国造成了威胁，这种社会狂躁的结果就是官僚主义的表格上的奇怪的问题，即使这种国家狂躁已然停止。结果是，这些问题被法典化了，每个移民都要被问到，到 20 世纪 30 年代，这些问题就足以让这个在 11 月的漫长的夜里的 16 岁的爱尔兰女孩摸不着头脑。

表格里的记录显示，她是一个 16 岁的爱尔兰女孩。浅色头发，蓝眼睛。身高 5 英尺 5 英寸，面色健康。问及职业时，她很可能回答的是"女佣"。于是他们把她视为家佣。

她很健康，她到这里来绝不是为了推翻美国政府。她说她到这里来就是为了待在这里，她想成为一名美国公民。

表格中有两处回答引起了我的注意。当梅波泽尔问她是否要投靠亲属以及亲属住在什么地方时，她说出了她父亲的名字——杰克·沃尔什，但住址写的是南塔尔曼大街 6320 号。这是她姑妈比的地址。在从她启程到到达芝加哥的这段时间里，杰克·沃尔什的生活发生了一些变化。他离开了他的一个姐姐家里，搬到了另一个姐姐的家中。她实际上会与她姑母姬蒂住在南莫扎特大街。

当梅波泽尔问她身上是否有 50 美元以及如果不到 50 美元那是多

少的时候，档案记录里显示，她说她有 50 美元。她没有这么多钱。
在她离开阿哈纳格兰的时候，她母亲只给了她 1 英镑；在科夫港，这
1 英镑还被骗走了。在差不多 60 年后的今天，我又问她这个问题。
她还记得 1 英镑的事情，她认为她当时一定记得是否有那么大数额的
一笔钱。她说，她从未见过 1 美元。

"你怎么知道要回答你有 50 美元？"我问她。

"我不知道。我怎么记得 60 年前我是怎么回答的！我记得的事情
只有排队，再排队。可能是船上有人告诉我要回答'是的，我有 50
美元'吧。"但紧接着，她自己都对此表示怀疑。她太害羞了，从没
有和任何人说过话。

我念出了表格里差不多 60 年前她给出的回答。

"我身上能找出多少钱呢！"她平淡地对我说道。

也许梅波泽尔对站在他面前这个吓坏了的、筋疲力尽的小女孩抱
有同情。也许他只是想要为她填上一个正确的答案，好让她通过。那
是星期三的深夜，检查官们也超负荷工作，已累得筋疲力尽。

杰克·赫加蒂在那里接她。杰克是萨拉母亲的哥哥约翰的儿子，
是她的表哥。杰克简直是美国的未来，不可想象的未来。他住在纽
约，是 B. 阿尔特曼（B. Altman）百货公司的采购员。他购买东方风
格的地毯，还经常去亚洲旅行。萨拉的母亲告诉过她这一切，但萨拉
不知道百货商店是什么样的，也不知道东方风格的地毯是什么样的。
她说，她以为"东方"是一本书，她知道的"东方"只有这些。忆及
杰克·赫加蒂以及她刚到纽约的情形，她说："我所知道的这个世界，
只有我出生的那个农场和星期天去做弥撒的那个村子，那里有杂货
店、乳品厂和六家酒吧。"

杰克·赫加蒂个子不高，和他在一起的是一个高挑的红发女郎。他们俩向她走来。他们在看名签。他们大声地念出了萨拉的名字。杰克·赫加蒂说他是她表哥。他介绍说，那位高挑的红发女郎是他妻子，叫莫林（Maureen）。

萨拉对莫林记得特别清楚。在巴利朗福德，还没有像她这样的女人。她起码比她丈夫高三英寸，而且很漂亮。萨拉从未见过穿如此漂亮衣服、如此精致鞋子的女人，还随身带着钱包。她从未见过女人带如此大的钱包。她在北凯里所见到的钱包，绝大部分都是用面粉袋缝制的，用于装少得可怜的几枚硬币。

萨拉所带的包就是用面粉袋缝制的。这是她唯一的行李。她所带的衣服都穿在身上。

去曼哈顿的路上，她第二次坐上了汽车。这次坐汽车的经历让她感到很兴奋。城市的灯光让她感到很兴奋，但她太羞涩了，以至于她表哥和其他人跟她说话时，她都不敢抬头回应。她以前从未想象纽约这种地方是什么样子的。那里的小汽车，那里的大楼，那里的公交车，那里的人，那里的灯光，一切都让人感到新鲜，又让人感到心里没底。

杰克·赫加蒂和莫林·赫加蒂住在高耸入云的公寓大楼里。萨拉以前从未坐过电梯。她说："在那天之前，她的双脚从未离开地面。"

已经很晚了，他们跟她说，他们明天一早还要上班，晚上很晚才会回来。他们会为她准备吃的，就放在餐桌上。

等她醒来时，她走到窗前，惊讶地看着窗外的城市。她压根儿不相信自己身处离地面如此高的位置。餐桌上有脆玉米片、面包和茶，还有一张字条，上面写着牛奶在冰箱里。她不知道"冰箱"是什么意思。她看到一个白色的物件，出于好奇，她打开了上面的门。里面有牛奶。她发现了人生中的第一个冰箱。

她以前从未见过脆玉米片。她干吃玉米片。她觉得很好吃。她太饿了。

她继续看着窗外的美国。她在心里对自己说："这就是纽约，我母亲曾在这里整整十年时间里给人当女仆，而后回到了爱尔兰，嫁给了我父亲。"

突然，她听到有人开门的声音。她定睛一看，原来是一个黑人妇女。她站在那里一动不动，害怕极了。此前她从未见过如此肤色的人。

萨拉感到害怕，感到孤单，开始想家。进门的这个妇女向她问好，她是个美国人，像她母亲一样是一个女佣。她肯定她当时未予回应。萨拉站在那里一动不动，好像一件家具。这个妇女开始擦灰尘、扫地、清洗。如果她在擦灰尘的时候碰到萨拉，萨拉很可能也不会动一下的。时间仿佛凝固了，也不知道过了多久，最后那黑人妇女离开了。"那次经历，"她说，"我都记了50年了，总是让我想起那时的自己真是什么也不知道，真的，那时我真是少不更事，土得掉渣。"

她记得，那天晚上，她表哥杰克把她送上了开往芝加哥的火车。

第二十章

对我来说，他就是个陌生人。

——萨拉谈起她父亲杰克·沃尔什时如是说道

事件之间，往往不是连贯的。每件事的发生，都是碎片化的。她是通过点点滴滴来了解美国的。彼伏，则此起。她在船上。她在纽约与杰克·赫加蒂和莫林·赫加蒂在一起。她坐上了开往芝加哥的火车。未来就这样来到了。在未来到来的过程中，她参与了，却无法掌控未来。她需要时间来拼接这些碎片。和其他年轻的移民一样，萨拉·沃尔什也在经历惊叹、无知、恐惧、顺从、悲伤、希望等诸多情感的组合变换。对涉世不深者来说，通常都会百感交集。

在开往芝加哥的火车上，她坐到了她发现的第一个空位上。那是在中间的车厢。她记得她想去洗手间，但洗手间对她来说还是个新鲜事物，她还不大懂怎样冲水。她备受煎熬：她想小便，但又怕找不到洗手间、不会用洗手间。在火车上，她从未问过别人卫生间在哪儿，更不用说问别人厕所怎么使。有个小孩经过过道，说要撒尿，萨拉的心跳得更厉害了。她知道那句话意味着什么。她看着小男孩的母亲带他去了卫生间。于是她在外面等，然后进去了。

在到达芝加哥之前，她在火车上不吃也不喝。她没带吃的。杰克·赫加蒂可能给了她一些美国的钱，但她不知道各种面额的意思，而且无论如何，她都没有勇气去餐车。她回忆说，她当时"渴得不行，饿得发慌"。火车继续叮叮咚咚地跑着，萨拉被饥饿和不舒适占据，已无暇欣赏窗户外的美国。

芝加哥给她带来的更多是恐慌，而不是宽慰，因为当列车员喊到"芝加哥已到"的时候，他说火车将在两个站停车。没人告诉她有两个站点。她只是被告知在芝加哥下车。她决定在第一个站点下车。谢天谢地，她还真蒙对了，因为在站台上等着她的，正是她父亲和她姐姐内尔。

萨拉用纸袋带了一块腌猪肉。她把腌猪肉给了她父亲。这是她送的最后的爱尔兰的"信"。这是她从爱尔兰带给她父亲的所有的东西。这是那个农场、他的妻子儿女给离家十多年的他的所有的东西。当他看到这块肉，这块他辛勤劳作设法保住的农场出产的肉，谁知道他是怎么想的呢。他几乎不认识的女儿，刚从那农场过来的女儿，把象征那片他已离开了很久、每天都要想方设法保住的土地的肉，交给了他。我很想知道他是怎么想的。

但最终，他到底怎么想的，没人告诉我。杰克·沃尔什是发生在爱尔兰和南莫扎特大街的这些故事的中心里的大黑洞。半个多世纪后，在我舅舅比尔的公寓里，那些认识我外公的人围坐在餐桌边，我向我姨父帕特·奥哈拉问起他岳父约翰·沃尔什（别人都喊他杰克）的事情。他笑了起来，打开了话匣子，而故事总是从另一个人物开始。我又问了我舅舅比尔，他 1947 年来到这个国家，而杰克·沃尔什在这一年离开了。比尔谈到了怀特·索克斯（White Sox）。他还谈到他和他父亲一起去科米斯基棒球场（Comiskey Park），他看到里面在比赛，他完全看不懂，而他父亲则看得不亦乐乎。

关于萨拉看到她父亲的情形，萨拉说："他对我而言就是个陌生人。"但她已想不起那一刻的情形，毕竟这是她第一次经历这事，因为现在她知道了后面发生的一切。她知道她父亲喜欢棒球，她还知道他疼爱她的姐姐内尔。"内尔简直就是他的掌上明珠。我爸爸太爱内尔了，而他和我则从来没有亲近过。我无法靠近他，因为他不是那种你想接近就能接近的人。极有可能的原因是，我不了解他。当他回到爱尔兰时，我就想，他和其他人没什么两样。除了内尔，他从来不亲近我们。他对内尔很是溺爱。因为内尔一直和他待在一起。我离开了芝加哥。他对内尔很好。"从我母亲所讲的那些故事里，我能判断出，除了内尔和棒球，他的生活中就没有什么能燃起他激情的事情了，也没有其他爱好了。

这就是我所知道的杰克·沃尔什那些年在芝加哥的生活。他找到了一份修理有轨电车的工作。他在有轨电车的车库里上班，地点先是范布伦（Van Buren）和霍尔斯特德（Halsted）大街，然后是六十九街和霍尔斯特德大街。他负责修理有轨电车，无论是寒冷刺骨的冬天，还是潮湿闷热的夏季，都要在室外干活。冬天，他的手会被冻坏，但领班会设法让他一直干下去。

在大萧条期间，他想方设法总算保住了工作。在回爱尔兰之前，他一直在做有轨电车维修工作。他每天早上六点就要开始干活，下午六点收工。萨拉坚持认为是每天连续工作12个小时，但到1936年，工会——全美道路、电力、铁路、客车行业雇员联合会第241分部——已争取到了每天工作八小时。假如没有工作超时，那么还多出4个小时，1个小时用于工作，1个小时用于回家，1个小时用于吃午饭——这就占去了 3 个小时。我好奇的是剩下的那 1 个小时他在干什么。

杰克·沃尔什也是工会的会员，至于说是自愿加入，还是随大流而加入，抑或不得不加入，我就不得而知了。工会在大萧条期间看中了他。要保住工作，就只能接受薪酬被削减，工时也要减少。很多男子还是丢了工作，工会则从没有失业的人中筹措资金，以帮助那些没了工作的人。到 1936 年，最困难的时候已经过去了。当萨拉到美国时，工会已恢复了工人每天工作 8 小时的时长。工会还实现了每小时的薪酬增加了 4 美分。时隔七年，经过争取，现已达到大萧条到来之前的 1929 年的工资水平，每小时 77 至 85 美分。

星期天，怀特·索克斯来了，他乘有轨电车到科米斯基棒球场。有时，一年有一到两次吧，他会和圣里塔（St. Rita）堂区的男子一起，到南本德看圣母大学的橄榄球比赛。有一张合影，是他和我姨父帕特及一群人在公交车的后面摆姿势时照的。时为 1940 年。他们都打扮入时，面带微笑。还有一个穿女式短衬裤的小男孩。杰克·沃尔什站在前排。他单膝跪地，两边各有一个男孩。在这个极不寻常的日子里，相机把他拍了下来。他身穿西装，外罩大衣，头戴礼帽，显得很放松，他就要离开这个城市了。最后，照片再也没有为我提供什么信息了。

我问帕特，照片里的其他人都是谁。他们都是来自堂区的人。他们的名字已不得而知，即使在多年前的那个秋天的下午，他们曾短暂地停留在帕特和杰克·沃尔什的心中。他们只是偶然的机会才相识的。他们那天共乘一辆公交车去看橄榄球比赛。

我能很容易地再现杰克·沃尔什生活中用到的家具和他的室内布

置，这比再现生活本身容易多了。我能再现霍尔斯特德大街，他在这里工作过，后来又到六十九街的有轨电车车库工作，这比回忆他容易多了。在 20 世纪 20 年代末 30 年代初，六十一街和霍尔斯特德大街有一些家具店；从六十二街到六十五街，是服装店和鞋店。这些店铺都是市中心商业区店铺的分支，这些店铺包括奥康纳与戈德堡（Goldberg）、富乐绅（Florsheim）等。六十三街附近还有一座歌舞剧院，叫皇后剧院。在六十九街，有轨电车横七竖八地停在那里，杰克·沃尔什就在那儿干活，那里有一个小型的社区商业区，有几家销售福特汽车和雪佛兰汽车的代理商。

杰克·沃尔什对他动过的东西（包括他所修理过的有轨电车）都不会记得很清楚。他是个大闷葫芦。在那个所有事情都可最终化约为故事的家族里，他却很少讲故事。"他没什么动静，"萨拉说，"他不怎么说话。"

当她把"信"交到他手里时，他究竟是怎样想的，没人告诉我。

第 三 编

第二十一章

那时我们住在南莫扎特大街……
——萨拉讲述她的芝加哥故事时的开场白

1994 年 11 月一个灰蒙蒙的日子，我的姨妈内尔在芝加哥的家中去世了。她已快 79 岁了。在此之前，我母亲已从加利福尼亚赶到她家里陪她，当我给在内尔家里的母亲打电话的时候，我所拨的号码是我母亲从 16 岁起就记住了的号码，那时她还是个初来乍到的爱尔兰小姑娘。几年来，一些字母也变成了数字，但对我母亲来说，这七位数字竟然被记住了 50 多年。当她刚开始记这些数字时，她姐姐已是漂亮的妙龄女郎。内尔是我认识的最为优雅的女性，曾对我母亲也就是她的妹妹有些看不起，把她当成懵懂少女。

内尔搬家时，电话号码也随着她走了，这个电话号码最后一次与南莫扎特大街 6420 号发生了联系。这个电话号码仍与过去勾连着，这个过去如今只是我母亲和我姨父帕特·奥哈拉共享的过去了。除了我母亲，那个一度住了很多人、空间很拥挤的房子里的人都不在了。当我母亲在 1936 年到达那里时，那个平房小小的两居室里已经住了七个人。加上她是八个。对她来说，芝加哥、南区、大萧条以及所有美国早期的那些东西，都一股脑儿地出现在南莫扎特大街的这八个人面前。她讲的故事开头总是："那时，我们住在南莫扎特大街……"

　　到了 1936 年，从某种意义上说，这栋房子已成为对抗大萧条和爱尔兰农村地区的麻烦事的堡垒，住在房子里的人是难民。很多人到了美国，要么是因为那里有他们的亲戚，要么是因为灾难的驱使。在爱尔兰裔美国人的家庭里，是不会有茕茕孑立者的。你生来就在各种亲属关系网络中。如果仅靠你自己，你只能成为微不足道、可有可无的芸芸众生中的一员，就像是一个点。把所有的点联结起来，就是家族。在一系列的关系网中，你是作为其中的一个网点而存在。你可能会不在意这些关系，或对这些关系感到愤怒，但是，关系中的人规定了你，只是程度有浅有深：他们很少规定你的所作所为、所言所语、所思所想、所成所就，更多限定了你的父母是谁、你嫁或娶的人是谁。最终，你仍是某某人的女儿、某某人的外甥女。如果外界条件不利，你会沿着这些网点之间的线到达安全之地。

　　1936 年，在我外公的家族里，这些线就汇集到了南莫扎特大街，这栋房子是姬蒂和托马斯·奥布赖恩的。姬蒂·奥布赖恩是我母亲的姑母，她父亲的姐姐。姬蒂接纳了杰克·沃尔什及他的女儿内尔和萨拉。姬蒂的妹妹莉齐的两个儿子比利和杰基也住在那里。莉齐死后，姬蒂收留了他们。1936 年，比利和杰基已 20 岁出头，但还住在那里。最让人觉得悲哀的是，还有个威尔·林奇，林奇是姬蒂的妹妹霍诺拉（诺拉）的前夫。诺拉是杰克·沃尔什的姊妹中最漂亮的一个，她离开威尔，与另一个爱尔兰人私奔了。她和威尔离婚了，在普遍信奉天主教的芝加哥，这个消息几乎没人知道，他只得到姬蒂那里避难。50 年后，一提起此人的名讳，大家的反应仍是既有嘲笑，也有怜悯，还有就是觉得好玩。

　　要在平房的两室里睡八个人，萨拉说，这简直是"费心思"。托马斯和姬蒂在大卧室里睡。在小卧室里，萨拉的父亲、比利·埃亨、杰基·埃亨分别一人一床。威尔·林奇睡在楼上的阁楼里。阁楼里简单收拾了一下，天花板上挂着一个电灯泡，灯泡经常晃来晃去。内尔和萨拉睡在餐厅。每天晚上，她们都要把大餐桌和六把椅子抬到靠墙的一边，把折叠的行军床展开。每天早上，她们都得把行军床折叠起来，竖着放到角落里，然后再把大餐桌和六把椅子搬到餐厅中央。

　　60 年后，萨拉仍然记得睡在有木框和铺有帆布床单的行军床上的感觉。她记得，晚上睡在那儿很不舒服，帆布床实在是太窄了。每天晚上睡觉时，她都觉得美国仿佛就是个大兵营，而她是名参军者。

　　但那时的萨拉记得那栋房子的每样东西，仿佛曾经住在那里的人又鲜活了起来。浴室里有墩布和墩布池，还有个厕所，厕所的空间还可以，能站在里面。电灯挂在天花板上。托马斯和姬蒂的房间里有一张双人床，一个化妆台，一把椅子。他们还有一个属于他们自己的小储藏间。另一个卧室就只有三张床了。她还记得餐厅的高度，每天晚上都要搬餐桌和椅子。地下室有蒸馏器，但已没人再用它了，因为到1936 年时禁酒令已废止。

　　对我母亲来说，南莫扎特大街保留了让这个来自北凯里小农场的 16 岁小姑娘感到惊奇的某些东西。但对她的子女来说，再回头看，这栋房子保留了另一种令人惊奇的东西。这栋房子里，有吃喝声，有人在里面生老病死，有欢声笑语，有不加掩饰的骄傲，对我们来说，和这栋房子相比，我们自己生活中的种种不如意——这些不如意给我母亲带来了悲伤和不满——都不算什么了。至今我仍感到惊奇的是，我母亲竟然来自这样一个地方。我对此感到骄傲。

第二十二章

要适应这一切，真是太痛苦了。

——萨拉讲述她在芝加哥第一个月的生活

萨拉觉得自己就是个陌生人，当然，其他人可能也会有这种经历。南莫扎特大街挤满了有血缘关系的陌生客：她父亲、她姐姐、她姑父、她姑母和她表哥。他们都是一个家族的，他们都是爱尔兰人，他们都成了美国佬。萨拉认为，他们会向她展示这一切是怎么发生的。

但从第一天开始，她就从他们的眼神、他们的沉默不语、他们对她的尴尬懵懂的短暂愤怒中发现，除了威尔·林奇，他们中没人欢迎她。她的父亲，那个沉默而矜持的男人，把她召唤了过来，但当他接到她时，就像收到了一件预料中的包裹：谢天谢地她终于平安抵达，然后就去忙别的事情了。

她的亲姐姐内尔觉得萨拉让她脸上无光。对已在美国生活了五年的内尔来说，她觉得妹妹啥也不懂。她突然出现在芝加哥，是个预料之外的负担，她的北凯里口音，身上散发着的爱尔兰农场的味道，对抽水马桶、电梯、有轨电车、小汽车觉得新奇，这些都让内尔极不舒服。

萨拉很害羞，很多东西确实不懂，但她并不笨，她也会暗中仔细观察。对于内尔流露出的不自在，她看在眼里，并承认了自己啥也不懂。从一开始，内尔就让萨拉领教了什么是"亲戚的负担"。

"要适应这一切，真是太痛苦了。"萨拉回忆道，"内尔在这里待了好几年了，时间虽然算不上太长，但也足以让一个人美国化了。她对我百般挑剔。她不喜欢我穿鞋的方式。她不喜欢我打理头发的方式。她不喜欢我说话的方式——我的土腔太重了。她不想带我跟她跳爱尔兰舞。因为她很漂亮，她是个大美女，所以她有很多男朋友……我还小，我比她小。"

在刚到芝加哥的那段日子里，萨拉和内尔就在争上位——谁应当仰视，谁应当俯视——这种状况将维系数年。随着萨拉越长越漂亮，其他人已忘了那个大脸盘的 16 岁的农村女娃与她那迷人的、穿着打扮一看就像美国女孩的 21 岁的姐姐的鲜明对比。但萨拉还记得这个对比。当萨拉谈起她姐姐时，还是有些许胆怯和由妒忌而来的刺痛。内尔实际上是选美大赛的冠军。在 1935 年或 1936 年的一个爱尔兰节日的选美大赛里，她是冠军，而且极有可能在萨拉到的那年，她在全市的比赛中拿到了亚军，尽管我没有找到相关的档案记录。

我母亲认识了钞票，能看懂便条，声音也发生了变化。看着我面前的这些照片，我想，我能再现她刚到美国的那些日子里的那些时刻。但这也是一个危险的假定。我不能确保完全再现。

我母亲的照片来自她的"绿卡"，即在都柏林发的移民身份证，在她下船的 1936 年 11 月 18 日在纽约生效。她直盯着相机，既没有微笑，也没有皱眉头，但她在试图表达某种东西，因为她的嘴唇张开了。她的嘴是张着的，初看之下，仿佛脸上有道刀痕。她的头发不长，在海上旅行中显得油腻，有些脏，经过梳理，头发润滑地贴在头上。她额头比较宽，脸盘比较大，皮肤粗糙。爱尔兰人都说她看上去相貌平平。没人会回头看她。我只承认她的眼睛还是不错的。那凝视的眼神，既不呆滞，也不是无光，当然也不引人注目。那眼睛，分明是在看着某个东西。那眼神，分明是要弄懂一切。那是伪装出来的警惕的眼神。我们都知道，那一瞥是孩子的一瞥。我们需要隐匿我们的行踪，隐藏我们的意图。但跟她在一起，这些努力的企图都要归于失败，但对我们这些识鉴水平低的人来说，我们跟着她也提升了这方面的能力。我们也学她，学会解读容貌之外的信息。

内尔身材苗条，皮肤光滑。头发是浅红色的，短发，但是卷发，正好把脸框住。她微笑的时候，会露出白牙，眼睛大大的。她还化妆，嘴上抹着唇膏，还涂着眼影，但都很淡。她看上去就像是杂志广告上的人。她的那种美，如果商家用到了这种美，就不愁东西卖不出去。她身上没有丝毫的傲慢，她总是给人以愉悦感；她的美貌能充塞整个房间，传递给她周围的人。

在最开始的几周里，萨拉尽量弄清楚什么是美国。南莫扎特大街6420号的每个人都在谈论芝加哥的怀特·索克斯（White Sox），于是她认为，芝加哥人都穿白色的短袜（white socks）。她问父亲是不是真的，她父亲笑了起来，屋里的每个人都笑了起来。萨拉还记得南莫扎特大街的笑声，她总觉得是在笑她。在芝加哥的第一年里，内尔和姬蒂经常对萨拉进行指点，也少不了笑她。她想念爱尔兰了，她想妈妈了，她想那绿色的田地了。

在第一年里，内尔尽量躲着萨拉，萨拉则对内尔亦步亦趋。当她们步行去做弥撒时，内尔会走在前头，坐到教堂的长椅上，尽量离萨拉远点。如果内尔驻足，和友人交谈，她会让萨拉跟她保持一定距离。内尔越是拒绝萨拉，就越是激起萨拉脱胎换骨的决心，但她唯一可参照的成功案例就是内尔。因此，她模仿内尔的一举一动。

内尔的美基本上不是天生丽质那种。她是靠化妆和打扮，她购物成瘾，这让萨拉很是吃惊，萨拉唯一的一次购物经历是在巴利朗福德和利斯托尔的商店里。内尔会花上好几个钟头去搭配颜色，为她的鞋子配上合适的挎包。事事都追求完美。萨拉也学会了把大把时间用于购物上，往往一逛就是好几个钟头。

内尔后天雕饰出来的美给了萨拉启示，让她意识到在美国怎样才能被大家认可。跟着内尔，萨拉也学会了如何穿衣打扮；让内尔气愤的是，她还借内尔买的衣服穿。

内尔只是想摆脱她的这个妹妹，但最终发现自己成了萨拉穿衣打扮的指导者，虽然她极不情愿。实际上，萨拉是想把自己打扮成内尔那样的，打扮成美国女孩的样子。内尔的不安，可以说是爱尔兰与美国的差异的标志。当内尔感到不安时，萨拉就会相应地改变她自己。当她改变得差不多了，她和内尔就达成了和解。她们的关系就更近了。

与他人形成特殊的纽带关系，比其他事情还难。移民意味着很多东西，但并不意味着删掉过去。过去仍给萨拉在芝加哥的生活投下了阴影，一如在爱尔兰。过去既能很容易地把人们团结起来，也很容易地把人们区分开来。

在爱尔兰共同的过去让她来到了这栋房子里，但过去的一些事并不能公开谈论。这些过去的事把她与姬蒂区分开来。这种过去的具体表现就是姬蒂的儿子蒂姆。在南莫扎特大街，谁也不会公开谈论蒂姆，也不会谈论那个生下了蒂姆的过去。

芝加哥也因此不同于爱尔兰。巴利朗福德的生活就是最好的注解。事情发生了，事情被描述，事情被评论。巴利朗福德就是个小村庄，流言蜚语就像穿街而过的小河。在这样贫穷的地方，人们除了交谈，实在是没什么可以共同参与的事情了。

芝加哥就不一样了。尽管南莫扎特大街人多，但它会保守他们的秘密。流言蜚语当然有，但最多就是涓涓细流，而不会汇流成河。在巴利朗福德，蒂姆·沃尔什的身世可以说人所共知，但在芝加哥，他就是南莫扎特大街的秘密。

正是因为生下了蒂姆，姑妈姬蒂才来到了美国。姬蒂怀孕后，爱尔兰是待不住了。蒂姆出生的时候，她还没丈夫。他的父亲蒂姆·里迪还是乳品厂的厂主，但他既不承认这个儿子，也不抚养他。姬蒂·沃尔什只好把这个小婴儿交给她弟弟杰克，只身到了美国。

姬蒂从不向萨拉问起蒂姆的事情——要知道，这个初来乍到的小姑娘可是和她的儿子在同一屋檐下生活了16年。内尔和萨拉私下里议论过这件事。她们很想知道，姬蒂的丈夫托马斯·奥布赖恩是不是知道世上还有个蒂姆。但她们永远也没找到答案。至今萨拉仍对这个问题感兴趣。

现在回头再看，你很难不感到好奇：蒂姆的不在场，是否造成了南莫扎特大街那样的局面；姬蒂那死去的妹妹的两个儿子比利·埃亨和杰基·埃亨的到来，是否出于姬蒂需要填补蒂姆不在场的空白；杰克·沃尔什、内尔和萨拉都挤在这栋房子里，以至于快要撑破这栋房子，是否是因为姬蒂欠替她抚养儿子的杰克·沃尔什一份人情，她要用这种方式换取他的守口如瓶，尽管，姬蒂对他们有所不满。你很难不去怀疑：威尔·林奇，被一个沃尔什家族的女人抛弃的人，是否触动了姬蒂，因为她（一个沃尔什家族的女人，被浪荡子抛弃）被迫抛下了自己的儿子。这些疑问，你很难不去想。

　　且不说到底是什么因素促使姬蒂姑妈收留这些人，无论如何，姬蒂姑妈都是南莫扎特大街的顶梁柱。她本可以不必收留这些人。在合众国，她已有六个姐妹和两个弟弟，他们住在芝加哥的南区和西区。特蕾莎·霍利说，在芝加哥，只要天气好，适合野餐，姬蒂姑妈和她的姐妹每到星期日都会聚会，一聚就是很长时间，但那都是过去的美好时光了。如今，她的三位姐妹——莉齐、诺拉和玛丽——俱已谢世；诺拉在私奔后就死了，就剩下了威尔·林奇。另一个姐姐布丽奇特（比）没了丈夫。她的一个弟弟杰克·沃尔什在边境试图进入美利坚合众国时被扣留。当他们把他从加拿大弄到美国时，他又陆陆续续地把他的子女（他的子女甚至都不怎么认识他）也从爱尔兰弄到美国，根本不考虑姬蒂会怎么想。每一次灾难发生，她都提供了避难之地；她为每一位从爱尔兰到美国的人提供了一个避难之地。

　　死神还是降临了，姐妹们也陆续凋零，但家族并没有解散。野餐已只是过去的事情了，但每逢假日，家族还是会聚在一起。萨拉是 11 月到的，她到美国后的第一个假日就是感恩节。在那个节日里，她见到的沃尔什家族的亲戚，比来美国之前见到的都多；她见到了她父亲的哥哥和尚健在的姐妹及他们的家人。威尔·林奇在烤火鸡，但她对那个节日的记忆是，一个个身强力壮的男子进屋，外套和枪都堆在姬蒂姑妈的床上，关于火鸡的记忆反而不多。姬蒂的姐妹大多嫁给了警察。她的姑父们来参加感恩节聚会时，会脱下外套，取下枪和警棍。她记得，当她走到姬蒂的卧室时，看到了满床的枪和警棍。

　　这就是萨拉对感恩节里的芝加哥的印象：枪和南瓜饼。此前她从未吃过南瓜饼。她觉得这是她一生中吃过的最难吃的食物。"太难吃了，"她说，"真是太难吃了。"

在感恩节，姬蒂的弟弟、姐妹、侄子、外甥、侄女、外甥女、姐夫妹夫们围坐在一张桌子旁，南莫扎特大街充满了欢声笑语，不过，他们都走了以后，这栋房子还是显得拥挤不堪。随着人口密度的变化，这种庆祝活动也几乎不搞了。萨拉觉察出，姬蒂姑妈很可能想要摆脱这些亲戚，他们把这栋平房挤得跟爱尔兰的乡间屋舍似的。所有亲戚，也就是说，除了比利·埃亨。他之于她，犹如内尔之于杰克·沃尔什。但姬蒂还是感到必须把他们都收留，因为他们都是同一家族的。她觉得她有帮助他们的义务，要不然，他们还能去哪儿呢？

姬蒂的丈夫托马斯（汤米）就别指望了。在萨拉到美国的那一年，因为酗酒，他丢掉了在芝加哥高架铁路的工作，现在他就更有时间饮酒了。他会把酒瓶藏起来，不让姬蒂看到（也不让威尔·林奇看到，因为威尔也会盯着他的酒瓶）。汤米这个酒鬼虽然蠢了点，但也有些小聪明，他会把酒瓶藏到厕所的水箱里。他在饮酒的时候总是这样，让人们有机会看到他们本没理由看的东西，有机会发现他们根本就没去找的东西。只要厕所冲不了水，萨拉就会检查一下水箱，于是就会发现水箱里放着汤米的酒瓶，导致马桶冲不了水。

但汤米是一个和蔼的酒鬼，心地不坏，有爱尔兰人的机智。"他脾气很好，"萨拉说，"他不得不容忍一屋子全是妻子家族的亲戚，所以他只能脾气好。"

姬蒂提供了避难之所，但南莫扎特大街慢慢地在发生着变化，因为姬蒂本人在慢慢变老。汤米整天醉醺醺的，姬蒂也躺到了床上。姬蒂病了，而且是治不好的那种。她病了一星期，但在星期六的时候，感觉康复了一些。星期六的上午，汤米开着他们的旧雪佛兰汽车带她到六十四街和凯兹大道市集上的杂货店购物。在星期六的晚上九点，她的朋友会过来打牌。他们会一直玩到凌晨。她们是在餐厅里打牌，这就意味着萨拉和内尔睡不成了，除非打牌结束。

她们打牌的时候，还会喝点酒，到了半夜，姬蒂已喝了不少了，于是开始唱歌。她有个好嗓子，而且总是唱同一首歌——《不要把我埋葬在孤独的大草原》（"Bury Me Not on the Lone Prairie"）。每个星期六的晚上，深夜，在芝加哥南区那栋爱尔兰人的房子里，姬蒂会唱道："不要把我埋葬在孤独的大草原，那里只有狼嚎，只有风啸。"在夏天，窗户都是开着的，她的歌声会在街区上空飘荡。姬蒂所知道的大草原和草原狼到底是什么，到最后也不得而知，但当时，这首歌的主题的确是关于死亡的，姬蒂对此应当是知晓一些的。

星期天，在做完弥撒后，姬蒂又生病了。家务活就落到了威尔·林奇、萨拉和内尔的肩上。做饭的任务就全交给威尔·林奇了，因为为了能喝点酒，他会把饭菜烧得很好。不管怎么说，爱尔兰人吃饭时的行为标准是宽容。

在工作日，卡尼（Carney）医生会来，因为他每周都要来。随着时间的流逝，萨拉意识到，在卧床休息、打牌以及狼在孤独的大草原上嚎的时候，姬蒂是真的病了。在卡尼医生轻叩她的肺部时，萨拉在另一个房间看着这一幕。他抽出不少绿色的液体，倒了一玻璃杯。

萨拉在仔细观察。她完全了解了南莫扎特大街的房子，她观察并得出了自己的结论。我想，这是她从孩提时代就形成的特性。当不能直接提出她的疑问时，她就得仔细观察。她希望能理解成人的低语，却不能问他们。在凯里和芝加哥，问题的严重程度是不一样的。问题只能上问下：只能是老人问年轻人，尊者问卑者。问题不能是下问上。

就像在爱尔兰时一样，萨拉在很久以前发生的事情投下的影子中生活。过去不仅仅是记忆；你可以逃离，可以遗忘，但不能彻底消除。姬蒂可以离开蒂姆，甚至或许可以忘掉蒂姆，但紧接着，她的弟弟和侄女出现了，消受着她本应对蒂姆履行的义务，它就像只有她才能看得到的一枚明亮的、耀眼的证章。她能怎么做呢？汤米·奥布赖恩也许对姬蒂的过去一无所知，也许也不想知道，但他同样也生活在过去投射过来的影子里。萨拉也是如此。

对威尔·林奇来说，在萨拉到美国的第一年里，过去的阴影始终挥之不去。威尔·林奇曾是一名木匠。那些工具还在，只是现在归我姨父帕特·奥哈拉了。威尔·林奇是个木匠，他保住了工具，却丢了媳妇。

到 1936 年，威尔·林奇就只是一个醉鬼了。他睡在他大姨姐的房子的阁楼里的床上，阁楼里只有一个灯泡晃来晃去。他饮酒。他把酒瓶藏在床底下。他和汤米的养老金都用来喝酒了，他们不是在小酒馆里喝酒，就是在家里喝，任由患病的姬蒂躺在另一个房间里。萨拉根本不记得他们什么时候清醒过。虽然同为醉鬼，但和汤米不同的是，威尔·林奇并不总是和蔼可亲。我母亲说，他有时很粗野。

但大部分时间里，威尔都是这栋房子里最和气的人。他块头很大，有些笨拙，但很热心。诺拉出走这个魔咒似乎一直伴随着他，但他究竟是想念诺拉还是仅仅因为她离开他去找别的男人而觉得丢脸，恐怕就永远没有答案了。他经常坐到厨房餐桌边，以肘拄桌，把脸埋在双手间，对身边发生的事情浑然不知。

威尔大部分时间都是待在厨房。他学会了烧饭，对爱尔兰人来说，这通常意味着他学会了做苏打面包和水煮土豆。萨拉还记得他在厨房里的样子，那么大的一个人，在所有人的眼里，却变得很小，厨房里的他，悲伤，醉酒，陪伴他的只有面包和他的回忆。

诺拉死于 1936 年，但所有人都说我母亲长得越来越像她。在头一年里，威尔会在厨房等萨拉，那时的萨拉要去马里内洛美容学校上学。等她放学回来，威尔会给她递上茶汤或土豆加卷心菜。如果他没有为她留吃的，她就什么也吃不上了。他会给她讲当天发生的新鲜事。也许，他在萨拉身上看到了诺拉的影子。也许，他是以从未对他前妻那样的体贴对她。也许只是因为萨拉是这栋房子里唯一一个没有目睹他的屈辱史的人吧，有这一条就足够了。

威尔和内尔，而不是这栋房子的其他人，给了萨拉开启在美国的生活的提示。

第二十三章

她们是确定无疑的美国人，而我是个新来的。她们都是美国女孩。

——萨拉

南莫扎特大街让萨拉觉得自己很怪异，觉得自己和别人不一样，但在她父亲送她去马里内洛美容学校之前，她不知道她到底属于哪边，她不知道她对美国的理解是那么少。到马里内洛美容学校学习，萨拉有了任务感。她知道，她必须彻底重塑自我，才能在美国生活下去。

在萨拉来到美国两个星期后，杰克·沃尔什带她到马里内洛美容学校登记入学，学校位于卢普区，在州街的马歇尔·菲尔德百货公司对面。在去学校的路上，他向她介绍了有轨电车的情况。她需要坐有轨电车到六十三街和西街，下车，到街道斜对面，然后再乘坐州街的汽车。在第一个月里，她坐汽车还觉得害怕，但渐渐地，坐车就成了通勤，仅此而已。在从南区来的有轨电车里，她耳听车里的男男女女是怎样交谈的，目睹他们的日常行为，由此也了解了很多东西。

在马里内洛，萨拉一开始与其说是一个学生，不如说是一个挑战。她是现成的"从前"的模样，如此就可以在此基础上打扮成杂志上迷人的美女那样。在她看来，别人眼中的她就是一个无知、愚笨、害羞、胆怯的女孩，她只能寄希望于自身的转变。在马里内洛，她是被嘲笑的对象，也因此成了实验用的小白鼠。上学的头一个月，可以说是折磨期。班上的同学轮流把她的直发卷成卷发。她们还用到了做波浪卷的热铁头；她们笨手笨脚，粗心大意，结果她的脖子和耳朵上都有被烫伤的痕迹。现在的萨拉说，那时的她逐渐掌握了如何让自己美丽动人的化妆过程。

这些学生，也就是这些美国女孩（她至今仍是这样称她们），最后把她打扮得跟贵宾犬似的。她们给她留下了一头永久的卷发。她想，看上去像贵宾犬也不赖，因为其他人也是看上去跟贵宾犬似的。

但是，看上去一样不等于真的一样。"我记得，"她说，"所有这些人，她们都和我不一样。我说一些事情，她们就嘲笑我。我想，她们是在嘲笑我，而不是和我一起笑。我不得不学会很多东西。我没有穿她们那样的衣服。我没有化她们那样的妆。她们是确定无疑的美国人，而我是个新来的。她们都是美国女孩。"

无论是在南莫扎特大街，还是在马里内洛美容学校，萨拉都是被推进来的，她觉得抬不起头，是被奚落的对象，但她耐心地重塑自己：和内尔一起购物，借她的衣服穿，学习，在让其他女人变得更漂亮的同时，她自己也变得更漂亮了。渐渐地，日常生活中的屈辱感和被嘲笑的情形越来越少了。渐渐地，她看起来不一样了，更像一个美国人了。她说话也变得不一样了，纠正自己的发音，去掉爱尔兰的土腔。这些渐变还嫌不够，她决定把让她觉得最丢脸的那个因素给消除掉。

她的名字 Sara 在爱尔兰拼写为 Sarah，末尾是有个字母 h 的。之前我从来不知道这一点。我知道她名字的末字母是 a，我还以为一直以来末尾都是 a。我弟弟史蒂芬注意到她的旧绿卡上有个字母 h。他问为什么她还改自己名字的拼写方式。她解释说，在爱尔兰，h 的发音是 hayche，而不是像在美国那样发 aitch 的音。每当我母亲拼读她的名字时，她都会读成爱尔兰的发音。她不知道英语是怎样发音的。每次她拼读自己的名字时，她们都会嘲笑她。她们要求她跟别人也这样说。就因为名字，她们都要嘲笑她。所以，她要把这个 h 给截掉。她开始用 Sara 来拼写她的名字，没有了 h，这种拼法延续至今。字母 h 这件事是件小事，但标志着一个方向，一段告别爱尔兰、来到美国的轨迹。当她要前行时，如有必要，她会把她身上的一些东西扔掉。

在做出这些改变的过程中，萨拉记得这其中仅有的小小的安慰就是吃的了，零食和甜品。食物都是美式的。"我记得，"她说，"街对面有一家沃尔格林（Walgreen）药店。放学的时候，只要身上有一美元，我就会穿过大街，买一个巧克力酱圣代。这是我吃过的最好吃的东西。我还记得，我还不满足于此。楼下有一家名为杜梅茨（DuMetz）的小咖啡馆，我经常去那儿买我喜欢吃的山核桃派，再加一杯茶。"

课程结束时，萨拉参加了全州美发师和美容师资格考试。在马里内洛，为了备考，她们研究了头皮、头皮上的血管、神经及促使头发生长的其他东西。她是个容易神经高度紧张的人，但最后还是通过了考试。这是她在美国走向成功的第一步。至今她还为此而感到骄傲。

她拿到了在伊利诺伊州从事美发和美容工作的执照。她得到了一份美发师的工作。这个爱尔兰女孩，就在不到一年之前，还因为留着红褐色的直发而被他人嘲笑，如今要为他人美发了。她对此感到厌恶。

当她在卢普区的州街找到了一份做面部护理兼卖化妆品的工作时，她就辞去了美发师的工作。面部护理的工作她觉得更好。谁也不会期待在短时间内就发生很大变化的。她记得，她做这份工作得心应手。做面部护理的工作，更容易取悦这些女顾客。她们经常会给她一些小费。

　　萨拉工作的这家店，店主是一个男人和他的妻子。男人可能是个药剂师，但萨拉越来越怀疑这一点。他自己生产这些面部护肤品。萨拉给女性做面部护理，还卖些护肤品。她工作的地点和她上学的地点在同一栋大楼里。她还是不喜欢这份工作，但现在她只能干这个。

　　生活总是会提供新的生活样式。在爱尔兰，当她还是个小孩子的时候，她是唯一一个把牛奶送到乳品厂的小女孩。她很不喜欢干这个活儿，但她还是干了。后来上学了，这也是她不喜欢的事情，但还是上了。她给希菲家和奥沙利文家干过活儿，是沉闷而枯燥的活计。她很不喜欢这些工作，但她还是干了。她不喜欢美容师的工作，但还会有什么样的工作，让她既能以此过活，又能感到心满意足呢？她不喜欢这样的工作，但她还是干了，赚的钱给了她父亲。虽说有种种不满意的地方，但做美容师还是比给莉拉·希菲干活好得多。

　　说是自卫也好，迫于生计也好，反正不是出于自己的意愿，萨拉学会了芝加哥南区的工人阶级和中下层爱尔兰裔美国人的生活方式。她还是想念爱尔兰，但她已适应了新生活的节奏。

第二十四章

到 1930 年，卡夏的圣丽塔教区有 6000 多人，包括 1400 名在校学生。

——哈里·凯尼格（Harry Koenig），《芝加哥教区史》
（*A History of the Parishes of Chicago*）

在芝加哥的历史上，南莫扎特大街 6420 号基本排不上号，甚至和它一样的地方也悄无声息。芝加哥的历史甚至都不承认南莫扎特大街的存在，尽管和它一样的其他地方多少都会有人提到。但对萨拉来说，芝加哥的存在总是和南莫扎特大街联系在一起。全美国与芝加哥联系在一起。南莫扎特大街是她在美国的起点，也是终点，它就是美国的中心。

南莫扎特大街 6420 号是一栋美式的房子，住起来还是比较舒服的，也比较新，周围都是这样的房子。1915 年 7 月 8 日，芝加哥市颁发了在南莫扎特大街建房的许可证。这栋房子最初的主人是 D. D. 赫伯恩（D. D. Hepburn）。房子的建筑师是 E. N. 布劳克（E. N. Braucher）。除了萨拉，住在这栋房子里的每个人的年龄都比房子的建造时间长。阿哈纳格兰的房子可随时随地建造，爱尔兰的其他农村屋舍也是如此。那里的房子都是手工建造的，往往是孤零零的一栋，即使外观看上去都差不多。但南莫扎特大街6420号只是一长排房屋中的一栋，这排房屋是同时起建的，所有的房屋样式是一样的。

南莫扎特大街位于芝加哥平房带的中心。就在第一次世界大战之前，开发商开始涉足尚未开发的大草原区。到20世纪20年代，掀起了建房的热潮。在芝加哥的远郊，近2万栋平房建起来了。临街的这些又长又窄的房子，就像进港靠岸的船。

南莫扎特大街的这栋房子是建在六十三街之南的第一批房屋中的一栋。在20世纪20年代中期，从地图上可以看出，马凯特（Marquette）公园以南还有大片未开发的土地，而这个公园离南莫扎特大街6420号也就几个街区的距离。正是到了20世纪30年代，沿南莫扎特大街有条小路通往马凯特公园，公园是个很大的开放空间，已不是开放的大草原了，但也不完全是闲置的城市用地。

随着妻子姬蒂的亲戚数量激增，汤米·奥布赖恩把他的这栋位于南莫扎特大街的房子称作"凯里侨地"。这栋房子和凯里的屋舍当然不可同日而语，但据我母亲说，南莫扎特大街不知不觉地就进入了爱尔兰人的海洋中了。她说，每个人都是爱尔兰人。

我听我母亲的。在生活阅历方面，她是专家。在南莫扎特大街6420号的那栋房子里，我没有发言权，因而无从质疑她的记忆，除非这些记忆相互矛盾或与我所知道的事实明显冲突。大多数情况下，我都是充满了好奇。我就这样被她讲的故事所支配。我想听到更多的故事。当她的记忆离开了南莫扎特大街的那栋房子，当她冒险进入爱尔兰人的海洋中时，我开始怀疑了。

在重建我母亲的邻里关系时，我发现，她周围的人只有一少部分是爱尔兰人。在土地普查中，南莫扎特大街的那栋房子是842号土地上的一栋，这是一片狭长的土地，只有几个街区那么宽，位于六十三街之南的西街与凯兹大道之间。1934 年的《社区实况手册》上面记的是：该区域人口为 7089 人，其中过半数是国外出生的（943 人）或父母中至少有一方是国外出生的（2751 人）。842 号土地是芝加哥草地社区的一部分。1930 年的芝加哥草地社区约有 4.7 万人，外国出生的有 1 万人以上，约 3000 人是爱尔兰出生的。在芝加哥草地社区，德国裔的人数比爱尔兰裔的要多，而爱尔兰裔的和立陶宛裔的人数差不多。这个地方并非人人都是爱尔兰人。

但我母亲只知道她所经历过的事情。她所讲的，都是她住过的、还记得的地方的事，而不是普查员记下的虽然完备但隐去了名字的空间里的事。她并不关心发生在她身边的事，她关注的是打动了她的事。萨拉的记忆与普查数字之间的差异，与其说是一个问题，不如说是一个答案。要问的问题是：那些德国裔和立陶宛裔的美国人身上发生了什么事情，以至于他们在萨拉的记忆里淡出、消失了？他们当然都在那里。当她去面包房和商店时，他们就站在她旁边。他们也是街上的人群中的一员，是有轨电车上的乘客。他们也是偶尔说外语的人。她记得，他们甚至就住在紧挨着的那栋房子里，但萨拉从未与他们交谈，他们不是萨拉关注的对象，不是萨拉在私人场合接触的人。他们只是代表了种种可能，但又不可能是。他们只留下微弱的痕迹。他们的名字见诸六十三街的面包房的名字：伊列克（Jilek）的面包店、克尔布尔（Koelbl）的面包店、基尔茨（Kiltz）的面包店和哈特克（Hardtke）的面包店。若非如此，恐怕萨拉都要把它们从邻里名单中清除了。

但是，引起我怀疑的，不仅是我母亲的叙述。我还对我所知道的芝加哥草地社区有所怀疑。我开始怀疑它在 20 世纪 20 年代是否存在，当时芝加哥大学的社会学家刘易斯·沃思（Lewis Wirth）和欧内斯特·W. 伯吉斯（Ernest W. Burgess）带着学生为这个城市的所有社区命名和编号；我开始怀疑它在 30 年代是否存在，当时我母亲就住在那里。在不存在自发形成名字的社区，沃思和伯吉斯给它们编了号，命了名。他们把马凯特公园周围区域命名为芝加哥草地社区。这个社区的编号是 66。但我母亲认识的人当中，没人叫那个地方为芝加哥草地社区，过去如此，现在也这样。我母亲甚至都不记得听过芝加哥草地社区这个名字。人们现在都称那个地方为马凯特公园，但在 20 世纪 30 年代，如果有人问她来自哪里，她会给出一个教区的名字：圣丽塔。

　　芝加哥草地社区这个名称被郑重地记在了《芝加哥实况手册》里，看起来是真实存在的，但这是大学与官僚机构制造出来的名称。他们对那个地方进行了普查，通过把普查结果和统计结果留给历史学家，他们为那个真实的地方制造了一个假象。如果历史学家不够小心翼翼，那么，这些从未存在过的地方就会要了历史学家的命。我可以回溯，得到芝加哥草地社区的族群、居住状况、种族和收入状况的准确统计值，即使芝加哥草地社区不存在，只要有那里的居住者的亲身经历即可。

　　南莫扎特大街是萨拉·沃尔什开启美国生活的起点，为了更好地理解这个地方，我有一个两歧的观点，而我又必须把这两歧的观点合到一个单一的角度。要做到这一点，我就得首先看一下她看到的东西到底是什么。要做到这一点，我必须想象一下，她会选择对哪些东西视而不见或哪些东西隐匿起来了。但要找到隐匿起来的东西，我手上只有一个被创造出来的地方的真实数字——那个地方包括她曾居住、活动的空间。对于南莫扎特大街的其他意义，我只能重建。

萨拉刚到芝加哥时，南莫扎特大街只是她姑妈、姑父、父亲及姐姐住的地方。她也去不了美国其他地方，美国其他地方的条件都无法与这个地方相比。但对汤米·奥布赖恩和姬蒂·奥布赖恩及他们的邻居来说，南莫扎特大街代表了成就，代表了他们一生中最有价值但也最脆弱的成就。他们不仅住在南莫扎特大街，而且还有自己的房子。南莫扎特大街是移民及移民的子女展示他们来之不易的体面的地方。收入稳定的下层中产阶级和上层工人阶级家庭都在那儿。与芝加哥其他地方相比，南莫扎特大街街区的房租要高于平均水平，每月从37美元到44美元不等。这里没有穷人，但大萧条对他们影响太大了。对有自己家的人来说，在1930年至1934年之间，房子的价值下跌了近40%，房价均值从9100美元跌至5600美元。尽管在20世纪30年代，萨拉所在街区的这些房子大部分都是租的，但里面的住户还是想要通过奋斗把房子变成自己的。正如历史学家慢慢意识到的，在像芝加哥这样的城市里，拥有自己的房子，与其说是美国人的梦想，不如说是天主教移民的梦想。

这些家庭要白手起家，为获得某种安全感和能看到希望而奋斗，但萨拉作为十几岁的少女，她还没意识到这一点。比起她所知道的任何东西，南莫扎特大街的人更像是匆匆过客。1934年，南莫扎特大街附近街区大约有四分之一的人住在这里的时间不超过一年。这些家庭都在找家，只要他们有了自己的不动产，他们就有可能留在那里。在萨拉所在的街区，以及普查时编号为842号的那个地方，只有不到一半的人拥有自己的房子。但在紧邻她的街区的其他街区，大部分居住者就是房主。到 1940 年的时候，六十三街以南和加利福尼亚大道以西的街区的大部分人已在那里住了一二十年了。

按照美国的标准，这是一个很多人扎根的地方。但萨拉来自北凯里，家家户户都是世代扎根在那里，尽管那里的家家户户把孩子撒出去就像树木落下叶子一样。一二十年不算什么。她出生在她父亲当年出生的房子里，在她父亲之前，她的祖母也出生在那座房子里。在芝加哥，她所住的房子，其"房龄"甚至还不如她的年龄大。

所有这一切，我能从普查结果和实况手册中推测出，但我无法复原出更多的信息。欧内斯特·W. 伯吉斯和他的芝加哥大学社会学专业的学生在 20 世纪二三十年代为这座城市编制目录。他们很可能把芝加哥弄成了最具研究价值的美国大城市。诚然，他们没有意识到他们所做的事情意味着什么，但他们却成了城市病理学家。他们想要把它治好，所以他们就去找病源或他们所认为的病源。他们找到了城市之病：不法行为、酒和舞厅。现在回头看他们的材料——已出版的专著和学生的论文——就好像是看到医生在找毒瘤，并建议切除毒瘤。

芝加哥草地社区不符合他们的病理学标准。社会学家制定出了标准，划定了边界，测量了社会参数，但他们忽视了芝加哥草地社区和生活在那里的人们。那里的居民都是移民和移民的子女，但他们不是怪物，不是爱惹是生非的人，不是心怀不满的人，因而无法激起社会学家的兴趣。社会学家不会关注他们所称的芝加哥草地社区。他们关注的是"后院"（Back-of-the Yards）或者说是"黑人地带"（Black Belt）。

南莫扎特大街只是对我母亲以及成千上万像我母亲那样在异地开启新生活的人来说显得充满了异国情调，但同时，南莫扎特大街也是让人觉得极为熟悉亲切的地方。单单这些姓氏就足以使南区给人以熟悉之感。单单这些姓氏就点出并强化了这两个完全不同的地方之间的联系，因为萨拉在芝加哥认识的人的姓氏与萨拉在凯里郡认识的人的姓氏一样。这些姓氏如影随形，挥之不去。就好像是凯里郡散开后遍布了芝加哥，从某种程度说，的确是这样。就在历时十年的马铃薯饥荒过后，在 1852 年，芝加哥也刚刚得到发展，英国人就对阿哈纳格兰及周边地区的镇子所在的伊拉格蒂康纳男爵领地的阿加瓦伦教区进行了普查。他们所记下的很多姓氏是亲戚已经死去或不见了的人的姓氏。这些姓氏属于生活在饥荒过后的恐怖环境中的人。为了逃离那种恐怖及随之而来的种种问题，他们把这些姓氏移到了芝加哥。

人死了，但姓氏还在。萨拉在芝加哥认识的人和在爱尔兰认识的人有相同的姓氏。马尔维希尔家族的人是她的教父母，而其中的一个姓马尔维希尔的人在芝加哥娶了姑妈比（布丽奇特）。1852 年，爱尔兰的普查中有迈克尔·林奇、帕特里克·林奇和蒂莫西·林奇，他们在饥荒过后的几年里的生活很可能比威尔·林奇的生活还要惨，威尔·林奇有他的憾事，只是南莫扎特大街的醉鬼而已。他有房子和花园，不管怎么说，他还能值上 1 英镑。在巴利林西部，紧挨着另一个姓马尔维希尔的人，有一个叫丹尼尔·埃亨的人，和佃农一样穷，有一个叫约翰·沃尔什的人租了 100 英亩以上的土地。这些人与萨拉在芝加哥认识的人很可能祖上有血缘关系。当然，也可能是姓氏恰好相同而已。但姓氏就是这样。

这些姓氏在巴利朗福德仍然存在，在芝加哥也有这些姓氏。有这些姓氏的人，要么是邻居或姻亲，要么是朋友或仇人。爱尔兰佃农成了"条子"，租地农场主的儿子从事有轨电车的维修工作，但相同的姓氏一再在故事里出现。现在，立陶宛的姓氏、德国的姓氏、意大利的姓氏、美国的姓氏以及爱尔兰其他地方的姓氏围绕这些凯里人的姓氏，织成了家庭网和朋友圈，织成了萨拉所经历的关系网络。

萨拉是爱尔兰人。实际上，她所认识的每个人都是爱尔兰人或父母是在爱尔兰出生的。但这种爱尔兰标签看起来是他们身上最明显的特征，是他们生活中最关键的因素，实际上是很令人费解的。他们在美国所过的生活，和在爱尔兰的生活一点也不像。在爱尔兰的爱尔兰人知道这一点，总是把他们称为美国佬。他们过着美国人的生活，但由于他们是爱尔兰人，他们还是认为自己与其他美国人是有区别的。

萨拉说，她记得除了意大利人，这里的每个人都是爱尔兰人。"意大利人和我们不一样。"她是这样跟我说的。当我问到怎么不一样的时候，我母亲说："他们庆祝感恩节的方式不一样。"

在 1936 年之前，萨拉从未见识过感恩节，还有，在此之前她也从未见过一个意大利人。美国给了她见识感恩节和意大利人的机会，不消说，她把两者做了关联。爱尔兰人和意大利人庆祝这个美国节日的方式的差异，是十足的美国式的理解。在美国，人人都会做同一件事情，但做事的方式不同。萨拉承认自己与意大利人不一样，也与卢普区的女孩（她指的是美国的女孩）不一样，她是爱尔兰裔的美国人。

我不知道爱尔兰人的感恩节是怎么过的，我只知道爱尔兰人很快地乃至本能地意识到这个节日里必定有根块类蔬菜。我小的时候从未见过芜菁或欧洲萝卜，除非是在感恩节。这些蔬菜能上餐桌，我猜想，与其说是为了纪念清教徒前辈移民到美洲，不如说是为了纪念我母亲到达美国。她摆上的这些食材，是她到美国后的第一个 11 月及此后每年的 11 月都见过的食物。在我的孩提时代，每逢感恩节，都会见到这些食材，这些食材被放到碗里捣碎，作为圣餐供奉，只是每个人都不把这个当回事，除了我弟弟戴维，这家伙小时候什么都尝过，就连蘸了芥末的香蕉都尝过。我猜想，意大利人的感恩节里应该没有芜菁。

在爱尔兰，萨拉当然自带爱尔兰特征。对于像爱尔兰语和上学这样强制和强加的民族主义，她表现出了抗拒，因为这些东西与她所认识的爱尔兰（阿哈纳格兰和巴利朗福德）格格不入。但在芝加哥，爱尔兰特征得到了进一步的养成，即使这种特征的养成标志着养成者本人越来越美国化。这是美国族群的一个很大的自相矛盾的现象，过去如此，现在也是这样。你看上去是在庆祝你故乡的节日，但实际上是在强调你现在的身份——一个美国人或者说一个美国佬。

建立爱尔兰国（不管是比喻还是字面含义），一直是爱尔兰裔美国人念兹在兹的一个计划。爱尔兰的民族主义反而在美国得到了很好的体现。例如，通过惩罚英国（爱尔兰的死对头），这提供了一个纠正移民离境过程中的不公正现象的机会，因为每个移民都会感受到这种痛苦。本来是答应要回到一个自由的爱尔兰国，但颇为悖谬的是，这反而让他们形成了真正的美国认同。爱尔兰人移民到美国，是为了使爱尔兰获得自由。爱尔兰裔美国人组织起来了，组成了俱乐部，这些俱乐部很快就服务于美国的目标，宣传美国的理念和价值。他们越是强调自身的爱尔兰特征，就越像美国人。族群特征总是通往美国特质的捷径。

当然，到了 20 世纪 30 年代，除了阿尔斯特（Ulster），爱尔兰已经获得自由，在芝加哥的爱尔兰裔美国人俱乐部将工作重心转移到了保护爱尔兰传统上。他们一般在夏季搞一次活动。活动包括野餐。在每年 7 月末，盖尔人文化艺术节协会会在七十四街和阿伯丁大街的什里布里奇（Shrewbridge）公园举行塔拉（Tara）文化艺术节。活动内容主要有爱尔兰音乐、爱尔兰歌曲和爱尔兰舞蹈。在我母亲待在芝加哥的那些年里，从 20 世纪 30 年代开始，每年的 8 月中旬都会举行"爱尔兰日"的活动。8 月 15 日是爱尔兰的宗教节日"圣母升天节"（Lady's Day），在 20 世纪 30 年代成了在芝加哥河景公园（Riverview Park）举行的族群节日。届时将会产生一名爱尔兰小姐，还有健康宝宝、音乐和舞蹈大赛。还有爱尔兰的体育活动，南区的爱尔兰人与北区的爱尔兰人对抗。1937 年还举行了爱尔兰队与德国队的拔河比赛。1938 年，据组织者估计，有三万人参加了活动。

要想成为爱尔兰小姐，得是像内尔这样已成为美国美女的才有资格。爱尔兰特质在那些已被视为"美国式的成功案例"的人身上得到了表达，这种表达既是有形的，又是一种象征。

这种被创造出来的传统与美国的日常活动的结合，这种爱尔兰的过去与美国的当下的结合，是很有代表性的。爱尔兰人古礼协会（Ancient Order of Hibernians）会在每月举行的圣丽塔的哥伦布骑士（Knights of Columbus）的聚会上对新成员进行指导，他们还在每年的 8 月 1 日举行野餐活动。他们还把棒球比赛与爱尔兰踢踏舞、美国的四人组转圈舞混在一起。

"爱尔兰日"、盖尔人文化艺术节和爱尔兰人古礼协会的重点不在于参加者是爱尔兰人，而在于参加者是某类美国人，即爱尔兰裔美国人。杰克·沃尔什的内心深处仍深信他只是一个客居者，一个离开了自己的国家而又想回去的人，所以他从来就没有加入爱尔兰人古礼协会，也不会有兴趣去看爱尔兰裔美国人的体育活动。

和在芝加哥的其他人一样，只要场合需要，萨拉的美国姑父和姑母们在情感上也是爱尔兰人。但和她父亲不一样的是，他们并不拥有爱尔兰的农场，不会被爱尔兰所牵制。他们知道，真正的爱尔兰裔美国人的传统如今只存在于天主教教堂和民主党那里。他们专注于警察、民主党、法院等爱尔兰特质已极为明显的美国人的组织，对爱尔兰裔美国人举行的体现了美国性（Americanness）的活动给予资金支持。

爱尔兰裔美国人的政治家在情感上自然是忠诚于爱尔兰，但这种情感服务于爱尔兰的目标，也服务于美国的目标。爱尔兰裔美国人在援助爱尔兰时很慷慨大方，为了爱尔兰的独立，他们提供了数以百万计的美元。但他们在做这件事的时候，如果没有与他们所援助的爱尔兰人发生龃龉，这也是不寻常的。复活节起义的英雄、后来的爱尔兰共和国总统埃蒙·德·瓦莱拉（Eamon De Valera）出生在布鲁克林，在利默里克长大。他想方设法地把美国的钱引导到爱尔兰的事业上，但他遇到的很多人目标和他并不一致。他的美国支持者也多是爱尔兰出生的，但已在美国生儿育女，过上了美国式的生活。这些爱尔兰裔美国人支持爱尔兰的反抗运动，但他们将自由的爱尔兰与他们在美国的地位联系起来。他们想要成为有影响力的美国人，他们希望自己所关注的事情能被美国政府注意到。即使在革命的高潮时期，即1919—1920年，德·瓦莱拉还在同美国的"爱尔兰自由之友"（Friends of Irish Freedom）的领导人争吵；"爱尔兰自由之友"为爱尔兰的反抗运动提供资金，该组织控制着筹集来的、用于解放爱尔兰的资金。

爱尔兰裔美国人的政治观点彻底扭转了我母亲小时候就知道的爱尔兰人的政治观点——在爱尔兰的革命时期，我母亲还是个小孩子。

她的美国姑父们本身就是警察，他们也捐钱了，目的是让爱尔兰的警察遭到伏击、射杀。爱尔兰裔美国人的政治观点就是确保那个地方有稳定的秩序，但萨拉的亲戚们把钱给了志在推翻现有秩序的爱尔兰的男男女女。爱尔兰裔美国人的政治观点是严肃的，但人们不会为这种政治观点而慷慨赴死。在萨拉的爱尔兰，人们会为他们的政治观点而慷慨赴死。

　　萨拉一开始并不理解她的姑父和姑母们的政治观点，但教堂就熟悉多了。每到星期日，她和内尔都会起得很晚，然后去卡夏的圣丽塔做弥撒。卡夏的圣丽塔是西南区的总教区。该教区始于奥古斯丁布道团（Augustinian mission），在街上还没建成一排排的平房时，甚至还没有街道的时候，它就在了。当奥古斯丁教士们组建了布道团时，这里仅有七户天主教家庭。越来越多的家庭搬离了"臭区"。所谓"臭区"，是指食品加工厂和饲养场的工人住的地方，其街区也被称为"后院"。这一变化，彻底改变了布道团。圣丽塔教区发展迅速，新的教区不断增多。

　　圣丽塔教区发散出去的教区也围绕着圣丽塔教区发展起来了。有一些教区是区域性的，如圣查斯丁（St. Justin Martyr）教区和圣阿德里安（St. Adrian）教区，它们包括曾经归属圣丽塔教区的区域。还有一些教区是所谓的国家教区，由单一的族群构成。到1927年，立陶宛人有了自己的教区——位于六十九街和沃什特瑙（Washtenaw）大街的"圣母玛利亚降生"（Nativity of the Blessed Virgin Mary）教区。在这里布道用的都是立陶宛语。到1936年，芝加哥超过一半的天主教教徒都在国家教区，而萨拉正是在这一年来到了这座城市。

西南区的增长太快了，以至于圣丽塔教区一直在扩张，哪怕这些新的教区从圣丽塔分了出去。在 20 世纪 30 年代，圣丽塔教区的教徒已达 6000 人，大多数是意大利裔、德裔、爱尔兰裔以及本土出生的美国人。教区有一个大教堂，位于六十三街和费尔菲尔德（Fairfield）街交叉的地方。教区还拥有自己的学校，由圣多米尼克（St. Dominic）的修女负责学校的事务。

爱尔兰出生的和爱尔兰裔美国人出身的神职人员很可能占据了教区里的较高层级，但这是美国的天主教教堂。教堂的组织是高效的，是不断向外扩展的。圣丽塔教区为教徒提供服务。教区拥有价值不菲的地产，在社区修建了最为夺目的大楼。1905 年，奥古斯丁教团教士们筹建大学、修道院和教堂。奥古斯丁教团教士们不得不收敛他们的雄心——大学变成了圣丽塔高中——但教区一直在发展。1916 年，教堂建起来了，文法小学也建起来了。此后，教区里的教堂和学校也快速多了起来。1923 年，又一座教堂建起来了。1926 年建了一座女修道院，1927 年建了一所新学校。老旧的学校被改造成体育馆。所有这些砖石建筑和灰浆无不在向世人展示美国的声望，这是它的教徒所看重的声望。就在萨拉到来之前，詹姆斯·格林（James Green）神父死了。在教堂建立伊始，他就一直是这里的神父。他的死上了《西南区新闻报》（*The Southwest News*）的头版新闻。市长爱德华·J.凯利（Edward J. Kelly）和"各行各业的朋友"都参加了他的葬礼。接替他职位的是帕特里克·基欧（Patrick Kehoe）神父。教堂以及教堂里的爱尔兰神父，市政厅及市政厅里的爱尔兰裔政治家，是爱尔兰裔美国人的精神支柱，即使在 20 世纪 30 年代，爱尔兰裔美国人在芝加哥天主教徒和投票人中的占比都越来越小。

尽管教区的领袖是爱尔兰人，但圣丽塔却不是。卡夏在意大利，被带到芝加哥的圣丽塔表现出这座美国教堂的另一面：神秘且似乎有魔力。圣丽塔创造奇迹。在萨拉住在芝加哥的那几年里，圣丽塔每年都创造圣迹。爱尔兰的圣井里当然有种种圣迹，但那里的圣徒只属于那个地方。在美国，就连圣徒也都是移民。

当然，卡夏的圣丽塔已死。她死于15世纪，但她确实来到了芝加哥。天主教讲究存放遗物：遗骨及身体的其他部位。奥古斯丁教士团的神父不仅用她的名字为教区命名，还把她的一块遗骨放到金子做的圣骨盒里，每逢她的宗教节日就拿出来展示一下。

《西南区新闻报》有时会刊登有关圣丽塔生前事迹的文章。萨拉到美国后的第一个春天，1937年4月，《西南区新闻报》刊登了这方面的文章；为纪念圣丽塔举行了连续九天的祷告，活动从5月13日开始，到她的节日——5月22日结束，在这一天，向大家分发了祝福玫瑰。我猜想，圣丽塔的故事来自《圣徒列传》(*The Lives of the Saints*)。《西南区新闻报》的报道就援引了《圣徒列传》的内容："圣丽塔于1381年生于意大利翁布里亚省罗卡波伦纳 (Rocca Porena) 镇，父母年纪很大，是虔诚的教徒。"

圣丽塔生活艰辛。12岁的时候，她加入了修会，决定献身事主，想以此找到"潜修者护持"。但她的父母要她嫁给保罗·费迪南多 (Paolo Ferdinando)，一个"闷闷不乐、喜怒无常的男子"。

这可不是一桩好姻缘，但圣丽塔对此是逆来顺受。"18年来，她像暴风雪中的巨人，婚后的生活里，她独自承受这伤痛，她平静地做出了一个决定：沉重的枷锁可以压弯她的头，但终会苦尽甘来。"

上帝终于来救她了。上帝打动了费迪南多的心，使他良心发现。费迪南多流下了"悔悟的眼泪。没过多久，他就被人暗杀了"。这是天主教讲故事的方式。上帝让你变好，然后你就被杀了。这很令人费解。还不止于此，"在一年之内，她的两个儿子也死了"。

那时她 35 岁了，成了寡妇，她想加入卡夏的奥古斯丁修女的女修道院，前后申请了三次，都没有被接纳，但"由于奇迹的作用，她最终被接纳了"。她死于 1457 年 5 月 22 日。

芝加哥的很多地方都流传着她的故事。她嫁给了"闷闷不乐、喜怒无常的男子"，"独自承受婚后生活的苦痛"，她爱着的人突然死去：这样的故事内容已经很多了，以至于在 20 世纪 30 年代，在教堂祷告的妇女都知道。圣丽塔通过忍受和"奇迹的作用"实现了她的愿望。这就是圣丽塔带给芝加哥的东西：忍受和"奇迹的作用"。

1936 年，在为纪念她举行的连续九天的祷告期间，她批准了四百多份祈愿。到 1938 年，"由于她的代为祈祷，上帝的眷顾和出现的奇迹太多了"，以至于她"在南区的圣地"吸引了整个芝加哥的人。不仅那年春天连续九天的祷告，圣诞节之前连续九天的祷告也是如此。他们是为了"神奇的治疗效果和不同寻常的帮助"。最不济，他们会得到一束特别的祝福玫瑰和卡夏的圣徒的袖珍雕像。

到 1938 年，教区每天都做五次敬拜，每次都有专门的九连祷祈祷者：一遍《玫瑰经》、一次连祷、一次布道、一次圣餐的赐福祈祷和一次遗骨敬奉。5 月 17 日，他们还举行了庄严的游行，列队抬着装有她遗骨的金圣骨盒。人们来了，开始祈祷。病者愈，心愿遂，奇迹现，南莫扎特大街各个街区都有此效。

但当我问我母亲关于圣丽塔教区、奇迹、圣徒的艰辛生活等问题时，她感到很惊讶。她去圣丽塔教区做弥撒。她参加了九连祷，但她不知道圣丽塔是何许人也。"但是你去参加了她的九连祷啊，"我说，"如果你不知道圣丽塔的事情，那为什么还要去那里？"

"我们是爱尔兰女孩。"她不耐烦地告诉我，"那是爱尔兰女孩应当做的。我们去做连续九天的祷告。"

第二十五章

她会在舞厅里转上二十圈，在边上飞来飞去。

——帕特·奥哈拉谈及萨拉在 20 世纪 30 年代跳舞时的情形

在芝加哥期间，萨拉很早就意识到，除非有重大的或预料之外的变化，否则她在那里的工作生活将不会有什么结果。她充分注意这个问题，确保自己挣的薪水能交给父亲，一分不多，一分不少。早上，她会找别的理由起床。对于未来，她还在找其他的方向。但其他的方向，可选择的终究不多。

她很快就 20 岁了。她已不再是那个刚走下"拉科尼亚"号的小姑娘了。和内尔一样，她也变漂亮了。我记得，我曾意识到我母亲是个漂亮的女性。这种意识，实际上出现了两次。现在回想起来，我曾承认她的确很美。那是我在翻看家庭照片时，看到一张她在加利福尼亚州的卡梅尔（Carmel）的沙滩上的照片。我认出了她，但那一刻就好像是我第一次在看她。照片里的她很年轻，很高兴。她看上去光彩照人。20 世纪 50 年代后期，我们搬到了加利福尼亚，最终在圣费尔南多谷（San Fernando Valley）安家，我还记得她坐在客厅里的样子。那是在 20 世纪 60 年代初，我还是个少年，那时的她已届不惑之年。万事不顺，未见否极。我看见她坐在椅子上，就在那一刻，我意识到，她还是那么美。我当时说了几句话，也可能是我父亲或我弟弟说的。我母亲则既没有感到不好意思，也没有否定。这就是我意识到我母亲的美的片刻，当然这远非全部。

她学会了驻颜之术。那本来就是她的工作内容。内尔也尽心尽力地教萨拉，告诉她在不上班的时候，就应钻研驻颜之术。萨拉与内尔一起去六十三街和霍尔斯特德大街购物。商铺里的店员都认识内尔。她差不多每个周末都要去那里。有轨电车、高架铁路在那里交会，这个交会之地成了芝加哥仅次于卢普区的一个零售区。星期六的晚上，内尔在基尔茨的面包店里拿到自己的薪水后，就和萨拉一起乘坐有轨电车到六十三街，再到霍尔斯特德大街。我母亲曾跟我讲："不管你信不信，内尔就是打扮入时。"

内尔可以买衣服，但萨拉不能，因为内尔有钱，我母亲没有钱。实际上，萨拉挣的所有薪水都交给了她父亲，用于支付她的食宿费用。内尔挣得多，存得也多，此外，基尔茨面包店离南莫扎特大街仅有数个街区，这样她就省下了车费。虽然有轨电车每次仅需 7 美分，一天下来也就 14 美分，但几年下来，这笔费用也不是个小数目。

与巴利朗福德相比，六十三街和霍尔斯特德大街就是一个令人啧啧称奇的地方。在恩格尔伍德，头顶是高架铁路，列车常常呼啸而过，街道中间是有轨电车的轨道，但最多见的还是汽车。汽车都严格停在路边，有时是并排停车。大部分建筑是 20 世纪早期不那么起眼的三到四层的砖结构的楼房，不过，在霍尔斯特德大街和加菲尔德街也有伯恩（Byrne）大厦这样占了整个街区的五层大楼。但总的来说，这个区是"身穿乞丐服的百万富翁"（《芝加哥每日新闻报》语）。但就连这些不起眼的建筑也有遮阳棚，为人行道提供了阴凉，而且每家店铺的遮阳棚上方都有伸到街上的霓虹灯广告招牌。这些街灯造型漂亮，灯光柔和。每个灯上面都有四个球状物，上面还有一个类似花朵的装饰。

在20世纪20年代的鼎盛期，霍尔斯特德大街既有连锁商店，又有专卖店。当然，还有克力司吉（Kresge）百货公司和沃尔格林药店，此外，还有女帽制作商铺、缝纫用品店、披风制作商铺——当然，这些术语现在已成老古董了。20世纪30年代的大萧条让这些店铺损失惨重。1930年内尔刚开始在那儿购物的时候，从六十三街到六十五街，专卖店可谓栉比鳞次。布莱克（Black）的女帽制作商铺就位于莫里斯·希肯（Morris Siecan）的店铺旁边，后者竖着巨大的电子招牌，上面写着"披风"。但在20世纪30年代中期，该区仍能见到生活的气息。西尔斯百货公司（Sears, Roebuck & Co.）买下了贝克-瑞安大厦（Becker-Ryan Building）及毗邻的六十三街和霍尔斯特德大街的地产，建造了一座全新的、价值150万美元的大百货商店。巴利朗福德有史以来的所有商品加起来，也仅能填满这个百货商店的一个角落。和大多数美国人一样，1936年的萨拉与这些琳琅满目的商品还不会有直接的关系，但商品就在那里，既展示给她，又把她拒之门外。这些店铺教给人们如何购物。内尔指导萨拉如何购物，如何买到她想要的东西。

萨拉想要让自己显得漂亮一些，想要让自己穿得好看一些，她还想玩得尽兴。她每周日都会和内尔一起去跳爱尔兰舞。萨拉在凯里时就学会了这些舞，是跟她的表妹丹尼·霍利学的。她喜欢跳舞，她每次都是跳个够。我姨父帕特说："她会在舞厅里转上二十圈，在边上飞来飞去。"跳舞活动一般都在南区和西区的舞厅举行。

　　帕特·奥哈拉来自梅奥（Mayo）郡，年长内尔几岁。他先是去了英国，然后在大萧条到来之前来到了美国。他在铁路上干了不长时间，克瑞（Crane）钢铁公司招人时，他就辞掉了铁路上的工作，因为该公司声誉较好。他不大好动，说话温和，但爱开玩笑。和萨拉一样，帕特也在观察美国。他记忆力惊人。他记得很多东西，而且记得细节。

　　帕特如今已八十多岁了，讲话时仍带有浓厚的爱尔兰土腔。他还记得他遇见内尔和萨拉的那个晚上。地点是五十二街和霍尔斯特德大街坎农（Cannon）的店铺。那是一个星期天。爱尔兰舞舞会都在星期天举办。夏天的时候，她们就在米尔体育馆，体育馆有个大看台。在冬天、春天和秋天，她们就会去坎农的店铺，或者去六十四街和霍尔斯特德大街的舞厅、四十七街和大湖公园（Lake Park）的舞厅，或西区的舞厅，如弗林舞厅。

　　但那天晚上，她们去的是坎农的店铺，因为帕特记得马特·沃尔什（Matt Walsh，他和萨拉没有任何亲缘关系）也在那里。马特·沃尔什在那里与艾琳·马登（Eileen Madden）约会。艾琳·马登是个块头很大的女人，大到数年后我母亲一看到电视上的足球教练兼节目主持人约翰·马登（John Madden）就会联想她和约翰·马登是不是亲戚。当帕特取外套准备离开的时候，他看到了马特·沃尔什和艾琳·马登以及我母亲和内尔。马特·沃尔什正要把她们三个都送回家。"你好，"帕特说，"你把她们三个都送回家了，而我一个都没有。"

　　当时快到夏天了，因为下一个周末，他们又在米尔体育馆相遇了。萨拉和内尔在那里。六十年后，我母亲跟帕特开玩笑说，还是内尔更漂亮。"你会注意到，他根本就看不上我。"萨拉说道。

"当时吧，我觉得你们俩都可以。"帕特说道。

萨拉笑了起来。

"那里还有一个姓科尔曼（Coleman）的家伙，"帕特说，"和她们在一起。你知道，我就根本不知道谁是谁，我只好四处打听。"

科尔曼看上了萨拉。他们处了一段时间。萨拉并不谈论他。他给了她一块表。在一次吵架后，怒气冲冲的萨拉把表扔到了水里。内尔把表捡了回来，还给了科尔曼。

因为这个，帕特遇到了内尔。他开车把内尔和萨拉送回家。"当时我可是紧盯着我姐姐呢。"如今的萨拉告诉帕特。萨拉和内尔所认识的人当中，没几个人有小汽车。

下一个周一，帕特在修他的车。当他讲这个故事的时候，他觉得有些吃惊的是，周一的时候他还在家里。帕特很注意细节，但他记不得为什么他那天在家里。他需要买个汽车的零件。他去了六十三街和加利福尼亚大道的汽车零部件商店。那个时候，他还和他姐姐一起住在五十二街和桑加蒙街。他得经过好几家汽车零部件商店才能到达六十三街和加利福尼亚大道的那家。但是，这家汽车零部件商店正好挨着基尔茨面包店，当时内尔就在那里上班。

买到零件后，他到了面包店。"只有她自己在店里，穿着一身白色的衣服。"他说。他走到店门口，正在装点蛋糕的内尔看到他了。她走到门口和他交谈。这是二人交往的开端。一年半后，帕特成了内尔的丈夫。他也是萨拉在芝加哥最好的朋友。

但帕特和科尔曼（他的表被我母亲扔到水里）泄露了其他问题。在爱尔兰裔美国人的家庭里，你不可能听到有关性的故事。在写本书的过程中，在一次演讲中，我描述了我想做的事情。听众中的一名传记作家问我是否想讨论性的问题。我跟他讲，我母亲是爱尔兰的天主教教徒。爱尔兰的天主教是不会谈论有关性的话题的。当然，我母亲的故事和她自己的描述，只能导向宽泛意义上的涉性的话题：跳舞、美丽和男友。

但在 20 世纪二三十年代的芝加哥，跳舞，特别是舞厅，简直是性的同义词，至少在社会改革者看来是这样。我母亲明确表示她从未到过舞厅，那不是跳爱尔兰舞的地方。

然而，欧内斯特·伯吉斯和他的芝加哥大学的学生却对研究跳舞十分感兴趣，就像今天的人热衷于研究可卡因馆和半裸俱乐部。这些地方是误入歧途者的渊薮，这些地方是犯罪的地方，这些地方仿佛是让整个社会感染病毒的地方。

帕特·奥哈拉说，他偶尔去舞厅。芝加哥大学档案馆里的一篇本科生论文研究的就是他去过的一家舞厅——那个被称为"盖尔公园"的舞厅。这篇佚名的论文写于 20 世纪 20 年代末。这名本科生被"盖尔公园"深深吸引，当然也惊骇不已。萨拉都不记得听说过盖尔公园。舞厅位于她的世界的边缘，但她所认识的男性却从此穿过。这是马尔维希尔家的男孩子和比利·埃亨以及有时候的帕特等人的故事的背景。这是社会学家得以观察西南区的男男女女的生活的透镜。

这位本科生因他的所见及观察的方式，进入了我母亲的故事里。他对年轻移民和移民子女的生活有他的观点，认为他们的生活是对道德约束的不满，跳舞对他们来说显然是有吸引力的，他们尽量表现出他们对跳舞是理解的。这位本科生研究的是人。既然这样，他所研究的人里面，可能有我的亲人或我母亲所认识的人。他向我这个同样也是研究人的人所展示的，是被研究者所遭受的屈辱。

我猜这位本科生应该是荷兰加尔文派教徒的孩子。他来自密歇根州。他说他"出生于、成长于正统的神父的家庭，在这样的家庭里，跳舞是不可以的"。但在芝加哥大学，他学会了跳舞。他带女孩子跳舞。他发现，跳舞的时候"有一种被抛掉的感觉，这种感觉会带来愉悦"。他由此变成了一个跟清教徒式的过去彻底决裂的年轻人。他逐渐体会到，"当你迷上跳舞，并以正确的态度看待的话，那么，跳舞是能给人带来愉悦的体验的"。

盖尔公园里的人可没有正确的态度。这位本科生尽量做到公正看待。他们的行为"或许是他们所属的文化群体的社会习俗和传统的正常展示"。他的观察远不止于此。他认为，他自己想要"通过研究中观察到的行为得到某些发现"，所以他的解释不免受此影响。换言之，他想把他所看到的定位为跳舞是一种不受约束的性行为，但"就每个人的愿望的实现程度而言，他会感受到一种奇怪的约束，会有一种心有余而力不足的感觉"。这位本科生把许多偏见带到了盖尔公园。

盖尔公园是一个露天的看台，距六十三街仅数英里远。公园位于"后院"，在加利福尼亚大道和西四十七街的角落里。住在南莫扎特大街的很多人都来自盖尔公园。盖尔公园是过去的一部分，但这个过去，恰是住在南莫扎特大街附近的老人想要忘在脑后的过去。但有时，他们的儿女会把他们想要尽量忘掉的东西给找回来。在20世纪30年代的时候，我姨父帕特有时也去盖尔公园，那时他还没有遇见内尔。他还记得，那时的公园里已有三个看台了。有一次，他翻过松了的栅栏板偷偷闯进去了，结果进去的时候，发现一个"条子"站在他面前。他向右退，跑了出去。帕特还没有意识到盖尔公园是个充满了危险的地方，甚至是个名声不好的地方。也许是从20世纪20年代末开始发生了变化吧，那个本科生就是在那个时候进去的。

盖尔公园的出现，正是平房地带在芝加哥西区和南区大量涌现的时候。爱尔兰人体育俱乐部建造了该公园，所谓俱乐部，其实是个街头帮派，只是这个帮派势头很大，也有些狂妄。这个独立的帮派曾隶属于拉根帮（Ragen's Colts），也可能是希尔德（Shielder）家族的。这两个帮派都是政治帮派，与爱尔兰南区基层选区的政治利益有关系。

托马斯·菲尔波特（Thomas Philpott）记下了这些政治帮派的部分历史。选区的大人物们拉起了未成年人的帮派，这些帮派的重要目标是争取资金，从而获得属于他们自己的空间，变成体育俱乐部。在俱乐部会所里，他们就可以抽烟、喝酒、赌博、无所事事。他们可以举办只有男人参加的聚会，他们可以集体与一个女孩发生性关系，不管她愿意（愿意的话，就是"群交"，他们称之为"床垫聚会"）还是不愿意（不愿意的话，就是"轮奸"）。弗兰克·拉根（Frank Ragen）是库克县的行政长官，也是拉根帮的赞助人。他为拉根帮在霍尔斯特德大街建了一座临街铺面，名字叫"拉根体育俱乐部"。他们散发他的传单，张贴他的标语；有时候也会攻击正在散发传单的拉根的反对者，扯掉反对者的标语。就像芝加哥流行的说法说的那样，他们早早就去投票，而且经常投票。帮派为其成员以及"市政委员会委员、警长、县司库、县治安官等"编号，称其为校友。

在 1919 年的种族骚乱期间，拉根帮、希尔德家族及其他帮派都享有事实上的法律豁免。他们成了针对黑人的治安会会员，而当时的黑人们正在扩大"黑人地带"的范围。他们凶杀，他们纵火，他们抢劫。"黑人地带"的居民往往分不清是谁在攻击他们。他们把这些攻击者一律称为米基家的（Mickies）。在 20 世纪 20 年代，这些黑帮结成了联盟，共同对付三 K 党及其反对移民和百分之百美国化的主张。拉根帮"绞死"了一名戴尖顶罩面帽的三 K 党人的肖像，由此开启了反三 K 党的运动。和最起劲的三 K 党成员一样，拉根帮的成员其实也是种族主义者和反犹分子，他们只是痛恨那些在反犹和种族主义之外又加上了反天主教内容的那些人而已。

建造了盖尔公园的黑帮于周六和周日在那里举行"体育比赛"，最后他们建了一个用于跳舞的场馆。但黑帮的权力是不稳定的，有一天晚上，另一个与之竞争的黑帮占领了这个场馆，还一把火烧了这个场馆，故事由此开始。最后，一个爱尔兰人书记员租了这里，然后转租给了麦克纳马拉先生和麦金托什（McIntosh）先生，这两位在那里再次举行舞会。他们称，麦克纳马拉先生和麦金托什先生只对周日下午和晚上的爱尔兰舞感兴趣。在 20 世纪 20 年代，他们再次转租了这个地方，公园又变回了体育俱乐部，其筹办人开始组织他们自己的舞会。

这位本科生穿过了盖尔公园跳爵士舞的人群，仿佛进入了欲望的迷雾中。他对一位名叫奇基（Chicky）的女孩一见倾心，那是一位"纤瘦而优雅的女子，举止端庄，仪态万方"。她身穿"一袭黑色的、传统样式的连衣裙"。这位本科生看到比他还小的男生们追着女孩子们索吻。他还看到有一对紧紧地抱在一起，在两场跳舞活动中间，就在舞厅的场地上，"爱到深处情更浓"，但见嘴唇进进出出于对方口中。男子们抱起女孩们的大腿，把她们举起，把她们抱得更紧。他们忘情地吻着。他们一对一对地走了出去，到舞池外的地方去了。看来这位本科生核实过。文中他加了个脚注："后来的证据表明，舞池外的地上几乎看不出发生过性交。"后来，他也有怀疑，觉得有可能发生过性行为。跟他交谈的男生都向他保证说的确发生了性行为。

跳爵士舞的大部分人来自"后院"和布里奇波特（Bridgeport），但他们很可能来自整个南区。女孩大多不到 18 岁，大部分是波兰裔和立陶宛裔。她们在养殖场工作。男孩都在 17 岁以上，大部分是 20 多岁。他们大部分都是爱尔兰人。女孩一般都是定期到盖尔公园，而男孩则不一定。舞厅的一圈下来，中间只休息一次。

这位本科生一眼就认出了经常"光顾"舞厅的几个人。这些男孩是那种"在街角的烟店和社区的台球室里总能见到的人"。他们"脸上都有着擦不掉的爱尔兰印记。其他人则大部分显然是斯拉夫血统"。他们粗野，不信宗教，爱拉帮结派。他们都是三五成群，抽着烟，聊着天。他们并不欢迎这个本科生。

这位本科生最初的兴趣点是对所接触的女孩进行分类。波兰女孩和立陶宛女孩比较容易接近；爱尔兰女孩不容易接近。但当时他还是做到了。爱尔兰女孩常去的是两个举行舞会的体育俱乐部——汉堡和华莱士——虽然很远，但总算是有选择。他是在与男孩的交谈中得到这些判断的，他如实地记下了他们的原话："她的肚子令人作呕。""你很容易搞定她。"……

关于盖尔公园，这位本科生得出了预期中的结论："对于那些易受外界影响的年轻的男男女女来说，没有哪个地方比这个地方更差劲了。"这是一个充斥着"失身"女子的地方，她们把她们的行为上升到了"生活"的层面。在这个地方，男人看中的是女孩的身体。

但当时，经过考虑以及进一步的观察，他决定撤出。许多关于性的谈话，也仅限于交谈。女孩们也尽了她们最大的努力。她们只是想跳舞，只是想放松一下。她们付不起到特里亚农（Trianon）或米德韦游乐场（Midway Garden）旅行的费用。他感到震惊的是，男孩和女孩在跳舞的时候是不交谈的。他们不会问对方的名字。他说，在男孩看来，女孩就是"尻"。这位本科生一会儿对女生充满了同情，一会儿又分享着男生的轻佻。他没能实现让女孩和他谈话。

男孩和男人在盖尔公园和爱尔兰舞舞会之间游走。萨拉和内尔的交际圈子很小。盖尔公园在她们的圈子之外。这位本科生在盖尔公园看到的令人不舒适的欲望——性行为，也是真的，但至少在芝加哥草地社区，如果性行为导致了女方怀孕，那么接下来就是双方结婚。1928—1933 年间，这个地区的"非婚生子"的出生率不到 1%。

如果这位本科生在盖尔公园碰到了帕特，那么他会认为帕特是个年轻的爱尔兰工人，是那种早早就不再上学的人。帕特是不会跟他说一句话的。但这位本科生应该会进入帕特的视野：他的衣着、他的举止、他说过的话以及和他说话的人。帕特会观察，记住细节，做出自己的判断。

无论是这位本科生，还是伯吉斯的学生，都不会跟着像帕特这样的年轻的工人回到西南区。年轻的劳工阶级合并为单一的形象，其间没有什么区别，不像萨拉和内尔所看到的：姓马尔维希尔的几个男孩属于"不是很好"那种类型，比利·埃亨属于中间位置的，而帕特是另一个极端的。他们都愿意去盖尔公园，这样一来，盖尔公园就擦去了他们之间的差异。但帕特的人品在西南区还是表现得很明显。他与萨拉和内尔所认识的其他男子不一样。

第二十六章

当我们住在南莫扎特大街的时候，你能觉察到：只要内尔一进屋，他就很高兴。只要我进屋，就不是那么好了。

——萨拉谈及她父亲杰克·沃尔什

萨拉的美给了她实现独立的自信，但她实际上没多少选择。她没有人可以依靠。从她四岁开始，她就靠不上她父亲。在芝加哥，杰克·沃尔什对内尔的依赖感更强，这是无可争辩的事实。"当我们住在南莫扎特大街的时候，"她说，"你能觉察到：只要内尔一进屋，他就很高兴。只要我进屋，就不是那么好了。"她笑了起来，显然是意识到她所说的话。"但我从来不忌妒。我从来不眼红。"在内尔与帕特谈恋爱后，她开始享受萨拉的陪伴了。但随着时间的流逝，萨拉不再那么需要内尔了。她不再是那个懵懂的初来乍到者了。

她很快就意识到，南莫扎特大街的房子已很难把这些人团结到一起了，遑论能扶养她。很多问题都搅在一起。有大萧条及大萧条带来的大家挤到一起住的问题，还有，对挣钱少的担忧一直都存在。还有就是生病。酗酒使这一切又雪上加霜了。

威尔·林奇和汤米·奥布赖恩一起喝酒的时候，他们会离开这房子，到六十三街。几乎每个街区都有酒吧，只是萨拉仍称酒吧为酒馆。萨拉在芝加哥待了还不到一年的时候，有一天晚上，她下班回来后发现威尔没在厨房。汤米也走了。姬蒂在厨房里，她很生气。她让萨拉到六十三街和南莫扎特大街的小酒馆去找他们俩。"你到那里去，告诉汤米·奥布赖恩和威尔·林奇，让他们立马回家。"她说。

萨拉以前从未进过小酒馆。里面很暗，烟雾缭绕，都是男人，没有女人。大部分人都喝醉了，萨拉那时还很年轻，正在长成漂亮的大美女，她走进去的时候，所有人都开始吹口哨，大喊大叫。半个世纪后，她回想此事，还觉得羞耻。她在讲这个故事的时候，时态变了。她再到酒吧时，是生气、无可奈何又鄙视的态度。"在酒吧里，他们两个都喝醉了，完全醉了，他们两个把胳膊放到我四周，说着各种没头没脑的话。"汤米和威尔没有跟她回来。

她恳求他们回来，但得到的回应是奚落和拒绝。她哭着回家了，但姬蒂仍怒气冲冲，因为她"没有完成任务"。第二天早上，警察把他们送回了家。萨拉去请他们回家这件事并不会经常发生，但的确会有这种情况。警察则会经常把他们俩送回家。还有一个"条子"永远地把汤米和威尔赶出了其中的一个社区酒吧。这些"条子"也都是爱尔兰裔，汤米和威尔也是爱尔兰裔，而且还是"条子"的亲戚。"条子"把他们送回家。

让男人不能接触到酒，以及在周围有其他男人的时候也能倾听女人的要求，是一项任务。威尔在酒吧时拒绝了和一名年轻的女子（也就是萨拉）一起回家的要求——萨拉看上去有点像离他而去的前妻诺拉。在酒吧里，威尔身边的男人谈论有关萨拉的事情，而他甚至都不去质疑这些说法；对她来说，威尔在说起这些事情的时候，她觉得比起在厨房准备好面包和茶等她吃，此时的威尔更像个爷们，而不是那个让人同情的男人。他很可能不会回想起那晚在酒吧的事情。萨拉闯入了一个不属于她的地方。也许，想起诺拉离开了他，去跟一个并不见得比他好的男人在一起，他在别的酒吧实施了报复，拒绝过其他要求，对其他诋毁诽谤也没有做出回应。但是，彼时彼地，也许不是这样。

他们不可能扶养她是一方面，但他们让她眼睁睁地看着他们的消沉堕落，就是另一个问题了。姬蒂打牌，盛气凌人，讲排场，所有这些都是要掩盖一个事实：她恐将不久于人世。卡尼医生每周都来，检查姬蒂的肺，把绿色的液体倒进玻璃瓶中。

在姬蒂长时间卧床的日子里，她所想的往往是比利·埃亨。她那已死去的妹妹莉齐的两个儿子比利和杰基，他们的父亲还在，但已不能或不愿意照料他们。这兄弟俩性格正相反。比利·埃亨整天吵吵闹闹，行为粗野，从不想着工作。姬蒂对他很担心，她很喜欢比利。比利是个惹祸精，用萨拉的话说，他不是偶尔惹个祸，而是每天都要惹祸。

他惹的到底是什么祸，至今也说不清。姬蒂会在床上对他大吼，比利则从厨房顶回去。但他很快就去卧室了，交谈就这样沉寂了。她的确是很爱这个男孩，对他就像对自己的儿子一样，而在第一年里萨拉仿佛成了一位陌生客。他们不会对她讲他惹的那些祸。

这些祸事总会以这样那样的方式传播。成年人会在私下里说这些事，或隐晦地、小心翼翼地谈这些事情。但不会公开谈论，至少不会在萨拉面前谈论。有的祸事她也知道，但在早年，她所知道的祸事只有风雪警报。她几乎不会体验到暴风雪本身。

如果不谈《斯塔兹·朗尼根》(*Studs Lonigan*)，比利·埃亨就无从说起。当虚构的作品足够畅销时，作品本身就会形成自己的吸引力。这些作品会把真实的生命吸引到作品的场域中，有时我们会依据与虚构的人物的相似程度理解现实中的人。在南莫扎特大街，除了《芝加哥每日新闻报》和每周一次从爱尔兰邮寄过来的《凯里人》，没人会读其他书。比利·埃亨当然从不会去读《斯塔兹·朗尼根》，但詹姆斯·法雷尔(James Farrell)的三部曲《斯塔兹·朗尼根》讲的是南区爱尔兰裔的生活，里面的内容涉及酗酒、打架斗殴，很可能还有嫖娼（这种事我母亲是不会讲的，即使她知道），而这些恰是比利所惹的麻烦事。

比利·埃亨和柯比(Kirby)家的人一起，在六十三街一个叫沙克(Shack)的地方闲逛。他们喝了很多酒，没少让姬蒂姑妈、汤米·奥布赖恩、杰克·沃尔什操心。比利·埃亨在南区生活的边界闲逛，而萨拉就在南区生活。领土对女性——至少对萨拉这样的女孩子——是不开放的，但她们都知道居住在这里的男人。

比利·埃亨和杰基·埃亨是兄弟，但他们除了有共同的血亲，再也没有共同之处了，就这一点而言，好像被施了魔咒。对杰基来说，关系网络把他与南莫扎特大街系一起，这真是一个魔咒。他出生的环境，亲戚都是修理工、有轨电车列车员、醉鬼，他对此有股无名之火。

和他哥哥一样，杰基也是出生在美国的移民二代，只是他在办公室工作，不用和有轨电车修理工在一起——杰克·沃尔什和汤米·奥布赖恩就从事过有轨电车修理工的工作。他不像威尔·林奇那样是我们眼睁睁着堕落的那种人。他属于那种相当内敛的男子，能坚持做所有的事情，那种轻蔑之情是不会表露出来的。他衣着"很整洁，穿得也很好看"——我母亲总会注意这些事情。他很清楚，他以后将成为那些收容了他而他们的生存状态又令他蒙羞的人中的一员，为此他把自己孤立起来，仿佛要远离污染源。在这栋房子里，他很少和别人说话。他都是一个人在厨房的餐桌上吃饭，或者把吃的带回卧室，关上房门。显然，他更想在别的地方生活。如此，即使他在房子里，也好像他并没有生活在这里。杰基可不想和"条子"、列车员、木匠、修理工、美容师、糕点工相处，这些都是和他同住一屋的亲戚们所从事的职业。

如果把住在这栋房子里的人比作行星，那么，杰基就是离太阳最远的那颗行星，重力作用把他们中的大部分聚到了这栋房子，但它有点弱。萨拉和内尔住在那栋房子里，是因为杰克·沃尔什在那里。我敢肯定，杰克·沃尔什住到南莫扎特大街而不是和他妹妹内尔·巴特勒、姐姐比·马尔维希尔住到一起肯定是有原因的，虽然他之前曾和他姐姐比住在一起，但那些原因已不得而知。威尔住到那里，仅仅是迫于无奈和姬蒂的宽厚。汤米、姬蒂和比利·埃亨是那里的核心人物。他们几个相互依赖。在这栋房子里，只有他们三个属于即使有轻微的方向变化或更好的机会也不会搬走的人。

萨拉观察着所有人，他们当中，有的人连自己都不关心，如比利·埃亨和威尔·林奇；有的只关心自己，不关心别人，如杰基·埃亨。她测量着所有人，用帮助、抚慰、爱去测量着他们，而他们付出的帮助、抚慰和爱，很可能超出应当对家庭尽的义务。这些义务，是他们（除了杰基）很严肃地决定要付出的。她将得到一张床，一个家，一份家务劳动。萨拉将得到父亲的关注。由于威尔·林奇，她得到了食物和聊天的机会。除此之外，她和内尔也会变得彼此分不开，连她们自己都会大吃一惊。此时此地，这还算是一桩不坏的交易，这使得他们对于萨拉变得独立这件事并不感到恐惧，也不觉得是不必要的。

第二十七章

我踏进了美国的房子，却发现是个梦魇。

——萨拉谈南莫扎特大街 6420 号的那栋房子

即使过去了半个多世纪，萨拉还是感到吃惊，事态何以崩解得如此之快，底层何以如此之薄，以至于把他们分开：先是让他们跌倒，然后是生病和死亡？这一切来得太快，以至于到了今天，萨拉有时还把事件发生的先后顺序弄错。仿佛是为了某个实际的目标，他们好像是一起死了。

当她回忆那些日子时，她说："我踏进了美国的房子，却发现是个梦魇。"酗酒就是梦魇的一部分。生病也是梦魇的一部分。二者叠加，足以威胁南莫扎特大街的基础。有人死了。

没过多久，死亡就成了几乎所有故事的结尾。"我们整天参加葬礼，"萨拉说，"他们都死了。他们为什么死了，我也不知道。"姬蒂的病让她油尽灯枯，酗酒则夺走了汤米和威尔的命。

"总有某个东西。"萨拉回忆道。她并不是把他们的死与酗酒和医生的到来混到一起，从而认为他们的死轻于鸿毛。对她这个十几岁的小姑娘来说，这不只是时间的慢慢流逝。她的生活还得继续，但在她身边的那些人的生命走向终点的过程中，仿佛总有某种力量在挡路。

总有某个东西。

她要应对酒鬼，要喊医生过来给姬蒂看病。在上了岁数的人当中，只有她父亲看起来还没什么事。他不酗酒，也没有死。在 20 世纪 30 年代，他曾因溃疡处流血而住到医院，但后来康复了。他仍在工作，仍观看怀特·索克斯的比赛，而他身边的人则陆续死去。

威尔先走的。1938 年的一个星期日的早上，威尔没有从他住的阁楼下来吃早茶。"我们发现他，"萨拉说，"死在他那孤零零的阁楼的床上，屋顶垂下来的灯泡从前一天晚上开始就一直亮着。"

给威尔下葬的，是杰克·沃尔什在西区的朋友。他和他的这些朋友最早是在他刚到芝加哥的时候认识的，那时他还和他妹妹内尔·巴特勒住在一起。那时的威廉·巴特勒还是个警佐。后来他升为副巡长。参加殡葬的，其中一个人的名字是奥基夫（O'Keefe），另一个名字已不记得了。

殡葬者埋葬了威尔。生时苟且，死亦卑微。一个爱尔兰裔美国人守灵，棺材是打开的，让默哀者能看死者最后一眼。

看到那个不久前还活着的人，如今躺在那里一动不动，面如蜡质，一开始的反应都是震惊，但这种震惊终会消退。只有孩子和第一次看到死人的人才会把注意力放在尸体上。萨拉以前就见过死人，但从未接触过尸体。直到今天她还记得触碰尸体的情形。尸体冷冰冰的，只有她，而不是威尔，能感受到这阵阵寒意。假如她能剥下他的衣服，剥了皮，那里面一定是冰吧？她想。她禁不住喊了起来。他们不得不把她带走，远离棺材。但那种寒意并未离开她。

但守夜并不都是充满悲伤。交谈可以转移悲伤。认识的人开始叙旧情。威尔身穿西装，躺在那里，再也不是提供茶汤或苏打面包、讲当天的新鲜事的威尔了。他是具尸体。由于没有了身体上的接触，她适应了尸体。她保持着镇静。

威尔死的时候，姬蒂也一直病着。她多次进医院。卡尼医生还是每周都来，检查她的肺。姬蒂的肺里已有太多的液体了，每当姬蒂的身子变弱，她就得回医院。

姬蒂的丈夫汤米死的时候，她在医院里。房子里只有萨拉和汤米·奥布赖恩。萨拉正准备去卢普区上班，这时她听到汤米跌倒和大叫的声音。等她赶到时，他已经没有了意识，嘴巴和鼻子往外流血。对于萨拉的喊叫，他没有回应。她打电话给消防队，来了一辆救护车，把他载到库克县医院。他们让萨拉也跟他一起上救护车。内尔、比利·埃亨、杰克·沃尔什也到了医院，和萨拉在一起。下午很晚的时候，医生告诉他们：汤米死了。

姬蒂回到家里，这个清空了人、充塞了麻烦的房子，如今她只能"寡居"。死亡打破了把他们连在一起的纽带。汤米死后不久，杰基·埃亨就搬了出去。从某种意义上说，接连的死亡给杰基带来了某种解脱。或许他已攒够了钱，可以离开这个地方了——这样的地方有损于他的形象。当他离开这栋房子时，他中断了与他们的联系。他还在芝加哥，虽然他和他们只隔了几英里，但咫尺犹天涯，这个距离就好比是芝加哥与爱尔兰之间横亘的大洋。

比利还留在这里，他希望有朝一日这栋房子是他的。姬蒂想要在自己死后把这栋房子留给比利。这一点是毫无疑问的。比利仿佛是她儿子蒂姆的代替者。比利·埃亨酗酒，在沙克闲逛，惹是生非，但至少，这栋房子将是他的。

但是，这栋房子还是脱离了姬蒂的掌控。南莫扎特大街6420号的房子是姬蒂和汤米在美国的生活的唯一看得见的见证。但由于姬蒂生病、汤米酗酒，他们不得不把从别的地方收到的钱用于支付医疗费用。他们拖欠着按揭，还要交税。姬蒂正在失去这栋房子。

失去房子，对姬蒂来说打击太大了。她本来就被迫抛弃自己的孩子，她一直在接纳其他人。在那个意大利人射杀了她姐姐比的丈夫埃德后，她接纳了她姐姐比。那时他们住在南拉夫林大街（South Laflin Street），只是后来他们才在南莫扎特大街买下了这栋房子。在杰基·埃亨和比利·埃亨的妈妈也就是她的妹妹莉齐死后，她接纳了这兄弟俩。在威尔·林奇被她妹妹诺拉抛弃后，她接纳了他。她接纳了我的外公及他的子女。姬蒂纵有很多缺点，但她就像一道屏障，把危及她家人的危险挡在了外面。现在，在她生病的时候，她将失去这栋为他人提供了庇护的房子。在 20 世纪 30 年代的南区，失去房子是常见的事情，他们仍得过苦日子了。

和解虽然达成了，却成了长达数年的相互指责的根源，直到今天还相互戒备。比利·埃亨早已死了，无法为自己申辩，但萨拉认为她父亲是有理的，她站在辩护的角度讲起了这桩交易。她告诉我说，姬蒂死后，杰克·沃尔什支付了拖欠的税款，挽救了这栋房子。但那时的她还是个十几岁的小姑娘，不可能完全懂这些事情。她是对帕特讲这些的。帕特那时候正在与内尔热恋，因而和内尔一样，他也和杰克·沃尔什建立了亲密关系。

杰克·沃尔什是唯一一个挣着工人的工资的人，挣的钱比他女儿到来之前还要多，还要稳定。在他的背后，有一个工会，让他在 1936 年以后能转危为安。到 1937 年，他赢了仲裁结果，工会给了他带薪休假、退休金计划和工资上涨。工会正在筹建合会（credit union），承诺给死者家属和残疾人以福利费。此外，他还可以动用他的两个女儿挣的钱，而他的两个女儿对于他支配她们的收入从来不会有异议，只要她们还得跟他生活在一起。他比以往任何时候掌控的资源都多。他来到这里，本来是为了挽救一个爱尔兰农场，但如果他仅仅挽救了那个农场，那么他会发现自己就要被从他姐姐的美国的房子赶出去了。他主动提出买下房子。他将支付按揭，交付拖欠的税款，支付姬蒂所有的看病费用，让姬蒂有个地方住。她将仍住在她一直住的地方，只是她要把房子移交给他。

为了完成交易，他们拜访了巴特勒一家。巴特勒一家仍被萨拉视为在美国成功的榜样。内尔·巴特勒是她姑母，是她父亲的姐妹中的一个。她嫁给了芝加哥的一个"条子"，他先是任警佐，后来升为副巡长。她为西区的一名叫约翰·克拉克（John Clark）的市议员工作。内尔·巴特勒姑妈就在芝加哥政治中生活，呼吸着芝加哥的政治空气。她儿子乔·巴特勒（Joe Butler）成了该市的一名律师，后来又当上了芝加哥的法官。

在那个成员都是"条子"和列车员的家族里，巴特勒一家代表的是看得见的成功。由于巴特勒一家是家族成员，他们可以让在南区和西区的工人阶级的堂（表）兄弟姐妹、侄子侄女、外甥外甥女、兄弟姐妹看上去体面，为他们提供支持。我母亲明确对我讲过，他们都是重要的人物。巴特勒家族能搞定很多事情——小事情，但不管怎么说，能结识他们，生活自然好过一些。他们总是在幕后活动。有一个当警局副巡长的妹夫或姑父，有一个为约翰·克拉克工作的妹妹或姑母，后来还有一个当法官的外甥或表弟，这就是硬通货，可以说你认识这些有关系的人了。

他们让当时还只是个律师的乔·巴特勒来起草文件。比利·埃亨应该是向姬蒂恳求过签字过户，他说，如果她不答应，他们都得睡大街。他们只能在这里再住一个月。姬蒂拒绝签字。但在下个星期，他们把乔叫了回来。姬蒂改变了主意。她签字了。"每个人都很高兴。"帕特说。

姬蒂把这栋房子移交给了她弟弟杰克。他答应她可以继续住在这里，他来支付接下来她的生活费。但姬蒂在移交完房子后，只活了两个月。比利怒不可遏。"这是我的房子，"他说，"我舅舅杰克把它从我这里抢走了。"帕特说，在这件事上，我外公算是赌了一把，而且赌赢了。这栋把他们聚起来的房子最终又把他们分开了。

我不知道姬蒂是否意识到她的死将带来痛苦和愤怒。当生病到了需要临终看护的地步时，内尔、比利·埃亨、萨拉在晚上轮流坐在她身边陪着她。这种轮流陪护持续了一个月。比利有大把的时间和她聊天。在一个星期天的下午，卡尼医生告诉他们，病人的大限将至。她死的时候，住在房子里的每个人都在她的床边。萨拉记得，她死的时候很平静。从那以后，比利就离开了这栋房子。

我不清楚这些死亡和龃龉对我母亲有什么影响，尽管正是她跟我讲的这些。我母亲是激情与冷漠的混合体，她就是这样走过来的。她当然有爱尔兰人的情感浓烈，但她对她的情感也是有所区分的。对于她所看到的或做的事情，并不是每件事都会投入激情。有时候，在她讲话时，看不出情感所在。她曾告诉我说，姬蒂经常出现快不行了的情况。那时的萨拉还不大，对将死之人没有多少耐心。

她讲过一个关于殡葬师的助手的故事，那位助手长得很帅，这是她在接连的守灵和葬礼期间注意到的一点。这位年轻的助手黑头发，相貌英俊，充满了活力，他饶有兴致地比较了躺在棺材里、尚未下葬的威尔、汤米和姬蒂，认为这三个人的面部表情依次是：死气沉沉、面色苍白和面容忧郁。

萨拉和家人一起去守灵，她的一个朋友多萝西·博兰（Dorothy Boland）和她一起去了。这位朋友是她在美容店上班时认识的。萨拉不是唯一注意到殡葬师的年轻助手的人。多萝西·博兰也看到他了。在守灵期间，他并没有注意到她们俩。她们俩也没有跟他说话。

萨拉对多萝西提到，她希望能再次见到殡葬师的这位助手。多萝西给她出了主意。姬蒂的葬礼结束后，她们找到一张纸，快速浏览了上面的守灵和葬礼安排。她们在找守灵活动，只要是这个年轻的殡葬师所在的殡仪馆承接的守灵业务就行。她们还真在西区找到一场守灵活动。在那天守灵的晚上，她们乘有轨电车去参加守灵。

她们去守灵的时候，甚至还不知道死者是不是天主教教徒，但棺木是开着的，这倒是个好迹象。她们到了棺木前，跪下，祈祷。这个女人很老。她们的目光却在屋里扫来扫去，寻找殡葬师。

她们没有看到殡葬师。等她们站起来的时候，一个和棺材里的女人一样老的男人过来了。"你们认识我的玛米（Mame）？"他问。

短暂的沉默后，多萝西说："她是我们的女友。"

多萝西 18 岁，玛米一定有 70 多岁了。也许是因为他正悲伤，没有对她们过于怀疑。毕竟，这两个年轻的女子出现在他妻子的葬礼上，除了是朋友，还会有其他解释吗？他看来是被打动了，感到了欣慰：他所爱的这个女人，仍能吸引那么年轻的朋友。

但当萨拉想到多萝西和玛米是女友时，她感到窒息。这可能是类似悲痛的感觉。

玛米的家人过来了。每个人都向我母亲和多萝西介绍了。"她们俩是玛米的女友，"老男人告诉他们说，"她们是来守灵的。"

萨拉和多萝西再也没碰到殡葬师的助手。他没有出现在守灵活动中。她们乘有轨电车回到了南区。她们再也没有参加葬礼，她们再也没有见过那个殡葬师。"你们认识我的玛米？"如今的萨拉说道。她摇摇头，笑了。那是很久以前的事情了，那时她还很年轻。

在那些日子里，那个人数不多但关系紧密的亲属圈也在死去。这个亲属圈可以说是她的第一个美国。她和她父亲及内尔是在爱尔兰就认识的，至于姬蒂、汤米、威尔、比利·埃亨和杰基·埃亨，她认识他们的时候，他们已是美国人了。但在这样一个大家庭里，有人死去，未必意味着对陌生人敞开大门。当威尔死了，汤米死了，杰基离开，还是会有其他亲戚搬到南莫扎特大街，只不过他们是临时过来住段时间而已。

一连串的死亡始于1938年，这一年，她18岁，变得比刚到美国时更为固执己见。在爱尔兰，即便由于死亡和向外移民，她身边的人不断消失，即便革命到来，这个世界仿佛也没什么变化。选择，假如说还存在选择的话，都是父母、雇主、神父做出的。但现在，她正变成美国人，也慢慢地成了成年人。她辞掉了工作，然后根据自己做出的决定，从事其他的工作。即使她挣的钱仍要交到她父亲那里，她也不想成为她亲人的奴隶。在这一连串的死亡和大家庭解体的过程中，萨拉的表姐哈丽雅特·康纳斯（Harriet Connors）搬了过来。她是萨拉的姑妈玛丽的女儿。她有关节炎。我母亲说，她是个"女汉子"，"很强势"。一天晚上，萨拉下班回家后，她命令萨拉给她放水洗澡（"她从来不说'请'，她都是命令。"）。萨拉照做了。她把浴缸放满了冷水。

她温柔地喊哈丽雅特："过来吧，哈丽雅特，进来吧。"哈丽雅特把一只脚伸了进去，然后骂了起来。萨拉已不再是那个少不更事的小姑娘了。她不再是那个被别人呼来喝去、被别人嘲笑的少女了。

哈丽雅特·康纳斯和其他表亲在萨拉的世界里进进出出，但帕特·奥哈拉不显山不露水地进入了萨拉的世界的中心，并驻留在那里。帕特和内尔开始了热恋，并且在姬蒂缠绵病榻之前，帕特就接手了一个任务：每到星期六就驱车送她到六十四街和凯兹大道。帕特和杰克·沃尔什成了朋友。在圣母大学的橄榄球赛那天，他俩有一张合影，照片里，他俩站在一起。

萨拉喜欢帕特，因为他很风趣，而且他对内尔很好，还有就是，他与她所认识的爱尔兰裔美国男子不同。他既不是像汤米和威尔那样的酒鬼，也不像杰基·埃亨和她父亲那样冷漠和沉默寡言，也不像比利·埃亨和比·马尔维希尔姑妈的两个儿子那样粗野和不负责任。她喜欢他，还因为他有小汽车，这样她和内尔在周日晚上去跳舞的时候就可以坐他的车去了。在某个星期天，帕特开车带她们去了城市郊区以外的地方。他们看到了绿色的田地和奶牛，自从离开爱尔兰后，萨拉还是第一次看到田地和奶牛。只是，紧接着就是思乡念母之情涌上心来，她哭了起来，在伊利诺伊州的大草原上想起了爱尔兰。

萨拉喜欢帕特，还因为他和她一样也是移民。他不仅理解何以见到牧场的奶牛就会飙泪，而且他的美国亲戚和她的美国亲戚一样，大家是挤在一起住的。"我们从来没有红过脸。"萨拉谈及帕特，"每当我想起我母亲在我离开爱尔兰前说的话，我总会想起帕特。她说：'丫头，如果你在快要死的时候，还会有一只手就能数得过来的五个朋友，那么你就应该感到幸运。'帕特就是我的朋友名单中的头一名。"

根据萨拉所讲述的，是她母亲而不是别人传授给了她人生的课程；根据萨拉所讲述的，是妇女掌控着这些爱尔兰裔美国家庭。这些妇女和男子一样，她们也有缺点，但她们之于这些家庭的角色，就像电对于家庭一样。帕特的家庭真的和她的家庭是一样的。帕特的叔叔汤姆·奥哈拉的第二任妻子（也就是他的婶子）佩格（Peg）是个母老虎。她是帕特命中的克星。

当我母亲跟帕特交谈的时候，她会说："讲讲有关佩格的故事吧。"

佩格很吝啬：她小气，不近人情。她对她的儿子巴迪（Buddy）和吉米（Jimmy）很好，但她打击她的女儿梅莱塔（Meletta）。她在大萧条期间，倒显得不那么吝啬；在大萧条的日子里，吝啬反而显得像一种美德。她会表现出她的吝啬，就好像她这样做是要保护她的直系亲属。

在大萧条期间，汤姆仍保住了警察这份工作。帕特早先有段时间曾和他们一起搭伙吃饭，和两岁的巴迪同住一屋，每周付 10 美元作为伙食费。比起大多数人，佩格算是情况较好的了，但她无法忍受支付各种账单。并非是因为缺钱才使得她不去花钱。汤姆给她钱。她不花钱，是因为她极不喜欢支付各种账单，或者说，极不喜欢履行各种义务。

佩格把钱存起来，就好像这些钱是犯人，就好像债权人要过来包围这些钱，要把这些钱带走。按照帕特所讲的，房子就好像是要塞和公用事业公司，执行封锁任务的军队要切断它的交通线并破坏通信。汤姆就好比是外交人员，任务是争取一个脆弱的和平，而佩格将破坏这个脆弱的和平。

汤姆还从未见过哪个公用事业公司的人不觉得麻烦。他会问："怎么了？""我老婆是怎么对付那些账单的？"得到的永远都不是让他安心的答案。

佩格的吝啬并不限于对陌生人。帕特在母国时就是佩格的侄子，后来到了美国，和他的美国亲戚住在一起。1929 年，他来到了美国，和佩格、汤姆一起在南里士满大街住了一年半。他想当然地认为他每周支付的 10 美元能让他享用一日三餐。

佩格的确给他做午饭。她做的三明治是两片面包里面塞一块全麦饼干，这样看起来像是三明治。

早饭和晚饭几乎不做了。汤姆在机场上夜班，下午四点就要离家去机场。帕特回到家是六点，那时佩格已经吃完了，不会给他剩下什么吃的了。佩格把吃的藏了起来，帕特永远也找不到。佩格的逻辑也许是：饥饿的帕特会吃掉她自己的孩子的食物。更有可能的是，佩格本来就想对帕特恶意相向，大萧条给她提供了难得的机会。

佩格简直是想钱想疯了，大萧条的发生，使得她更加疯狂地追求金钱，就好像金钱还没来得及满足她的种种欲望就要从她眼前消失。在艰难的时代里，大萧条驱使她做起了生意。如果贪婪和冷漠能让人走向成功，那么她早就拥有芝加哥了。她和汤姆开了一个四球道的保龄球场，结果失败了。她去西兰德（Seeland）美容店学了美容课程后，自己开了家美容店。汤姆则每个下午都去接她。

佩格的生意是从凯兹大道的临街店铺开始的。汤姆把店铺装修一番，用胶合板隔板隔成一个个单间。店铺只在凯兹大道上挺了一年。店铺招徕不了几个顾客。佩格把业务移到了她自己的卧室。她的一个顾客住在路对面的公寓里。这位顾客的蓝头发特别显眼。

　　美容店又从卧室搬到了地下室。佩格开始对亲戚下手。她曾给内尔烫发，结果把她的头发烧焦了。帕特打电话给佩格。"你做了什么？"他问道。佩格到南莫扎特大街拜访的时候，穿的是白色的外套，就好像她是实验室的技术人员。她检查了内尔的头发，找隐藏的失误。她剪下了内尔的一缕头发。"我要拿回去分析一下。"她说，仿佛那里有个实验室，仿佛如果那里有个实验室，她会去做这个实验的。

　　佩格在地下室继续做她的生意，直到市场对烧焦的蓝头发的需求下降，然后，正如帕特所说的，"她退出了"。

　　在艰难时代，那些移民家庭在责任和不满之间有着紧张的关系，佩格很适合利用这种紧张关系。她发现，姬蒂纵有不满，也不会表现出来。但帕特能知悉我母亲所知悉的一切：流言蜚语、姿态、轻微的停顿以及无伤大雅的玩笑。

　　在老人（以及不那么老的人）所讲的许多故事里，细节就像雪一样堆起来，直到把某个点给盖起来，他们其实想让听者听到，让他们在震惊之余又茫然不知所措，最终不去关注这个点。帕特的细节就有这样的特点，这些细节总能服务于他的目的。

　　帕特讲过一个故事。是姬蒂死后发生的事情。尽管没人死去，但就像这些年里的那些故事一样，这个故事里面有一点有关死亡的因素。至少，内尔看到枪的时候，她联想到了死亡。

　　在帕特和内尔结婚前三个星期的一天晚上，内尔正在基尔茨面包店干活。那天晚上，她正在关门，帕特正在里屋等她。他当时正在翻看报纸。

　　就在内尔要关门的时候，有一个家伙闯了进来，一个小家伙，看上去很帅的小家伙。帕特听到了开门的声音。他听到内尔说："你想买切片面包吗？"

这位顾客说"是的"。

就在这个家伙说话的时候，又一个家伙进来了，闪到帕特后面，拿枪轻叩他的后脑勺。

"站起来，"他说，"把脸面墙站立。"

在帕特站起来的时候，内尔看到了枪。她想破门而出。"如果门开着，"帕特说，"她就跑掉了。"

"让她别跑，"拿枪的家伙对帕特说，"否则，我们就把她拦下。"

帕特跟她讲，不要跑。

她停下来了。

这两个家伙把帕特和内尔放到地上，用白色的长毛巾把他们俩绑了起来。

他们问帕特有没有钱。

帕特说没有。

"我们找找看。"其中一个家伙说道。他们拿起他的钱包，里面有21美元。

"你撒谎，你个狗娘养的！"

他们从钱柜里总共找到200多美元，然后离开了。帕特自己解开了毛巾，然后又给内尔松绑，打电话报警。他们等了20分钟才等到警察过来。

"他们在哪儿呢？他们在哪儿呢？""条子"问道。

"我看到他们出去了。"帕特说。

"他们还挺聪明，嗯？"

"我是认真的，"帕特说，"我在20分钟前就打电话给你们。"

一个便衣警察进来了，他是一位警佐。

"你们在哪儿？"帕特问道，"这通电话我等了 20 分钟！"

"我们那时正在七十四街和阿什兰（Ashland）街。"警佐说道，好像这样能解释过去。"他们长什么样？"

"他们中有一个看上去像个警察。"帕特说道。他叔叔汤姆·奥哈拉就是个"条子"。帕特见过很多警察。他会留心他们的相貌、走路的样子和说话的方式。

"再次说明他们很聪明？"第一个"条子"说道。他可不喜欢这个答案。

两周后，帕特和内尔接到一个电话，要他们去看看能否辨认出其中一个嫌犯。十个人排成一行。

"你能看到他吗？"

"能。"帕特说道。

"出来，把他指出来。"

内尔变得近乎歇斯底里。"求求你，求求你，不要这样。求求你，求求你，他会杀了我们的。"

但帕特快要疯了，谁也拦不住他。他找到了一个很重的物件，抄在手里。他正准备打那个家伙，还要数打了几下。持枪者的双手被绑在身后。"这可是个好机会，"帕特说道，"我可不想错过这个机会。"

但警察没有给他这个机会。

在下周，警察在市场里抓到了正持械抢劫的另一个家伙。他曾当过警察。

对于这次犯罪行为，我很好奇，这并不是社区里的警察第一次犯罪。在萨拉到美国之前的 1934 年，伯娜丁·邓宁（Bernadine Dunning）从探长刘易斯·科尔布（Lewis Kolb）的枪套里抢走了枪，并向他开枪。当时，他们正在七十四街和欧文大道，他们正坐在他的小汽车里。她声称，他"一直盯着她看"。陪审团在经过不到两个小时的深入讨论后，宣判她无罪。科布尔探长的老婆也在审判现场。"在这种情况下，"她后来告诉记者，"我没什么要说的。"

还是在 1934 年，一个姓洛勒（Lowler）的巡警在六十七街和西街的加油站喝醉了。当另一位顾客弗兰克·姆林萨（Frank Mlnsa）开车进到加油站时，洛勒要求他载他回家，尽管他并不认识姆林萨。姆林萨拒绝了。洛勒掏出了他的配枪，开了枪。其中的一粒子弹击中了姆林萨左眼下方，将其打死。事后发现，姆林萨也是一个"条子"。

当然，大多数罪犯不是"条子"，而且 20 世纪 30 年代那个社区的犯罪行为还是比今天少得多。那个地方还是那个地方。在萨拉到了那个地方不久，有一个"大傻子"（报纸是这样形容他的）绑架并强奸了六十三街和凯兹大道附近的弗朗西丝·休斯（Frances Hughes）夫人。萨拉记得这起案件，因为发生的时间是 1937 年 3 月初，当时她在六十三街下了有轨电车后，有个男子还尾随她。当他看到街上有很多人时，就停了下来。

那里有零星的暴力事件，但他们从未摊上。对他们影响更大的是生病、酗酒、自身的种种失意和挫败感而不是其他人的犯罪行为。逝去意味着开启了新的可能。萨拉就经历了这个过程。

第二十八章

比是个很了不起的人。她有啥说啥，直言不讳，这样一来，她与很多人的关系就不会亲近。

——萨拉谈及她的姑母比·马尔维希尔

南莫扎特大街解体后，萨拉开始了新的生活。只是，这个新生活仍是在一个角落里打转。她看不到那个新生活，直到她在南莫扎特大街以外的美国获得了让她感到安稳的东西，从而使自己敢于转过那个角落。在那个时候之前，她仍看不到那个新生活，即使她更接近那个新生活。

当她思索自己在所有事情中的位置时，她觉得自己好像航行于她父亲和内尔之间的某条航道上。杰克·沃尔什仍被阿哈纳格兰所主导。他总是被阿哈纳格兰主导。尽管他对某些美国的事情——怀特·索克斯及他的美国女儿——充满了热情，但他的爱尔兰农场仍是他的指路灯。另一方面，内尔尽管醉心于她的爱尔兰裔美国人的世界，也不想回到那个满是奶牛与牛粪、潮乎乎、整天干重活的世界。她的世界是芝加哥西南区。萨拉则蜿蜒航行于她父亲和她姐姐的航道之间：她想象着自己会回到爱尔兰，但却在西南区的爱尔兰裔美国人的社区住了下来，越住越长。

　　内尔嫁给了帕特，于是她永远地扎根于南区。圣丽塔教区周边的区域，在 20 世纪四五十年代的时候繁荣一时，到了 70 年代及此后的几十年里，这个地方就再次衰落了。许多年后，他们及他们身边的一切都变了。到 20 世纪六七十年代，立陶宛裔、爱尔兰裔和意大利裔美国人越来越少。非洲裔美国人和墨西哥移民将取代他们。在大多数白人逃离这个地方后，内尔和帕特仍在那里住了很长时间。内尔在那里养家，在后院种大黄，每年夏季都会去收割。内尔也最终老死在那里。

　　当然，1940 年 9 月 7 日，内尔和帕特在圣丽塔教区举行婚礼，他们相聚于此，当时没人知道上述的一切。各个故事都有结尾；要讲故事，就需要将或然的、不确定的事情（至少看上去是这样）赋予逻辑和稳定性。

　　对于婚礼，可以预见的是：内尔要购物，萨拉得陪她。光为萨拉和她表妹丽塔·莱希（Rita Leahy）买伴娘礼服就花了六个小时。帕特的一个朋友开车把她们送到六十三街和霍尔斯特德，等她们逛完了回来的时候，发现他已在车上睡着了，鼾声如雷。为了买到和礼服搭配的鞋子，她们又去了好几次。

　　可以预见的是，婚礼将是天主教的仪式。在芝加哥的家族成员都来了，原有的矛盾得到了和解，至少在婚礼那天是这样。比利·埃亨那天穿了一件双排扣的西装。有一张他和丽塔·莱希的合影。照片中，萨拉、莱希和内尔都身穿白色礼服，罩着面纱，手捧鲜花。男宾都身穿细条纹的西装，梳着庞毕度（pompadour）——一种向上梳成波浪状的发型。还有一张照片，萨拉与内尔、帕特以及杰克·克拉克——帕特的伴郎和最好的朋友——站在一起。

婚礼结束后，内尔和帕特搬进了南莫扎特大街的房子，这栋房子如今属于杰克·沃尔什，他继续在那里住着。不久，萨拉就搬了出来。这栋曾经人满为患的房子的卧室里不能再塞人了。

1941 年，萨拉搬出了南莫扎特大街，但她的第一次搬家并没有搬太远。他们只是把她送到了比姑妈那里。比·马尔维希尔的爱尔兰裔丈夫被人杀害，而她对她的两个儿子可以说是宠溺了，为了他们，她甘心受苦受累。20 世纪 20 年代的时候，她干过擦洗地板的活儿。她用干活挣的那笔钱、她丈夫的死亡抚恤金以及可能的遗孀抚恤金在塔尔曼大街买下了一栋房子。

比姑妈是为她的两个儿子——比尔和杰里——而活着；在为他们被杀害的父亲做弥撒的时候，这两个孩子是辅祭。萨拉说，比是个"很了不起的人。她有啥说啥，直言不讳，这样一来，她与很多人的关系就不会亲近"。她经受了不少重大打击，但都挺了过来。生活的磨砺让她坚强了起来，但对两个儿子，她就心软了。要抚养这两个孩子，她的生活质量就只能下降。

到 1941 年，当萨拉过来和比姑妈一起住的时候，比姑妈已失去塔尔曼大街的那栋房子，住到了六十二街和塔尔曼大街的地下室公寓。此前，比尔为他朋友的票据提供了联合担保。他的朋友违约了，票据持有人就找到了比尔。比用房子作抵押保释他，到了那时，她已还不上抵押付款，于是就失去了那栋房子。

比搬进了六十二街和塔尔曼大街的"花园公寓"（在芝加哥，所谓"花园公寓"指的是地下室）。萨拉搬进去的时候，杰里还和她住在一起。

"她做面包，"萨拉回忆道，"噢，她真的做面包了。"在他们吃着面包、喝着茶的时候，比给萨拉讲起她的生活、她的遭遇、她的艰辛的劳作，就是"她丈夫是如何被枪击致死的，为了她的两个孩子，她是怎样靠刷洗地板挣钱养家的"。她是一个曾经辛勤劳作却失去了所得的女人。对萨拉来说，比首先是有工作的姑妈；在萨拉的故事里，比被用来与姬蒂对比，萨拉从不记得姬蒂"哪怕是干了一点点的活儿。姬蒂总是生病，要么就是打牌"。

比的生活经历可谓跌宕起伏，但她扮演的只是默默付出的角色。"为了那两个孩子，她做了所有的事情，"萨拉说，"她把他们俩宠坏了。他们俩嗜酒如命。"杰里和比尔借了钱，他们赌博，他们还不上债务。放高利贷者如影随形。她有时也会不忍心，不想说死者的坏话，只是说，比尔也不是那么坏。

在萨拉和比姑妈一起住的日子里，比尔遇到了一个有些钱的女人。他说服了这个姓路易斯的女人资助他开一个酒馆。作为回报，她显然又说服了他娶她。

从酒鬼的角度看，买下一家酒馆很可能还是有某种意义的；要改变投资者的逻辑，就难得多了。但在当时，从路易斯的角度来讲，投资酒馆不失为明智的举动。嫁给比尔·马尔维希尔可就有些蠢了。他们在一起的生活并不顺利。

酒馆举行盛大开业仪式时，萨拉去帮忙，当时，所有的一切，看上去就像那位妇女掉到坑里之前的圣诞树空地一样。然而，一个一直困扰着他们的问题是客源不多。比尔跟他母亲说："我需要一名女服务生，但我没有钱支付她的工资。"比问萨拉有没有意见。他就知道他母亲会问她的。

"萨拉，你愿意干吗？"

萨拉说："我以前从未干过，但我想我可以干。"她愿意为比姑妈做任何事情。

她去了位于六十三街的酒馆，酒馆与爱尔兰的酒吧一样。她只在周五的全天和周六的晚上在那里干活。

"这是我一生的经历中，唯一一段为酒鬼倒啤酒的经历。"萨拉回忆道，"他们会掐我。我真是窘得要死。比尔总是跟我说：'没事的。他们不会伤害你。我会送你回家。你不用担心。'所以我就一直待在那里倒啤酒。"

为酒鬼买下一个酒吧，其后果可想而知：没过多久，比尔就失去了这个酒馆。"这两个人，"萨拉说（她指的是杰里和比尔），"都不是善茬儿。"在杰里死前，她见到了他。20世纪80年代初，帕特曾开车带她去看杰里。那时的他已因为过去长期饮酒而头脑糊涂了，他住在南区破旧的小屋里。他的脑子已被酒精烧坏了，甚至记不起事情了。他不记得萨拉。即使他已如此落魄，但在塔尔曼大街时建立起来的关系到底起了作用。麦卡锡一家从未忘记他。老麦卡锡医生和他的发小小麦卡锡医生去照顾他，一直在照顾他，直到他死去。

也许比尔和杰里的不成器让比感到失望，也许她对他们失败的人生极为不满，也许是对她丈夫被枪杀感到极为气愤，她不免怨天尤人。也许是她本人多年的辛勤劳作，到头来，却连房子都没保住。也许这些因素都有，甚至还有其他种种不如意。

只有天知道，除了她对她儿子的溺爱是个错，大萧条和她所面临的贫困其实并不是她的错。在20世纪30年代的美国，对于她和像她那样的数百万的人所面临的灾难，很多人应当受到谴责，但受到谴责的不应是比姑妈。她不可救药地成为库格林神父（Father Coughlin）

的拥趸，库格林神父知道该谴责谁。

在 20 世纪 30 年代中期的美国，查尔斯·爱德华·库格林神父无所不在。他的广播节目是全国最受欢迎的节目，每周日下午 3 点，他的谐振音就会传到 1000 万至 4000 万人那里。库格林神父的声望是从抨击三 K 党开始的，在大萧条期间，他转而抨击禁酒令和共产主义。他为美国的家庭数量减少而感到惋惜，他拥护"新政"政策，抨击保守派，认为他们"一直都在实行贪婪的、压迫的、不信基督教的政策"。但在 1936 年，也就是萨拉到达美国的那一年，库格林神父与罗斯福决裂了，因为罗斯福不喜欢他，也不信任他，此后他就变得更为保守了。他中止了他的广播职业生涯，加入了反犹的行列，到处宣扬他本人对国际犹太银行家看法：因为他们和英格兰银行勾结，操纵货币供给，从而引发了大萧条。到了 1936 年，他甚至有了自己的政党——联合党（Union Party），有了自己的总统候选人——威廉·莱姆基（William Lemke）。

芝加哥西南区的每个人都听库格林神父讲话。他讲话时土腔很重，但抑扬顿挫，反而很受欢迎。他用街头巷尾的人都能听懂的语言讲话。"无线电广播，"库格林解释道，"必须有人情味，得有浓浓的人情味。无线电广播的语言必须简洁。"萨拉认为，比姑妈丁是丁卯是卯，我想，比姑妈当然也会认为库格林神父也是有啥说啥。

对芝加哥西南区的爱尔兰裔来说，库格林神父太离谱了。在1936 年，除了比姑妈，几乎没人会弃选罗斯福和民主党而选莱姆基。内尔·巴特勒姑妈当然不会接触到莱姆基。芝加哥的政治机器担心库格林对罗斯福威胁很大，大到足以让罗斯福在 1936 年的大选期间无法在芝加哥召集群众集会。但库格林神父失败了，罗斯福于 9 月份来到了军人球场（Soldier Field），召集了 10 万人参加的集会。但最终，作为对手，芝加哥的政治机器高出库格林好几个段位。芝加哥教区的红衣主教芒德莱恩（Mundelein）把神父们召集到一起，共同谴责库格林的行为。在投票环节，芝加哥的政治机器轻松地击败了莱姆基。

看来比已成为库格林的追随者中的核心人物了，这些追随者紧跟着库格林，即使他滑向了法西斯主义、种族主义，哪怕他丑闻缠身。对于比姑妈和其他人的艰辛生活和世界的不公正，库格林神父给出了一套说辞。对于她深陷支付抵押的困境以及她的两个儿子所遭遇的种种不幸，他给出了解释。库格林把严重影响她生活的因素归于她所在的社区之外的世界。这些因素非她所能改变，但它们也与古老的敌人有关。由于她的宗教信仰和出生地，这些敌人对她来说是与生俱来的：犹太人，他们杀死了基督，还有压迫爱尔兰的英国。这些不难理解。库格林把犹太人与共产主义和复杂的金融交易联系了起来，这样一来，无线电广播就成了他的布道坛，他的声音回荡在爱尔兰的上空。在他进行世俗化的布道时，你不会听不出他那浓重的、抑扬顿挫的土腔。对于何以她如此辛勤劳作却仍悲惨不已，他给了她一个解释。

就在莱姆基竞选失利后没过多久，萨拉来到了美国。对她来说，库格林不过是电台里听到的一个神父的名字而已。他是比姑妈的心中偶像。她则对这位神父敬而远之。她对他没什么印象。我母亲不想在她讲的故事中提到库格林神父。萨拉不想让我在讲述芝加哥西南区的时候把库格林神父放进去。她坚持认为她没有注意到他，她也不想让我从比姑妈对无线电广播中的神父顶礼膜拜这个角度去界定比姑妈。

她对反犹反应比较敏感。萨拉说，她记得西南区没有犹太人。她说，她不认识犹太人，也没听到有人谈论过他们。她说，她不记得有什么反犹主义。萨拉挺佩服比姑妈的，而比姑妈则崇拜库格林神父，库格林神父则是一名反犹分子，他只是脚伸进了流经西南区的反犹主义的大河中而已。但就像一条足够深的河流一样，从远处看，其水流让人看不清，让人觉得杂乱无章。萨拉记得，比姑妈从不会错过周日的两个广播节目，其中一个就是库格林神父的节目，另一个是杰克·本尼的节目，而后者是一名犹太人。

反犹主义很可能仍留存在萨拉的记忆里，这应是一种未经深思熟虑的、条件反射似的反应。在街上经常能听到"犹太人滚出这里""卑鄙的犹太人""下流的犹太佬"这些话，表达的是人们的愤怒、不满情绪的条件反射似的反应。这也许只是作为背景的噪声，提示她的生活仍在西南区。

和比住在一起的日子以及每周在比尔的酒吧待的两个晚上，是萨拉深入西南区的爱尔兰裔美国人的世界的最后几步。她仍将在那里再待上几年，但她的人生轨迹已发生了变化。之所以有此变化，是因为这个国家发生了变化，而这个国家之所以发生了变化，是因为这个国家即将进入战时。

第二十九章

乘坐定期航班的有 42,425 人次（到达芝加哥和从芝加哥出发的总人数），乘坐包括军用飞机在内的不定期航班的为 76,052 人次，共计 118,477 人次。与去年相比，乘飞机从芝加哥出发的人次增加了 34.1%。

——芝加哥市政机场市政工程部第 68 份年度报告

（截至 1943 年 12 月 31 日）

公共的世界与私人的世界，从来就不是完全分开的。个人的幸事与公共的悲剧，不仅是混在一起的，而且有时也难以分清。第二次世界大战改变了萨拉的世界，改变了她的生活。

有些事情，她本来没有选择，但正是这样的事情，给她创造了可以选择的机会。战争，大萧条的结束，以前对女性不开放的职位如今也对女性开放，航空业的兴起，这些都不是她所能掌控的，但这些无疑拓宽了她的世界。这些都创造了新的机会，而她则抓住了这些机会。

萨拉·沃尔什在芝加哥市政机场找了一份工作。停滞的状态被重新开启了，一个充满了变化的世界徐徐展开。找到那份工作以及随之而来的种种事情，远远超出了萨拉·沃尔什当时决定要做的：把命运攥在自己的手里，勇敢地走进这个世界。

半个世纪的机场工作显得有些平淡无奇。和我母亲生活中的其他事情一样，这件事也只涉及亲属、家庭、朋友之间。帕特的叔叔汤姆·奥哈拉是芝加哥市政厅的机场里的一个"条子"。当他得知机场正在招聘女性人员时，他把这个消息告诉了帕特，帕特又告诉了萨拉。

萨拉家族中的男性一直以来都沾家族网络中有工作收入的人的光。像"条子"、列车员、木匠等工作，都是有保证的，因为家族的网络已顺着各种亲属、朋友、神父、政治家等编织起来了。这就是萨拉的亲属在芝加哥生活的诀窍。从这个角度看，这份工作看上去也不过是另一种"沾光"。

然而，换个角度看，这份工作就显得不同寻常。1940 年之前，机场航站楼的工作都不会对女性开放，但这些陈旧的规则暂时被抛到一边了。整个世界已打起来了。美国虽然尚未进入战时，但也正开启重新武装的进程，而此时，大萧条也渐渐结束。近 12 年来，劳工在很大程度上成了经济上的多余物，而与此同时，庄家烂在地里，羊也被杀掉，为的是节省喂养它们的费用。这些人所能提供的劳动，经济上并不需要。大萧条期间，劳动力供过于求，但如今，战争吸纳了这些供过于求的劳动力。无论是打仗，还是为打仗而准备必需的物资，都需要人的劳动。在 1940 年的美国，这首先就意味着白人男性的劳动。工厂、店铺、农场、军队迅速吸走了可用的白人劳工，整个国家面临劳动力不足。在机场服务台工作的男子，当他们有了更好的工作或被征召入伍时，他们就离开了这个岗位。雇主就只能把目光投向其他劳动力群体：非裔美国人、其他少数族裔和妇女。机场的管理层决定招收女性，让她们干以前只是男子干的活儿。这个决定通过家庭的渠道慢慢向外扩散出去。

　　萨拉干的活儿以前是男子干的，她干得很好，她也为之自豪，但是，这种变化——如她的新工作所代表的变化——却使得萨拉所认识的男子紧张。尽管杰克·沃尔什眼下是从他女儿的新收入中获益了，但像他这样的熟练工或半熟练工的男劳动力却不无忧虑，他们不知道这种变化会到什么程度。1942 年，战争已箭在弦上，他的工会报纸《工会领袖》(*The Union Leader*) 发表社论，社论对在有轨电车和公交车上工作的"女性的经验极为怀疑"。

　　萨拉·沃尔什是位于六十三街和西塞罗大街的芝加哥市政机场雇用的第二名女性。1942 年 6 月，中途岛之战爆发后，机场才最终更名为米德韦机场。

　　1941 年，机场还是有些怪怪的。在战争爆发前的几年里，在公共事业振兴署和公共工程管理局的帮助下，这座城市已对芝加哥市政机场进行扩建和改善。一平方英里的机场中间本来有一段铁轨，工人们把铁轨掘开，把跑道拓宽。1939 年，芝加哥的一份日报就芝加哥七处奇观的排序向读者做了民意调查，结果显示，机场仅位于芝加哥美术馆 (Art Institute)、巴克林厄姆喷泉 (Buckingham Fountain) 和芝加哥畜牧场 (Chicago Stock Yards) 之后。

　　萨拉最早在问讯处工作，一名姓罗伯茨 (Roberts) 的男子掌控着问讯处的招聘事宜。萨拉说，他喜欢某一种类型的女孩。他特别喜欢红褐色的头发。萨拉就长着红褐色的头发，身材苗条，漂亮妩媚。罗伯茨先生雇用的第一个女子看上去很像我母亲。她的名字是瓦莱丽·福利 (Valerie Foley)，也来自爱尔兰。我母亲说："她绝对称得上是光彩照人。"她的"胸很大"。萨拉是通过社交来展示自己的魅力的。她从不会直接那样说她自己。

　　尽管芝加哥市政机场是美国最繁忙的机场，与国内各大城市间均有往来航线，而问讯处的工作要求掌握美国的地理知识，但萨拉对美国地理知识的了解仅限于芝加哥。在工作的第一个晚上，一名男子走到萨拉跟前，称要去华盛顿。她所知道的华盛顿只有华盛顿哥伦比亚特区。所以她就把他引导到那里，告诉他飞往华盛顿哥伦比亚特区的飞机起飞的时间。他显得很高兴。

　　他怒气冲冲地回来了。"哦，那个男子真是气坏了。"萨拉回忆道。他要去的不是华盛顿哥伦比亚特区，而是华盛顿州。

　　他向罗伯茨先生抱怨，罗伯茨先生告诉她：必须提供准确的信息，否则就解雇她。她跟他讲，自己没有研究过地图，但如果能给她一次机会，她一定能做好。如今，她跟我说，她对美国地图的熟悉程度，胜过绝大多数在那里上学的人。

　　她熟记美国地理，学会了如何使用电话系统；她也从问讯处调到了售票处。航空公司之间形成了名为"芝加哥航空公司票务服务"（CATO）的联营，统一办理售票业务。1941 年，有 8 家航空公司的飞机从米德韦机场起飞。她得为这些航空公司出票，它们包括：美利坚航空公司、布兰尼夫航空公司、芝加哥和南方航空公司、宾夕法尼亚中心航空公司、东部航空公司、西北航空公司、环球航空公司（TWA）和联合航空公司。她记得除宾夕法尼亚中心航空公司外所有的航空公司的名字。

　　萨拉至今还能准确地说起半个多世纪之前的装备情况和航空公司的规章制度。航空公司普遍用的是双引擎客机，机上可乘坐 21 名乘客，机组人员 3 名。空中小姐必须是有证书的护士。在售票处，萨拉负责记下每名乘客的体重及其行李的重量。她还记得有一个男子和妻子一起去旅行，他独自一人走到售票处。她检查了他和他老婆的行李，记下他的重量，然后根据行李，她想当然地认为他们俩应当是一起旅行的，于是就问他是否正在为两个人登记。这名男子听到"两个人"时，他给出的是另一个意思，而且他显得很惊讶。"你怎么知道她怀孕了呢？"他问道。类似的情景至今仍留在她的记忆里。

萨拉很喜欢在航空公司的工作。这是第一份她感到很享受的工作。工作的内容很多，那里的人都"很帅"，这是最为通用、最为中性的美国式的赞扬的话。"飞行员是真的帅。"她回忆道。他们进来时总是和售票员聊天。

1932年以来，芝加哥市政机场一直都是世界上最繁忙的机场。1941年，共有80万人次到达芝加哥和从芝加哥出发飞往其他地方。1942年，出于战争考虑，政府接收了机场25%的设备，乘客的运送量出现了机场有史以来的首次下降，但在1943年又开始增长了。凡是坐飞机出行的人，最终都会经过芝加哥。埃莉诺·罗斯福坐飞机出行时就经常经过芝加哥。她"很随和，很漂亮"。她一般都是坐在咖啡馆里，因为人多的时候，她不想到航站楼里。萨拉记得，有一次，一只蟑螂想要爬进第一夫人的盘子里。

查尔斯·林德伯格（Charles Lindbergh）来了。他是乘坐环球航空公司的飞机来的。萨拉只得把他带到客运代理的办公室，这样他还能有点私人空间。"飞机要起飞时，我得进来，叫他走。我记得他是真高。"霍华德·休斯（Howard Hughes）作为一名乘客乘坐自己的航空公司——环球航空公司的飞机来了。他问萨拉知不知道他的航空公司的首字母代表什么。

"横贯大陆和西部航空公司（Transcontinental and Western Air）。"

她回答道（当时还没有改为 Trans World Airlines）。

他看上去很满意。

"我们见过很多电影明星。"她回忆道，"玛莎·雷伊（Martha Raye）。她来喝点东西。他们不会把她带到飞机上。这份工作确实很有意思。为了做好航空公司的工作，我学会了很多东西。"

"我学会了怎样才能成为一名美国人，真的。"我母亲告诉我。

"这是什么意思？"我问。

"我逐渐了解了美国人的行事方式。我逐渐知道了美国人的饮食。我也慢慢喜欢上了咖啡。我学会了很多东西。"

她学会了如何掩饰自己的土腔，学会了用清晰的美式声调来播送航班信息，帕特说，这种美式声调会把所有人都送回南莫扎特大街。

她的交往圈子也在扩大。她会遇到像她那么大年纪的人，会遇到既非爱尔兰裔又非天主教教徒的人，她很愿意和他们在一起。有时，她也会和同事在下班后一起到一个名为丹尼的酒吧。有一张照片记录了这一时刻：当时她正倚在看上去是赛马道的障碍物上。至今她仍喜欢赛马场。照片中的她身穿一件长长的连衣裙，手里拿着一个黑色的皮夹。

所有这些变化的代价是骇人听闻的大屠杀。和所有她那个年龄的其他美国人一样，至今她还记得美国进入战时的某些细节，这些细节通常是小孩出生时或者配偶离世时记得的细节。1941 年 12 月 7 日，星期日，日本人轰炸了珍珠港。那天，萨拉起得很晚。当比把她叫起来去做弥撒时，她知道发生了某个不好的事情。收音机放在厨房里，星期日的时候，比都会在早上把频道调好，以便在下午收听库格林神父和杰克·本尼的广播。从比的脸上，她知道有不好的事情发生了。

起初，她还以为是某个不认识的人死了。

当然，是有人死了。日本人轰炸了珍珠港。比说，日本人杀死了所有的水兵，炸沉了所有的战舰。"我们正走向战争。"比姑妈说。

当总统向全国发表演讲时，无线电广播把他的讲话送到全国各地。50年后，萨拉仍能听到他的声音，仍能记得他的名言："这一天，将是遗臭万年的一天。"当时，比姑妈正在啜泣，说道："我的两个儿子得参战了。"在这些新闻节目中间，电台仍在播放着弗兰克·辛那特拉（Frank Sinatra）的歌。他还在唱着"星期天，星期一，永远这样下去"。总统在讲话，比姑妈在啜泣，弗兰克·辛那特拉在唱歌：这一天，所有的事情都混杂在一起，因而到了今天，对萨拉来说，记住了一件事情就等于记住了所有的事情。

做弥撒时，萨拉迟到了。她记得，那个星期天，她戴了一顶新帽子，这是她前一天晚上在六十三街和霍尔斯特德大街买的。那顶帽子帽檐垂下来正好可以挡住她的右眼。从此以后，她认定那顶帽子就是珍珠港帽子。在教堂里，神父为战死的军人祷告，还要求为日本人祈祷，请求上帝宽恕他们。她怀疑他们有很多祈祷文。

那天晚上，她和内尔回到了六十三街和霍尔斯特德大街。她记得，每个人的表情都是一样的，和那天上午比姑妈的表情一样。街上聚集了很多人，但大家都很平静。他们一个个面带忧郁，又显得气愤。她认为，正是在那天晚上，一切都发生了变化。从此以后的美国，也和以前的美国不一样了。男人们离开了，空出了大量工作岗位；妇女干起了很多工作，要搁以前，没人相信她们能干这些活儿。

当美国走向战争时，萨拉还不是美国公民。自从芝加哥市政机场成为美国飞行员飞往海外的中心地之后，她就成了安全上的风险。航空公司通知她，她得有公民的证明，他们才会给她办机场工作所必需的身份证明。因此，在1942年7月29日，她送交了一份声明，称自己想成为一名美国公民。

那时，她已从比姑妈家里搬了出来，住在南罗克韦尔大街6115号。现在她住到了家族的外边缘的地方了，但仍在西南区的家族网络之内。她住的公寓是个地下室，距帕特的叔叔汤姆·奥哈拉的公寓仅隔两个门。她已22岁了。她郑重承诺她不是无政府主义者和蓄意破坏者。她平视着照相机，照相机前的她是个年轻的美国女性，他们给她拍下来了。在发表了想要成为美国公民的声明后，她就相当于获得了一个安全方面的许可。

此后的故事就显得有些混乱。有好几次，在不同的时间，我母亲跟我讲：她认为自己是一名美国公民，是因为她父亲已是一名美国公民，或者，她认为她是发表了想成为公民的声明后变成美国公民的。她的行事方式也像一名美国公民。她投票了。但在芝加哥投票，公民权仅是投票时的锦上添花，而不是必需的前提条件。芝加哥的政治机器在必要时可以给死人投票；她是个活人，拥护民主党，而民主党又特别喜欢亲近公民，如果不是指她这个公民的话。他们是不会挑衅她的投票权的。在芝加哥投票之后，她继续在其他场合投票。

自孩提时代起，我就想当然地认为我母亲是美国公民。只有在写作本书的时候，我才得知，直到我成年，我母亲才成为一名美国公民。在她拿到她的战时安全证明书后，这个问题就搁下了，直到1969年她想回爱尔兰时才想到要解决这个问题，那是她在1936年离开后第一次准备回爱尔兰。她需要护照。这也说明，她一直没有完成公民证明的最后一道办理程序。她找出了爱尔兰的出生证明和受洗证明的新复印件。当时她正住在圣费尔南多谷，1970 年，我父亲开车带她到洛杉矶的联邦大楼。美国移民和归化局问了她一些问题，然后就把她送回家了。她收到了她的公民证明书，是通过邮寄方式寄来的。她也为移民与公民权之间的这个小小的疏忽而尴尬不已，但这个故事并没有什么不同寻常之处。

当然，在战时，她觉得自己就是一名美国公民，她也是按美国公民应有的态度做事情的。战争本身当然是恐怖的。比利·埃亨参军了，杰里·马尔维希尔也参军了。即使所爱的人没有战死，他们也会有对死亡和离别的担心。在美国国内，会有定量配给和日常的各种艰辛，但除此之外，还有其他一些事情。

这场战争可以说是近乎神圣的。对于战争涉及的那些平民的行为，战争为他们祈福；每个人都用战争来给自己涂抹圣油。在为战争服务的过程中，本是世俗的行为，也获得了神圣感。1942 年 6 月 26 日，斯塔兹·特克尔（Studs Terkel）当时还在芝加哥 WAIT 广播电台，他已是芝加哥的名人，他采访了唐·斯特林（Don Sterling），一个和杰克·沃尔什一样的有轨电车修理工。这是星期五晚上对工会成员的系列新闻采访的一部分。

斯塔兹通过一系列问题引导唐·斯特林，唐在回答这些问题时，赞扬了工会——公交车、电气化铁路和长途汽车员工联合会。"有点贴题了。"斯塔兹说道。

"有点联合的意思了。"唐说。

这个工会给普通老百姓介绍工作，尽工会之力为"击败轴心国"做自己的贡献。访谈的内容包括冷笑话、战时公债、民防委员会、工会男性成员服役时的子女问题等。访谈在唐旗帜鲜明地为工会辩护、严厉批评贬低工会的右翼专栏作家韦斯特布鲁克·佩格勒（West-brook Pegler）中结束。

特权的最大堡垒仍然屹立，但在战时，富人失去了一部分财富，降至比他们收入低的人群的水平，这在美国历史上还是第一次。当时有一种感觉是，工人阶级已走出最坏的情形。一旦战争打赢，将来的世界就是他们的世界了。唐列举了工会的成就：为贫病交加的工会成员设立了基金；补偿金；生病时的补助金；残障保险；合会；提高工人的薪酬。这些对杰克·沃尔什及其家族来说，是个巨大的成就。

战争是美国历史上的一个时刻，齐心协力受到赞扬，人们一起做的事情的重要性胜于单独做的事情，共同的利益和共同的事业高于个人的利益。杰克·沃尔什的日常工作看起来有一个超出了日常薪酬的目标，且那份工作的条件看来也完全在他的掌控之中。

事后看来，公共事件改变个人生活的方式变得非常明显了：第二次世界大战给萨拉和内尔创造了一个出发点。自从萨拉到来以后，由于在同一屋檐下，周围都是同一人群，她们的生活经历是共享的。在战争期间，一开始，她们不知不觉地就解开了，分开了，开始变得不一样了。萨拉的生活从芝加哥移开，内尔成为逐渐远离的、扎根于西南区的人物。

但不完全是这样，因为，尽管内尔在西南区的生活几乎是静止的，她所在的那个地方周边本身却发生了变化。内尔结婚了，帕特想要的那份克瑞钢铁公司的工作又往后延期了。到1941年，内尔怀上了二胎。但结婚和怀孕本身并不是让她们看起来不一样的原因。

1941年12月7日的晚上，萨拉和内尔一起去六十三街和霍尔斯特德大街，这是萨拉和内尔在一起的所有故事中的最后一个。到了那时，内尔已经改变了。大家聚在一起的那种忧郁很可能与她的心绪是很搭配的。

按照萨拉说的，这种改变，是随着内尔的第一个孩子一起到来的。萨拉记得，怀孕时内尔看起来还算正常。第一个孩子是男孩，他们以孩子外公的名字给起的名：约翰。但孩子出生后没多久就夭折了。内尔感到极为悲痛。萨拉已不再住在南莫扎特大街，但她搬回来和内尔一起住。萨拉说，内尔不能控制她的情绪。

萨拉所记得的是葬礼，或者毋宁说是葬礼上所缺的那一个人。杰克·沃尔什和帕特把婴儿的遗体放进一个白色的小棺材里。棺材里的婴儿与老人同名，是年轻男子的儿子。他们没有雇殡仪员。他们把棺材放进帕特的雪佛兰汽车里，穿过城区，把婴儿埋在西北区的一个墓地里。杰克·沃尔什所熟悉的是北区，因为他在巴特勒家住过，但这种埋葬方式，可以说是一种流放。西北区并不是他们常去的地方。萨拉对此没有任何解释。这是他们的事情。

萨拉记得，此后的内尔简直是换了一个人。原本她热衷于购物，喜爱各种服饰，这是之前的故事里的她的形象，但如今，这些仿佛与她无缘。她开始穿普通的女便服。她又怀孕了；那个孩子活下来了，之后她又生了更多孩子，这些孩子慢慢长大了，人丁兴旺起来。但是那个选美大赛的获胜者，那个购物者，那个称她妹妹是菜鸟的内尔，已不见了。

在接下来的几年里，萨拉仍与帕特和内尔有联系，但她的生活发生了变化。她搬出了原本离汤姆·奥哈拉不远的地下室公寓，和机场同事住到了一起。她想和年轻人在一起。那些她仍称其为美国女孩的人，是不会让她心烦的。她的意思是，她们既非爱尔兰裔，也往往不是天主教教徒，她们没有明显的种族特征。她们搬到了一栋较新的公寓楼里，她称那里为"东区"。我从未听说过芝加哥还有"东区"。她的意思是，那栋楼临近密歇根湖。

她的工作和机场，而不是南莫扎特大街，成了她生活的中心。在机场里的每一天，她都能见到生活的证据被连根拔起，又被重新排列、重新安排。这不会让她感到恐惧。这对她来说很有吸引力。机场远比给其他女人做美容有意思。机场提供了西南区其他地方所不能提供的可能性。

战争以和平时期人们会抗拒而在战时显得不可避免甚至是容易被人所接受的方式改变了这个国家。旧有的分类被打破。军队和为战争而工作把人们拢到一起——若在平时，他们都是彼此分离的。萨拉没有抗拒这种变化，而是顺从了这种变化。

当萨拉看着飞行员和乘客途经米德韦机场时，她也被来自美国全国的人流旋涡卷了进去，这些人乘火车、飞机、公交车、卡车穿过这个国家，以过去是不同寻常而今是极为常见的方式融合到一起。正是这种背景下，她得以遇见我父亲，他们的相遇相识，若在承平时期，是不可想象的。

第 四 编

第三十章

我第一次觉得自己像个美国的女孩了。
——萨拉回忆第一次约会哈里·怀特的情形

萨拉在航空公司工作，获得的一个好处就是每半年可以免费坐飞机旅行一次。然而，作为一名不用花钱的乘客，只要任何一家航空公司的付费乘客坐满，她就得被调换到别的航空公司的飞机上。甚至在有军事需要时，得腾出座位把飞行员送到目的地，付费的乘客也得被调换到其他航空公司的飞机上。她被排在最后。很多时候她都是坐在航站楼里。但是，她说，"青春和我们同驻"，在机场里等待也不是什么坏事。

她选的目的地表明，她变得越来越有自信，越来越独立。她的第一次旅行就选择去了纽瓦克度周末，因为帕特的一个叔叔在纽瓦克。萨拉到那里后，就和他及他妻子住在一起，他女儿凯和女婿就住在他家不远处。凯的丈夫是个珠宝商，他送给萨拉一枚胸针作为这次旅行的纪念。至今她仍留着那枚胸针。这仍是沿着家族的习惯线运动，并没有超出她的南区的爱尔兰裔的关系。

但此后，她的旅行和目的地就变了。旅行的时间有时不只周末，萨拉愿意选择她还不知道的地方，到了后，那里没有熟人去欢迎她。

这就是为什么在 1942 年她与在航空公司上班的多萝西·博兰一起往南飞到了新奥尔良、圣安东尼奥和达拉斯。就她一生而言，她住在她极为熟悉或即将熟悉的地方。如今，每半年她都会成为一名陌生客，不必受平日里由家族成员、朋友、邻居所构成的人际关系的约束。多萝西是她与西南区唯一的联系。

在去新奥尔良的路上，她们在亚特兰大调换了航班，等了好长时间才等到另一个航班的座位。她们省下了钱，打车去了新奥尔良的宾馆。她们到的时候已筋疲力尽，睡了至少 12 个小时。

此后，她们就在法语区闲逛，在围起来的花园外流连忘返。那是她们此前从未见过的地方。在晚上，晚饭后，她们会步行穿过成群的喝得醉醺醺的、粗鲁的美国大兵。最终，宪兵会过来，他们盯着那些大兵，就像在挑最熟的水果；他们把最吵闹的、喝得最不省人事的士兵扔进他们的卡车里，把他们带走。萨拉说，当时是战时，你不应忘记这一点，不管你去了哪里，也不管你做什么。

在新奥尔良的第三天，萨拉和多萝西一起在宾馆吃早餐（尽管已经不早了），这时，女服务生过来了，给了她一张便条，内容是：一名士兵想要请她们喝一杯，不知能否赏光。她们挑了两杯，女服务生马上送了过来。与此同时，她带来了另一张字条，写的是士兵问能否和她们一起喝。她们说可以，萨拉记得他很快就来到了她们的那张桌子旁。

他是名军官，面容清秀，是陆军通信部队的一名中尉。他的名字是哈里·怀特，他是从得克萨斯州的萨姆·休斯顿堡来短期休假的。后来他就成了我父亲。

我有一张他当时的照片。他把这张照片送给了他妹妹，他妹妹当时还是个十几岁的少女。她又把这张照片给了我。照片上写着"爱你。哈里"。照片中的他穿的是陆军通信部队的制服，手里拿着交叉信号旗。他宽额，黑发，梳着大奔头。

这张照片至今仍留在我的办公室里，而且这张照片总能让我吃惊。让我吃惊的，并不是这张照片让我想起我父亲。他看上去很高兴。即使我对那时的他没有任何回忆（也不可能有回忆），我对他后来的回忆总让我把关注的焦点放在当时并没有出现的东西而不是当时出现了的东西上面。当我看到这张照片时，我看到的是不在场的东西。我和他打交道时，他总是生气，总会有令人恐惧的情绪的突然爆发，但从这张照片里看不出这些。我意识到，我是在看一个我从不认识的人。

当我如此专注地看这张照片时，我觉得很奇怪。他照这张照片时是 24 岁，如今我儿子也是这个年龄。如今的我，只比他 1972 年早逝时的年龄小了几岁。

尽管我无法理解这张照片，但我母亲却能以她的方式理解这张照片，尽管她也得跟后来的记忆做斗争。这个男人她是认识的，而她的孩子则未必真正认识他。了解了这一点后，对于我想要去理解他、想要理解他何以变成后来的样子，她很恼火。

那天晚上，他们共进晚餐。他告诉她们俩，他正在准备凯利机场（Kelly Field）的考试，为的是以后能成为一名飞行员。

他问她们是从哪儿来的。在听到她的口音时，他发现，在她显得疲惫或放松时，她说话还是有一点土腔，于是他问她是否出生于芝加哥。"不，"她说，"我出生在爱尔兰。"

当她们离开餐馆时，他陪她们在法语区闲逛。他讲起了这个地方的历史及其与法国的联系。他回答了她们提出的问题。她说，他很有趣，很容易与之交谈。

他邀请她们次日晚上在一家人气很旺的餐馆共进晚餐。他们吃得很慢，饭后他们又到了一家夜总会，萨拉记得那里很吵。就像新奥尔良的所有地方一样，那里都是士兵，有位女子在钢琴旁唱歌，但士兵们的嘈杂声淹没了她的声音。

他把她们送回了宾馆，还问第二天能否见到她们。她们俩同意了。当她们上楼回到房间时，她们争论他到底中意她们二人中的哪一个，她们都认为对方才是他中意的。

第二天是她们待在新奥尔良的最后一天。他带她们乘公交车到了庞恰特雷恩湖（Lake Pontchartrain）。尽管在芝加哥时她就住在密歇根湖边，萨拉还记得当时她在想这个湖到底有多大。那天晚上，他又带她们共进晚餐，饭后他们去跳舞了。

当他把她们送回宾馆时，他问萨拉他能否给她写信或打电话。她感到震惊，因为她一直确信，他中意的是多萝西。她把自己的地址和电话号码给了他。他亲了亲多萝西的脸颊，而吻了萨拉的唇。萨拉记得，这就是他们交往的开始。

她感觉自己仿佛漫步于云端。这是她第一次觉得自己像一名美国的女孩。她希望在圣安东尼奥见到他，但他仍在新奥尔良。圣安东尼奥带给她的只是严重的晒伤，而不是浪漫。

使她感到自己像个美国的女孩，是他会感同身受的成就。他父母最大的目标就是使他成为一名美国的男孩。和萨拉的父亲及萨拉本人一样，哈里的父亲也是一名移民。

萨拉和哈里在美国的地界上相遇，只有战争才会创造出这种可能性。第二次世界大战成了月老，让他们在新奥尔良的餐馆相遇。可以想象，如果在其他情形之下，他们恐怕是不会走到一起的。

他是来自波士顿的犹太人。她是来自芝加哥的天主教教徒。萨拉对此刻意地低调处理，而我父亲哈里则从不是这样。萨拉说，她对犹太人一无所知，他是犹太人这一点对她来说并不重要。哈里对凯里郡也知之甚少，但他知道波士顿以及波士顿的爱尔兰裔天主教教徒。他认识爱尔兰裔天主教教徒，因为他们是他父亲、他家人的朋友和同事，但他还知道，库格林神父在爱尔兰裔中间有一批狂热的追随者，他们在圣周（复活节前一周）会在天主教教堂外散发小册子，宣称犹太人"毁了"多切斯特、罗克斯伯里（Roxbury）、切尔西（Chelsea）。哈里和他的父母曾在多切斯特住过。

她身上有爱尔兰人的特质，他身上有犹太人的特质，除此之外，他们俩还有其他方面的差异。他以优等的成绩毕业于哈佛大学。她只在巴利朗福德的国立小学读完了四年级。但当他在那天早上走近她的桌子时，他们俩都没有意识到这种种差异。在浪漫惬意的两天里，她所看到的和关注的是：他是个彬彬有礼、英俊帅气、容易与之交谈的人。

萨拉发现，关于在最初的几天（然后是几周、几个月）里他们是怎样看待对方的，确实很难说清楚。她告诉我，这些事情涉及的回忆太多，有好的方面，也有不好的方面。要她回想往事，那么，她所要回忆的事情，就不只是战时那几年的了。当时她所认识的那个哈里·怀特，她所爱上的那个哈里·怀特，其形象最清晰的那一刻，莫过于他穿过法语区的餐馆、走向她的桌子的那一刻。对于餐馆里的他的记忆（如果她不是有意识地往这方面去想的话），引发了其他方面的记忆：漫长而情感热烈的婚姻。

作为一名历史学家，我想要的是事件发生的顺序，但这种方式并非我母亲头脑中仍留存的那个过去的方式。在记忆里，所有有关她和我父亲的爱情故事（这是她一生中重要的浪漫故事）和他们的婚姻都是混为一谈的，就像一枚枚硬币，数年来不断掉进坛子里。要重新捋清楚这些事件孰先孰后，要编制好编年的大事记，诚非易事。要对她的情感作一个编年史，实际上是不可能的。

我想要的就是这种不可能性。我想要她记住过去，就好像她不知道这个开始之后的事情。我想要她把很多事情放回到1942年的那个时刻里应有的位置，而在那个时刻，她并不知道后面会发生的事情。我想要她欺骗我说，比起现在仍记得的纷纭复杂的过去，编年史是更为真实的。

一开始，她拒绝这样做。她没有直接拒绝。只是对于我想知道的，她没有告诉我而已。这可不是我母亲的行事风格。

因此，我写了我所知道的事情，写了我从其他人（包括我父亲）那里听到的事情，当她读到本书的第一稿时，她的反应是愠怒、气愤，感到受到了伤害。她觉得我对他很差。她想要保护他的记忆和她的记忆。她想要的结尾是她的沉默。只有在这个地方而不是其他地方，她想要她的记忆没有争议。她不想让我跟其他人交谈，不想让我搜集其他故事，不想让我深入我父亲的过去（尽管对他的过去，留下的记忆也并不多）。当她沉默不语的时候，她想让那些她不想说出的事情保持一份宁静，就像坟墓那样。那是那些故事的最终权力。什么应当被记住，什么可以讲述出来，由它们来决定。她拼命主张的那个过去，恰是她想要忘掉的那个过去。

　　仿佛是要和她的记忆作对，我的历史到处翻找，四处打探，连猜带蒙。我的历史只能利用其他人对我父亲的记忆作为素材，包括我对我父亲的记忆、我叔叔对我父亲的记忆、我姑姑对我父亲的记忆。她认为，正因为我如此残酷地侵入了这个过去，最终她才会讲起那些事情，而那些事情，她本来是想要烂在肚子里的。这是书中最让人痛苦的地方，不是因为书中揭示了他们在恋爱和婚姻的早期阶段其实并不如意，而是因为他们的幸福并不持久，回忆一个人就等于承认另一个人。他已故去，关于他，我这里所呈现给大家的，只是其中的一个版本，这个版本里的他的故事，就像是附丽于她本想竭力封存起来的记忆的影子一样。她仍坚持她的记忆。对她来说，这就好比再次把他从她那里夺走一样。

第三十一章

5-14-37。面容黢黑，典型的 NA 非居民……不错的学生，这是他获得奖学金的唯一理由。

——哈里·怀特在哈佛大学的学生档案

哈里·怀特也讲了关于他的过去的故事。其中最为核心的故事是关于塞缪尔·怀特（Samuel White）被审判、被定罪、坐牢和得到赦免的故事，这个故事起到了棱镜的作用，透过这个故事，就能看到所有其他的故事。塞缪尔·怀特是我的"泽德"（zeyde）。自我打小起，我就以为"泽德"是我祖父的名字（实际上是意第绪语的"祖父"），就像我认为"巴布"（bubbe）是我祖母的名字一样（实际上是意第绪语的"祖母"）。我真心崇拜我的"泽德"，就像孩子崇拜成年人一样。我仰慕他，但仰慕他的方式从来就不像孩子仰慕成年人那样。别人给我讲的有关他的所有的事情，我都记得。我相信"泽德"给我讲的一切。在我还没有改变我的情感的时候，他就去世了，即使是现在，对我来说，也很难想象我的这个最完美的记忆是怎么样破灭的。

我观察过"泽德"调制千岛色拉调味汁的过程。我们正在纽约旺托（Wantagh）的厨房里。我是观众。当然，在所有的事情上，我都是观众。当他不需要我当他的观众的时候，当他要从他那位于罗克斯伯里的烈酒商店的后屋里给赌注登记经纪人打电话时，他知道怎样温和地打发我走。"迪基（Dickie），"他会这样说，"帮我个忙好吗？给你和你弟弟们拿些汽水和薯片。"但这个晚上，我是他的观众，正全神贯注地看他把番茄酱和蛋黄酱搅在一起，仿佛这样的事情以前从未尝试过，从未考虑过。他看上去满腹狐疑；我承认，这是此前未尝试过的经历。他给了我一口尝尝。我在尝的时候想，哥伦布的船员第一次吃到新世界的水果时，大概就是这个感觉吧。我感到惊诧的是，他发现这种混合物就在我的冰箱里，这是不可想象的。我跑去告诉我父亲"泽德"做的事情。我父亲认为他养了个傻小子，这不是他第一次也不是最后一次这样想。

别人跟我讲的关于"泽德"的事情，我都记得。我父亲并没有立刻告诉我事情的全部。基本的情节总是相同的，但我还是从打我小时候起就听到的各种版本的说法中重构了这个故事。

我父亲跟我讲，"泽德"曾经很富有。在20世纪20年代，他是波士顿很有名气的律师，还曾涉足政坛。他跟波士顿市长詹姆斯·迈克尔·柯利（James Michael Curley）的政治机器的关系不一般。

我父亲告诉我，在20世纪20年代，"泽德"被卷入一份铺砌街道的合同中，和柯利主导下的许多铺砌街道的合同一样，这份合同也是场骗局。塞缪尔·怀特和他的合作者被逮捕了，受到了指控。和"泽德"一起受到指控的是两名爱尔兰人。显然，得有人承担这份责任。我父亲说，法官是爱尔兰人，于是他挑出犹太人作为替罪羊。"泽德"被投到亚特兰大的联邦监狱中。他的财富化为乌有，他的律师生涯也结束了，他的家人也陷入贫困。大萧条降临了，我父亲告诉我，"巴布"不得不排队领取食物。最后，赫伯特·胡佛赦免了"泽德"，但他的律师资格被取消了。过了一年，他才重获律师从业资格。

1929 年，父亲被投到监狱时，哈里·怀特当时 9 岁（实际上是快 10 岁了）。当他长大后，他发誓要杀了那个爱尔兰法官。

这个故事是我父亲的"创世记"。这个故事解释了他的童年、他的大学生活乃至他的婚姻。这个故事解释了他为了娶我的母亲而越过的那道分水岭。

爱尔兰人就是把他们隔开的那个分水岭：被放走的爱尔兰裔共同被告人，背叛他父亲的爱尔兰裔政治家，给"泽德"判罪的爱尔兰裔法官。在他的故事里，爱尔兰人背叛了犹太人，正如在库格林神父讲的故事里犹太人背叛了爱尔兰人。在这个故事里，爱尔兰人把这个犹太人家族抛向了贫穷的深渊。这个故事的中心是背叛，围绕这个中心，他把他必须去与之斗争的爱尔兰裔的街头混混的故事归为一类，相比之下，这些故事就不是那么重要了。

在这个故事里，"泽德"被定罪这个事件把我母亲和我父亲分为了对立的阵营，尽管在日常生活中我母亲也是崇拜"泽德"的，崇拜的程度只比我少了那么一点点。"泽德"被释放后，怀特家族就家道中衰，陷入贫困了，但他们还是慢慢地赚回了一些财富。我的叔叔跟我讲过他自年轻时就记得的一些事情的细节。"泽德"重操他的律师职业，又眼看着失败，最后只得在公共事业振兴署谋个差事。再后来，战争爆发了，他成了造船厂的一名焊接工。他把积蓄投到两家卖烈酒的店铺中，其中一家在罗克斯伯里，另一家在南塔斯基特（Nantasket）。我小的时候，他还是这两家店铺的所有者。

坐牢并没有击垮"泽德"，但这件事的确让他不再雄心万丈。他放下下政治，还参与政治活动，也得到了一些不大的好处，但他再也不去想把事情做大。他开始同情那些生活跌入深渊的人；他从不会对他们表现出高人一等；他认可他们，无骄矜之色，仅仅是因为他们也遭受过苦难。他深知，一个看上去不起眼的机会会在很大程度上改变人生。

这并不是"巴布"的态度。"巴布"知道谁应该被谴责，而且我猜测，从他们的生活轨迹看，她有理由谴责"泽德"。"巴布"有一个别人谁也不允许反对的决定。她知道事情应该怎样搞定。她知道，我弟弟吃麦片之前（而不是之后）应该喝橙汁。她知道，在阳光明媚的日子里，我不应当躲在屋里看书。

在我小的时候，她的决定正是我弟弟和我竭力要推翻的某个东西，但正是那个决定，使得她在她丈夫入狱期间得以度过大萧条的岁月。她相信自己的判断，相信她自己的资源。她的订婚戒指是危急时刻她可利用的最后的资源。她儿子哈里记得，那枚戒指她在最后才抵押出去，然后又很快赎回了。在我结婚的时候，她把那枚戒指送给了我妻子。

她总是怀疑人的缺点，当然，她也总是能发现人的缺点，指责这些缺点，但她总是真诚待人，这种态度也得到了他人的真诚回报。在她还是个孩子的时候，她就和朋友组织了一个俱乐部，她们称这个俱乐部为"彭西斯"（Pensies）。这是个读书俱乐部。她们每月聚会一次，交流读书心得。在她们小的时候，她们就聚会。在她们长成女青年的时候，她们也聚会，那时的"泽德"已是颇有成就的律师了。在"泽德"坐牢期间，她们也聚会，尽管那时的"巴布"在接受救济。在大萧条期间，在两次世界大战期间，在朝鲜战争期间，在越南战争期间，她们仍聚会。在"巴布"去世后，她们仍会聚会。

　　我叔叔跟我讲过一个故事，这个故事能看出"泽德"和"巴布"的差异。有一次，从不赞成喝酒也从不饮酒的"巴布"，在罗克斯伯里的店铺里帮"泽德"卖酒。在早上，当店铺开门的时候，已有很多酒鬼排队买麝香葡萄酒和加酒精的葡萄酒。其中一个酒鬼蓬头垢面，脏乱不堪，没有钱。这个男子一直在店铺周围转来转去，是个让人讨厌的家伙，"巴布"对他很是不满。那天早上他就站在后面，想要"泽德"给他一瓶酒。她想要"泽德"把他赶走，但这个人就是赖着不走，央求给一瓶酒。他许诺说他会回来把钱付上。"泽德"就在等，一直等到其他人都走了。他给了那个男子一瓶酒。这个酒鬼在迟疑中接过了酒，然后离开了。

　　"你在做什么？""巴布"惊讶地问道，"你觉得他会回来把钱给你吗？你觉得你还能再见到他吗？"

　　"不能。""泽德"说道，"我再也不会见到他了。"

　　"那么，你在做什么？"

　　"瞧瞧，""泽德"说，"你想要赶走这个家伙，是不是？"

　　"没错。""巴布"答道。

　　"那么，""泽德"说道，"你再也不会见到他了。"

　　当哈里还是个孩子的时候，由于他的父亲坐牢，他一家人陷入了贫困，他不得不肩负起生活的重担。他成了他母亲主要的依靠对象。这是生活抛给他的重负，哪怕他对此愤愤不平，他也得把这副重担给挑起来。即使那时仅仅是十几岁的少年，他也是这个家庭的顶梁柱了，至少在外人看来如此，而此时的"泽德"则正在为重获失去的财富、使他的婚姻维持下去而努力奋斗。等哈里长大了，他在上学时就一边读书一边做工；当他在高中读高年级时，他就在波士顿公立图书馆做工，为这个家庭做出他的贡献。这个家庭需要他的帮助。

　　但是，真正的负担并不是他需要为家里做的贡献或他所做的事情，真正的负担是未来。哈里成了一个很了不起的孩子，在家道中落时，他担起了全家的希望。"巴布"和"泽德"在他身上到底给予了多大的期望，我不得而知。他们对他抱的希望应该是很大的。

　　在哈里还是个十几岁的少年的时候，他对他父亲坐牢一事几乎缄口不言。仅看"泽德"的日常行为，你将永远都不知道"泽德"的事情的严重程度，只有哈里知道，但哈里又对此小心翼翼。"泽德"尽他最大的努力重操旧业。他从事法律事务，在波士顿的德文郡街有一个法律事务所。他主要做房地产方面的生意，但当房地产市场崩盘的时候，他还努力挣扎了一番。1936年哈里上大学的时候，"泽德"没有自己的房产，没有储蓄，借了能够借到的钱。最终，他完全放弃了他的事务所。1939年，他到公共事业振兴署工作。他还是没攒下多少钱。

　　就我所知，哈里可暂时摆脱家庭重担的地方有两个。第一个是在特拉赫滕贝格家。莫特·特拉赫滕贝格是他最好的朋友。他家在多切斯特，离哈里家仅有数个街区。莫特的父母很看好哈里。莫特的母亲活了一百多岁，在她去世前的几年里，她还经常念叨哈里。哈里在他们家下棋。"他可绝不会手下留情，也不会洋洋自得。"莫特告诉我。

　　他的另一个逃避之地是波士顿拉丁文学校，不仅如此，这个地方还是最能证明他的天赋的地方。对于男孩子（主要是犹太裔和爱尔兰裔）来说，波士顿拉丁文学校就是他们的预科学校，因为这些家庭往往负担不起预科学校的费用，即使有让他们感兴趣的预科学校。1930年秋，他父亲刚出狱一个月，他从克里斯托弗·吉布森（Christopher

Gibson）学校考入了这个学校。他全家正为摆脱救济而苦苦挣扎，但波士顿拉丁文学校是另一个世界，是家财既尽后可暂时逃离家庭的地方。在这里，看来只有能力才是大家最看重的。他的同班同学还记得当时都争着要到这里，都争着留在这里。

我手头有一些他当年拥有的东西（几份年刊），还有他在20世纪30年代得到的或购买的一些东西。这些东西构成了历史的片段，用于纪念某些成就、某些时刻出现的某种愿望。其中的一些是他给我的，有些是"巴布"给我的，有些是我母亲给我的。有些是我从我妹妹那里借到的。它们都是不大的东西，主要是书和奖品。

譬如，这其中就有莫里斯·H. 哈里斯（Maurice H. Harris）拉比写的《犹太人千年史》（*A Thousand Years of Jewish History*）。哈里收到这本书是在1931年5月，那时他快12岁了，正就读于米什卡姆特菲拉学校，在为受诫礼做准备。"米什卡姆特菲拉"本义是祈祷者的会幕，是多切斯特一个很大的教堂。他在那里学习很刻苦。S. 扎克罗（S. Zucrow）和亚瑟·O. 格林（Arthur O. Green）把这本书作为"学业优秀"的奖励送给了他，在上面签了名。

我所知道的最值得一说的事情是波士顿拉丁文学校的年刊中有关他的信息。他在那里待了6年，1936年毕业。在我年轻的时候，我对他与那所学校的不解之缘就感到抓狂，这简直证明了他对他的子女的碾压：我们的学业成绩永远也比不上他在那里的学业成绩。不过，也不能这样说。比起我们需要我们的学校，他更需要那所学校。

他在那里可谓大放异彩。每年都会获得各种奖学金：1932—1935年，连续获得古典学奖学金；1930—1935年，连续获得现代奖学金；1932—1933年，连续获得1885届奖学金；1935—1936年，连续获得卓越奖学金。

1936 年春天的一天，学生们聚在一起为年刊拍照片，那时他在那个学校。学生们分为若干组，或坐或站在教室里的照相机前（更多的时候是坐或站在台阶上）。他与年刊委员会的成员坐在第一排，阿瑟·坎托（Arthur Cantor，后来成了百老汇的制片人）是年刊委员会主席。在那里，他还和学生自己办的报纸《语体》（*The Register*）的全体成员一起合影。阿瑟·坎托是总编辑，对他的图书专栏表示感谢，其专栏文章"以其率直的文风而深受读者欢迎"，坎托还说，"在那些日子里，在困难的时刻里"，哈里"一直影响着报纸的全体人员"。他加入了文学俱乐部，并任俱乐部的主席。11 月，他就过去几年的普利策戏剧奖发表了一通演讲，对本季度的戏剧奖进行了预测。他加入了物理俱乐部，任秘书一职；他还加入了数学俱乐部。他还担任班级的记录员，加入了告别舞委员会。

所有这些职务都要负起责任，而由于责任所系，他在加入辩论社四年后不得不退出，不得已而退出的还有此前曾加入的拉丁文俱乐部、象棋和跳棋俱乐部以及象棋比赛队。

我猜想，在他醒着的时候，他一定都是待在波士顿拉丁文学校里，但后来，有许多个下午，他也去希伯来教师学院，这个学院当时是流亡者和东欧犹太人学习的中心地。在那里，他会学习希伯来文、犹太法典和《圣经》。我的一个同事希勒尔·基瓦尔上过希伯来教师学院，是哈里的下一届，他说学院里总有一支来自波士顿拉丁文学校的代表队。该校的高中部位于普罗兹多（Prozdor），那里的高中生每周会来几天，待上两个小时。对于一个喜爱写作和思想的年轻学子来说，波士顿拉丁文学校和希伯来教师学院提供了一个很好的智力上的训练的机会。我不由得想，它们也暂时缓解了家庭变故带来的痛苦。

　　从这些照片可以看出，那时的他还不大，精瘦结实；但从这些照片看不出的是，他还是一名优秀的游泳者，是波士顿勇士队的忠实球迷。他如饥似渴地读书。1935 年 7 月，他买了两本廉价的旧版书（也可能是别人买了送他的），是阿尔弗雷德·丁尼生勋爵（Alfred Lord Tennyson）的《公主》（*The Princess: A Medley and Other Poems*）和《谢里登的戏剧》（*Sheridan's Play*）。他在每本书的扉页上都写上了他的名字和日期：1935 年 7 月 1 日。

　　在他的学习生涯中，他一直在和伊兹·罗森伯格（Izzy Rosenberg）竞争，最终他败给了后者，罗森伯格成了那一届的学生会主席和（毕业典礼上）致告别词的最优生代表。年刊的漫画把他们二人画成了"哈佛教授"的形象。

　　他和伊兹·罗森伯格均于 1936 年毕业。他们二人及班上的其余 87 名同学都想上哈佛大学。

　　我能回访到他当年的波士顿拉丁文学校的一些同班同学。"那是 60 年前的事了。"他的一名昔日同窗跟我如是说道，说话时还唏嘘不已，仿佛这对他来说不可想象。昔日同窗的记忆都是模糊的、泛泛的。他"很聪明"，也"很有趣"，其中一名同窗如是评论。我已然知道他很聪明。他总是不厌其烦地告诉我这一点，我还保存着他在波士顿拉丁文学校获得的奖章，其分量甚至超出了年刊上列出的奖学金：奖励美国史研习中的优秀人才的华盛顿和富兰克林奖章（Washington and Franklin Medal for Excellence in the Study of United States History）和富兰克林优异者奖章（Gift of Franklin Medal）。

　　我获允在哈佛大学查看他当年的档案。哈里的入学申请书的原件还在那里。第 19 题是："你为什么要到哈佛大学？"他的答案写的是哈佛大学的条件，是这样写的："这里的设施很先进，我无论是学法律，还是学医学抑或教育学，这里的设备都能满足我的需求。"紧接着，他概括道："我希望在哈佛能收获友谊，能有社交活动。我希望成为一名哈佛人，成为建校以来千千万万的哈佛学子中的一员。"

他的推荐信全来自多切斯特，来自像塞缪尔·怀特及其子女这样的犹太移民的邻居们。这些推荐信都不长，都是他父亲的朋友写的。亚伯拉罕·特拉赫滕贝格（Abraham Trachtenberg）的推荐信只有一句话："很优秀的学生，思维敏锐，有幽默感，品行良好，智力超群。"海曼·鲁多夫斯基（Hyman Rudofsky）称赞他是"一个对父母和同伴都有责任感的人"。路易斯·布朗（Louis Brown）的信中说他是"美国青年人的榜样"。

7 月份，他被哈佛大学录取了，但由于某种原因，8 月份，哈佛大学要他父亲提供更多的信息。"泽德"用他想象的哈佛期望的语言风格写下了这样一段话："8 月 19 日来信收讫。信中问及我那已被贵校录取的长子哈里·伊莱（Harry Eli）的一些情况。我想请贵校相信，他举止文雅，性情纯良，喜爱高雅的事物，如戏剧、雅乐、阅读经典的文学作品等。"

这封信给人的感觉是不自然，虽然也颇能打动人。这里讲的是一位尊重长辈的年轻的绅士的故事。"看起来，他很喜欢看网球赛。"哈里很诚实。他父亲不记得"他什么时候告诉过我一件不真实的事情"。他上过波士顿拉丁文学校和"私立的希伯来学校，在这所希伯来学校里，他学到了有关犹太人的生活、历史和贡献的知识"。他也上过钢琴课，但看不出他有这方面的天赋。

哈里是以奖学金获得者的身份上的哈佛大学。在哈佛，他获得了亨利·D. 帕门特和乔纳森·M. 帕门特奖学金（Henry D. and Jonathan M. Parmenter Scholarship），但只有区区 200 美元，而学费及在校的生活费则高达 1000 美元左右。为补上这个差额，在大学的第一年和第二年，他就在多切斯特科柏特大街（Corbert Street）90 号的家里住，同时打些零工。

意外的新发现还是有的，虽然不再让我感到惊奇。我在我执教的华盛顿大学的史密斯会堂（Smith Hall）的地下室存了几箱书。这些书都蒙上了灰尘，还发霉了，着实加重了内人的哮喘。为了从中找到我父亲的书，我得把放在屋子的这几个书箱彻底倒腾一下，而这个屋子本来是准备给荣休教授用作办公室的。

在我翻箱倒柜找书的时候，汤姆·普雷斯利（Tom Pressly）正在工作。数年前，我是他的教学助理，我对他很是感激，因为关于历史课的讲授，他教给我很多。我向他解释了我正在做的事情。很久之前我就知道，在我父亲就读于哈佛时，他也在那里读书；现在我才知道，他们俩竟然还同班，尽管他们都不认识对方。他还保存着那些年的年刊，还保存着一份还健在的班上的同学的名单。正是通过汤姆，我才找到了那些还记得我父亲的人。

汤姆·普雷斯利也是哈佛大学获得奖学金的学生。他来自田纳西州的小城特洛伊（Troy）。他母亲极为担心北方、波士顿及常春藤联合会会给来自特洛伊的小伙子以种种诱惑。她对各种看得见的危险进行排序，然后给了他一句警告："要当心唯一神论者教徒。"

对于汤姆·普雷斯利来说，成为奖学金学生就意味着在宿舍的餐桌旁当侍应生。汤姆告诉我说，那很难熬，对心理是极大的考验。这意味着把你标识了出来，把你与其他人分开，但也只能坚持下来。在那些年里，詹姆斯·科南特（James Conant）一直在改变着哈佛，奖学金学生就是羞辱的代名词这种现象得到一定程度的遏制。汤姆全身心地投入到学习中，上了系主任的名单，因为要获得奖学金，就要上这个名单。他觉得现在的哈佛运转良好，因为现在的哈佛，一切都取决于学术上的排序。

从某种意义上说，哈佛的确值得称道，但这种值得称道的程度则因时而有损益。哈里在哈佛的第一年的成绩就很耀眼。他的英文、化学、历史和数学成绩都是 A。那时的哈佛，学生被按等级分为了六组。第一组都是由最优秀的学生组成的，他那一届的学生共有 950 名，被列为第一组的只有 2%。他就在第一组。他上了系主任的名单，但并不在被特别挑选出的只有 7 个人的那个组，伊兹·罗森伯格就在那个组。哈里得到的是迪特（Detur）奖，这是一个大奖，还得到了两卷精美的柏拉图的《对话集》（*Dialogues*），用红色和黑色的绳子绑在一起。我至今还留存着这份奖品。

哈里的导师们建议学校增加奖学金额度，使他可以不用打零工，从而可以搬到学校里住。他们对他的天赋予以高度肯定，认为他是他们教过的最好的学生，将来必有远大的前程。

但那时的他遭遇到了自身条件的限制。在他的奖学金资格申请表格中，有一条线下注明"以下内容申请者不得填写"，下面有这样一则不长的说明：

5-14-37。面容黝黑，典型的 NA 非居民。他通过挣钱、家里支持和 200 美元的奖学金来交纳当年的学费。下一年也是如此。不错的学生，这是他获得奖学金的唯一理由。

一年前，在哈里所想象的哈佛校友关系里，可没有像他这样长得有点黑、典型的 NA 非居民这样的内容。我不知道 NA 是什么意思。但汤姆·普雷斯利提供了负责大一新生事务的系主任助理的地址。他也想不起 NA 这个普遍使用的缩写到底是什么意思，但从上下文中，他的推测是："这应该是 non-Aryan（非雅利安人）的缩写，如果你父亲是犹太人的话。"哈里面容黧黑，属于非雅利安人，只有他的学生档案记录的信息使得他有资格获得一份奖学金。只是那份奖学金还不够。

他从未看到这份档案材料，但他多多少少应该能猜出这份档案所记录的内容。他逐渐意识到自身条件的限制，他也会猜测他无法突破他身上的那些限制的原因。实习就业指导处的指导老师问他为什么不向哈佛大学实习就业服务机构寻求帮助，以找到一份工作，使他可以继续完成学业，他的回答是："这个机构对犹太男生根本不予帮助。"有人在他的档案记录里写道：他看上去并不特别像犹太人，他的名字很可能也表明了这一点。我没找到后来他申请去温斯洛普之家（Winthrop House）的申请书，但那时，面试他的导师们在他的名字旁加了个星号标记，注明为犹太裔申请者。

在哈佛的其他日子里，哈里每周为灰线（Gray Line）工作 20—40 小时不等，他在那里当店员，指导其他职员，减轻其他职员的劳动强度。不消说，他的学业成绩下滑了，但造成成绩下滑的，不单单有在外打工时间太长的原因。当他被鄙视的时候，他的反应是以牙还牙。他的一名指导教师对他的评价是"不修边幅"。1938 年，他的化学指导教师的评语是："这个男生在性格方面有些缺点，这个缺点，在我看来是少了点合作精神。"他考试的成绩很好，但作业就马马虎虎了。

作为一名主修生物化学的大二学生，哈里对德语充满了自信，在某个长达数周的时间里，他没有上科学德语课。后来他出现在课堂里，教授讲课时停了下来。

"先生们，"他说道，"我们中间有一位不速之客。哈里·怀特先生屈尊大驾光临，真是我们的荣幸啊。"

哈里·怀特站了起来，离开了教室。等到期末考试的时候才出现。这门德语课他只得了个 C。

在大三和大四学年里，他的学业成绩不稳定，忽高忽低，大部分是 A，偶尔也有 B，但之后生物得了个 E，化学得了个 D，但在前三年里，他都是得了 A 的。就生物这门课而言，他落了几次实验课，但他的期末成绩才是最关键的。考试采用的是一种新的题型。全班无不惊讶。哈里用韵文写下了他的答案，韵文的内容是抨击此次新的考试题型。在最后一次化学课上，他的表现很糟糕，因为，正如他告诉莫特的，他认为他的指导教师"是个庸碌无为的人"。他的理科指导教师们则抱怨称，他总是翘课去旁听英文和历史课。他的生物和化学成绩不好，这使得他无法顺利升入大四。哈佛大学甚至还把他父亲叫去谈话。"泽德"对他的成绩感到很吃惊。他经常对哈佛大学的负责人讲，哈里即使是不用怎么学都能取得好成绩，但这样也帮不了他儿子。

在哈佛的那些年里，哈里尽管也有不满，尽管打零工时劳动强度极大，但这不意味着他被完全孤立起来了。汤姆·普雷斯利数了数哈里那一届从波士顿拉丁文学校升入哈佛的学生人数，最后结论是 55

人。虽然比想上哈佛的人数（89人）少多了，但仍相当可观。哈里知道别人喜欢他。

哈里大三和大四学习期间住在温斯洛普之家。住在那里的还有约翰·F. 肯尼迪和摩根二世（J. P. Morgan Ⅱ）。据说肯尼迪上学的时候身边带着仆人，但他仍是爱尔兰裔美国人，无法成为尖子学生俱乐部的一员。哈佛甚至还迫使肯尼迪家族屈尊俯就。当然，哈佛对哈里·怀特的强求更多，但同时，哈佛也向他敞开了一扇门，使得他可由此进入一个特权的世界。这种敞开，当然不会是不偏不倚的。听着有关我父亲的故事，我总有一种感觉：像肯尼迪和摩根这样的人，哈里是可以通过隔壁房间的社交聚会的方式认识他们的。他自然会看到和听到聚会，但就是没人邀请他参加，如果"泽德"没有失去他的财富，没有坐牢，那么，他们应该就会邀请他参加。诚然，他被排除在聚会之外，部分原因是他是犹太人，但还有他父亲的财富化为乌有的因素，从而也就剥夺了他的特权——那个阶级所特有的权力，哪怕他是个犹太人。肯尼迪、摩根及参加聚会的其他人只对他们的阶级的人表示信任，而我父亲只能对自己充满自信。对汤姆·普雷斯利以及刚入学的我父亲来说，哈佛讲求严格的排序，看上去是知识界精英的荟萃之地。但对肯尼迪家族和摩根家族来说，出身和财富就决定了他们的优势，他们在哈佛的学业成绩对他们在这个世上的地位几乎没有什么影响。他们的学业成绩往往稀松乃至很差，但他们的特权是真的很显赫。

哈里·怀特总是以曾就读于哈佛而感到极为自豪。他学了哈佛的很多基础性的课程：只要在哈佛待过，这就是最重要的。从长远来看，你在某个地方的表现其实并不重要。你从哪个学校毕业的才是重要的。现在，他是从哈佛出来的。

不管怎么说，面对哈佛，他大概并不是无助的。在哈里读大三时，曾就读于鲍登学院的莫特·特拉赫滕贝格到哈佛读一年研究生。在大萧条时期，他和哈里一起长大。他们几乎不抱什么幻想。莫特回忆说，他们就是要"冷眼旁观"，"如果事情并没有彻底崩溃，他们反而又惊又喜"。

"那年，"莫特说道，"我们感到很快乐。"哈里的妹妹说，哈里也曾是富家子弟，但从他要打零工的时间安排、他要上的课、他要旁听的其他课、如饥似渴地读书等来看，很难相信他会有大把的时间去当一个纨绔子弟。

大三的时候，他想换专业，不想学生物化学专业了，但他没能实现换专业的愿望。大四的时候，他把自己想要从事的职业列为律师。莫特说，这只是他一时冲动的想法。他从未表现出对法学的真正的兴趣，但他已得知，医学院已两次向他伸出橄榄枝。他和莫特丝毫没想过毕业后要干什么。他们都确信，战争很快就要降临，此时任何决定都将是徒劳的。最终，哈里以优等成绩毕业。他不再拿奖学金了。

我想，他即将到来的生活还是有踪可循的。他自己走到了边缘，但他从来没试着突破这种境况。他担心会跌入谷底。他父亲就跌入谷底。他也曾怨天尤人，但这种愤世嫉俗并没有削弱他的意志。他知道这个世界是不公的，他认为，他是可以运用自己所学的知识来蹚出一条路的。他也曾表现出叛逆，为的是引起他人的注意，但还没到惹麻烦以至于失去获得哈佛奖学金资格的程度。当他跟我讲话时，他总是提及他做过的事情或他想做的事情。1937年（也可能是1938年），他曾考虑过加入亚伯拉罕·林肯旅，与西班牙的弗朗哥和法西斯主义者作战，但他从未付诸行动。他跟我说过，他想成为一名学者，但很多大学往往通过名额限制的方式对犹太人的人数进行限制，而在战后，他也不愿意去碰碰运气，因为那时的他要养家糊口。

他想变得体面，不仅如此，他想要成为一个负责的人，尽管他对责任更多是从保证能挣得养家糊口的、足够多的钱的角度去定义的。体面及责任是与他的天分、他的怨气（对他父亲的遭遇、他自己遇到的种种限制的愤怒）对立的。"泽德"给他的影响，让他既富于反叛精神，又小心谨慎，他记住了当一个父亲无法抚养他的子女的时候的所有的后果。

他只在一件事上冒了风险，那就是娶了萨拉，也就是我母亲，而萨拉的世界离他的世界何啻十万八千里。莫特说，对于这件事，他认识的所有人都感到震惊。

在哈佛大学实习就业指导处他填的一份表格里，我们能看到他恢复了他的谨慎。他写道，他想得在一个"普通职员或行政助理"的职位，这个职位"是技术性的岗位，从长远看，有上升的空间"。"我一直在展示自己，"他写道，"展示自己对数字的天赋，适应性很强，多才多艺。"

他从未在家庭收入上表现出不负责任。他抚养他的子女。"只要你说出你要什么，"我母亲会这样跟我说，即使是在困难的时期，"你父亲都能办到。"

他从未找到一份纯技术性的工作职位。1940年，当要公布参军入伍的顺序号时，他和莫特等人围在收音机旁收听。哈里的顺序号排在了前面。

第三十二章

跨族结婚？那时候，有这种想法简直是脑子烧坏了。

——20世纪40年代我姑姑对跨族结婚的看法

哈里·怀特的应征入伍编号比较靠前，这是明摆着的，1940年，他从哈佛毕业后，就应征参加了陆军。征召入伍早的，可以选择服役的地点和工作内容。不过，应征入伍其实也不会给他很多可以选择的机会，直到他自己发动了与美国陆军之间的私人"战争"。这些故事，我父亲从未跟我讲过。他没有讲对他来说是失败的事情。

在陆军看来，哈里·怀特在他入伍前实际上已做出了选择。由于他在大学学的专业是生物化学，所以他们就把他安排到医疗部队。他们把他安排到爱德华兹营（Camp Edwards），这是神角（Cape God）的一所医院。

他弟弟说，在爱德华兹营，"他们决定，根据他在校的表现等，他们想要他当一名实验室技术人员。因此，他们把他送到了沃尔特·里德医院（Walter Reed Hospital）。在沃尔特·里德医院，他表现得很好，院方想要他留在那里，从事教学活动。但他的爱德华兹营的上级还是安排他当了实验室技术人员，因为他们需要一名实验室技术人员"。爱德华兹营的人要求沃尔特·里德医院必须把他送回来。

他极不情愿地回到了爱德华兹营。看起来他的整个服役生涯都要在实验室中度过了。他不想当一名实验室技术人员，因而拒绝工作。正如家族故事中所讲述的，他们让他去冲刷公共厕所，在他离开这里之前，他都在干这活儿。他冲刷了数周的公共厕所。

但新的机会来了。1940年秋，陆军开办了预备军官学校。应征入伍者去哪个学校，取决于他在哪儿服役。如果你在爱德华兹营服役，那么，显然，你只能去通信部队预备军官学校。他提出了申请，结果获批入学。他终于逃离了爱德华兹营，不用再冲洗公共厕所了。到1942年时，他到了萨姆·休斯顿堡。遇见萨拉·沃尔什时，他正从萨姆·休斯顿堡休假。

在很长的一段时间里，我母亲没有告诉我有关她和我父亲的爱情故事及他们婚姻方面的故事。他们是在1942年相遇的。他们计划于1943年秋季结婚。慢慢地，她把这些故事讲给我听了，虽然还是很不情愿。他的家族和她的家族在他们婚姻问题上的看法不一致，从而导致了紧张的关系，这一点，她不想讲。

但对我来说，他们面对的困难只是证明了他们的爱情故事不简单，因为这并不是一桩说办就办的姻缘，也永远不会是。当时还是战时；在新奥尔良邂逅之后，又有数月时间他们没有见面。当萨拉回到芝加哥时，他的书信也到了那里。后来，信就越来越多。每一封信她都会看上好几遍，但都没有留存下来。他写信告诉她说，他视力测验不过关，只得回到位于新泽西的蒙莫斯堡（Fort Monmouth）。几乎每一封信里他都要她过来看他。

在他们的交往中，彼此都在某种程度上美化了对方，每个人都满足了对方从未想过的需求，他们的爱情故事就是这样发展的。她并没有把他的情况告诉她的家人。我父亲甚至都没有向他的至交莫特·特拉赫滕贝格提起她。

过了几个月，她去了南莫扎特大街，帕特、内尔、杰克·沃尔什仍住在那里。只有内尔和杰克在家。除了哈里·怀特的名字和军衔，她并没有告诉他们任何关于他的信息。她只是说她准备去新泽西州看望她在新奥尔良遇见的怀特中尉。杰克·沃尔什站了起来，离开了房间。萨拉说，在讨论问题时，如果杰克·沃尔什对某个问题表示不同意时，他通常就是这个举动。在 20 世纪 40 年代芝加哥的西南区，年轻的女子是不会到一个遥远的城市去见男子的。

哈里在离蒙莫斯堡最近的小镇阿斯伯里公园（Asbury Park）等她。萨拉说，对于他们的重逢，他们都很高兴。那天晚上，他带她去军官俱乐部就餐。他请求她嫁给他。这是他们见的第二面。

他告诉她，他是犹太人。她说，她当时还不知道这一点意味着什么。她知道清教徒意味着什么，但她不确定的是，"犹太"是指宗教还是国家。她知道库格林神父不喜欢犹太人。在南莫扎特大街的时候，她就听过"犹太佬"（kike）、"意大利佬"（wop）、"拉丁佬"（dago）、"黑鬼"（nigger）等各种各样的美国式的蔑称，但那时的她，对这些蔑称没有什么特别的感觉。16 岁时，她突然意识到自己到美国太晚，以至于不会关注各种非爱尔兰裔美国人，也谈不上对他们有什么特别的偏见，她只对她自己和美国女孩之间的不同了解得最多。

她想要神父为他们主持婚礼，他同意了。在十七八岁之前，他一直有宗教信仰。实际上，他比他父母的宗教信仰更笃诚。当他走出宗教信仰时，也就意味着他走出了他所知道的和曾经研究过的东西。

他曾不可救药地信仰宗教，对世上其他事物一律持怀疑的态度。他有很多问题，却没有他满意的答案。所以他就走出了宗教。但这并不意味着他不再把自己视为犹太人。当哈佛大学在他毕业的表格里问他的宗教信仰，他填的是"犹太教"。他不再信犹太教了，但他并不觉得有必要找一个新的信仰来替代他原先的信仰。

他是一个无神论者。这并不是一个多么大的决定。他成为一名无神论者，一如后来他成为一名纽约人或加利福尼亚人。他只是在前行而已。其他人想要信仰什么，取决于他们自己。如果她想要个神父来主持，那就请个神父好了。

他们是在 1943 年秋结婚的。她嫁给了一个犹太人，而他娶了一名天主教教徒。他们两家的每个人都对此不高兴。"跨族婚姻？"我姑姑说道，"那时候，有这种想法简直是脑子烧坏了。"萨拉和哈里此前都是被各自的家族所定义的，而在他们的婚礼上，他们的家人却没有出席。婚礼上，她父亲并没有把新娘交给新郎。她姐姐也没有当她的伴娘。她的一众表亲、姑姑、姑父们也没有参加她的婚礼。

关于他们的婚姻，还有更多的故事。1943 年秋，哈里回家休假，当他准备返回蒙莫斯堡的时候，他告诉他母亲说他要去看萨拉。她知道萨拉。当然，她也知道萨拉是一个非犹太人姑娘。

"哈里，"她跟他说，"还是不要娶她。"

10 月 10 日，哈里给家里打电话。那天是他母亲的生日。"妈妈，"他说，"我结婚了。"萨拉飞到了新泽西，他们是在蒙莫斯堡成婚的。10 月 5 日，他们请了一名神父主持婚礼。数年后听到这个故事后，我姑姑说她那哥哥"都有施虐倾向"了。

当哈里给莫特打电话说他已结婚时，莫特惊愕不已。莫特给我写的原话是："一个爱尔兰姑娘。（一个爱尔兰姑娘？？？）还……心满意足。"站在莫特的角度，莫特"只能是惊愕得无语"。但如今的莫特认为，当时正是战时，一切都在发生着变化。此外，他还告诉我说："在我见到你母亲后，我能理解这一切。"

他们约定一周后在纽约的老宾夕法尼亚宾馆的酒吧见面。莫特和当时正跟他交往的一个姑娘一起去的。哈里和萨拉却始终没有露面。莫特和那个姑娘只好在那儿一边等一边喝酒，那次约定见面就这样过去了。

两家都对他们孩子的结婚对象知之甚少。过了几个月，萨拉回到了芝加哥。她是乘坐从加利福尼亚到宾夕法尼亚的航班到的，这个航班在芝加哥中途停了一下，而加利福尼亚正是哈里当时所在部队的驻地，宾夕法尼亚是哈里要去的地方。正是在那个时候，她告诉内尔及她父亲说，哈里是犹太人。杰克·沃尔什站了起来，走出了房间。内尔则赶紧忙起别的事情，转移了话题。帕特不在家。萨拉去看她姑妈比，告诉姑妈说哈里是犹太人。比姑妈站了起来，紧紧地抱住她，说："上帝保佑你，孩子。"这是萨拉最后一次见到比姑妈，因为此后没过多久，比姑妈就去世了。

萨拉设法与哈里的家人取得联系，但没能如她所愿。她送给"巴布"一张圣诞贺卡。她说，那个时候，她才知道嫁给犹太人意味着什么。"巴布"极为愤怒。哈里坐了下来，跟她解释了犹太教和圣诞节的有关信息。那时的她还不懂这些。萨拉说，基督教的教理问答都没有像他说的那样清晰易懂。

后来，当她和"巴布"的关系近了以后，萨拉为因为爱"巴布"的儿子爱得深反而给她造成了一些伤痛而感到抱歉。她说，如果她知道这会给他母亲造成很大的伤害，她也许就不会嫁给他了。但当时，对于她说的话，她又很快地收回了一部分。她说，我那样做是因为我爱他，他也爱我，当时的挑衅举动也是很明显的。

哈里从哈佛大学毕业六年后，他那一届的校友发布了毕业五周年的年刊。之所以在毕业六年后才发布，是因为战争耽搁了一年。年刊于 1946 年发布，里面没太多提哈里·怀特。当时他在海外。年刊里写到，哈里在军事部门工作，娶了萨拉·奥哈拉。他们甚至都不知道她的准确的姓氏。

第三十三章

我要大声疾呼，我坚持认为我是无辜的，我没有有意参与所指控的所谓密谋，但一切都是徒劳的。

——塞缪尔·怀特在赦免申请书中的陈述

自我母亲和我父亲相遇后，他们的故事就有了交集，开始相互交叠。至于他们彼此告诉了对方什么，他们从对方那里得知了什么，他们所听到的有多少成了他们的记忆，我就不得而知了。最终，在他们已部分地融为一体的故事里，我和我的弟弟妹妹出现了，生活在故事的交集中。我们先是生活在长岛，时为20世纪50年代，后来，我们又搬到了加利福尼亚，然后我们听到了这些故事，对这些故事并未上心，对这些故事感到奇怪，对这些故事的明显不一致设法协调，有时忘记了这些故事。

正因为我要写关于我母亲的故事，所以我得把我父亲讲给我听的那些故事认真地复盘一下。他的故事据称部分地解释了他们的婚姻及他们婚姻的意义。他的故事和她的故事一样，都想唤起一个过去，一个可以解释造成他们未曾预料的当下的那个过去。

由于我父亲的故事的核心构件是我祖父的故事，包括他的入狱、他的被赦免等，因此，这个故事是我必须要讲述的故事。在我父亲的故事里，我祖父与爱尔兰人的关系就是哈里与我那爱尔兰裔的母亲之间的关系的背景。我祖父告诉我说，他是被一名爱尔兰裔法官判决入狱的。我父亲告诉我说，我的祖父是唯一一个被赫伯特·胡佛赦免的民主党人。

　　和我所探究的所有的家族故事一样，我父亲的故事不是虚构的，但也不是与我所复原的消息来源很是相匹配。塞缪尔·怀特被指控犯罪时，哈里才 5 岁，当他父亲从监狱里释放出来时，他已快 11 岁了。哈里比他弟弟大 4 岁。他和他弟弟中间还有个弟弟，叫伦纳德（Leonard），但夭折了。我弟弟伦尼（Lenny）就以那个早夭的婴孩的名字命名。由于我父亲比他弟弟和妹妹年长，因此比起他们，他对塞缪尔·怀特的被审判和被投入监狱的经历印象更为深刻，体会更为深切。

　　我父亲跟我和我弟弟斯蒂芬讲了"泽德"入狱的故事，但该故事是这个家族的其他人很快就要忘掉的故事。我叔叔和我姑姑愿意讲20 世纪二三十年代"泽德"和"巴布"的生活，以及在此之前，"泽德"上东北大学和东北法学院的故事，以及他为私酒贩子做辩护律师的故事。我叔叔曾跟我讲起"泽德"在 20 世纪 20 年代所拥有的那个餐馆，至今我还保留着那个餐馆里的一个汤锅。他告诉我说，在大萧条还没开始的时候，"泽德"就失去了他的财富。他和我姑姑都记得那时候"巴布"靠救济过活。

　　狱中的"泽德"没有故事。

　　"'泽德'的律师资格不是被取消了吗？"我曾问我叔叔。他很肯定地说，只被取消一年时间。显然，这是一个他不想讨论的话题。

　　我只得放弃这个话题。我不想就这个问题反复询问我叔叔和我姑姑。他们对我、我弟弟妹妹和我母亲都很和善，对我们很大方。这个故事对他们来说，有着不同的心理效价。我叔叔后来告诉我弟弟说，这个故事是"古老的历史"。

但这个故事和我有很大关系。如果没有这个故事，我母亲的故事就无从讲起，这个故事是我父亲所讲述的他们的婚姻故事的核心，奇怪吧？

我只得从 20 世纪 20 年代波士顿的报纸里找当年对那次审讯和判决的报道，至少也要在法庭卷宗中找到庭审的日期。这可是一项枯燥乏味的工作，而且报纸也并不是那么可靠的信息来源。

后来，几个月后的一天，由于"泽德"的事情总在我脑际盘桓，我想起了我父亲的结局："唯一一个被赫伯特·胡佛赦免的民主党人。"如果他被赦免，那么必定会有档案记录。

关于这条线索，说来奇怪，我竟然很快就找到了。档案馆和图书馆已把馆藏档案的内容手册放到了互联网上。在同一天下午，我在胡佛总统图书馆和国家档案馆找到了极有可能是我想要的档案。在胡佛图书馆，有几份有关赦免的信。我请求图书馆馆员找一下来自塞缪尔·怀特的信。他们所找到的唯一一位塞缪尔·怀特是宾夕法尼亚一位被开除的邮政局长。

但国家档案馆第 204 组档案是关于赦免代理人的档案记录。这些档案记录涉及从 1853 年到 1946 年的赦免案文件材料。现在我找材料的方式就更为原始了。我有个熟人在国家档案馆工作，他叫威利·多巴克。这些档案文件在马里兰大学帕克分校。

威利找了一下，然后从第 1413 号盒子里给我找出了塞缪尔·路易斯·怀特的文件材料。塞缪尔·路易斯·怀特不可能是赫伯特·胡佛赦免的唯一一个民主党人，但他的确是民主党人，的确是被赫伯特·胡佛赦免的。赦免文件提供了信息，但我还需要在审判记录和上诉的材料里核实一下，尽管如此，这份赦免文件仍是最有用的。这份文件对"泽德"说的话记得最清楚。这份文件很完整。我可以根据这些档案文件构建一个故事。

我所构建的故事，部分是我祖父讲给我的故事，部分是关于他的故事。其中的一小部分信息是我父亲和我叔叔讲给我的。正如我能借助一些材料复原我母亲的故事，赦免文件中的材料和法庭文字记录展示了其与我父亲告诉我的故事的复杂关系。

这是一个我可以构建起来的故事。这个故事主要来自塞缪尔·怀特提出的行政赦免的请求以及负责审议和实行特赦的司法官员和劳工部工作人员对此请求发表的意见。当然，还有来自审判记录的材料。

这个故事要从 1907 年讲起，当时，施梅尔·贝莱（Schmel Be-lei）"只是个孩子"，他跟着父母到了纽约。他是俄国的犹太人，1894年出生于俄国的舍佩托夫卡（Sheptovia，该市现在属于独立后的乌克兰）。来到美国的时候，他是十二三岁的样子。"贝莱"是俄语的"白色"（white）的意思。把"施梅尔·贝莱"翻译成英语，就是塞缪尔·怀特（Samuel White）。

塞缪尔·怀特在到达美国时，只是一个十几岁的少年，他很快就学会了英语。只是他的写作虽然正规，但总觉得有些不自然，流露出对这门语言还是有些心里没底。他毕业于波士顿的东北大学。他年纪轻轻就结婚了。1915 年，年仅 21 岁的他就娶了珍妮·安妮·科恩（Jennie Anne Cohen）。她出生于美国，也是移民家庭，是最正统的俄国犹太人家庭。1916 年，塞缪尔·怀特拿到了他的第一份美国公民证书，当时他正在东北大学法学院读书。1917 年，他获得了马萨诸塞州的律师资格。和我母亲（他的儿媳妇）一样，他也没有马上完成他的公民资格申请。

在第一次世界大战期间，他应征入伍，但塞缪尔·怀特由于治病的原因而延期入伍。他的第一个儿子哈里·伊莱出生于 1919 年。塞缪尔开始了律师生涯，越干越大。他为贩私酒者辩护。他买了小汽车。他在政治上很活跃，家族的故事里讲，他还是约翰·德弗（John Dever，后来成为马萨诸塞州州长）早期的竞选主管。

在 20 世纪 20 年代的某段时间里，他到纽约度假。他开着一辆几乎全新的莱克星顿汽车，很可能也到过尼亚加拉瀑布；他还越过国境线，在加拿大待了一晚上（有可能是几个小时）。在不同的时间里，他会到不同的地方度假。

1925 年 3 月 21 日，约瑟夫·戈雷德斯基（Joseph Goredsky）来找塞缪尔·怀特。自 1923 年起，怀特就是戈雷德斯基的律师，他后来解释了何以"二手汽车和卡车特许经销商、姓布罗姆菲尔德（Bromfield）的男子"会跟着戈雷德斯基一起来。戈雷德斯基当时正想把几辆卡车卖给布罗姆菲尔德，而塞缪尔·怀特从未见过布罗姆菲尔德。怀特写了一份转让契据，日期是 1925 年 3 月 21 日，让戈雷德斯基把它交给布罗姆菲尔德，应收的购买款为 3000 美元。

但据我祖父称，戈雷德斯基那天并没有交易。布罗姆菲尔德想要确定戈雷德斯基对这些卡车是否拥有"有效的所有权"。直到 3 月 26 日，他们才完成了交易，布罗姆菲尔德用了很长时间才把购车款全部给了戈雷德斯基，因为据庭审记录显示，布罗姆菲尔德担心不获利，于是就收回了支票，再次存入他的银行账户。

　　延期付款影响不大，这件事几乎都不被记得，除了 1925 年 3 月 23 日那天，戈雷德斯基的合伙人 J. 库欣（J. Cushing）有意逼迫公司破产。本来没有必要那样做。库欣欠他亲戚的钱，于是他要他亲戚去迫使公司破产，这样他就能让戈雷德斯基不卖掉合伙人的财产。由于破产，戈雷德斯基不能处理他们的财产，只能用于偿还债权人。这样，3 月 26 日为购买卡车而付的款就是非法的了，3 月 21 日的转让契据看上去就是可疑的了。在完成最后支付之前拖了很长时间，这使得交易行为看上去是违法行为。

　　布罗姆菲尔德、戈雷德斯基、戈雷德斯基的弟弟哈里·戈登（Harry Gordon）、塞缪尔·怀特及海曼·怀纳（Hyman Wyner）五人被控违反了《美国破产法》。美国的检察官指控塞缪尔·怀特犯有谋划隐瞒戈雷德斯基的资产的罪行，指控他在转让契据的日期上做手脚，指控他从交易中收到了 600 美元并从布罗姆菲尔德那里额外收到 50 美元的好处。塞缪尔·怀特对上述指控全部予以否认。他说，那 600 美元是 1923 年以来戈雷德斯基累计欠他的服务费。布罗姆菲尔德支付的 50 美元看起来应该是他促成这笔卡车交易应得的一笔佣金，但塞缪尔·怀特坚持说，这只是因为布罗姆菲尔德坚持要在卡车交易问题上进行谈判，而这样一来就要占用他的时间，因而收取了这笔费用。"我要大声疾呼，我坚持认为我是无辜的，我没有有意参与所指控的所谓密谋，"塞缪尔·怀特说道，"但一切都是徒劳的。"

　　审判的日子是 1928 年 8 月 14 日。这是波士顿燥热难耐的 8 月，塞缪尔·怀特坐在那里，眼睁睁地看着自己的未来就这样慢慢不见了。在审判中，布罗姆菲尔德作证称转让契据是 3 月 21 日写就的，并非后来倒填的。但布罗姆菲尔德不识字，当给他一个认罪辩诉交易的机会时，他选择了认罪。他认罪了，要交一笔罚金，缓期处刑。

　　不管是布罗姆菲尔德、戈雷德斯基的证词，还是塞缪尔·怀特的证词，都不大可能动摇审判。主持庭审的法官詹姆斯·洛厄尔（James Lowell）对此案审理的指导意见是认定他们都在说谎。从陪审员的名字可以看出，他们基本上都是美国佬。所有的被告都是犹太人。婆罗门姓氏的法官跟他们讲，这些犹太人都在说谎。

　　8月17日，案件审理到了陪审团裁决的环节，然后，塞缪尔·怀特在焦躁不安地等待宣判中度过了两个月。1928年10月2日，詹姆斯·洛厄尔法官判决他在亚特兰大的联邦监狱服刑两年。在所有被告中，塞缪尔·怀特的审判结果是最重的。其他三人都被判定为共谋者，其中只有戈雷德斯基被判服刑。他被判在当地监狱服刑18个月，在假释前要先服刑6个月。

　　塞缪尔·怀特提出了上诉，但在1929年2月9日，联邦上诉法院支持了波士顿法院对他的判决结果。他争取把这个案子移交给美国最高法院。1929年6月3日，法官否决了他的案件移交的诉求，拒绝审理此案。

　　从戈雷德斯基和布罗姆菲尔德走进塞缪尔·怀特的办公室到他中止他的律师生涯、走进亚特兰大的联邦监狱，大约有四年时间。在这四年里，他所拥有的餐馆破产了。他持有股票的那家银行倒闭了。民事诉讼的结果是全额收回购买卡车和支付给塞缪尔·怀特的费用。他的律师生涯大受影响，他剩下的钱都用在了自己的案子以及支付上诉的费用上了。1929年6月20日，他开始在联邦监狱服刑，他的律师生涯也随之中止了。他说，他"为了真相能大白于天下，他花光了他和他家里的每一分钱，当最终的打击降临时，原本富足之家成了贫寒之家"。

到被赦免时，他已服刑 14 个月。他"本着对官员和狱友同样负责的态度"，既要做好他所说的"常规工作"，也要认真做好"狱中学校教师这份特殊的工作"。在这 14 个月里，他的家庭"靠着公共补助金而得以生存下去"。

1930 年春天或夏天，假释裁决委员会听取了他的案件情况。最后判定，假释从 1930 年 7 月 1 日起实行。

和塞缪尔·怀特的假释通知一起收到的，还有另一份通知。移民行政管理部门对他提起了监禁的诉讼。根据《美国法典》第八卷第一百五十五条，自最近一次入境起五年内，凡因反公德行为而被判一年以上监禁的外国人，将被驱逐出境。移民局要求将塞缪尔·怀特监禁，与此同时，针对他的驱逐出境诉讼也开始了。

塞缪尔·怀特固然是一名犯有反公德行为、被判超过一年监禁的外国人，但他自 1907 年以来就待在美国。但他知道，这封信也不能说是送错了。

他是律师，他必定意识到，1929 年 7 月移民局造访他的寒舍，不会事出无因。但他没在意。他是个让别人为他担心的人，他的钱财没有了，他的家人堕入靠公共救济金过活的境地，现如今他本人也在监狱里待了一个月了。他并不认为事情还会变得更坏。

他们问他在移民后是否离开过美国。他告诉他们说，他记得他曾去纽约度假。他们曾越过边境线进入加拿大，只是他不记得在加拿大待了多长时间，可能是几个小时，也可能是一晚上。他认为他那次度假的时间是 1923 年 8 月，也可能是 1924 年。他记不准了。这并不重要。不管是 1923 年还是 1924 年，那次旅行都意味着他的犯罪行为落

在最近一次进入美国后的五年之内，这就意味着他符合被驱逐出境的
条件。

到 1929 年 11 月，当他收到亚特兰大移民局的地区主管官员写给
他的信时，他知道自己又要有麻烦了。他意识到他犯了个错误。他开
始尽量把进入加拿大的那几个小时的日期往前推，使之到 1925 年 3 月
21 日约瑟夫·戈雷德斯基走进他办公室之前有超过 5 年的时间。他认
为，那次旅行必定发生在 1920 年之前，因为他是 1919 年购买的莱克
星顿汽车，他是开着这辆车去的，"那次旅行的时候，车还特别新"。

1930 年 1 月，又举行了一场庭审。这次他很明确地宣称，那次旅
行是在 1918 年或 1919 年。至于旅行的具体时间，就没有证据证实了。

1930 年 5 月，复查委员会又举行了一次庭审。委员会建议此案
重审，主要是确认某些记录，确定怀特何时购得莱克星顿汽车，从和
他一起旅行的那些人中找到证据。

在例行公事的记录中，现在的塞缪尔·怀特就是"外国人"，这
个"外国人"相信，有关汽车的档案记录可以还他清白。1919 年那
会儿的马萨诸塞州没有保留汽车登记的档案记录。他自己的律师在做
了大量工作之后，在波士顿市政厅的地下室发现了以前的个人财产税
记录。在 1919 年、1920 年、1921 年，塞缪尔·怀特被登记为拥有一
辆 1918 年的雪佛兰汽车。1922 年 4 月 1 日，他首次被登记为拥有一
辆 1921 年的莱克星顿旅游汽车。1923 年，他也是如此登记的。

"往轻里说，对一个外国人来说，这些事实是帮不上忙的，"他的
律师说，"律师公布他们在这些档案记录里所找到的内容，这是他们
专业方面的责任的体现。"律师未找到塞缪尔·怀特的同伴。

正是在那个时候，劳工部要求，必须把他扣留在联邦监狱，以便

于把他遣返回苏联。但塞缪尔·怀特的律师坚持认为，扣留他是没有道理的，因为美国已经中断了与苏联的外交关系，在两国外交关系恢复之前，不能把他驱逐出境。在假释裁决委员会裁定他可以假释之后，让他待在监狱只能是对他的一种惩罚，因为他是外国人。"没有人会坚持认为，"他的律师说道，"怀特有离开美国的可能。"他的所有目标就是留在波士顿。

劳工部最后撤销了对塞缪尔·怀特的拘留令，但要求塞缪尔·怀特还要在狱中待上六个星期。1930 年 8 月 13 日，塞缪尔·怀特被释放了。出狱后他马上就尽最大的努力寻求总统的赦免。按照法令规定，犯了罪的外国人须被驱逐出境，但已赦免的罪犯除外。只有赦免才能让他和他的家人不再受他在加拿大待的那几个小时的影响。

我对他的印象是，他是个温和的、有魅力的、讨人喜欢的男人。他所能用的所有的武器，就是他的那些优点以及他发达时在波士顿结识的那些熟人。他申请行政赦免。他提出的申请书里写道，他以"无可置疑的诚实、检点的生活作风、遵守法令而闻名于世"。他会继续恪守这些良好的品行。他请求怜悯一下他的家人。

他找到了曾宣判他罪名的詹姆斯·洛厄尔法官，请他为他的赦免申请写一份推荐材料。他找到了美利坚合众国驻马萨诸塞州司法区的检察官弗雷德里克·塔尔（Frederick Tarr），请他写一份支持洛厄尔法官的意见的材料。塔尔所在的司法部门曾起诉了怀特，塔尔写道："怀特显然是谋划了隐瞒卡车交易的方法，并付诸实施。"他承认 600 美元的费用并非不合理，考虑到"戈雷斯基"（Goresky）对怀特之前为他提供的服务没有支付费用，但他又写道："证据显然表明，怀特是有罪的。"在这位检察官的脑中，"显然"是"显然……有罪"的省称。

塔尔写道："怀特在其律师的职业生涯中，以其诚实、公道而留下了相当好的名声。"对于一个为贩私酒者辩护的人来说，"相当好"就是"非常好"。塔尔和洛厄尔都坚决表示，驱逐出境的惩罚与犯罪行为完全不匹配。洛厄尔写道："移民管理部门以草率的、不公平的理由就威胁要将他驱逐出境。"

他还得到了波士顿其他律师的支持。丹尼尔·A. 谢伊（Daniel A. Shea）写了一封信，爱德华·马尔（Edward Meagher）也写了一封信。他还使波士顿南区的爱尔兰裔议员约翰·麦考马克（John McCormack，后来当上了美国众议院议长）也关注到这个世人皆知的案子。1930 年 12 月 23 日，塞缪尔·怀特打探他的赦免申请的进展。在信的末尾，他写道："不胜感激，谨致谢忱，敬颂时祺。仆塞缪尔·L. 怀特谨上。"

然而，负责审议和实行特赦的司法部门在对他驱逐出境的正式命令下来之前，不愿意对他赦免。1930 年 12 月，移民局同意对他的案件进行复审。移民局的赖利先生（Mr. Riley）仍在与负责审议和实行特赦的司法部门的詹姆斯·芬奇先生（Mr. James Finch）进行联系。结果就有些延宕。塞缪尔·怀特只能等待。

1931 年 4 月 20 日，赖利先生打电话给芬奇先生。4 月 16 日，移民局已发布了一项命令，要求"把这名外国人驱回俄国"。赖利通知了同样关注此案的国会议员、共和党人乔治·廷卡姆（George Tinkham）。赖利解释说，驱逐出境不可能有任何效果，除非美苏关系重新建立。

驱逐出境的理由是："1907 年 5 月 1 日以后，施梅尔·贝莱，又名塞缪尔·路易斯·怀特或塞缪尔·贝莱"就出现在美国，"他违反了《1917 年 2 月 5 日法令》，已因在美国犯有反公德的犯罪行为而被判一年以上监禁"。劳工部的部长助理罗布·卡尔·怀特（Robe Carl White）把驱逐出境的消息告诉了司法部部长。现在，由负责审议和实行特赦的司法官员来处理他的赦免申请了。

尽管塞缪尔·怀特对此无从知晓，但负责审议和实行特赦的司法部门的詹姆斯·芬奇并不是一个有同情心的人。这是美国实行移民限制和"红色恐慌"（Red Scare）的结果。洛厄尔法官谴责移民局的行为，认为移民局的行为是可笑的、不公正的，詹姆斯·芬奇并不喜欢洛厄尔法官的这种谴责。对于负责审议和实行特赦的司法官员的报告里提到的事情，他受到了触动。他坚持认为，法律是"苦口良药，赋予了我们驱逐不受欢迎的外国人的权力，尽管他们在其他地方可以待下去"。詹姆斯·芬奇不是特别喜欢塞缪尔·怀特。"我倒是很同情这个男人的家眷，但我不会同情他。他看上去好像对成为美国公民一事并不上心。他肯定是骗了某个人，以外国人的身份获得了律师职业资格。"

尽管极不情愿，芬奇还是写了支持赦免的信件。芬奇坚持认为，从法律上说，塞缪尔·怀特是应该被驱逐的，移民管理部门不应该有不公正的做法，因为他们"没有自由裁量权，只能命令他离开美国"，但这种驱逐出境是"严厉的、过分的处罚措施"。

在驱逐出境的命令发出一周后，司法部部长也采取了行动。他给胡佛总统写信，重申了芬奇的态度，即驱逐出境是"严厉的、过分的处罚措施"。他建议赦免。总统批准了赦免申请。4 月 25 日，塞缪尔·L. 怀特用他那粗壮有力的手在赦免令的令状上签上了他的名字。1931 年 5 月 1 日，劳工部终止了驱逐出境的程序。

我父亲对这个故事了解多少，我至今未知。毕竟，在约瑟夫·戈雷德斯基走进他父亲的办公室时，他才 5 岁。这是一个复杂的案子。他父亲被释放时，他也才 11 岁。他父母很可能永远都没有告诉他：即使父亲被释放了，危险也没有过去。在他父亲在等着被驱逐出境的煎熬中，这期间所发生的事情，他可能永远都不知道。他对这些事情了解多少，"泽德"后来告诉他的又有多少，我永远不得而知。

我知道的是，他跟我讲这个故事的时候，他有意无意地对这个故事进行了改编。犯罪问题变成了政治问题，此事与詹姆斯·迈克尔·柯利的政治机器还扯上了关系。和"泽德"一起成为被告的都成了爱尔兰裔的，法官也成了爱尔兰裔的。驱逐出境及法官的介入以期阻止驱逐出境的发生，都完全超出了故事本身。我发现，赦免案的文件中显示，介入其中的大部分爱尔兰裔都是支持"泽德"的。约翰·麦考马克、丹尼尔·A. 谢伊、爱德华·马尔都是要帮助塞缪尔·怀特的。他们不想背叛他。

只有一人是例外。负责起诉塞缪尔·怀特的联邦地区检察官助理叫约翰·J. 沃尔什。这个姓氏不仅是爱尔兰的，当然也是我母亲的娘家姓氏。这位检察官和她父亲还重名。这样一来，从某种意义上说，把"泽德"送进监狱的，是爱尔兰裔的美国人；只是在我父亲讲的那个版本的故事里，他的身份不是检察官，而是变成了法官。那些想要帮助他的爱尔兰裔美国人都成了共犯。和许多其他故事一样，细节的变化实际上是提出了另一个观点。

现在，在理解我父亲和我母亲的爱情故事时，对我来说最重要的历史并不在围绕赦免文件的故事和我父亲讲给我听的故事里。历史就在这些故事的空间中，在这些空间里，某个人由于某种原因变成了另一个人。这种变化正是我想知道的，而这种变化，我只能是推测，永远不能复原。

他讲给我的故事是关于种族敌对、背叛及他放弃复仇的，我当时认为（至今我也是这样认为的），我父亲跟我讲的实际上是犹太人何以总是遭到非犹太人的背叛，是关于他要面对的苦难的故事，而这些苦难我是不会遇到的。

他还跟我讲过，他认为，美国国内，还有我们自己的家庭内，都有紧张的对立，只是这种紧张的对立对我影响不大。我只注意到，我母亲在"巴布"来看她时、在她去做弥撒时一言不发。我只是一个孩子，对我来说，我的父母一方是犹太人，一方是爱尔兰裔天主教教徒，这只是这个世上的一种可能出现的情况罢了。事情本来就如此。

我后来猜测，我父亲要告诉我的是，他的父亲、他的子女（特别是我）已结成了一个针对他的不负责任的联盟。他从不会告诉我说，我的祖父是无罪的。他把责任推给了"泽德"。在我小的时候，我就知道他很是妒忌我对"泽德"不加掩饰的崇拜。那时我还不知道他何以妒忌，但现在我的猜测是，他妒忌我对"泽德"的崇拜，并不是因为他想要我崇拜他，而是因为他也想和我一样崇拜他的父亲，却永远没有机会了，至少在审判和入狱后没有机会崇拜了。后来，由于某种原因，我父亲不再相信我和我弟弟的决策力，他给了我一个建议，这个建议只能唤起对他父亲的回忆。"不要被捕。"他说。

当我父亲告诉我关于"泽德"入狱和被赦免的事情时，他可能在跟我讲所有的这些事情，但我当时无论如何也不会意识到，而今我才意识到有可能他也在讲一个关于爱情的故事。他觉得自己就是犹太人中的罗密欧，而我母亲是爱尔兰裔美国人中的朱丽叶。我父亲很有可能同时暗示好几种意思。

第三十四章

真是度日如年。

——萨拉谈及等哈里回来时的感受

当哈里·怀特娶了萨拉·沃尔什，他对她炽热的爱盖过了他对德国人的恨，盖过了想要去海外和德国人战斗的愿望。当德国人向东进军时，德国人实际上在踏着他亲戚的尸体前进。他母亲的家族和他父亲的家族的成员，如未逃离，那么要么死掉了，要么被投到集中营。不过，战争也让他找到了媳妇。他们的幸福与他在欧洲的亲戚的死亡，实在是不和谐的。

他们结婚的前几年里，他们是在从一个城市搬到另一个城市中度过的。有时，这些城市是萨拉工作中与航空公司打交道而知道的，更多的城市是她想都不敢想的地方。他们从蒙莫斯堡出发到洛杉矶。她还记得，她与他曾住在一家又黑又脏的宾馆房间里，圣诞节的早上他们起床了。他们费了半天劲才在空无一人的街上找了一个地方喝咖啡。

哈里去了加利福尼亚的尼德尔斯（Needles）参加沙漠演习。萨拉和她的一个芝加哥的朋友一起住在阿尔罕布拉（Alhambar），她的朋友叫迈拉·墨菲（Myra Murphy），嫁给了当时知名的记者彼得·利萨戈（Peter Lisagor）。迈拉也是嫁了个犹太人的非犹太人。迈拉的母亲是基督教科学派的信徒，而且和他们一起生活。萨拉记得，迈拉的母亲当时身上疼痛，但她拒绝叫医生。

据哈里的弟弟称，哈里对沙漠演习很是兴奋。哈里的弟弟说，哈里被派到第 95 步兵师，而且肯定地认为，他们要被派到海外。他的判断是对的，他们被派到了海外，但他没有随他们一起到海外。在这个步兵师就要上船之前，他被派往别的地方执行任务。

但哈里并没有气馁。他乘军列到了宾夕法尼亚州印第安城峡（Indian town Gap）。萨拉留在芝加哥的家里，然后也跟他一起到了印第安城峡。他们住在哈里斯堡（Harrisburg）。他们喜欢那个城市，有个朋友有汽车，可以载他们到很远的乡村。他们有点乐而不思芝加哥和波士顿了。

印第安城峡是战场中转的集结地，哈里要去海外，这点是已经确定了的，但他却被派到了弗吉尼亚州布莱克斯通（Blackstone）附近的一座军营。他们在克鲁（Crewe）租房子住。这个城市里的每栋房子差不多都是租给美国大兵及他们的妻子住的。

萨拉嫁给了哈里，意味着跨过了一道社会的界限，但南方城市生活的一切，是种族的界限，这种种族的界限比芝加哥南区的黑人和白人之间的界限还要明显和强烈。萨拉记得她在克鲁的女房东要雇来的男子犁地。那名男子是个黑人，在大热天里用数小时犁了一大片地，其间女房东从未给他水喝，也没有给他吃的。当萨拉去天主教教堂做弥撒时，她跪在教堂长椅的最后一排。一名男子拍了拍她的肩膀，让她往前面去。他说，最后一排是留给黑鬼的。她说，她慢慢知道了"犹太佬"和"黑鬼"是什么意思。

他们从弗吉尼亚到了北卡罗来纳州的布拉格堡（Fort Bragg）。他们住在离哨所三英里的一个有两个小套间的酒吧的楼上。他们租住了其中的一个套间，一个理发师租了另外一间。萨拉觉得这倒是不错的生意。她的所有的客户都是美国大兵。给大兵们理发，这得是多大的工作量？

她自己的生活也不错。她和哈里一起吃午餐，和其他军官的太太一起打牌。她们会坐到一起聊天，聊生活，聊战争结束后她们的打算。晚上，她们就在军官俱乐部就餐，周六的时候，她们还可以去那里跳舞。

1944 年哈里离开布拉格堡时，他对自己与德国人开战已不抱希望了。陆军把他派到了普林斯顿。他的任命当然是保密的，但所有的军官太太都知道她们的丈夫正在学习日语。陆军是不会把要学日语的人派到德国的。

普林斯顿是惬意的，充满了诗情画意。他们交了不少朋友；一方面是残酷的战争，一方面是他们愉悦的生活，二者就这样奇异地结合在一起。哈里的弟弟在欧洲作战，在突出部战役（Battle of the Bulge）中受重伤。莫特·特拉赫滕贝格在通过视力测验后，成为一名空中炮手。然后，他们把他送上开往欧洲的船，他在欧洲战场度过了战争的最后一年。莫特在纽约的室友在太平洋战场作战，最后死在了那里。这名室友来自奥马哈（Omaha），哈里到纽约度假时，就在莫特房间里打地铺，哈里正是在这段时间里认识他的。

陆军又把哈里从普林斯顿派到了加利福尼亚蒙特雷（Monterey）的普雷西迪奥（Presidio），可以说横跨了整个美国。他们住在卡梅尔。这里是陆军主要的外语学校。对萨拉来说，这里的生活简直是童话书里的生活。后来，他们都认为他们在卡梅尔的生活是他们婚后生活中最富有田园生活意味的。

这可不是现代的卡梅尔，除了环境，与阿斯彭（Aspen）、杰克逊霍尔（Jackson Hole）及美国西部其他地方并无二致，其外表和色调足以说明：钱都浪费在富人身上了。这是早期卡梅尔，因艺术家在此扎堆而发展起来，在战争期间，这个地方就逐渐破败，逐渐黯淡无光。在十七英里大道（Seventeen Mile Drive）有装着国外来的鸟的鸟笼，汽车则很少。哈里和萨拉到处溜达：去邮局取邮件，去海滩。有布道时，她会步行去教堂。

在她做完弥撒后，哈里会和她会合，在只有 8 张桌子的小餐馆里一起吃早餐。然后从餐馆出发到海滩，看周日的报纸。在卡梅尔，他们也有朋友，包括在普林斯顿时认识的朋友。

当他们坐在卡梅尔的沙滩上时，传来了德国投降的消息，迎来了欧洲胜利日。后来，那年的夏天，传来了日本投降的消息，迎来了对日作战胜利日。当他们在沙滩上彼此留影时，战争结束了。

在我小的时候，我记得我看过我母亲在卡梅尔的照片。那时的她很年轻，看上去很高兴。我父亲有一次看着这些照片，告诉我说，在那里她还爬树呢。他问我："你能想象你母亲爬树吗？"

他看上去沉浸在对那个年轻的女人也就是他的妻子的往事回忆中，那时，他的妻子一时兴起，爬到了卡梅尔的防风松树上。

这些照片及我父亲的评语打动了我。我记下了这件事，不仅仅是因为这是我母亲的真实写照——我再也没有见过她的这种一时兴起——而且还因为这些照片是我父亲及他们的婚姻的真实写照。在他跟我讲这件事的时候，他的语气带有惊讶的成分，看来，他娶了她是因为她年轻、奔放，时不时地做出一些你想不到的事情。

　　然而，嫁给我父亲和随后要养育的五个孩子让浪漫慢慢消逝了。很多事情，她隐而不露，你看不到，她也免于中伤。这些事情，我自然不可能感同身受，但数年后，在父亲去世很长时间后，我还是感受到了一些事情。

　　我是在 1995 年开始写作本书的时候，对一些事情有了初步的认识。在阿哈纳格兰的某天傍晚，我想让她带我看看地势较低的农田。我、我母亲还有我妻子贝弗莉一起沿着公路步行。我们路过我表弟约翰·乔的房子前，到了大门那里。大门是用金属线缠起来当锁的，我想去把金属线解开。"不用这么麻烦，"我母亲对我说，"我们翻过去吧。"她爬到了六英尺高的篱笆的一半，而篱笆是用木头和铁丝做的，是典型爱尔兰的做法，并不牢靠，何况当时不仅很旧了，还摇摇欲坠。她爬的时候，篱笆开始晃动，我在想，这个 75 岁的老太太要是摔下来，这可怎么办？而她不理我，翻了过去。

　　一年后，我去巴黎参加一个学术会议，我把她也带去了巴黎，这样，在我们去都柏林之前，她还有机会从飞行时差反应中恢复过来。去都柏林，是因为我要在都柏林做一些家族研究。夏至那天，贝弗莉和我带她去吃晚饭。巴黎在夏天的第一天就进入了音乐的世界。这座城市到处都有音乐会。我们参加了在克吕尼（Cluny）旅馆的院子里举行的中世纪音乐会。在音乐会上，院子里的听众与工作人员发生了口角，因为后者在旁边的屋子里大声说话。

　　那天晚上，我们在福斯圣伯纳德（Fossés-Saint-Bernard）大街的一家餐馆就餐，我和贝弗莉第一次来这家餐馆还是 15 年前。我们吃得很晚，但还不至于像巴黎人那么晚。我们大约在晚上十点或十一点的时候吃完晚饭。街上人很多。沿着塞纳河走过好几个街区，仍能听到拉丁音乐。

餐馆的老板们也上街了。在干什么呢？贝弗莉用法语问他们。他们耸了耸肩。他们说，夏至。出于好奇，我们也跟在人群后面。我只是想走几个街区，我母亲已 76 岁高龄了。

卡车上有卡利普索民歌乐队、木琴乐队和钢鼓乐队。他们都有自己的车队。人们跳着舞，扭着腰，在车队中间穿来穿去。从图尔内勒（Tournelle）码头看，整个城市仿佛在游行，沿着码头左岸奔涌向前，从图尔内勒码头来到了蒙特贝洛（Montebello）码头，对面就是巴黎圣母院和城岛。在我欣赏美景的时候，我母亲已经凑了过去，那天晚上跟在乐队后面走了一英里，当然，她是紧紧地拽着贝弗莉的胳膊，防止走丢。

但这是记忆，不是历史。那一刻，我走进了我从未见到的卡梅尔沙滩，走进了我父亲讲给我听的那个故事里。这不是我母亲的记忆，而是我的记忆。这个记忆让我也感到奇怪。就像"反侧时代"的英雄们，就像多年来一直在寻找的某个东西，记忆也倏忽而过。

对萨拉和哈里来说，卡梅尔是记忆的储藏室。萨拉仍然喜欢记忆里的那个卡梅尔，而不是现在的卡梅尔。在我们从纽约搬到加利福尼亚州的洛杉矶后，只要我们一到中央海岸，我们都会到卡梅尔那儿停留一下。现在她仍很怀念那个地方。

随着战争的结束，他们待在卡梅尔的日子也结束了。只是那时，只是因为那场战争的结束，陆军才把哈里·怀特派到了海外。过了好长时间，她才听到他的消息。她收到了他的信，信里说，他正在朝鲜，日本投降后，美国军队占领了朝鲜南部，他就在这支占领军里。他被派到了军政府里工作。

　　她回到了芝加哥。她在布兰尼夫航空公司找了一份工作，不上班的时候则和几个女友待在一起。她很少去南莫扎特大街。内尔和帕特已有了孩子，他们都很忙。她父亲则因为她嫁给了犹太人而觉得脸上无光。她在等哈里回来。他在朝鲜待了一年。她说："真是度日如年。"

第三十五章

珍妮的非犹太儿媳妇。

——萨拉第一次看望我那住在多切斯特的"巴布"

珍妮·怀特时，在街上无意中听到的交谈内容

在萨拉等哈里回来的那段日子里，她感觉自己仿佛被两股力量吊了起来：一头是自己与哈里未来的生活，一头是她在芝加哥原有的生活和家人。她和哈里各自都有一个可以回去的地方；但如果他们在一起，那么，无论是芝加哥还是波士顿，都不欢迎他们。

当哈里回来的时候，他直接去了芝加哥。他仍在陆军，尽管不用服现役。作为预备役，他要服役到1953年。萨拉把他带到了南莫扎特大街，告诉她父亲说，他们准备去美国东部。这次回家探访时间很短。杰克和内尔倒也客气，但没有管饭。这是个很重要的细节，也是她记得很清楚的细节：他们没有管饭。

他们从芝加哥到了波士顿。我想，这次探访，应该是"泽德"的主张。我的猜测是，这应该是"泽德"发出的邀请。他对他们的婚姻很失望。他想要哈里娶一个犹太人，但哈里已经是一个自己能做出选择的男人了。"巴布"压根儿就不接受这桩婚事。在"巴布"生日那天，哈里给她打了电话，却伤害了她，激怒了她，而萨拉的圣诞贺卡

无异于火上浇油。

"泽德"做了"巴布"的工作，但她还是一如既往。她有些顽固，而"泽德"则懂得变通。"泽德"也不高兴，但他还是不能让她改变主意。她对抗整个世界的武器，就是做决定。

哈里带萨拉回家时，他们都表现得很和蔼，对她亲切有加。他们生的是哈里而不是萨拉的气。只有萨拉在经过街坊邻居所在的街区的时候，她才发现他们的婚姻所带来的敌意。她能听到人们在谈论她。当然，他们是不会对她说的。

"珍妮的非犹太儿媳妇。"他们是这样说的。

哈里并不是一个很克制的人。他听到了什么，我不得而知，但他会把事情处理好。

在卡梅尔，在他去朝鲜之前，哈里给萨拉带了一件礼物。这是一条挂着小金十字架的项链。他要她在离家之前和他父母共进晚餐的时候戴上。

那天晚上，萨拉坐在桌边，"巴布"盯着她看，她的眼光最后停留在耶稣受难像上。

"把它摘下来。""巴布"说道。

"说我吗？"萨拉说道。

"把它摘下来，把那个十字架摘下来。""巴布"又说了一遍。

这是精心编排的一刻。这是我父亲参与其中的一刻。这是他很享受的一刻。接下来就该他出场了。

"她不能把它摘下来，"哈里说道，"这是我送她的。"

在这出家庭大戏中，萨拉完全成了道具，四年里，她不止一次看到她生气和伤心的样子。"巴布"和哈里从各自的立场出发，彼此大喊大叫，厉声相向。"泽德"则惊愕不已，坐在桌边一言不发。萨拉好比是化学反应中的催化剂，她只是个触发因素而已，并不参与化学反应。他们到底吵了什么，萨拉一句话也不记得。

和所有的故事一样，这个故事也会随着时间的推移而发生变化。不同的家人讲起这个故事，就会有不同的版本。我姑姑记得这个耶稣受难像是在卧室里戴上的。但萨拉坚持认为，她脖子上戴的是小十字架，而激怒他父母的十字架礼物是我父亲常戴的那种。萨拉认为这是一个不幸的事件。

第二天，哈里和萨拉就离开了。他们去缅因州待了两个星期。他们在那里有一所临近海边的小房子。他们从渔夫那里买新鲜的海鱼，他们一起走在沙滩上，他们会一起待在木屋里，一起去附近的小餐馆。

他们在缅因州的日子，就好像是婚姻最初几年的生活，但他们在缅因州的时间显然不如在卡梅尔的时间长。哈里想要挣钱养家。他们知道，他们不能待在波士顿，也不能待在芝加哥。

纽约吸引着他们。在纽约，哈里的远房表兄弟萨姆·斯佩克特（Sam Spector）正经营着一家名为胰岛素（Insuline）的公司，他给了哈里一份办公室的工作，薪酬为每周 45 美元。萨拉和哈里在皇后区的法拉盛（Flushing）租了一个公寓房，这个房间的楼下是一家干洗店。她怀孕了，而干洗店散出的气味很大。这些气味让她不舒服，唯一的缓解方法就是在有大风的天气里到屋顶上透透气，因为大风会吹走气味。

哈里和他母亲不说话了。他们两个人，到死没有再说过话。他弟弟说过："哈里不在意。"

萨拉回到了这座城市，在这里，她第一次踏上美国的土地，感觉手足无措。她回到了这座城市，这是她母亲曾到过并喜欢上的城市。她回到了这座城市，是作为一个美国人的妻子回到这里。在这座城市里，所有这些都和爱尔兰是有联系的，她是从阿哈纳格兰那个那么遥远的地方来到了这里。

根据"泽德"在他儿媳妇萨拉事件中的角色，我的判断是，是"泽德"把本来使这个家庭拧在一起的绳子弄断的，后来又耐心地把断了的绳子拧到一起。

哈里担心怀孕中的萨拉的病情。在临近预产期的时候，他不想让她一个人待着。他和他父亲还是说话的，于是"泽德"就让他的女儿从学校一出来就到纽约帮着照看萨拉。

孩子比预产期晚了三周出生，但1947年5月萨拉临盆时，我姑姑仍在学校。尽管他父母早就打了电话，哈里却没有打电话，而是发了封电报。我姑姑记得，有一首流行歌曲是这样唱的："开门，理查德，让我进来。"他发的电报电文内容是："理查德最终开门了。"

我就是那个婴儿，孙子的出生成为一家人和好的开始。萨拉很快就收到了鲜花，没到两天，"泽德"和"巴布"就来了。我一出生，就来到了崇拜祖父的世界里，我从未想象这个世界还有什么不同。

第三十六章

我只有一个要求：在做弥撒和举行圣餐礼的时候，记得还有我。

——玛格丽特·沃尔什的纪念卡上的一句话，

1959 年 6 月 7 日

生命可不是故事。一天，一月，一年，抑或一生，都没有故事情节。我们的经历只是故事的原材料。我们生命的起点是随意的，而其终点，或早或晚，往往是简洁的叙述性的结论。

我们把我们的生命变成了故事，这样一来，我们就可以在我们选择的地方停留。我们的故事与回忆录和自传一样，都有着共同的目标，只是前者不那么明显，后二者更为明显而已，那就是：对于被记住的生命来说，他们在日常生活中真实的经历往往缺乏连贯性，而故事、回忆录和自传则赋予了这种连贯性，也就是说，它们允许这种自我塑造。当然，历史也强调连贯性，但历史学家更多是与不易改变的材料而不是与记忆打交道。回忆录是无缝衔接的，而好的历史往往是时断时续的。

在很大程度上，可以说萨拉的故事终结于 20 世纪 40 年代末 50 年代初。从那以后，她的生活就较为圆满了。她好比一根把各种珠子穿到一起的绳子，她把多样化的、差异极大的、出现裂痕的家庭穿了起来。很难想象，如果没有她，我的家庭还能不能被绾合起来。但至少到目前为止，在过去 50 年的生活里，除了她回到爱尔兰、她父母去世以及哈里的父母去世这几个片段，她的故事就没有多少了。

那些年里，她告诉我的故事为什么那么少？我不知道。有时，我会想，那些年里的故事是令人痛苦的，那些故事有可能会把她竭力弥缝好的伤疤重新揭开。有时，我想问题可能在作为听者的我的身上。在一定程度上，故事的讲与不讲，取决于听者是否上心，而且这么多年过去了，我的记忆与我母亲的记忆开始交叠。在我小时候的世界里，我只对自身感兴趣，比起我小时候所直接感知的世界，我总是对我从未见过的地方、我从未遇见过的人更感兴趣。

但有时候，我又想，故事之所以终结，是因为在她看来，问题已得到解决；对她来说，那个极为重要的事情在 20 世纪 40 年代末已得到了解决。此后发生的事情，就是另一个故事集了，这个故事集，她选择了不讲。如果要写此后她的生活，那就等于写传记，而不是精心打造的记忆与被复原的历史之间的对话（与回忆录是对立的）。

我母亲所讲述的系列长篇故事的终篇是 1947 年的故事。当然，有一小部分故事的时间延伸到 20 世纪 50 年代，但那是作为尾声而出现的。我出生的年份就是 1947 年，更重要的是，这一年，杰克·沃尔什回到了爱尔兰。在爱尔兰历史之潮和萨拉家族的移民之风二者合力作用之下，萨拉在美国上岸。她父亲的回乡则代表了这个潮流的退去。

1947 年，杰克·沃尔什离开芝加哥，途经纽约，回到了爱尔兰。他已退休，他要回乡。他虽然说起一些遗憾，但这次回乡，他没有什么遗憾。他之所以到美国来，本来就是要挽救他的农场，而他的确做到了这一点。他离开阿哈纳格兰、离开他的妻子、离开他的家已有23个年头了。现在，农场又把他吸引回去了。于是，他第一次也是最后一次去看望了已为人妻的萨拉。当他看到带着孩子在纽约生活的萨拉时，他究竟是怎么想的，我就无法猜测了，她也没有告诉我。我只知道他做了什么。他在萨拉当时所在的法拉盛停留了一下。他在哈里和萨拉的公寓里待了一晚上。他给了萨拉200美元，说是给她孩子的。这在1947年可是不小的一笔钱。她所记得的就是这些。

随着杰克的离开，她与她娘家人——不管是在爱尔兰的还是在美国的——的联系就随之减少了，往来信件没有一封保存下来。她从来不给她舅舅杰克·赫加蒂和舅妈莫林打电话。她说，他们看上去就在她的上方。内尔和她最近移民过来的弟弟比尔仍住在芝加哥，但他们很少和萨拉联系，这种状况已持续好多年。

当她父亲从美国消失、回到爱尔兰时，他的不在场对萨拉来说并不那么痛苦，其对萨拉的影响还不如他要返回的阿哈纳格兰。他总是不在场；对凯里的向往、对母亲的思念一直很强烈，挥之不去。后来，当在美国的生活看起来艰辛或无法承受时，她记忆里的爱尔兰就变得更柔和、温静、舒适。那个农场从未失去影响力，尽管那个农场从未给她留个房间。但只要萨拉向她母亲诉说她的思念之情，她的母亲就会要求她留下。她太知道回去的代价了。

我母亲是从爱尔兰来的，这种出身既有失落感又有希望感，而在她的生日那天，这种感觉最为强烈：她的生日是12月26日，这一天是圣斯德望节。圣斯德望节总是在圣诞节的阴影之下，由于我弟弟妹妹和我总是在那个更盛大的圣诞节里忘记我母亲的生日，这让她很伤心。在爱尔兰乡村，在圣斯德望节那天，有鹪鹩的男孩会带着死去的鹪鹩挨家挨户乞钱，用于埋葬鹪鹩。在圣斯德望节那天杀死一只鹪鹩这件事，既让我感到着迷，又让我感到恐惧，这也总使得在那天出生的我母亲有些异国的感觉。在爱尔兰是这样一个生日，在美国则是圣诞节的喧嚣之后近乎被遗忘的生日，这样的跨越距离是我所知道的最大的。而且这种跨越还是不完全的。与凯里的联系从未真正中断。

她从未厌倦凯里的消息。杰克·沃尔什重新开始了他在爱尔兰的生活，但他再也不是爱尔兰的乡下人了。无论他走到哪里，都会有美国的影子。他看上去像一个身穿美国人服饰的美国佬，他说起话来，都是美国的词汇和引用语。他的确拯救了那个爱尔兰农场，但真正的代价是他的蜕变，这种蜕变使得他永远与那片土地分离了。他再也不是真正的阿哈纳格兰的爱尔兰人了。

但他可以给阿哈纳格兰带来钱，而阿哈纳格兰本身是不会带来钱的，他会把美国的钱变成爱尔兰的土地。在他决定要挽救他的爱尔兰农场后发生了很多事情，但他只是在不长的一段时间里才靠这个农场过活。他年纪太大了，干不动了。在他不在场的数十年里，杰勒德和蒂姆在这片土地上劳作。这片土地现在是杰勒德的了，杰勒德娶了乔茜为妻。

内尔的双胞胎姐姐玛丽也嫁人了，嫁妆是她父亲在美国打工赚的钱。她和约翰·班伯里住在他们自己的农场里，后来又搬到米斯郡一个更好的农场里。

杰克·沃尔什回来的时候，玛格丽特·沃尔什、蒂姆及约翰尼·沃尔什——杰克·沃尔什最小的儿子，和他同名——都搬到了邻近阿哈纳格兰的一个镇子古哈德。杰克·沃尔什买下了土地，在那里为他最小的儿子约翰尼及未婚妻希拉盖了一所新房子。萨拉一直认为是用杰克·沃尔什的钱买的古哈德的农场（他自己出钱或他自己的钱加上希拉带来的一大笔钱）。只是最近才知道了不一样的说法。

当姬蒂死在南莫扎特大街时，除了房子，她还有另一笔资产。她有保险单。她的保险受益人是她那在爱尔兰的儿子蒂姆·沃尔什。她从未提起他，但一想到自己不久于人世，她想起了他。蒂姆必定把这笔钱存进了银行。当杰克·沃尔什还乡时，蒂姆的钱也到了古哈德的农场。来自南莫扎特大街的钱在那个农场所占的比例比萨拉知道的还要大。蒂姆将在那片土地上度过余生，而那片土地，有一部分就是他母亲给买的。

玛格丽特于1959年去世。萨拉告诉我，她母亲是在她第一次爱尔兰度假行的前一天去世的。当时她丈夫杰克正准备带她去数英里外的、大西洋沿岸的巴利巴宁。她在即将成行的度假前夕死于心脏病发作。

我还记得我母亲收到玛格丽特死讯的那天。我到我父母的卧室找我母亲。她坐在床上哭泣，手里还拿着玛格丽特在纽约的照片。我从未见过她如此哭过。她啜泣着，像小孩子哭泣那样，这让我既惊又怕。我问她怎么了。她告诉我，她母亲去世了，她再也见不到她母亲了。她说话声很大，那种悲痛之情使我觉得：都是我的错，因为我而使得她没能见到她母亲，而且再也见不到她母亲了。从某种意义上说，我觉得是我的错。由于我的出生，我弟弟妹妹的出生，她不可能回到爱尔兰，哪怕是回去探望一下。我们吸光了这个家族的钱，又吸走了她的时间。她要我离开房间，我退了出去，随手关上了门。

家族里有人寄给萨拉一张不大的硬纸板做的纪念卡。上面是一张她母亲的照片，她母亲去世的日期（1959年6月7日），以及她的享年（76岁）。名字下面写的是：凯里郡，巴利朗福德，古哈德。

在玛格丽特去世后，过了四年，杰克·沃尔什也去世了。玛格丽特去世的时候，他已从美国回来有十多年了，但他已和美国政府打过不止一次交道。我知道这件事仅仅是因为他的移民档案里有一份最后的通告。1933 年 6 月 28 日，他宣誓效忠美利坚合众国。他成为一名美国公民。但在这页档案的最下面，有人写了"放弃国籍"这个词，尽管写得有些潦草。最终的文件解释了何以有这潦草的"放弃国籍"。移民局给芝加哥的美国联邦地区法院的书记员发了一封信，日期是 1961 年 8 月 2 日。信里写到，约翰·沃尔什，证件编号 3696554，已失去美国公民资格。同时，法令称，归化的外国侨民如在母国居住逾期未归者，将失去其美利坚合众国的公民资格。到1961 年，杰克·沃尔什回到爱尔兰已有 14 个年头了。又过了两年多，他去世了。

我的推测是，他失去了美国公民资格一事，对他几乎没有什么影响。美国公民资格也要服务于某个目标。与他对那个农场的感情相比，对某个国家的宣誓效忠、家族联系等，就不那么重要了。他的驱动力来自那个农场。

杰克是 1963 年春天去世的。纪念卡上写的是 4 月 28 日，死前的居住地是巴利朗福德的古哈德，享年 83 岁。他的一张照片表现了他以前下的决心，但就像他的眼神一样，他的决心也是忧郁的，好像他分不清实际上发生的事情和他决定想做的事情。所有人都说，在他生命的最后几年里，他经常犯糊涂。

作为两代人的桥梁的蒂姆，在杰克去世后也去世了。对萨拉来说，他的死就显得不那么令人伤感，因为她在 1970 年回爱尔兰时曾再次见到他。他死在古哈德的新房子里，这栋新房子能盖起来，有南莫扎特大街的钱的功劳。蒂姆能来到这个世上，本身就不容易，更准确地说，他活得也不容易。蒂姆个子很高，我母亲告诉我说，他死的时候，他的棺材很长，以至于要从窗户才能把棺材抬到院子里，因为他们没法转过卧室的门。当时还有沃尔什家族的很多人来给他默哀，可以说家族中整整一代新人都来了。

自杰克·沃尔什离开美国，到萨拉在 20 世纪 60 年代定期回爱尔兰之前，发生在爱尔兰的故事在很大程度上就成了关于死亡的故事了。而最后发生在美国的故事与之不同。

1947 年，萨拉有了宝宝，她和儿子、丈夫一起住在法拉盛一家干洗店上面的屋子里。她跟我讲了发生在法拉盛的公寓的故事，好像这些故事只属于我一人。当然，很可能就是属于我一人。我的弟弟和妹妹在他们出生的时候也有属于他们自己的故事。那都是他们的故事。我不会问他们的故事。

她告诉我，在法拉盛，通往他们公寓的楼梯很陡，上下楼就好像在爬梯子。从公寓楼里，她就像水手一样观风，当风吹走了干洗店散出的气味，她就会带着我到外面透透气。正是在法拉盛，在 1947 年纽约暴风雪的日子里，我父亲在雪地里艰难地跋涉，只为买到我需要的一种特别的婴儿配方奶粉。

她告诉我，在我出生后的几天里，"巴布"和"泽德"到了法拉盛。约翰·沃尔什前脚刚走，她公公塞缪尔·怀特和婆婆珍妮·怀特就进入了她的生活。

以前的珍妮·怀特对萨拉有多疏远、多挑剔，现在就对她有多尽心、多和善。数年后，当"巴布"行将就木时，萨拉也会去波士顿帮"巴布"的女儿和她的另外几个儿媳照料"巴布"。萨拉的和解效果要好于"巴布"的儿子哈里的和解效果。

　　这些线中的任何一根都能把她的故事串起来，但这些线没有把故事串起来，我想，最终的原因是，20世纪三四十年代恰是我父亲和我母亲最为亲密地在一起的岁月。那些年实际上成了日后他们生活的标尺。我母亲把那些年的岁月视为她蜕变的岁月，把与我父亲相遇视为她一生中了不起的恋爱故事。此后发生的事情，都摆脱不了那些年的影响，都是以那些年的时光来衡量后面的事情。后来发生的事情是不可与过去发生的事情等量齐观的。

　　至于我父亲是怎么想的，我不得而知，因为他去世已有差不多25年了。但通过我母亲的故事棱镜来看他，我认为对他来说，20世纪三四十年代同样是他人生经历中难得的岁月静好的时光。他再也不会像爱我母亲那样去爱了，他为自己的孩子感到骄傲也好，对自己的孩子发火也罢，很有可能部分地源于我们让我母亲的精力转移到我们身上，使得她不能把精力都投到他的身上。

　　我想，对我父亲来说，还不止这些。除了少年时恨过把他父亲送进监狱的法官及年轻时恨过毁了他家族老家的纳粹，他再也没有如此痛恨过某个东西。对于上述两种恨意，他从未祛除。他把法官变成了爱尔兰裔美国人，然后他娶了一个爱尔兰裔的美国人。他到陆军服役，已准备和德国人开战，但陆军却派他去了朝鲜。他的愤怒只是他自己的。

　　关于我对我父亲的看法，我母亲和我在这个问题上有分歧。她想把他定格在20世纪40年代。此后的他就是一个事业上成功的男人，至于工作内容，他倒是不那么在意。他曾是航天工业的主管，后来在美国音乐社团（MCA）工作。到了20世纪60年代，他赚了很多钱。

我记得他曾和一群他基本上都瞧不上的人共事过。他想要我们表现出对他的钦佩，但他自己并不钦佩自己事业上的功成名就，他也不认为自己是个商人，尽管如果他失败了，他也会看不起自己。到我十几岁的时候，每逢良宵，他都会浅斟低酌，吟咏诵读。

我无法把他定格在我永远都不知道他的情况的某个时刻，但是，尽管我母亲有时会有其他想法，我的确很钦佩他。1972 年，他在洛杉矶去世。当时他正在金州高速公路（Golden State Freeway）开车，突然心脏病发作。尽管疼痛，他还是下车了，走到了一家加油站。他叫了自己的救护车。救护车来了，呼啸着把他送到了医院，但他不让他们把他抬进去。他坚持走进去。也许冥冥之中自有定数，他走进了医院的急救室，而这个医院的名字是"怀特纪念医院"（White Memorial Hospital），看到医院的名字，他心脏病再次严重发作，他倒在了地上，死了。医生没能把他救下。他生前总是恨医生。

当我第一次听到那个故事的时候，我就对他表示钦佩，现在想起这个故事，了解了我所知道的关于他和我母亲的故事，我在坚持自己走进急救室的这个男人身上看到多年以前我母亲看到的走过新奥尔良餐馆的那个男人的气度。我父亲从出生到死亡，终其一生，展现的都是最精彩的一面。至少，我认为是这样。不管怎么说，我开始理解了我母亲何以会保护着她用心构建起来的记忆而不是其他的记忆、其他的故事以及我念兹在兹的历史。这些故事都是她的财富。除了守护好这些财富，她还有别的选择吗？

后记

　　过去自有其重要意义。现在，我会在我开设的"美国历史调查"的课上布置给学生一项任务，这种做法已有好几年了。他们是带着美国式的天真来上这门课的，他们认为过去已安全地离他们而去，而未来是有无限可能的。我布置的任务很简单。我要他们写他们的家庭史，可以是一个人的历史，也可以是一代人的历史，还可以是几代人的历史，要求将他们的生活与美国历史上的重要发展阶段或重要潮流联系起来。当他们开始做这个作业的时候，他们就看到了他们的先人和亲人的生活，而他们的生活构成了更大的潮流的一部分。他们的先人做出了选择，而他们的选择则受到了限制。这样，我就促使他们看到：他们自己的生活也会汇入历史潮流之中；他们所做出的选择，是受制于过去的，而过去又会让他们受益，使他们知道该怎样选择。过去自有其重要意义，足以影响他们。

　　我也逐渐认识到，这个作业有个缺陷：我把过去完全等同于历史了，把历史等同于我所做的事情，即学术的历史，这种学术研究的历史要求每一步都严谨，要求有质疑、再检视和辩论。我一直是这样做的；我教授它们，我时刻准备着为它们辩护，但我没有理由排除其他的建构。仅仅因为其他美国人（包括我的家人）对我所称之为历史的东西并没有真切的了解并不意味着对于过去的其他版本的建构和运用，他们也一无所知。

和所有人一样，我母亲萨拉也构建了若干个版本的过去。她做的事情是回忆，而我从她的回忆中找寻历史。这将是对你所爱的人的记忆进行蓄意破坏，是刻薄的，是琐碎的，是可鄙的。我母亲的记忆并不是对过去的直译，并不是一览她的经历的透明窗口，这一点，本书开头就交代了，而且我自始至终就是这样做的。

我感兴趣的是，我母亲的记忆是什么，而不是不是什么。这些记忆本身就是一种创造物，这些记忆有一种自身正在形成中的意义，这些记忆是对她是什么样的人和以后想成为什么样的人的有意识的重写。我的历史需要理解这样的记忆，也需要理解对过去的其他版本的建构。历史如果轻视它的竞争者，认为那是伪造的或错误的，那么这对历史来说也是无法接受的，因为这样一来，在理解我们所在的奇怪的世界时，历史的理解能力就下降了。

我既对历史着迷，又沉浸于我母亲的故事中，而不是只是根据我内心深处或我自己的个性选择其中的一个。正是因为我对二者都感兴趣，我才能够推动历史与记忆展开对话。这是一部与回忆录不一样的书，之所以不是回忆录，恰在于本书对记忆并非完全相信而不予置疑，当然，本书也并不是对回忆进行抨击。本书是历史与记忆展开对话的产物。

我承认，这种对话包含了某种危险。当我迫使我母亲的故事和它们所代表的记忆与其他人的回忆和我从鲜活的记忆之外的地方复原出的历史对质时，我可能并没有把这些故事丰富起来，而是将其稀释，把其中的意义给剔除了。但多年来我一直在听这些故事，我更愿意相信这些故事和创造了这些故事的记忆，而不是认为这些故事和记忆是有问题的。这些故事是能够复原的，就像我母亲，适应能力还是很强的。与记忆相比，历史更让人痛苦。和记忆相比，历史对受众是有挑选的。这就是我们更偏爱记忆的原因之一。但我母亲及我的其他亲戚都向我表明：历史有其自身的弱点，而记忆则能够找出这些弱点，是可以复原出这些弱点的。

我开始把这本书、把我与我母亲的对话和研究视为历史与记忆的并驾齐驱。历史和记忆形成了很多弧，这些弧之间，是本书所给予的力量，是本书的文字推动的。正如我们所看到的，正是这些弧之间的空间里的一点光亮产生了光。我看到我母亲在"发明"和"再发明"她自己，以免得其他人"发明"她自己。我看到我父亲走向她，形成了他的故事，用以解释爱情给他带来的东西。

过去可以产生无限的东西，我也从中看到了想象力的可能性。我觉得我祖父塞缪尔·怀特很健谈，很友善，很懂得变通，而我的外祖父杰克·沃尔什则沉默寡言、内向、死板。我对他们两个人中的一个（前者）有着鲜活的记忆，而对另一个（后者）则只是从这些故事和其他方面的历史中得到印象。这两个人从没有见过面，但我能想象他们在加拿大越过国境的情形，而加拿大成了他们二人的麻烦之源。

当然，他们实际上也不可能相遇。即使塞缪尔·怀特是在1924年而不是更早到尼亚加拉瀑布度假，他离杰克·沃尔什偷渡到美国的底特律也有数英里远。我能想象的是，他们都穿越了国境线，但彼此不知道。从那一天开始，杰克·沃尔什的轨迹是向上的、缓慢的、不规则的，但最后还是向上的。这是典型的美国式的成功的案例，虽然其最终目标是离开美国。而在尼亚加拉瀑布度假后的数年里，塞缪尔·怀特的轨迹是向下的，是近乎悲剧式的向下的。我在想象他们两个，一个是移民过来的爱尔兰农场主，却变成了修理工，一个是成了律师的犹太移民，我说不清到底是哪个塑造了另一个。我知道，杰克·沃尔什最大的愿望是回到他来的那个地方，而对塞缪尔·怀特来说，美国正准备把他遣回他到美国之前生活的那个地方——他年轻时待过的俄国，而这是他最为害怕的事情。他们中一个实现了他的目标，另一个则避开了他所害怕的事情。最终，他们还是没能相遇。我想象他们相遇过。

我想象着一个包含了真相的过去。这个过去是蕴含了无限的可能、可不断扩容的地方。历史学家只能希望充分利用这种想象力的丰富，利用修剪的技巧和已蔚为大观的学科。在历史的花园大门之外，过去那个茂林仍在，循着记忆的小径可直达那里。

我母亲的故事及我母亲没有说出的事情，使得这个世界比我之前所想象的更为丰富多彩，更加生动有趣。

图书在版编目(CIP)数据

追忆阿哈纳格兰:讲述一个家族的历史/(美)理查德·
怀特著;于占杰译.—北京:商务印书馆,2023
(公众史学译丛)
ISBN 978-7-100-22464-2

Ⅰ.①追… Ⅱ.①理…②于… Ⅲ.①回忆录—美
国—现代 Ⅳ.①I712.55

中国国家版本馆 CIP 数据核字(2023)第 117038 号

公众史学译丛
追忆阿哈纳格兰:讲述一个家族的历史
〔美〕理查德·怀特(Richard White) 著
于占杰 译

商 务 印 书 馆 出 版
(北京王府井大街36号 邮政编码100710)
商 务 印 书 馆 发 行
北京艺辉伊航图文有限公司印刷
ISBN 978-7-100-22464-2
审 图 号 : GS (2023) 2277 号

2023 年 11 月第 1 版 开本 880×1230 1/32
2023 年 11 月北京第 1 次印刷 印张 11½
定价:68.00 元